ANNE PERRY

DIE FRAU IN KIRSCHROT

Roman

Aus dem Englischen übersetzt
von Ingeborg Salm-Beckgerd

Deutsche Erstausgabe

WILHELM HEYNE VERLAG
MÜNCHEN

HEYNE GROSSDRUCK
Nr. 21/25

Titel der Originalausgabe
SILENCE IN HANOVER CLOSE

Umwelthinweis:
Dieser Band wurde auf chlor- und säurefreiem Papier gedruckt.

Dieser Titel ist auch in kleinerer Schrift in der Allgemeinen Reihe
Nr. 01/8743 lieferbar.

7. Auflage
1. Auflage dieser Ausgabe

Printed in Germany 1996
Umschlagillustration: Walter Wyles / Agentur Luserke, Stuttgart
Umschlaggestaltung: Atelier Ingrid Schütz, München
Satz: Fotosatz Prechtl, Passau
Druck und Bindung: Pressedruck, Augsburg

ISBN 3-453-11837-5

Für Tante Ina,
die die Großtante Vespasia
zum Leben erweckt hat

1

»Hier ist das Polizeirevier, Sir«, sagte der Kutscher laut, noch ehe die Pferde anhielten. Seine Stimme klang belegt vor Widerwillen, denn er konnte Polizeiwachen nicht ausstehen. Daß diese hier im aristokratisch-eleganten Stadtgebiet von Mayfair lag, machte keinen Unterschied.

Pitt stieg aus, bezahlte den Mann, ging ein paar Steinstufen hinauf und durch die Tür.

»Ja, Sir?« fragte ihn der Wachtmeister hinter dem Schreibtisch uninteressiert.

»Ich bin Kommissar Pitt aus der Bow Street«, erklärte Thomas Pitt knapp. »Ich möchte mit Ihrem diensthabenden Vorgesetzten reden.«

Der Wachtmeister holte tief Luft und betrachtete Pitt kritisch, denn er entsprach nicht dem Bild, das sich der Wachtmeister von einem Polizeiinspektor machte — dafür war seine Kleidung zu lässig. Eigentlich wirkte sie sogar ungepflegt und schlampig mit den ausgebeulten Taschen voller Kram. Der Mann blamierte die Polizei. Er sah aus, als sei ihm eher eine Gartenschere als die eines Friseurs zu Leibe gerückt. Doch der Wachtmeister kannte Pitts Namen und sprach nun mit einigem Respekt.

»Ja, Sir. Das ist Kommissar Mowbray. Ich werde ihn informieren. Kann ich ihm sagen, worum es geht, Sir?«

Pitt lächelte kühl. »Nein, leider nicht. Es handelt sich um eine vertrauliche Angelegenheit.«

»In Ordnung, Sir.« Der Wachtmeister erhob sich gleichmütig und ging hinaus. Nach wenigen Minuten kehrte er zurück. »Bitte die zweite Tür links. Dort erwartet Sie Kommissar Mowbray.«

Mowbray war ein sehr dunkler Typ mit beginnender Glatze und einem intelligenten Gesicht. Er blickte Pitt ausgesprochen neugierig entgegen.

Thomas Pitt stellte sich vor und streckte die Hand aus.

»Ich habe von Ihnen gehört.« Mowbray ergriff die dargebotene Hand mit festem Druck. »Was kann ich für Sie tun?«

»Ich brauche die Unterlagen über einen Raub in Hanover Close vor drei Jahren — am siebzehnten Oktober 1884, um genau zu sein.«

Mowbrays Züge drückten bekümmertes Erstaunen aus. »Das war eine böse Sache. In dieser Gegend kommt es nicht oft vor, daß bei einem Einbruch ein Mord passiert. Abscheulich, wirklich abscheulich. Es kam nie etwas heraus.« Seine Augenbrauen hoben sich hoffnungsvoll. »Haben Sie eine Spur gefunden? Einen der gestohlenen Gegenstände?«

»Nein, gar nichts. Es tut mir leid«, sagte Pitt bedauernd. Er fühlte sich schuldig, weil er dem Mann seinen Fall wegnahm, und es ärgerte ihn, daß er die Gründe dieser späten und vermutlich überflüssigen Nachforschungen verschleiern mußte.

Pitt haßte die Art, wie er mit diesem Fall betraut

worden war, der eigentlich Mowbrays Sache gewesen wäre. Doch weil es um den Ruf einer Frau ging, die einer einflußreichen Familie angehörte, und vor allem weil eventuell Landesverrat im Spiel war, hatte das Außenministerium seinen Einfluß geltend gemacht und Ballarat eingeschaltet, dem es die nötige Diskretion zutraute. Polizeichef Ballarat war ein Mann, der außerordentlich gut beurteilen konnte, was seine Vorgesetzten erwarteten, und dessen Ehrgeiz darin bestand, so hoch aufzusteigen, daß er gesellschaftliche Anerkennung finden würde. Er erkannte nicht, daß diejenigen, die er am meisten beeindrucken wollte, immer imstande waren, die Herkunft eines Mannes zu beurteilen, allein schon durch sein Auftreten und die Art, sich auszudrücken.

Pitt war der Sohn eines Wildhüters und auf einem weitläufigen Landsitz groß geworden. Er hatte die gleiche Erziehung genossen wie der Sohn des Hauses und sich ein Benehmen angeeignet, das vom Adel akzeptiert wurde. Zudem hatte er weit über seinem Stand geheiratet und Zutritt zur gesellschaftlichen Oberschicht gefunden, die den meisten gewöhnlichen Polizisten verschlossen war. Ballarat mochte Pitt nicht; er hielt ihn für anmaßend, doch er mußte zugeben, daß der Kommissar zweifellos der beste Mann für diese Ermittlungen war.

Mowbray sah Pitt leicht enttäuscht an, doch der Ausdruck verschwand gleich wieder. »Oh . . . Sie sprechen wohl am besten zuerst mit dem Polizisten Lowther; er fand die Leiche. Und natürlich können Sie die Berichte lesen, die wir damals geschrieben haben. Aber es ist nicht viel.« Er schüttelte den Kopf. »Wir haben uns sehr bemüht, aber es gab keine Zeugen, und von den gestohlenen Gegenständen tauchte nie einer auf. Wir dachten an die Möglichkeit eines hausinternen Verbrechens, doch die Befragung des gesamten Personals brachte nichts zutage.«

»Mir wird es wohl nicht besser ergehen«, meinte Pitt, und es klang wie eine indirekte Entschuldigung.

»Möchten Sie eine Tasse Tee, während ich Lowther rufen lasse?« fragte Mowbray. »Es ist ein scheußlicher Tag. Es würde mich nicht wundern, wenn es vor Weihnachten noch Schnee gäbe.«

Pitt nickte. »Danke, ich trinke gern einen Tee.«

Zehn Minuten später saß Pitt in einem anderen kleinen kalten Raum mit einer Gaslampe, die an der Wand über einem zerkratzten Holztisch zischelte. Ein dünner Stapel Papiere lag auf der Tischplatte, und Pitt gegenüber stand ein linkischer befangener Polizist, dessen Uniformknöpfe glänzten.

Pitt forderte ihn auf, sich zu setzen und zu entspannen.

»Ja, Sir«, erwiderte Lowther nervös. »An diesen Mord in Hanover Close kann ich mich gut erinnern. Was wollen Sie wissen?«

»Alles.« Pitt ergriff die Teekanne und füllte einen weißen Emailbecher, ohne zu fragen. Er reichte ihn Lowther, der ihn überrascht entgegennahm. »Danke, Sir.« Der Mann schluckte dankbar das heiße Getränk, dann begann er mit leiser Stimme. »Es war fünf Minuten nach drei Uhr morgens am siebzehnten Oktober vor etwas mehr als drei Jahren. Ich hatte damals Nachtdienst und kam an Hanover Close vorbei . . .«

»Wie oft?« unterbrach Pitt.

»Alle zwanzig Minuten, Sir. Regelmäßig.«

Pitt lächelte leicht. »Ich weiß, das ist die Vorschrift. Sind Sie sicher, daß Sie in jener Nacht nicht irgendwo aufgehalten worden sind?« Er gab Lowther bewußt die Chance, sich, falls nötig, herausreden zu können, ohne die Wahrheit zu vertuschen. »Gab es anderswo keine Probleme?«

»Nein, Sir.« Lowther sah ihn mit völlig arglosen blauen Augen an. »Manchmal werde ich aufgehalten, aber nicht in jener Nacht. Ich war fast auf die Minute pünktlich. Deshalb bemerkte ich auch gleich das zerbrochene Fenster in Nummer zwei, das zwanzig Minuten vorher noch ganz gewesen war. Seltsamerweise war es ein Fenster an der Vorderfront. Diebe bevorzugen gewöhnlich die Rückfront. Sie haben meist einen besonders mageren Burschen dabei, der sich durch die Gitterstäbe zwängt und von innen öffnet.«

Pitt nickte.

»Ich ging zur Tür von Nummer zwei und klopfte«, fuhr Lowther fort. »Ich mußte einen Höllenlärm veranstalten, ehe jemand herunterkam. Nach ungefähr fünf Minuten machte ein Diener die Tür auf. Er trug einen Mantel über dem Nachthemd und war total verschlafen. Ich erzählte ihm von dem zerbrochenen Fenster, und er war sehr erschrocken. Sofort führte er mich in das Zimmer an der Vorderseite — es war die Bibliothek.« Der Polizist atmete schwer, doch sein Blick heftete sich ruhig auf Pitts Gesicht. »Ich bemerkte gleich, daß etwas Schlimmes passiert war. Zwei schwere Stühle waren umgekippt, Bücher lagen verstreut auf dem Boden, das Wasser einer Karaffe hatte sich über den Tisch ergossen, und die Scherben der Fensterscheibe glitzerten im Licht.«

»Welches Licht?« fragte Pitt.

»Der Diener hatte die Gaslampen angedreht«, erklärte Lowther. »Er stand unter Schock, das könnte ich beschwören.«

»Was geschah dann?«

»Ich ging tiefer in den Raum hinein.« Die Züge des Polizisten verdüsterten sich bei der Erinnerung an das Geschehene. »Ich sah einen Mann auf dem Boden liegen, Sir, das Gesicht halb verdeckt, die Beine ein wenig angezogen, als sei er von hinten überrascht worden. Sein Kopf war blutverschmiert...« Lowther berührte seine eigene rechte Schläfe am Haaransatz. »Dicht daneben lag ein großes Bronzepferd auf dem Teppich. Der Mann trug einen Morgenmantel über dem seidenen Nachthemd und Pantoffeln an den Füßen.

Ich trat zu ihm, um zu sehen, ob ich etwas für ihn tun könnte, doch im Grunde hielt ich ihn von Anfang an für tot. Der Diener, der wohl keine zwanzig Jahre alt war, ließ sich leichenblaß auf einen Sessel fallen. »Oh Gott«, stöhnte er. »Es ist Mister Robert! Arme Mrs. York!«

»Und der Mann war tot?« fragte Pitt.

»Ja, aber er war noch warm.«

»Was haben Sie dann gemacht?«

»Nun, zweifellos handelte es sich um Mord. Jemand mußte eingebrochen sein, denn die Glasscherben lagen alle im Zimmer, und der Fensterriegel war noch geschlossen. Der Einbrecher hatte sich nicht mit einer Verklebung aufgehalten . . .«

Pitt wußte, was Lowther meinte. Viele Einbruchsexperten benutzten den Trick, Papier über die Scheiben zu kleben, um die Scherben festzuhalten, während sie ein kreisrundes Loch in das Glas schneiden, durch das sie mit der Hand greifen und den Riegel öffnen können. Ein Profi verrichtete diese lautlose Tätigkeit in fünfzehn Sekunden.

»Ich fragte den Diener, ob ein Telefon im Haus sei«, fuhr Lowther fort. »Er bejahte, und ich rief das Revier an, um das Verbrechen zu melden. Dann kam der Butler herunter. Er identifizierte den Toten formell als Mr. Robert York, Sohn des Honorablen Piers York, des Hausherrn. Dieser war verreist, deshalb konnten wir nur die Mutter des Opfers, die ältere Mrs. York, informieren. Sie war sehr gefaßt und bewahrte ihre Würde.« Er seufzte bewundernd. »Daran erkennt man wahre Klasse. Die Dame war totenbleich und wirkte wie leblos, aber sie weinte nicht in unserer Gegenwart und stützte sich nur leicht auf ihre Zofe.«

Pitt kannte viele großartige Frauen, deren Erziehung sie gelehrt hatte, körperlichen Schmerz, Einsamkeit und schwere Verluste zu ertragen, ohne ihr Leid in der Öffentlichkeit zu zeigen. Sie vergossen ihre Tränen nur, wenn sie allein waren. Diese Frauen hatten ihre Ehemänner und Söhne in den Kampf geschickt, auf die Schlachtfelder von Waterloo und Balaklava, oder in den Hindukusch und zur Quelle des Blauen Nils, um sich dort niederzulassen und das Imperium zu verwalten. Viele der edlen Damen waren selbst in unbekannte Länder gereist, hatten schreckliche Entbehrungen auf sich genommen und vertraute Lebensumstände hinter sich gelassen. Pitt hielt Mrs. York für solch eine Frau.

Lowther sprach ruhig weiter, während er sich an die düstere und traurige Situation erinnerte. »Ich mußte nachfragen, ob etwas fehlte, und die Dame des Hauses prüfte langsam alle Gegenstände. Sie sagte, sie vermisse zwei silbergerahmte Miniaturporträts aus dem Jahr 1773, einen Kristallbriefbeschwerer mit Schnörkel- und Blumenverzierung, eine kleine Silberkanne und die Erstausgabe eines Buches von Jonathan Swift.«

»Wo wurde das Buch aufbewahrt?«

»Auf dem Bord zwischen den anderen Büchern, Mr. Pitt — und das bedeutet, daß der Dieb davon wußte. Mrs. York erklärte, der Einband habe sich nicht von den übrigen unterschieden.«

»Ah.« Thomas Pitt atmete langsam aus. Er wechselte das Thema. »War der Tote verheiratet?«

»O ja. Aber ich wollte seine arme Frau nicht wecken. Ich dachte, es sei besser, wenn ihre Familie ihr das Furchtbare mitteilen würde.«

Pitt konnte ihm das nicht übelnehmen. Die Angehörigen des Opfers zu informieren war eine der schwersten Aufgaben in einem Mordfall. Noch schwerer war es nur, die Gesichter derjenigen zu sehen, die den Täter liebten und begreifen mußten, wozu er fähig war.

»Gab es brauchbare Spuren?« fragte der Kommissar laut.

Lowther schüttelte den Kopf. »Nein, Sir, keine Fußabdrücke, keine Haare, nichts. Am nächsten Tag fragten wir alle Bediensteten im Haus, aber sie hatten nichts gehört. Allerdings schlafen sie oben unter dem Dach.«

»Haben Sie draußen etwas gefunden?«

Lowther schüttelte erneut den Kopf. »Nichts, Sir. Der Boden war steinhart gefroren. Nicht einmal ich habe Fußabdrücke hinterlassen, und ich wiege nicht wenig.«

»Irgendwelche Zeugen?«

»Nein, Mr. Pitt. Es hat sich niemand gemeldet. Wissen Sie, Hanover Close ist eine Sackgasse. Einer, der nicht da wohnt, hat überhaupt keinen Grund, dort herumzulaufen, vor allem nicht mitten in einer Winternacht. Und es ist auch keine Gegend für eine Hure.«

Pitt hatte kaum etwas anderes erwartet. Nun erkundigte er sich nach der letzten Möglichkeit. »Was ist mit den gestohlenen Gegenständen?«

Lowther schnitt eine Grimasse. »Nichts. Dabei haben wir uns sehr bemüht, weil es sich um Mord handelte.«

»Keine weiteren Informationen?«

»Nein, Mr. Pitt. Mr. Mowbray sprach mit der Familie. Vielleicht kann er Ihnen mehr sagen.«

»Ich werde ihn fragen. Vielen Dank.«

Lowther machte ein erstauntes Gesicht. »Ich danke Ihnen.«

Thomas Pitt fand Mowbray in seinem Büro.

»Haben Sie erfahren, was Sie wissen wollten? Lowther ist ein guter Polizist, sehr zuverlässig«, meinte der Inspektor.

Pitt setzte sich in die Nähe des Ofens und verfolgte weiter sein Thema. »Sie gingen nach der Mordnacht in das Haus?«

Mowbray runzelte die Stirn. »Ja. Ich hasse diese Aufgabe, mit den Leuten reden zu müssen, bevor sie ihren Schock überwunden haben. York selbst war nicht da, nur seine Frau und die Schwiegertochter, die Witwe des Toten . . .«

»Erzählen Sie mir von ihnen«, unterbrach Pitt. »Nicht nur die Tatsachen, auch Ihre persönlichen Eindrücke.«

Mowbray atmete tief durch und seufzte. »Die ältere Mrs. York war eine beachtenswerte Frau. Ich denke, sie muß früher einmal eine Schönheit gewesen sein, immer noch gutaussehend, sehr . . .«

Pitt wartete, er wollte Mowbrays eigene Worte hören.

»Sehr weiblich.« Der Inspektor war mit seiner

Beschreibung nicht zufrieden. Er blinzelte. »Sanft wie... wie eine Blume im botanischen Garten. Wie eine Kamelie, blasse Farben, perfekte Form. Nicht so wild und unordentlich wie Feldblumen oder späte Rosen, die auseinanderfallen.«

Pitt mochte späte Rosen: Sie waren herrlich, üppig, doch das war eine Frage des Geschmacks. Mowbray fand sie vielleicht ein wenig vulgär.

»Und die Witwe?« fragte Thomas Pitt mit gleichmütiger Stimme. Er wollte kein besonderes Interesse bekunden.

Doch Mowbray war scharfsinnig. Er lächelte leicht. »Sie war totenblaß und sprach kaum ein Wort, so, als sei sie halb betäubt. Sie blickte uns nicht an, wie Lügner sich verhalten. Ich glaube, es war ihr egal, was wir von ihr dachten.«

Nun lächelte auch Pitt. »Also keine Kamelie?«

Ein Hauch freudlosen Humors zeigte sich in Mowbrays Augen. »Eine ganz andere Art Frau, viel ... viel empfindsamer und verletzlicher. Vielleicht auch, weil sie jünger war. Aber ich hatte das Gefühl, daß sie nicht die innere Stärke ihrer Schwiegermutter besaß. Doch trotz des Schocks war sie eine der schönsten Frauen, die ich je gesehen habe, groß und sehr schlank, wie eine Frühlingsblume, jedoch dunkel. Zerbrechlich, könnte man sagen, mit einem jener Gesichter, die man nicht vergißt, weil sie sich von den meisten anderen unterscheiden. Hohe Wangenknochen, zarter Körperbau.« Er schüttelte den Kopf ein wenig. »Ein Gesicht voller Gefühl.«

Pitt saß einen Moment still da und versuchte sich die Frau vorzustellen. Was fürchtete das Außenministerium wirklich — Mord, Landesverrat oder nur einen Skandal? Was war der wahre Grund dafür, daß Ballarat diesen Fall nun wieder aufrollen mußte? War es nur, um sicherzugehen, daß sich später nichts Schmutziges herausstellte, das einen Botschafter ruinieren konnte? Selbst bei diesem kurzen Gespräch hatte Pitt Achtung vor Mowbray gewonnen. Er war ein guter, professioneller Polizist. Wenn er glaubte, Veronica York sei durch den Schock betäubt gewesen, dann hätte Pitt vermutlich auch nichts anderes gedacht.

»Was sagte die Familie aus?«

»Die beiden Damen waren mit Freunden beim Essen gewesen. Sie waren ungefähr um elf Uhr nachts heimgekommen und gleich zu Bett gegangen«, erwiderte Mowbray. »Die Dienerschaft bestätigte das. Robert York war geschäftlich unterwegs gewesen. Er arbeitete im Außenministerium und hatte oft abends zu tun. Er kam häufig nach den Damen heim; sie wußten nicht, wann. Auch das Personal wußte es nicht. York hatte selbst bestimmt, daß niemand aufbleiben sollte.

Offenbar war er noch wach, als der Einbrecher erschien. Er muß die Treppe heruntergekommen sein, den Dieb in der Bibliothek überrascht haben und dann getötet worden sein.« Mowbray hielt inne. »Ich weiß nicht, warum. Ich meine, warum versteckte sich der Einbrecher nicht, oder, noch besser, warum verschwand er nicht wieder durch das Fenster? Der Totschlag war völlig überflüssig.«

»Was haben Sie schließlich gefolgert?«

Mowbray hob die Augenbrauen. »Ein ungelöster Fall.« Er zögerte ein paar Sekunden, als wolle er noch etwas hinzufügen.

Pitt nickte. »Ein seltsamer Fall. Der Täter weiß genau, daß Lowther alle zwanzig Minuten vorbeikommt, trotzdem benützt er statt der Rückseite des Hauses ein Fenster an der Vorderfront, das er nicht einmal beklebt, um den Lärm zu vermeiden. Er kennt die Erstausgabe von Swift, die nicht auffällig war, und greift den Hausherrn so brutal an, daß dieser stirbt.«

»Und er verkauft nichts von seiner Beute«, fügte Mowbray hinzu. »Sehr eigenartig. Ich überlegte schon, ob York den Eindringling persönlich kannte — irgendeinen Gentleman, der seine Freunde beraubte. Ich habe mich sehr diskret in dieser Richtung erkundigt und auch die Bekannten der jungen Mrs. York ein wenig unter die Lupe genommen. Da hat man mir von oben bedeutet, mich zurückzuhalten und den Kummer der Betroffenen nicht noch zu vermehren. Man hat mich nicht direkt aufgefordert, den Fall als ungelöst abzulegen — nicht so plump. Doch ich habe es begriffen, man muß mir nicht mit dem Zaunpfahl winken.«

So hatte Pitt es sich vorgestellt — er selbst hatte schon Ähnliches erlebt. Es bedeutete nicht unbedingt, daß die Drahtzieher schuldig waren, nur, daß sie der feinen Gesellschaft, dem Geld und der grenzenlosen Macht, die damit verbunden war, ihre Hochachtung erwiesen.

»Ich denke, ich sollte jetzt weitere Nachforschungen anstellen.« Pitt erhob sich zögernd. Draußen regnete es. Er sah, wie die Nässe in Streifen über das Fenster rann und die Schatten der Dächer und Giebel verzerrte. »Danke für Ihre Hilfe und für den Tee.«

»Ich beneide Sie nicht«, meinte Mowbray aufrichtig.

Pitt lächelte liebenswürdig. Er mochte den Mann, und es war ihm zuwider, dessen Schritte zurückzuverfolgen, als sei der Inspektor irgendwie unzulänglich. Verdammter Ballarat, verdammtes Außenministerium!

Auf der Straße stellte Pitt den Mantelkragen hoch, zog den Schal dichter um den Hals und senkte den Kopf gegen den Regen. Nach einer Weile rann ihm das Wasser über die Stirn. Er dachte darüber nach, was er gerade erfahren hatte. Was bezweckte das Außenministerium? Suchten sie die dezente Lösung eines Falles, der einen der ihrigen betraf? Robert Yorks Witwe war, wenn auch nicht formell, mit einem Julian Danver verlobt. Falls Danver einen Botschafterposten oder sogar Höheres anstrebte, durfte keinem Mitglied seiner Familie ein Makel anhaften, vor allem nicht seiner Frau. Oder hatte man bezüglich Robert Yorks Ermordung etwas Neues entdeckt, das auf Hochverrat hinwies und das Pitt enträtseln sollte? Ihm würde dann die Verantwortung zugeschoben werden für die Tragödie und den Skandal, die unweigerlich folgen und Karrieren zerstören würden.

Es war eine häßliche Aufgabe, und alles, was Mowbray berichtet hatte, machte die Sache noch häßlicher. Wer war die zweite Person in der Bibliothek gewesen, und was hatte sie dort gewollt?

Pitt wanderte vom Piccadilly durch die St. James und quer über die Mall, dann die Horse Guards' Parade hinunter, vorbei an den kahlen Bäumen und dem windgepeitschten Gras des Parks, anschließend die Downing Street hinauf zur Whitehall und zum Außenministerium.

Er brauchte eine Viertelstunde, bis er schließlich zu der Abteilung vordrang, in der Robert York gearbeitet hatte. Dort begrüßte ihn ein distinguierter Herr in den späten Dreißigern mit schwarzem Haar und ebenso dunklen Augen, die sich jedoch bei Licht überraschend als leuchtend grau erwiesen. Er stellte sich als Felix Asherson vor und bot jede Hilfe an, die in seiner Macht stand.

»Danke, Sir. Wir haben uns den tragischen Tod von Mr. Robert York vor drei Jahren jetzt noch einmal vorgenommen.«

Ashersons Gesicht drückte sofort Betroffenheit aus, wie man es bei den tadellosen Sitten, die im Außenministerium herrschten, erwarten konnte. »Haben Sie jemand festgenommen?«

Pitt ging das Thema indirekt an. »Nein, leider nicht, aber damals wurden einige Gegenstände gestohlen, und es erscheint möglich, daß der Dieb kein gewöhnlicher Einbrecher, sondern eine gebildete Person war, die etwas Bestimmtes suchte.«

Asherson wartete geduldig. »Tatsächlich? Haben Sie das damals nicht vermutet?«

»Doch, Sir. Aber von höherer Stelle...« Er hoffte, Ashersons diplomatische Schulung in Diskretion würde ihn davon abhalten, nach Namen zu fragen, »wurde mir aufgetragen, den Fall noch einmal zu durchleuchten.«

»Oh.« Ashersons Züge verschlossen sich kaum merkbar. »Wie können wir Ihnen helfen?«

Es war interessant, wie er den Plural benützte und sich dadurch zum Vertreter des Ministeriums machte, der sich nicht persönlich einmischte.

Pitt wählte seine Worte sorgfältig. »Nachdem der Täter die Bibliothek bevorzugte und nicht das Speisezimmer, in dem das Silber aufbewahrt wurde, liegt nahe, daß er vielleicht Dokumente suchte, vielleicht etwas, an dem Mr. York zu der Zeit arbeitete.«

Asherson blieb unverbindlich. »Tatsächlich?«

Pitt wartete.

Asherson atmete tief durch. »Das ist schon möglich, ich meine, er mag gehofft haben, etwas zu finden. Ist das jetzt noch wichtig? Das Geschehen liegt immerhin drei Jahre zurück.«

»Einen Mordfall geben wir niemals völlig auf«, erklärte Pitt höflich. Und doch hatten sie diesen nach sechs fruchtlosen Monaten begraben.

»Nein, nein, natürlich nicht«, meinte Asherson. »Wie kann das Außenministerium Ihnen helfen?«

Pitt beschloß, schonungslos offen zu sein. Er lächelte leicht und sah Asherson in die Augen. »Sind hier irgendwelche Informationen verlorengegangen, seit Mr. York bei Ihnen zu arbeiten anfing?«

Asherson zögerte. »Sie halten uns wohl für ziemlich unfähig, Kommissar! Wir pflegen Informationen nicht zu »verlieren«, dafür sind sie viel zu wichtig.«

»Wenn also eine Information unbefugte Stellen erreicht, wurde sie freiwillig abgegeben?« fragte Pitt unschuldig.

Asherson atmete langsam aus, um Zeit zu gewinnen. Im Moment verriet sein Gesicht deutliche Verwirrung. Er wußte nicht, worauf Pitt hinauswollte.

»Es gab eine Information . . .«, sagte Pitt sanft und so unbestimmt, daß es sowohl eine Frage als auch eine Feststellung sein konnte.

Asherson reagierte mit Unwissenheit. »Wirklich? Dann wurde der arme Robert vielleicht deshalb ermordet. Falls er Papiere nach Hause mitgenommen hat, und irgend jemand wußte das...« Er ließ den Satz unvollendet.

»Dann hätte Mr. York also jederzeit solche Papiere mitnehmen können? Oder wollen Sie andeuten, daß es eventuell nur einmal der Fall war und daß der Dieb ausgerechnet diese Nacht wählte?«

Es war eine absurde Idee, das wußten beide.

»Nein, natürlich nicht.« Asherson lächelte schwach. Er saß in der Klemme, doch falls er sich ärgerte, verbarg er es ausgezeichnet. »Ich weiß wirklich nicht, was damals geschah. Doch sollte Robert unzuverlässig gewesen sein oder die falschen Freunde gehabt haben, so ist das heute kaum mehr von Bedeutung. Der arme Mann ist tot, und die Information kann unsere Feinde nicht erreicht haben, sonst hätten wir längst die Folgen gespürt. Und das ist nicht der Fall, das kann ich Ihnen versichern. Wenn es tatsächlich solch einen Versuch gegeben hat, dann schlug er fehl. Können Sie das Andenken des Mannes nicht in Frieden lassen, ganz zu schweigen von seiner Familie?«

Pitt erhob sich. »Danke, Mr. Asherson. Sie waren sehr offen. Guten Tag, Sir.« Er ließ den unsicher dreinblickenden Asherson in der Mitte des leuchtend blauen türkischen Teppichs einfach stehen.

Als er in der eisigen Dämmerung wieder in der Bow Street angelangt war, stieg Thomas Pitt die Stufen zu Ballarats Büro hinauf und klopfte an die Tür. Gleich darauf wurde er hereingebeten.

Ballarat stand vor dem Feuer und verdeckte mit seinem Körper die Flammen. Sein Dienstraum unterschied sich von dem der einfachen Streifenpolizisten. Der große Schreibtisch war mit grünem Leder bezogen, der Stuhl dahinter gepolstert und bequem schwenkbar. In einem steinernen Aschenbecher lag ein Zigarrenstummel. Ballarat war mittelgroß, untersetzt und ein wenig kurzbeinig. Doch sein üppiger Backenbart wirkte tadellos gestutzt, und der Mann duftete nach Kölnisch Wasser. Seine Kleidung war untadelig gepflegt, von den glänzenden ochsenblutfarbenen Stiefeln bis zur passenden Krawatte und dem steifen weißen Kragen. Der Polizeichef bildete einen krassen Gegensatz zu dem schlampigen Kommissar mit dem zerdrückten Mantel und dem handgestrickten Schal, der den weichen Hemdkragen halb verdeckte.

»Nun?« sagte Ballarat reizbar. »Schließen Sie die Tür, Mann! Ich möchte nicht, daß das halbe Revier lauscht. Die Angelegenheit ist vertraulich, wie Sie bereits wissen. Also, was haben Sie erfahren?«

»Sehr wenig«, erwiderte Pitt. »Damals wurde gründlich recherchiert.«

»Das weiß ich, zum Teufel! Ich habe die Berichte über den Fall gelesen.« Ballarat schob die Fäuste tiefer in die Hosentaschen und wippte auf den Fußsohlen vor und zurück. »War es ein zufälliger Einbruch, irgendein Amateur, der erwischt wurde und in Panik geriet? Ich bin sicher, daß das Geschehnis nichts mit dem Außenministerium zu tun hat. Ich erfuhr von höchster Stelle...« Er wiederholte die Worte und ließ sie auf der Zunge zergehen. »...von höchster Stelle, daß unsere Feinde keine Kenntnis von Yorks Tätigkeit haben.«

»Eher hat ein verschuldeter Freund von York den Diebstahl begangen«, meinte Pitt unverblümt und sah den Ausdruck von Mißfallen in Ballarats Gesicht. »Er wußte, wo die Erstausgabe von Swift stand.«

»Er bekam interne Hilfe«, sagte Ballarat sofort,

»durch Bestechung eines Dieners oder einer weiblichen Angestellten.«

»Möglich, angenommen, eine Bedienstete konnte eine Erstausgabe erkennen. Denn der Honorable Piers York diskutierte wohl kaum den Wert seiner Bücher mit dem Hauspersonal.«

Ballarat wollte sich schon über den sarkastischen Ton beschweren, doch dann ließ er es bleiben. »Nun, falls der Täter ein Bekannter Yorks war, müssen Sie bei der Befragung verdammt vorsichtig sein, Pitt! Wir sind da mit einer sehr heiklen Aufgabe betraut worden. Ein unbedachtes Wort, und Sie können einen guten Ruf vernichten, von Ihrer eigenen Karriere ganz zu schweigen.« Er wirkte zunehmend ungemütlicher, und sein Gesicht lief rot an. »Das einzige, was das Außenministerium von uns wünscht, ist festzustellen, daß Mrs. Yorks Haltung absolut integer war. Es ist nicht Ihre Aufgabe, den Namen eines toten Mannes zu beschmutzen, eines ehrenhaften Mannes, der seiner Königin und seinem Vaterland treu diente.«

»Aus dem Außenministerium sind Informationen verschwunden«, erklärte Pitt mit erhobener Stimme, »und der Einbruch im York-Haus verlangt viel mehr Aufklärung, als bisher geleistet wurde.«

»Dann kümmern Sie sich darum, Mann!« sagte Ballarat unfreundlich. »Finden Sie heraus, welcher der Freunde es war, oder, noch besser, beweisen Sie, daß es überhaupt kein Bekannter gewesen ist. Belegen Sie, daß Veronica Yorks Charakter über jeden, auch den geringsten, Zweifel erhaben ist, dann wird man uns allen dankbar sein.«

Pitt öffnete den Mund, um zu widersprechen, doch dann sah er in Ballarats schwarzen Augen, daß das zwecklos war. Er schluckte seinen Zorn hinunter. »Ja, Sir.«

Die kalte Luft und der Regen, der ihm in das heiße Gesicht peitschte, beruhigten ihn ein wenig. Passanten rempelten ihn an, er hörte Pferdekarren über das Pflaster rattern und sah beleuchtete Schaufenster. Gaslampen brannten in den Straßen, und in Kohlenpfannen geröstete Kastanien dufteten. Pitt hörte, wie jemand ein Weihnachtslied sang, und seine Umgebung nahm ihn gefangen. Er stellte sich die Gesichter seiner Kinder am Weihnachtsmorgen vor. Sie waren nun alt genug, um aufgeregt zu sein; Daniel fragte schon jeden Abend, ob morgen Weihnachten sei, und die sechsjährige Jemima erklärte ihm mit der Überlegenheit einer älteren Schwester, daß er noch warten müsse. Thomas Pitt lächelte. Er hatte für Daniel eine hölzerne Eisenbahn geschnitzt, mit einer Lokomotive und sechs Wagen. Für Jemima hatte er eine Puppe gekauft, und Charlotte nähte winzige Kleider, Unterröcke und ein hübsches Häubchen für diese Puppe. Kürzlich hatte er bemerkt, daß seine Frau ihr Nähzeug schnell unter einem Kissen versteckte, als er unerwartet heimkam, und ihn mit viel zu unschuldiger Miene anblickte.

Sein Lächeln vertiefte sich. Er wußte, daß sie etwas für ihn machte. Über das Geschenk, das er für sie ausgewählt hatte, freute er sich besonders — eine hohe rosafarbene Alabastervase, einfach und perfekt in der Form. Für dieses schöne Stück hatte er sieben Wochen gespart. Das einzige Problem bedeutete Emily, Charlottes verwitwete Schwester. Sie hatte aus Liebe geheiratet. Ihr Mann George war adelig und sehr reich gewesen. Nach dem Schock über den Verlust im letzten Sommer war es selbstverständlich, daß sie und ihr fünfjähriger Sohn Edward Weihnachten mit Charlottes Familie verbringen würden.

Doch was sollte Pitt mit seinen geringen finanziellen Mitteln für sie kaufen, das ihr gefallen würde?

Er hatte dieses Problem noch nicht gelöst, als er zu Hause ankam. Als erstes hängte er seinen nassen Mantel auf, zog die Stiefel aus und ging auf Socken durch den Korridor.

Dort lief ihm Jemima mit heißen Wangen und leuchtenden Augen entgegen. »Papa, ist es noch nicht Weihnachten?«

»Nein, noch nicht!« Er hob sie hoch und drückte sie an sich.

»Bist du sicher?«

»Ja, mein Liebling, ich bin sicher.« Er trug sie in die Küche und stellte sie auf den Boden. Gracie, das Dienstmädchen, beschäftigte sich im oberen Stockwerk mit Daniel. Charlotte war allein und gerade dabei, den Weihnachtskuchen aus dem Ofen zu holen. Eine Locke fiel ihr in die Stirn. Sie lächelte Thomas zu. »Gibt es einen interessanten Fall?«

»Nein, nur einen alten, der zu nichts führen wird.« Er küßte sie zuerst einmal, dann öfter mit wachsender Zärtlichkeit.

»Nichts?« fragte sie erneut.

»Nichts, nur eine Formalität.«

2

Anfangs gab sich Charlotte mit Thomas' kurzer Auskunft zufrieden, weil die Weihnachtsvorbereitungen sie voll in Anspruch nahmen. Zu jeder anderen Zeit wäre sie viel wißbegieriger und auch hartnäckiger gewesen. In der Vergangenheit hatte sie sich intensiv mit einigen von Thomas' spektakulärsten und tragischsten Fällen befaßt, teils aus Neugierde, teils auch aus Wut über irgendein Geschehnis. Erst letzten Sommer war der Mann ihrer Schwester Emily ermordet worden, und Emily war die Hauptverdächtige gewesen. George hatte ein kurzes, aber heftiges Liebesverhältnis mit Sybilla March gehabt, und Emily war die einzige, die wußte, daß es in der Nacht vor seinem Tod ein Ende gefunden hatte. Wer sollte ihr Glauben schenken, nachdem der Augenschein gegen sie sprach? Zumal Emily bei ihren Bemühungen, Georges Aufmerksamkeit zurückzugewinnen, mit Jack Radley geflirtet und damit selbst den Eindruck erweckt hatte, in eine romantische Affäre verstrickt zu sein.

Charlotte war nie so verängstigt gewesen wie zu dieser Zeit, und nie zuvor hatte sie wahre Tragik so hautnah gespürt. Als ihre ältere Schwester Sarah gestorben war, hatte das einen plötzlichen, herben Verlust bedeutet, doch es war ein rein zufälliges Unglück gewesen, das jedem hätte zustoßen können. Georges Tod war etwas anderes; eine innere Entfremdung war ihm vorausgegangen. Emilys Gefühle der Sicherheit und Liebe waren durch Georges Untreue zerstört und alle Gemeinsamkeiten mit einem Schatten des Zweifels belegt worden. Welchen Defekt wies Emily auf, wieviel Leere steckte in dem Vertrauen, das sie so tief empfunden hatte, daß George einer anderen Frau mit solcher Leidenschaft verfallen konnte? Die Versöhnung danach war so kurz, so zerbrechlich und so geheim gewesen, daß niemand davon gewußt hatte. Und am nächsten Morgen war George tot.

Im Gegensatz zu Sarahs Tod hatte es kein Mitgefühl und keine Rücksichtnahme von seiten der Freunde gegeben, eher Argwohn und sogar Haß. Alter Groll und Mißverständnisse wurden aufgerührt, Schuldzuweisungen kursierten, und jeder fürchtete, der Fall könnte eigene Geheimnisse und Verfehlungen ans Licht der Öffentlichkeit zerren.

Das war nun sechs Monate her, und Emily hatte sich von dem Schock erholt. Sie wurde wieder von der Gesellschaft akzeptiert, und die Leute überschlugen sich in dem Bemühen, ihr früheres Benehmen wiedergutzumachen. Dennoch wurde erwartet, daß Witwen ihre Trauer zeigten, vor allem solche, deren Männer aus alten vornehmen Adelsfamilien stammten wie die Ashworths. Die Tatsache, daß Emily noch keine dreißig war, entband sie keinesfalls von der Pflicht, daheim zu bleiben, nur Verwandte zu empfangen und ununterbrochen Schwarz zu tragen. Sie durfte keine gesellschaftlichen Aufgaben übernehmen, die in irgendeiner Weise angenehm oder vergnüglich gewesen wären, und sie mußte jederzeit eine ernste Miene zur Schau stellen.

Emily fand das beinahe unerträglich. Zunächst, als Georges Mörder gefunden und der Fall abgeschlossen war, hatte sie sich mit Edward aufs Land begeben, um allein zu sein und dem Jungen über den Verlust hinwegzuhelfen. Im Herbst war sie in die Stadt zurückgekehrt, doch alle Zusammenkünfte, Opern, Bälle und Abendgesellschaften waren tabu für sie. Die Freunde, die sie besuchten, benahmen sich todernst bis zur Albernheit, niemand erzählte ihr den neuesten Klatsch oder plauderte mit ihr über Mode, weil diese Themen für eine trauernde Witwe zu oberflächlich waren. Emily empfand die Zeit zu Hause, die sie mit Briefeschreiben, Klavierspielen und Sticken verbrachte, als haarsträubend und frustrierend.

Natürlich hatte Charlotte ihre Schwester und Edward zu Weihnachten eingeladen, und für den Jungen würde das Spielen mit anderen Kindern das schönste Geschenk sein.

Doch was war nach Weihnachten? Emily würde wieder in ihre Villa zurückkehren und sich wie vorher langweilen.

Sosehr Charlotte ihre Kinder und ihr Heim liebte, empfand auch sie die familiäre Trauerzeit mit dem dazugehörigen Hausarrest allmählich als belastend. Deshalb lag ihr besonders daran, an Thomas' neuem Fall teilzunehmen und ein wenig Ablenkung darin zu finden.

Am folgenden Abend näherte sich Charlotte dem Thema ihres Anliegens etwas sorgfältiger. Sie saßen nach dem Abendessen vor dem Kamin im Wohnzimmer. Die Kinder waren längst im Bett. Charlotte stickte Schmetterlingsornamente für den Christbaum.

»Thomas«, begann sie ungezwungen, »wenn dein gegenwärtiger Fall wirklich so unwichtig ist, könntest du ihn dann über Weihnachten nicht ruhen lassen?« Sie schaute nicht auf, sondern richtete den Blick auf ihre feine Handarbeit.

»Ich . . .« Er zögerte. »Ich denke, es könnte mehr dahinter sein, als ich zuerst vermutete.«

Charlotte unterdrückte ihre Neugier mit großer Anstrengung. »Oh, wieso?«

»Ein nächtlicher Einbruch, der kaum zu verstehen ist.«

»Oh.« Diesmal brauchte sie ihre Interesselosigkeit nicht zu heucheln. Einbrüche waren unpersönlich, der Verlust von Besitztümern berührte sie wenig. »Was wurde gestohlen?«

»Zwei Miniaturbilder, eine Vase, ein Briefbeschwerer und eine Erstausgabe.«

»Was ist daran so schwer zu verstehen?« Sie blickte auf und sah, wie er lächelte. »Thomas!« Sofort wußte sie, daß er noch eine geheimnisvolle Information zurückhielt.

»Der Sohn des Hauses überraschte den Dieb

und wurde getötet.« Er betrachtete sie und amüsierte sich über ihren Versuch, gleichmütig zu erscheinen. »Und die gestohlenen Gegenstände tauchten niemals auf.«

»Und?« Ohne es zu merken, hatte sie ihr Nähzeug fallen lassen. »Thomas!«

Er machte es sich in seinem Stuhl bequem, schlug die Beine übereinander und erzählte ihr, was er wußte. Er vergaß auch nicht zu erwähnen, was Ballarat gesagt hatte. Charlotte nahm ihre Näharbeit wieder auf. »Was willst du tun?«

»Den Diebstahl verfolgen, soweit ich kann«, erwiderte er.

»Was für eine Frau ist die Witwe?« fragte Charlotte. Sie wollte mehr erfahren. Vielleicht konnte sie Emily etwas Interessantes erzählen.

»Ich weiß es nicht. Ich konnte sie bisher noch nicht aufsuchen, ohne ihren Verdacht zu erwekken, und das ist das letzte, was das Außenministerium möchte. Übrigens, du hast Jack Radley schon lange nicht mehr erwähnt. Hat Emily noch Kontakt zu ihm?«

Diese Angelegenheit lag Charlottes Herz viel näher, und sie war bereit, dafür Thomas' unbefriedigenden Fall sausen zu lassen. Jack Radley, der Emily anfangs nur dazu gedient hatte, George eifersüchtig zu machen, hatte sich als verläßlicher Freund entpuppt; er war lange nicht so oberflächlich und egoistisch wie sein Ruf. Er besaß kein Geld und keine aussichtsreiche Position; deshalb lag der Gedanke nahe, daß er Emily wegen des

Reichtums, den sie von George geerbt hatte, hofierte. Sein Erfolg bei Frauen war bekannt. Kurze Zeit hatte er unter dem Verdacht gestanden, George ermordet zu haben, um Emily später zu heiraten und an ihr Vermögen heranzukommen.

Doch seine Unschuld hatte sich bald herausgestellt. Dennoch war er keineswegs der Freier, den sich die Gesellschaft — zu gegebener Zeit — für Emily gewünscht hätte. Ihre Mutter wäre entsetzt gewesen.

Allerdings störte das Charlotte wenig. Die Empörung der Leute konnte nicht schlimmer sein als bei ihrer eigenen Hochzeit mit einem Polizisten. Jack Radley war trotz seiner Mittellosigkeit ein Gentleman. Polizisten galten kaum mehr als Gerichtsdiener und Rattenfänger. Aber war Jack Radley wahrer Liebe fähig? Die Annahme, jeder Mensch könne lieben, wenn er dem richtigen Partner begegnete, war ein romantischer Trugschluß. Viele suchen nur das Herkömmliche — ein Heim, eine gesellschaftliche Stellung, Kinder, die weitere Familie.

Sie wollen ihre Gedanken und Mußestunden nicht teilen, ihr Innerstes nicht bloßlegen, ihre Träume nicht verraten, um unverwundbar zu bleiben. Sie gehen kein Risiko ein. Sie bieten keine Großzügigkeit der Seele, nur Sicherheit. Diese Menschen sind unfähig zu geben, weil sie die Kosten scheuen. Ungeachtet seines Charmes, seiner Intelligenz und liebenswürdigen Art — falls Jack Radley zu diesen gehörte, würde er Emily letzten

Endes nur Leid bringen. Und das wollte Charlotte um jeden Preis verhindern.

»Charlotte?« Thomas Pitt unterbrach ihre Gedanken ein wenig ungeduldig. Auch ihm war Emilys Wohlergehen wichtig, denn er mochte seine Schwägerin sehr.

»Ich glaube schon«, sagte Charlotte schnell. »Wir haben wegen der Weihnachtsvorbereitungen kaum über ihn gesprochen. Emily bringt eine Gans und Fleischpasteten mit.«

Er streckte die Füße zum Feuer hin aus. »Ich meine, wenn du schon Detektiv spielen willst, solltest du dein Beurteilungsvermögen lieber an Jack Radley ausprobieren, als Spekulationen über Mrs. York anzustellen.«

Sie erwiderte nichts. Er hatte zweifellos recht, und obwohl er sehr sanft gesprochen hatte, war ihr seine Bemerkung fast wie ein Befehl vorgekommen. Trotz seiner bequemen Haltung und lässigen Art war Thomas Pitt bekümmert.

Charlotte jedoch hatte die Absicht, beide Anliegen zu kombinieren.

Sie legte sich einen Plan zurecht, der bereits fertig war, als Emily am nächsten Morgen kurz nach elf Uhr zu Besuch kam. Sie stürmte sofort in die Küche, umschmeichelt von einem eleganten schwarzen Mantel mit schwarzem Fuchsbesatz bis zum Kinn; ihr helles Haar kringelte sich unter einem schwungvollen schwarzen Hut. Einen Augenblick lang war Charlotte neidisch — der teure

Mantel sah so unbeschreiblich schick aus. Dann erinnerte sie sich daran, warum ihre Schwester Schwarz trug, und schämte sich. Abgesehen von den roten Flecken auf den Wangen, die der eisige Wind verursacht hatte, war Emily blaß und hatte tiefe dunkle Ringe unter den Augen. Man brauchte Charlotte nicht zu sagen, daß ihre Schwester rastlos war und zu wenig schlief. Langeweile ist durchaus nicht das schlimmste von allen Übeln, doch sie bringt eine Art von Entkräftung mit sich. Weihnachten würde rasch vorbei sein, und was wollte Emily danach anfangen?

»Möchtest du eine Tasse Tee?« fragte Charlotte und wandte sich dem Ofen zu, ohne eine Antwort abzuwarten. »Warst du schon einmal in Hanover Close?«

Emily zog den Mantel aus und setzte sich an den Küchentisch. Ihr Kleid war ebenfalls hochelegant, doch sie füllte es nicht mehr an allen Stellen aus wie früher.

»Nein, aber ich weiß, wo es ist. Warum?«

Charlotte erwähnte gleich den interessantesten Punkt. »Dort ist ein Mord passiert.«

»In Hanover Close?« Plötzlich war Emily höchst aufmerksam. »Gütiger Himmel! Das ist eine total exklusive Gegend — nur bester Geschmack und eine Menge Geld. Wer ist tot?«

»Robert York. Er arbeitete im Außenministerium.«

»Wie wurde er umgebracht? Ich habe nichts davon gelesen.«

Normalerweise las eine Dame von Emilys Stand überhaupt keine Zeitung, höchstens die Gesellschafts- und Hofnachrichten. Doch im Gegensatz zu ihrem Vater war George in diesen Dingen sehr nachsichtig gewesen, solange Emily die Aktualitäten nicht mit anderen Leuten besprach. Außerdem tat sie nach seinem Tod natürlich das, was ihr gefiel.

Charlotte stellte die Teekanne, ein Sahnekännchen und zwei ihrer besten Tassen auf den Tisch. »Es geschah vor drei Jahren«, sagte sie möglichst gelassen. »Thomas wurde jetzt gebeten, den Fall wieder aufzurollen, weil die Witwe erneut einen Mann aus dem Außenministerium heiraten will.«

Emily wurde munter. »Ist sie schon verlobt? Davon habe ich nichts gehört, obwohl ich die Gesellschaftsseiten immer lese. Das ist der einzige Weg für mich, irgend etwas zu erfahren. Niemand erzählt mir Neuigkeiten, so, als dürfte man mich nicht mehr an die Beziehungen zwischen Mann und Frau erinnern.« Unbewußt ballte sie die Fäuste.

Charlotte bemerkte es. »Das ist der Punkt«, meinte sie rasch. »Thomas soll Nachforschungen anstellen, ob sie die angemessene Partnerin für Mr. Danver ist, einen Mann, der einmal eine wichtige Rolle spielen wird.«

»Kann man denn an ihrer Integrität zweifeln?« fragte Emily erstaunt. »Bitte schenk den Tee ein, ich bin so ausgetrocknet wie die Sahara. Hat die Frau einen guten Ruf? Ich wünschte, ich wüßte mehr. Ich bin so abgeschnitten von allen, als hätte ich die Lepra. Die Hälfte meiner Bekannten geht mir aus dem Weg, die andere Hälfte sitzt feierlich in meinem Salon und flüstert, als läge ich im Sterben.«

Charlotte schüttelte den Kopf. »Leider weiß ich auch nicht mehr — nur, daß das Verbrechen ungeklärt blieb.« Sie schob ihrer Schwester die Tasse mit dem duftenden Getränk hin und schnitt einen frischen Ingwerkuchen an. »Es ist eine seltsame Geschichte.« Und sie erzählte Emily alles, was Thomas ihr berichtet hatte.

»Sehr seltsam«, stimmte Emily schließlich zu. »Ich überlege gerade, ob sie etwa einen Liebhaber hatte und ein Streit stattfand. Vermutlich möchte das Außenministerium das wissen, aber man scheut sich davor, es direkt zu sagen, denn wenn Mr. Danver das erführe, gäbe es einen fürchterlichen Stunk. Zudem würde es ihm sehr schaden — er könnte diesen Schandfleck nie mehr ganz tilgen.«

»Ebensowenig wie sie. Wenn es nicht stimmen würde, geschähe den beiden himmelschreiendes Unrecht. Ich weiß nur nicht, wie Thomas es anstellen will, etwas herauszufinden. Ein Polizist kann wohl kaum die feinen Bekannten der Dame ausfragen.«

Emily lächelte. »Meine liebe Charlotte, du brauchst nicht mit dem Zaunpfahl zu winken! Selbstverständlich werden wir uns der Sache annehmen. Wir haben lange genug zu Hause gesessen. Wir werden Veronica Yorks untadeligen Ruf beweisen oder ihn gänzlich ruinieren. Wo fangen wir an?«

Charlotte hatte die Schwierigkeiten schon durchdacht. Emily konnte sich in der Gesellschaft nicht mehr so bewegen wie zu Lebzeiten ihres Mannes, und Charlotte, als Ehefrau eines Polizisten, hatte weder das Geld für passende Garderobe noch den Freundeskreis, an den sie sich wenden konnte. Es blieb nur noch Georges Großtante Vespasia, die verstehen und helfen würde, aber sie war schon über Achtzig und hatte sich seit Georges Tod von den meisten Aktivitäten ferngehalten. Sie widmete sich vielfach sozialen Aufgaben und glaubte, daß der Kampf gegen Armut und Ungerechtigkeit durch Gesetzesreformen gewonnen werden könnte. Zur Zeit bemühte sie sich um Verbesserungen der Arbeitsbedingungen in Fabriken, die Kinder beschäftigten, vor allem Kinder unter zehn Jahren.

Charlotte schenkte sich noch einmal Tee ein und trank einen Schluck. »Stehst du noch mit Jack Radley in Verbindung?« fragte sie unschuldig, als hätte das mit dem Thema Veronica York zu tun.

Emily nahm sich noch ein Stück Ingwerkuchen. »Er besucht mich ab und zu. Meinst du, er sollte uns unterstützen?«

»Vielleicht könnte er uns helfen, ein ... ein Treffen zu vereinbaren.«

»Nicht uns.« Emily rümpfte die Nase. »Dir.«

Charlotte nickte. »Ich weiß, daß ich es diesmal

machen muß. Und du könntest mich anweisen! Ich werde jede Information, die ich ergattern kann, sammeln, und wir beide werden dann herausfinden, welche Bedeutung dahintersteckt.«

Emily wollte nicht warten, bis Jack Radley sich meldete. Er machte aus seiner Bewunderung kein Hehl. Emily zweifelte nicht an seinem Interesse, jedoch an dessen Motiven. Verehrte er sie um ihrer selbst willen oder weil sie Georges Witwe war, mit Georges Position und Georges Geld? Sie genoß seine Gesellschaft sehr, trotz ihres Verdachtes, und das wunderte sie. Aber wie nahe sind sich Sympathie und Liebe?

Als Emily George geheiratet hatte, war er der große Fang auf dem Heiratsmarkt gewesen. Sie hatte seine Fehler wohl erkannt, wegen der guten Partie, die sie gemacht hatte, jedoch großzügig darüber hinweggesehen. Und er hatte all ihre Hoffnungen erfüllt und ihre Schwächen niemals kritisiert. Was als perfektes gegenseitiges Verstehen begonnen hatte, entwickelte sich zu einer warmen Beziehung. Ihr erster Eindruck von ihm war der des hübschen unbekümmerten Lord George Ashworth, des idealen Ehemannes, gewesen. Im Lauf der Zeit waren ihre Gefühle für George zu einer zärtlichen und treuen Liebe herangereift, da sie erkannt hatte, daß er tüchtig im Sport und in Finanzangelegenheiten, charmant in Gesellschaft, charakterlich ohne jede Falschheit oder Raffinesse war. Emily hatte immer genug Klugheit besessen, ihn nicht merken zu lassen, daß sie wahrscheinlich intelligenter und auch mutiger war als er. Auch besaß sie weniger Toleranz und Großzügigkeit im Urteil. George konnte aufbrausend sein, doch immer nur vorübergehend. Er hatte die Schwächen seines Standes ebenso wie die der anderen gesellschaftlichen Gruppen ignoriert. Das brachte Emily nicht fertig. Ungerechtigkeit machte sie wütend, jetzt noch mehr als in ihrer Jugendzeit. Im Laufe der Jahre wurde sie Charlotte immer ähnlicher, die stets eigensinnig, schnell verärgert und kämpferisch gewesen war, wenn sie etwas für falsch hielt, obwohl sie in ihrer Reaktion auch manchmal weit über das Ziel hinausschoß. Emily war immer etwas sensibler gewesen — jedenfalls bisher.

Nun setzte sie sich hin und schrieb einen Brief an Jack Radley, in dem sie ihn bat, sie baldmöglichst zu besuchen. Sobald das Schreiben versiegelt war, schickte sie einen Diener damit weg.

Radleys Antwort kam befriedigend rasch. Er erschien am frühen Abend zu der Stunde, da Emily sich in glücklicheren Zeiten für ein großes Abendessen, einen Ball oder das Theater umgezogen hätte. Nun saß sie vor dem Feuer und las das Buch »Dr. Jekyll und Mr. Heyde« von Robert Louis Stevenson, das im Vorjahr herausgekommen war.

Jack Radley betrat das Zimmer sofort, nachdem das Stubenmädchen ihn angekündigt hatte. Er war lässig gekleidet, doch seine tadellos geschnittene Hose und die perfekt sitzende Jacke verrieten einen hervorragenden Schneider. Emily blickte ihm jedoch in die bemerkenswert schönen Augen, die Besorgnis ausdrückten.

»Emily, geht es dir gut?« fragte er und betrachtete sie forschend. »Dein Brief klang dringend. Ist etwas passiert?«

Sie kam sich ein wenig dümmlich vor. »Es tut mir leid, wenn ich mein Schreiben mißverständlich formuliert habe. Es geht mir sehr gut, danke. Aber ich langweile mich furchtbar, und Charlotte hat ein Geheimnis entdeckt.« Es hatte keinen Sinn, ihn anzulügen.

Seine Züge entspannten sich zu einem Lächeln, und er nahm ihr gegenüber Platz auf einem Stuhl. »Ein Geheimnis?«

Sie versuchte, ihrer Stimme einen unbekümmerten Klang zu geben, denn sie erkannte plötzlich, daß er vielleicht dachte, sie habe einen Vorwand gesucht, um ihn zu rufen. »Einen alten Mord, hinter dem möglicherweise ein Skandal steckt, der eine unschuldige Frau ruinieren und ihr die Chance nehmen könnte, den Mann zu heiraten, den sie liebt.«

Er sah verblüfft aus. »Aber was kannst du tun? Und wie kann ich helfen?«

»Natürlich kann die Polizei einige Fakten entdecken«, erklärte sie. »Aber sie vermag sich nicht so einzumischen wie wir, denn die Angelegenheit muß völlig diskret behandelt werden.« Sie merkte entzückt, daß sie sein Interesse geweckt hatte.

»Und niemand wird vor der Polizei so frei reden wie vor uns.«

»Aber wie sollen wir es anstellen, diese Leute zu beobachten?« meinte er ernst. »Du hast mir nicht gesagt, um wen es sich handelt, aber davon abgesehen, Emily, du kannst dich noch nicht wieder in der Gesellschaft blicken lassen.« Seine Züge verschlossen sich, und für einen kurzen Moment glaubte sie Mitleid darin zu entdecken. Von jemand anderem hätte sie Mitleid vielleicht akzeptiert, aber von Jack schmerzte es wider Erwarten.

»Ich weiß, daß ich das nicht kann«, erklärte sie heftig. »Aber Charlotte könnte, wenn du ihr helfen würdest.«

Er lächelte matt. »Ich habe ein großes Talent, Bekanntschaften zu machen. Wer sind die Leute?«

Sie sah ihn an und dachte, wie hübsch seine Wimpern sein Gesicht beschatteten. Wie viele andere Frauen hatten das wohl auch schon festgestellt? Emily rief sich zur Ordnung. Was waren das für dumme Gedanken? Charlotte hatte recht — sie brauchte eine Beschäftigung, ehe sie völlig überschnappte.

»Der Ermordete war Robert York«, sagte sie forsch. »Die Witwe ist Veronica York und wohnt in Hanover Close.« Sie hielt inne, denn er lächelte breit.

»Kein Problem, ich habe sie gekannt, ich . . .« Er zögerte und war offenbar unsicher, wie indiskret er sich zeigen durfte.

Emily spürte einen untypischen Stich der Eifersucht. Sie wußte, daß das äußerst albern war, denn sie kannte Jacks Ruf. Überdies hatte sie sich niemals einer Selbsttäuschung hingegeben. Sie wußte genau, daß Männer an sich selbst ganz andere Maßstäbe anlegten als an Frauen. Männer achteten nur darauf, sich nicht direkt erwischen zu lassen — was gemutmaßt wurde, war unwichtig. Allen realistischen Menschen waren diese Tatsachen bekannt. Nur mit Scheuklappen konnte man sich seelischen Frieden erkaufen. Allerdings entwickelte Emily einen zunehmenden Widerwillen diesen Gegebenheiten gegenüber.

»War deine Bekanntschaft derart, daß du sie problemlos erneuern kannst?« fragte sie spitz.

Er machte ein langes Gesicht. »Selbstverständlich.«

Sie senkte den Blick, um ihre Gefühle zu verbergen. »Würdest du das dann tun — mit Charlotte?«

»Natürlich«, erwiderte er langsam. »Aber wird das Pitt recht sein? Und ich kann sie nicht als Polizistenfrau vorstellen, da müssen wir uns etwas einfallen lassen.«

»Thomas braucht es nicht zu wissen. Sie kann zuerst hierherkommen, sich ein Kleid von mir leihen und als ... als deine Cousine vom Land auftreten, so daß du sie ohne weiteres ohne Anstandsdame mitnehmen kannst.«

»Wird sie damit einverstanden sein?«

»O ja«, antwortete Emily bestimmt. »Das wird sie ohne Zweifel.«

Zwei Tage später saß Charlotte hübsch gekleidet in einer eleganten Kutsche neben Jack Radley. Er hatte sich gleich nach seinem Besuch bei Emily im York-Haus angemeldet und fragen lassen, ob er seine Cousine, Miß Elizabeth Barnaby, vorstellen dürfe. Sie habe ihre kranke Tante auf dem Land lange gepflegt und benötige nach deren Genesung ein wenig Ablenkung.

Die Antwort war kurz, aber höflich und positiv ausgefallen.

Charlotte zog die Decke fester um ihre Knie. Es war bitter kalt in der Kutsche, und draußen regnete es in Strömen. Die Lederpolster fühlten sich feucht an, und Charlotte fror. Emilys Kleid war schön und passend für den Anlaß. Ihr Mädchen hatte es über dem Busen weiter gemacht und die Ärmel ein Stück verlängert, und es war ein Modell, wie es eine junge gediegene Frau vom Land wohl tragen mochte.

Die Kutsche hielt an. Charlotte warf Jack Radley einen raschen Blick zu und schluckte. Plötzlich kam ihr zu Bewußtsein, wie unbesonnen ihr Handeln war. Wenn Thomas davon gewußt hätte, wäre er wütend gewesen. Die Möglichkeit, entdeckt zu werden, lag nahe. Wie leicht könnte Charlotte sich versprechen, einen entscheidenden Fehler begehen oder auch jemand treffen, der sie von früher her kannte, als sie noch in diesen Kreisen verkehrte.

Jack half ihr beim Aussteigen, und sie duckte sich vor dem peitschenden Regen, der sie wie mit eiskalten Nadeln traf. Jetzt konnte sie Jack nicht einfach sagen, sie habe ihr Vorhaben geändert. Sie wog ihre innere Warnung und die Vorstellung von Thomas' Zorn gegen die prickelnde Aufregung ab, die sie bei der Diskussion des Planes mit Emily verspürt hatte.

In ihr kämpften noch immer zwiespältige Gefühle, als das Stubenmädchen öffnete und Jacks Karte in Empfang nahm. Er hatte mit der Hand »Miß Elizabeth Barnaby« unter seinen Namen geschrieben. Nun war es zu spät für einen Rückzug, die Würfel waren gefallen. Charlotte setzte ihr charmantestes Lächeln auf und trat ein.

Das Stubenmädchen besaß eine Pfirsichhaut und dunkles Haar. Sie war recht schnippisch – mit ihren großen Augen und der Wespentaille –, aber Stubenmädchen wurden meistens wegen ihres Aussehens gewählt. Wenn sie sehr hübsch waren, deutete dies auf den gesellschaftlichen Status und guten Geschmack der Brotgeber hin.

Charlotte hatte kaum Zeit, die weiträumige Empfangshalle zu betrachten. Der Treppenaufgang war breit und bemerkenswert elegant, mit schön geschnitztem Geländer, und der Kronleuchter erhellte den dunklen Winternachmittag mit warmem Licht.

Sie wurden in den Salon geführt, wo sich zwei Frauen in übertrieben prunkvollen roten Sesseln gegenübersaßen. Die jüngere, bei der es sich um Veronica York handeln mußte, war groß und für die gegenwärtige Mode viel zu schlank, doch die zarte Linie ihres Halses und ihrer Schultern verriet ausgesprochene Weiblichkeit. Ihr weiches schwarzes Haar war hochgesteckt und gab ein feines Gesicht frei, mit hübschen Brauen, leicht hohlen Wangen und einem überraschend sinnlichen Mund.

Die ältere Frau hatte dickes hellbraunes Haar, dessen starke Locken sichtlich eine Gabe der Natur darstellten. Obwohl von kleinerer Statur und kräftiger gebaut, wirkte diese Frau äußerst anmutig in einem gestickten hochmodischen Kleid. Ihre regelmäßigen Züge verrieten frühere Schönheit, die sie noch nicht lange hinter sich gelassen hatte, denn ihre rosa und weiße Haut zeigte wenig verräterische Linien. Es war ein Gesicht von fesselnder Strenge. Das mußte Loretta York sein, die Mutter des Toten, deren Würde in der Nacht der Tragödie den Polizeibeamten so tief beeindruckt hatte.

Als Hausherrin hieß sie die Gäste willkommen und reichte Jack die Hand. »Guten Tag, Mr. Radley, wie nett von Ihnen, uns aufzusuchen und Ihre Cousine mitzubringen.« Sie wandte sich Charlotte mit einem prüfenden Blick zu. »Miß Barnaby, nicht wahr?«

Charlotte machte ein absolut unschuldiges Gesicht und knickste nur. Sie mußte scheu und dankbar wirken, wie eine unverheiratete Person im kritischen Alter, die in der Londoner Gesellschaft verzweifelt nach einem Heiratskandidaten Ausschau hielt. »Guten Tag, Mrs. York. Es ist sehr freundlich von Ihnen, uns zu empfangen.«

»Wir hoffen, daß Sie sich so gut fühlen, wie Sie aussehen, Madam.« Jacks Schmeichelei kam automatisch; sie war sein gewohntes Wechselgeld, eine Währung, auf der er sein Erwachsenenleben aufgebaut hatte. »Sie lassen mich vergessen, daß draußen Winter ist und wir uns mehrere Jahre nicht gesehen haben.«

»Wie ich merke, hat sich Ihr Benehmen nicht verändert«, meinte sie ein wenig scharf, doch nicht ganz ohne Wohlgefallen. »Natürlich kennen Sie meine Schwiegertochter.« Sie warf der jüngeren Frau lediglich einen kurzen Blick zu.

Jack verneigte sich erneut — nur sehr knapp, aber der Höflichkeit genügend. »Ja, und ich war sehr betroffen, als ich von Ihrem schweren Verlust hörte. Ich hoffe, daß die Zukunft mehr Glück für Sie bereithält.«

»Danke.« Ein winziges Lächeln umspielte Veronica Yorks Lippen. Charlotte sah sofort, daß eine alte Vertrautheit zwischen den beiden bestand, die mit Leichtigkeit wiederaufgenommen wurde. Ein kurzer Gedanke an Emily streifte sie, aber sie schob ihn beiseite. Dieses Problem mußte sie sich für später aufheben.

Veronica musterte nun Charlotte, beurteilte den Schnitt ihres Kleides, seine Mode und den Preis, und Loretta tat dasselbe. Charlotte war zutiefst befriedigt, denn ihre Garderobe entsprach perfekt der Rolle, die sie zu spielen hatte.

»Ich hoffe, daß Ihnen London zusagt, Miß Barnaby«, erklärte Veronica liebenswürdig. »Sie können hier viel Zerstreuung finden, müssen aber natürlich auch vorsichtig sein, damit Sie nicht an die falschen Leute geraten.«

Charlotte packte die Chance beim Schopf. Sie lächelte scheu. »Ihre Warnung ist sehr freundlich, Mrs. York. Ich werde sie beherzigen. Der Ruf einer Frau kann so schnell zerstört werden.«

»Richtig«, stimmte Loretta zu. »Nehmen Sie doch Platz, Miß Barnaby.«

Charlotte dankte ihr und setzte sich behutsam auf einen Stuhl mit hoher steifer Rückenlehne, während sie ihren Rock glattstrich. Für einen Augenblick wurde sie unangenehm an die Zeit vor ihrer Hochzeit erinnert, als sie ähnliche Situationen oft erlebt hatte. Ihre Mutter hatte sie zu gesellschaftlichen Zusammenkünften begleitet, herausgeputzt und dargestellt in der Hoffnung, einen reichen Mann zu beeindrucken und eine standesgemäße Hochzeit zu arrangieren. Charlotte hatte sich jedesmal widerspenstig gezeigt, bis sie sich in den Ehemann ihrer ältesten Schwester verliebt hatte. Wie weit entfernt und wie kindisch ihr das alles heute erschien! Dennoch hafteten die Strenge der Anstandsregeln, die Jagd nach modischer Kleidung noch fest in ihrem Gedächtnis — und das alles war darauf ausgerichtet gewesen, einen wohlhabenden Ehemann zu finden.

»Waren Sie früher schon einmal in London, Miß Barnaby?« fragte die ältere Mrs. York, während ihre kühlen grauen Augen Charlottes reizvolle Figur musterten und die winzigen Nadelstiche entdeckten, wo das Büstenteil erweitert worden war.

Charlotte machte das nichts aus. Sie spielte doch nur ihre Rolle. »O ja, aber nur kurz, wegen der Krankheit meiner Tante. Gott sei Dank hat sie sich jetzt erholt, und ich kann wieder mein eigenes Leben führen. Aber ich habe das Gefühl, eine Menge versäumt zu haben. Sicher ist inzwischen in der Gesellschaft viel passiert.«

»Zweifellos«, sagte die ältere Mrs. York mit einem leichten Lächeln. »Obwohl sich die Ereignisse immer wieder gleichen, nur die Namen ändern sich.«

»Oh, ich glaube, auch die Menschen verändern sich«, wandte Veronica ein. »Und das Theater ebenfalls.«

Mrs. York warf ihr einen Blick zu, den Charlotte mit Interesse registrierte — er war kritisch und ohne jede Wärme. »Du weißt sehr wenig vom Theater, bis zu diesem Jahr hast du kaum eines besucht.« Sie sah Charlotte an. »Meine Schwiegertochter wurde erst kürzlich Witwe und war lange in Trauer.«

Charlotte hatte sich vorgenommen, vollkommene Unwissenheit vorzutäuschen. Sie machte sofort ein betroffenes Gesicht. »Das tut mir so leid. Bitte akzeptieren Sie mein ernstgemeintes Mitgefühl. Ich hätte Sie nicht gestört, wenn ich das gewußt hätte.« Sie schaute zu Jack hinüber, der tunlichst ihren Blick vermied.

»Es ist drei Jahre her«, sagte Veronica in das

peinliche Schweigen hinein. Sie sah auf ihren Brokatrock herunter, dann hob sie den Kopf. »Auch wir nehmen unser Leben wieder auf.«

»*Du* tust es.« Mrs. Yorks Ton machte die Unterscheidung deutlich. Es lagen Emotionen darin, die Charlotte nicht definieren konnte. Wollte die ältere Frau damit sagen, daß der Verlust eines Sohnes schlimmer war als der eines Ehemannes, da Veronica plante, wieder zu heiraten? Loretta Yorks kleine kräftige Hände lagen weiß in ihrem Schoß, die Augen funkelten scharf. Wäre die Idee nicht lächerlich gewesen, hätte Charlotte aus diesem Gesicht irgendeine Art von Warnung herausgelesen. Natürlich verwarf sie solch einen abwegigen Gedanken sofort wieder.

Veronicas volle Lippen verzogen sich zu einem winzigen Lächeln. Selbstverständlich hatte sie die Bemerkung ihrer Schwiegermutter begriffen.

»Tatsächlich, Mr. Radley, Sie können mir gratulieren«, meinte sie und sah ihn an. »Ich werde wieder heiraten.«

In diesem Moment prägte sich Charlotte die Überzeugung ein, daß Veronica York und Jack Radley gewiß nicht nur eine rein freundschaftliche Beziehung gehabt hatten.

Jack lächelte, als sei das eine wundervolle Überraschung für ihn. »Ich hoffe, daß Glück und Segen Ihren Weg begleiten werden.«

»Dieser Hoffnung schließe ich mich an«, erklärte Charlotte. »Mögen Sie die Trauer für immer hinter sich lassen.«

»Sie sind wohl recht romantisch, Miß Barnaby«, sagte Mrs. York mit gehobenen Augenbrauen. Sie lächelte halb, aber es war eine Kälte um sie, die man fast greifen konnte, irgend etwas Hartes, Ungelöstes tief in ihrem Inneren. Vielleicht handelte es sich um eine alte Wunde, die mit der gegenwärtigen Situation gar nichts zu tun hatte. Charlotte nahm sich vor, den Honorablen Piers York irgendwann kennenzulernen, möglicherweise konnte sie dann einiges besser verstehen.

Sie schenkte Mrs. York ihr strahlendstes Lächeln. »Ja, das bin ich. Und wenn die Wirklichkeit nicht so ist, wie ich sie mir wünsche, hoffe ich auf bessere Zeiten.« War das die richtige Art von Naivität, oder hatte sie übertrieben? Charlotte durfte nicht die kurze halbe Stunde, die gesellschaftlich tragbar war, vertrödeln, ohne etwas erfahren zu haben. Es würde länger dauern, bis sie erneut hier aufkreuzen konnte.

»Genau wie ich«, stellte Veronica fest. »Sie sind sehr liebenswürdig. Und Mr. Danver ist ein fabelhafter Mann; ich bin sicher, sehr glücklich zu werden.«

»Malen Sie, Miß Barnaby?« fragte Mrs. York und wechselte somit abrupt das Thema. »Vielleicht könnte Mr. Radley Sie in die Winterausstellung in der Königlichen Akademie mitnehmen. Ich denke, das würde Sie interessieren.«

»Ich male nicht sehr gut.« Das mochten sie als Bescheidenheit oder als die Wahrheit auffassen, wie es ihnen gefiel. Tatsächlich hatte sie wie alle

Mädchen aus gutem Hause Malunterricht gehabt, aber ihr Pinsel war ihrer Phantasie nie gewachsen gewesen. Da sie Thomas geheiratet und zwei Kinder zur Welt gebracht hatte, war nun ihr einziges Hobby, sich in die Fälle ihres Mannes einzumischen und eine Menge zu entdecken. Sie besaß ein Talent dafür — das mußte sogar Thomas zugeben —, doch hier konnte sie kaum damit glänzen.

»Ich hatte nicht gemeint, daß Sie ein Gemälde beginnen sollten, Miß Barnaby, sondern daß Sie sich welche anschauen könnten«, erklärte Mrs. York, als sei Charlotte mit Dummheit geschlagen. Das verletzte sie, doch in ihrer Rolle als Miß Barnaby durfte sie sich nicht rächen. »Dafür brauchen Sie kein Talent«, fuhr Mrs. York fort, »Sie müssen nur elegant aussehen und bescheiden auftreten. Ich denke, beides dürfte Ihnen nicht schwerfallen.«

»Ich danke Ihnen«, sagte Charlotte mit mühsam beherrschter Höflichkeit.

Veronica lehnte sich nach vorn. Sie war wirklich eine schöne Frau. In ihrem Gesicht vereinigte sich die Zartheit der Form mit der Kraft des Mundes und der Augen. Sie benahm sich Charlotte gegenüber, als kennten sie sich schon längere Zeit. Charlotte hoffte, daß diese junge Frau den Ansprüchen des Außenministeriums würde gerecht werden können. Der Gedanke an die Überprüfung, die sich dieses Amt erlaubte, ärgerte sie.

»Vielleicht mögen Sie mit mir kommen«, meinte Veronica. »Ich würde mich über Ihre Gesellschaft sehr freuen. Wir könnten völlig offen miteinander plaudern und sagen, was uns gefällt und was nicht.« Sie sah ihre Schwiegermutter nicht an.

»Ich wäre entzückt«, erklärte Charlotte ehrlich. »Es wäre das größte Vergnügen für mich.« Sie merkte, daß Jack hustete und nach einem Taschentuch griff, um sein Lächeln zu verbergen.

»Dann ist das ausgemacht«, stellte Veronica entschlossen fest. »Meine Schwiegermutter geht sowieso nicht gern dorthin. Sie wird froh sein, daß ihr dieses Jahr der Besuch der Kunstakademie erspart bleibt.«

»Ich habe dich schon oft zu Veranstaltungen begleitet, die mir nicht liegen«, sagte Mrs. York mit kalten Augen. »Und das wird sich zweifellos in Zukunft nicht ändern. Familienverpflichtungen sind etwas, dem man nie entfliehen kann. Da stimmen Sie mir doch zu, Miß Barnaby?« Sie wandte sich an Charlotte, doch vorher streifte ihr Blick Veronica. Charlotte hatte plötzlich das intensive Gefühl, daß die beiden Frauen sich nicht mochten, vielleicht sogar haßten.

Veronica versteifte sich, die Starre teilte sich der langen Linie ihres Halses und dem leidenschaftlichen Mund mit. Sie sagte nichts. Charlotte glaubte, die Frauen sprächen eigentlich von etwas ganz anderem, und trotz aller Spannung und Abwehr zwischen ihnen verstanden sie einander perfekt.

»Natürlich«, erwiderte Charlotte leise. Schließlich glaubte man von ihr, sie habe die letzten beiden Jahre eine kranke Verwandte gepflegt. Konnte eine unverheiratete Frau ein größeres Opfer bringen? »Familien werden durch die Bande der Liebe und der gegenseitigen Verantwortung zusammengehalten.« Es war schon beinahe Zeit zu gehen. Charlotte mußte noch etwas Interessanteres erfahren, abgesehen von dem unglücklichen Eindruck einer heimlichen Feindschaft. Sie blickte sich diskret in dem Raum um und entdeckte eine Uhr aus Goldbronze. Wenn schon gelogen werden mußte, dann gleich im großen Stil!

»Oh, was für eine bezaubernde Uhr«, sagte sie bewundernd. »Meine Cousine besaß eine ähnliche, nur etwas kleiner, und eine der Figuren war anders gekleidet. Unglücklicherweise wurde das schöne Stück gestohlen. So ein schreckliches Erlebnis!« Sie ignorierte Jacks entsetztes Gesicht und fuhr fort. »Ebenso schlimm wie der Verlust war das Gefühl, daß jemand in das Haus eingebrochen war und vielleicht vor der Schlafzimmertür stand, während man schlief. Wir alle haben ewig gebraucht, bis wir wieder einigermaßen unbesorgt zu Bett gehen konnten.« Heimlich beobachtete Charlotte die Damen. Sie wurde belohnt. Veronica stöhnte kaum hörbar, und Mrs. Yorks Körper erstarrte unter den Falten des kostbaren Seidenkleides.

»Natürlich haben wir die Polizei gerufen«, fügte sie schonungslos hinzu. »Aber es wurde niemand geschnappt, und auch die geraubten Kostbarkeiten tauchten nie wieder auf.«

Veronica öffnete den Mund, schloß ihn jedoch wieder, ohne ein Wort zu sagen.

»Was für ein Pech«, bemerkte Mrs. York mit seltsam belegter Stimme, die innere Erregung verriet. »Ich fürchte, solche Erfahrungen gehören zum Alltagsleben. Man ist selten so geschützt, wie man glaubt. Seien Sie dankbar, Miß Barnaby, daß nur Besitztum gestohlen wurde.«

Charlotte bewahrte die Fassade der Unschuld, obwohl ihr Gewissen sich regte. Sie sah Mrs. York verwirrt an. Jack hatte bereits so getan, als wisse er nichts von der Begebenheit, also konnte er sich auch nicht dazu äußern. Charlotte sah, wie alle Farbe aus Veronicas Blick wich. Veronica York suchte den Blick ihrer Schwiegermutter, sah aber dann zu Boden, ehe ihre Blicke sich trafen.

Schließlich brach die ältere Mrs. York das lastende Schweigen.

»Mein Sohn wurde von einem Einbrecher getötet, Miß Barnaby. Das ist etwas, was uns immer noch zu sehr schmerzt, um darüber zu reden. Und es ist der Grund, warum ich sagte, Sie seien glücklich, wenn nur materielle Werte verlorengingen.«

»Oh, es tut mir so leid«, sagte Charlotte schnell. »Bitte verzeihen Sie mir, wenn ich Ihren Kummer aufgewühlt habe. Wie konnte ich nur so ungeschickt sein!« Sie empfand echtes Schuldgefühl. Nicht jedes Mittel darf recht sein, wenn Geheimnisse aufgeklärt werden müssen.

»Sie konnten das nicht wissen«, meinte Veronica heiser. »Bitte haben Sie kein schlechtes Gewissen. Wir nehmen Ihnen nichts übel, das verspreche ich Ihnen.«

»Ich bin sicher, daß Ihr Feingefühl Sie daran hindert, dieses Thema noch einmal zu erwähnen«, sagte Mrs. York ruhig, und Charlotte spürte, wie ihr die Röte in die Wangen stieg.

Veronica sah ihre Verlegenheit und versicherte rasch: »Das muß wohl nicht extra betont werden, Schwiegermama.« In ihrem Ton lag ein Vorwurf, und eine Abneigung wurde wieder spürbar, die in diesem eleganten und komfortablen Raum besonders hart und bedrückend wirkte. Das war kein plötzlicher Widerwille, sondern ein langgehegter bitterer Groll, der auf einmal an die Oberfläche kam. »Miß Barnaby konnte von unserer ... unserer Tragödie nichts wissen. Man kann nicht auf jedes Gespräch verzichten, aus Angst, schmerzliche Erinnerungen in einem der Anwesenden wachzurufen.«

»Ich glaube, das war der Kern meiner Bemerkung.« Mrs. York fixierte ihre Schwiegertochter mit beinahe hypnotischer Konzentration.

Veronica streckte Charlotte die Hand hin. »Ich hoffe, daß Sie wieder zu uns kommen werden, Miß Barnaby, und daß Sie mit mir die Akademie besuchen. Ich habe meine Einladung ganz ernst gemeint, sie ist keine Höflichkeitsfloskel.«

»Ich freue mich sehr«, erklärte Charlotte mit Wärme und ergriff die dargebotene Hand. »Es wird mir ein Vergnügen sein, und ich sehe der Ausstellung erwartungsvoll entgegen.« Sie erhob sich. Es war nun Zeit zu gehen. Auch Jack stand auf. Beide bedankten sich und drückten ihre guten Wünsche aus, und fünf Minuten später saßen sie wieder in der eisigen Kutsche, mit dem Klappern der Hufe und dem Rauschen des Regens als Begleitgeräusch. Charlotte zog die Decke eng um sich, doch nichts vermochte die Kälte abzuhalten.

»Ich vermute, daß Sie mit Veronica die Kunstakademie besuchen wollen«, meinte Jack nach einer Weile.

»Selbstverständlich.« Sie wandte den Kopf und sah ihn an. »Finden Sie nicht auch, daß es zwischen Veronica und Mrs. York einiges gibt, was die Polizei nie herausfinden könnte? Ich glaube, daß die beiden etwas über die Nacht des Einbruchs wissen! Aber ich kann mir nicht vorstellen, wie wir das je erfahren sollen.«

3

Thomas Pitt hatte keine Ahnung, daß seine Frau zum Hanover Close gefahren war. Er wußte von Charlottes Fürsorge für Emily und konnte sie auch nachvollziehen. Er erwartete von Charlotte, daß sie all ihr Urteilsvermögen einsetzen würde, um herauszubekommen, wie Emily zu Jack Radley stand und ob er es wert wäre, falls sie ihn gern hatte. Sollte er kein ehrlicher Mensch sein, wäre die größte Herausforderung, entweder Emily zur Vernunft zu bringen oder Radley selbst abzuschrecken. Thomas Pitt vermutete, daß Charlotte sehr viel Geschick würde aufwenden müssen, um die Affäre so zu lenken, daß Emily am wenigsten Kummer daraus erwuchs. Deshalb erwähnte er seiner Frau gegenüber nichts mehr von dem Einbruch oder Robert Yorks Tod.

Ballarat rückte nicht mit dem wahren Grund heraus, warum der Fall wiederaufgenommen werden sollte. Vielleicht wollte man zweifelsfrei feststellen, daß das Verbrechen damals ein einfacher Einbruch mit einer ungeplanten Gewalttat gewesen war. Oder man mutmaßte, daß Veronica York irgendwie beteiligt war, als unwissender Anlaß eines Verbrechens aus Leidenschaft, das als Diebstahl getarnt war? Oder kannten die Leute im Außenministerium die Wahrheit und wollten durch einen Polizeitest nur sichergehen, daß sie für immer begraben bleiben würde?

Pitt fand diese letzte Möglichkeit besonders widerlich, und wahrscheinlich tat er seinen Vorgesetzten mit der Idee unrecht, doch er war entschlossen, alles zu bedenken, bis er Ballarat eine Antwort präsentieren konnte, die über jeden Zweifel erhaben war.

Er begann bei den gestohlenen Gegenständen und der seltsamen Tatsache, daß keiner von ihnen im Laufe der Jahre bei den entsprechenden Händlern und Hehlern aufgetaucht war.

Pitt gehörte seit beinahe zwanzig Jahren der Metropolitan Polizei an und kannte Leute, von denen Ballarat noch nie etwas gehört hatte. Es waren verschlossene, gefährliche Leute, die Pitt wegen vergangener oder zukünftiger Gefälligkeiten tolerierten. Zu ihnen ging er, während Charlotte Hanover Close aufsuchte.

Er verließ die Bow Street und marschierte ostwärts zur Themse hin, wo er in einem der weitläufigen Hafenslums verschwand. Er kam an windschiefen Häusern vorbei, die dunkel unter den tiefen Wolken lagen, und atmete den säuerlichen Gestank des Nebels ein, der von dem langsam fließenden, grauschwarzen Wasser des Flusses aufstieg. Hier gab es keine Kutschen mit Lampen und Dienern, nur düstere Karren, die mit Ballen für die Kaianlagen beladen waren oder mit welkem Gemüse zum Verkauf. Ein Kesselflicker ratterte mit seinen Pfannen über das unebene Pflaster, und ein Kleiderverkäufer rief: »Alte Kleider! Alte Kleider!« in einem klagenden durchdringenden Tonfall. Die Hufe seines Pferdes gaben kein Echo in dem feuchten Dämmerlicht.

Pitt ging schnell, mit gesenktem Kopf und eingezogenen Schultern. Er trug alte Stiefel mit losen Sohlen und eine schmutzige Jacke, die auf dem Rücken zerrissen war und für solche Ausflüge reserviert war. Er stellte den dünnen Kragen hoch, doch der Regen rann ihm den Hals hinunter und über den Rücken — ein wandernder eisiger Finger, der ihn schaudern ließ. Keiner beachtete Pitt, abgesehen von ein paar Straßenhändlern, die ihn mit kurzen Blicken streiften, doch er wirkte nicht wie ein Mann, der das Geld hatte, etwas zu kaufen. Frierend drang er immer tiefer in das Straßengewirr ein.

Schließlich fand er die Tür, die er suchte. Ihr Holz war schwarz vor Alter und Schmutz, der Metallknauf blank von vielen Händen. Thomas Pitt klopfte zweimal scharf, dann noch zweimal.

Nach wenigen Sekunden wurde die Tür einen Spaltbreit geöffnet, bis die Sicherheitskette sich straff spannte. Obwohl es Vormittag war, drang das Tageslicht kaum in diese schmalen Gassen, deren oberste Stockwerke sich fast berührten. Aus den Dachrinnen tropfte es unaufhörlich in ungleichmäßigem Rhythmus. Eine Ratte quietschte und rannte davon. Jemand stolperte über einen Haufen Unrat und fluchte. Aus der Ferne klang der Ruf: »Alte Kleider!«, und vom Fluß her ertönte ein Nebelhorn. Der Gestank von Fäulnis stieg Pitt in Nase und Hals.

»Mr. Pinhorn«, sagte er ruhig. »Eine geschäftliche Angelegenheit.«

Ein Schweigen folgte, dann flammte eine Kerze auf. Thomas Pitt konnte nur eine scharfe Nase und zwei schwarze Augenhöhlen sehen. Doch er wußte, daß Mr. Pinhorn immer selbst die Tür öffnete, in der Angst, seine Lehrlinge könnten auf eigene Faust einen Handel abschließen und ihm die paar Groschen vorenthalten.

»Sie sind es«, sagte Pinhorn mürrisch. »Was wollen Sie? Ich habe nichts für Sie!«

»Information, Mr. Pinhorn, und eine Warnung.«

Pinhorn räusperte sich tief im Rachen, als wolle er spucken, dann stieß er bellende Laute aus, die unbeschreibliche Verachtung zum Ausdruck brachten.

»Diebstahl ist eine Sache, Mord eine andere«, stellte Pitt ungerührt fest. Er kannte Pinhorn schon seit über zehn Jahren und hatte sich genau solch einen Empfang ausgemalt. »Und Hochverrat ist schlimmer als beides.«

Wieder entstand ein Schweigen. Pitt wußte, daß es klug war, sich Zeit zu lassen. Pinhorn war seit vierzig Jahren als Hehler tätig; er war sich des Risikos wohl bewußt, sonst wäre er nicht mehr am Leben gewesen. Er war nur ein Gefangener von Armut, Unwissenheit und Habgier. Leicht hätte er in einem der Gefängnisse Ihrer Majestät einsitzen können, wie in Coldbath Fields, wo die Arbeit in der Tretmühle selbst seinen massigen zähen Körper zerbrochen hätte.

Die Kette rasselte, und die Tür öffnete sich lautlos in den geölten Angeln.

»Kommen Sie herein, Mr. Pitt.«

Der Mann ging voraus durch einen Korridor, der mit alten Möbeln vollgestellt war und nach Schimmel roch, bog um eine Ecke und betrat einen Raum, der erstaunlich warm war. Das Feuer in einem offenen Kamin warf flackerndes Licht auf die fleckigen Wände. Ein schwerer roter Teppich, der zweifellos aus einem Einbruch stammte, lag zwischen zwei Plüschsesseln vor dem Kamin. An den Wänden stapelten sich geschnitzte Stühle, Bilder, Kisten, Uhren, Krüge, Kannen und Geschirr. Von einem Spiegel wurde das Licht der Flammen reflektiert.

»Was wollen Sie, Mr. Pitt?« fragte Pinhorn erneut. Er war groß, mit breiter Brust und einem runden Schädel, das graue Haar kurz geschoren wie bei einem Gefangenen, obwohl er noch nie verurteilt worden war. In seiner Jugend war er als Schläger bekannt gewesen, und noch heute konnte er einen Mann bewußtlos prügeln, wenn ihn die Wut packte, was von Zeit zu Zeit passierte.

»Haben Sie zwei Miniaturbilder gesehen?« fragte Pitt. »Siebzehntes Jahrhundert, ein Mann und eine Frau? Oder eine Silbervase, einen Briefbeschwerer mit Blumenmuster und eine Erstausgabe von ›Gullivers Reisen‹?«

Pinhorn sah überrascht aus. »Ist das alles? Sind

Sie den Weg hierher gekommen, um mich das zu fragen? Das Zeug ist nicht viel wert.«

»Ich will die Sachen nicht haben, sondern wissen, ob Sie davon gehört haben — wahrscheinlich vor ungefähr drei Jahren.«

Pinhorn furchte ungläubig die Stirn. »Vor drei Jahren? Das darf doch nicht wahr sein! Glauben Sie vielleicht, ich würde mich an die Beute von damals erinnern?«

»Sie erinnern sich an alles, was Sie je gekauft oder veräußert haben, Pinhorn«, stellte Pitt ruhig fest. »Sie sind der beste Hehler auf dieser Seite des Flusses, und Sie kennen den Wert jeder Sache bis auf den Pfennig. Sie würden so etwas wie eine Swift-Erstausgabe nicht vergessen.«

»Gut, ich hatte nie eine.«

»Wer sonst? Ich will sie nicht haben, ich will es nur wissen.«

Pinhorn richtete seine kleinen schwarzen Augen auf Pitts Gesicht und rümpfte argwöhnisch die große Nase.

»Sie würden mich doch nicht anlügen, Mr. Pitt, oder? Das wäre sehr unklug, denn dann könnte ich Ihnen nicht mehr helfen.«

Pitt lächelte. »Dasselbe gilt für Sie. Haben Sie von dem Buch gehört?«

»Sie haben etwas von Mord und Landesverrat gesagt — das sind harte Anklagen.«

»Anklagen, für die man gehenkt wird«, meinte Pitt unmißverständlich. »Mord ist ganz gewiß im Spiel, Hochverrat nur vielleicht. Hat irgend jemand etwas über den Swift erzählt? Ihnen kommt doch hier fast alles zu Ohren.«

»Ich weiß nichts«, erklärte Pinhorn mit einer Miene, die äußerste Konzentration verriet. »Wenn hier ein Hehler am Werk war, hat er ganz heimlich gehandelt — oder nur in seinem engsten Bekanntenkreis. Allerdings kann ich mir nicht vorstellen, wer so ein wertloses Zeug haben will. Sie sagten Erstausgabe, also nicht handgeschrieben?«

»Nein, ein erster Druck.«

»Ich kann Ihnen nicht helfen.«

Thomas Pitt glaubte ihm, denn er wußte, daß Pinhorn ihn in Zukunft auf seiner Seite haben wollte. Pinhorn war zu mächtig, um seine Rivalen zu fürchten, und Loyalität kannte er nicht. In seinem eigenen Interesse hätte er Pitt in diesem Fall weitergeholfen, wenn er gekonnt hätte.

»Falls ich etwas höre, werde ich es Ihnen sagen«, fügte Pinhorn hinzu. »Jetzt schulden Sie mir wieder etwas.«

»Das tue ich, Mr. Pinhorn«, entgegnete Pitt trokken. »Aber nicht viel.« Er wandte sich um und ging zurück zu der Holztür und in den Regen hinaus.

Er kannte viele Händler, die gestohlenes Gut verschacherten; er kannte auch die ärmsten der Pfandleiher, die ein paar Pfennige verliehen an Leute, die so verzweifelt waren, ihre Töpfe und Pfannen oder ihr Handwerkszeug wegzugeben, um sich Nahrungsmittel zu kaufen. Er haßte solche Stätten, und das Mitleid, das er empfand, war wie ein Faustschlag in die Magengrube. Weil er hilflos war, empfand er Wut, anstatt zu weinen. Er hätte am liebsten das Parlament, die Reichen, jeden, der satt und komfortabel lebte, angebrüllt, um auf Zehntausende aufmerksam zu machen, deren Leben an einem hauchdünnen Faden hing, die nicht erzogen worden waren, um sich Moral leisten zu können — höchstens eine ganz grobe, rohe Moral.

Diesmal konnte er eine Begegnung mit diesen Menschen vermeiden, auch mit den Diebesschulen, in denen Kinder zum Stehlen abgerichtet wurden, die dann ihre Profite an die sogenannten Lehrer abliefern mußten. Auch brauchte er sich nicht mit den Lumpenhändlern zu befassen, die alte Kleider und abgetragene Schuhe auseinandernahmen und zu neuen verarbeiteten — für die Armen, die sich nichts Besseres erlauben konnten. Oft wurden die schlimmsten Fetzen mühsam aufgetrennt und die Fasern zu Kunstwolle verwoben, einem Schund, der diejenigen bedecken sollte, die sonst nackt gewesen wären.

Die Gegenstände aus dem York-Haus waren von einem Dieb mit Geschmack entwendet worden und würden einen entsprechenden Weg gehen. Es waren Luxusgüter, mit denen die ärmsten unter den Pfandleihern nichts anfangen konnten.

Thomas Pitt wanderte zurück in die Richtung nach Mayfair und Hanover Close. Nachdem er die gestohlene Ware nicht auftreiben konnte, mußte er sich an die Leute wenden, die das Pflaster kannten. Irgend jemand würde Bescheid wissen, denn die Polizei hatte vor drei Jahren ganz offen nach dem Diebesgut gefahndet und auch kein Geheimnis aus dem Raub gemacht.

Nachdem Pitt Mayfair erreicht hatte, brauchte er noch eine halbe Stunde, bis er den Mann aufgespürt hatte, den er suchte — einen mageren, hinkenden kleinen Typen namens William Winsell, der ausgerechnet den Spitznamen »Wiesel« trug.

Er saß in der dunkelsten Ecke einer übel beleumdeten Kneipe und starrte säuerlich auf den schmuddeligen, halb gefüllten Bierkrug, der vor ihm stand.

Pitt setzte sich auf den leeren Platz neben dem Mann. Das »Wiesel« musterte ihn wütend.

»Was machen Sie hier, Sie verdammter Schnüffler? Wer wird mir noch trauen, wenn man mich neben Ihnen sieht?« Er betrachtete Pitts zerlumpte Kleidung. »Glauben Sie, man würde Sie in diesen Lappen nicht erkennen? Sie sehen immer noch wie ein Schnüffler aus — mit Ihren sauberen Händen, die noch nie gearbeitet haben. Sie werden mich ruinieren!«

»Ich bleibe nicht hier«, sagte Pitt ruhig. »Ich gehe ins Gasthaus ›Hund und Ente‹ zum Essen, eine Meile von hier entfernt. Ich dachte, Sie möchten mich dort vielleicht treffen, in, sagen wir, einer halben Stunde. Ich werde Steak und heiße Nierchen bestellen, Mrs. Billows macht das köstlich. Und Korinthenpudding, schön fett mit viel Sahne.

Dazu eventuell ein paar Gläser Apfelwein, der von der Westküste kommt.«

Das »Wiesel« schluckte hart. »Sie sind grausam, Mr. Pitt. Sie müssen einem armen Bastard den Tod wünschen!« Er machte eine Bewegung, als habe er eine Schlinge um den Hals.

»Möglicherweise — zum Schluß«, stimmte Pitt zu. »Aber vorerst will ich nur eine Information über einen Diebstahl. ›Hund und Ente‹, in einer halben Stunde! Seien Sie dort, Wiesel, oder ich muß Sie an einem weniger angenehmen und auch nicht so geheimen Ort treffen.« Er erhob sich und verließ die Kneipe.

Fünfunddreißig Minuten später saß er in der gemütlicheren Gaststube des Gasthofes »Hund und Ente« und hatte ein Glas Apfelwein vor sich stehen, der so klar und leuchtend war wie ein Altweibersommertag. Gleich darauf kam »Wiesel« nervös hereingehuscht, griff sich in den schmutzigen Kragen, als wolle er ihn lockern, und schlängelte sich auf den Platz gegenüber Pitt. Ein- oder zweimal blickte er sich um, doch er sah nur langweilige achtbare Händler und Angestellte, niemand, den er kannte.

»Steak und heiße Nierchen?« meinte Thomas Pitt überflüssigerweise.

»Was wollen Sie von mir?« fragte der Mann argwöhnisch, doch seine Nasenflügel weiteten sich bei dem anregenden Aroma frischer Speisen. »Wonach suchen Sie?«

»Nach jemand, der vor drei Jahren in ein Haus

in Hanover Close eingebrochen ist«, erwiderte Pitt und nickte dem Wirt über William Winsells Kopf hinweg zu.

Winsell fuhr wütend herum. »Wem geben Sie ein Zeichen?«

»Dem Wirt. Wollen Sie nichts essen?«

Der Mann beruhigte sich wieder, noch leicht gerötet unter seiner grauen Gesichtshaut.

»Ein Raub vor drei Jahren in Hanover Close«, wiederholte Pit.

Winsell schnaubte. »Vor drei Jahren? Sie sind ein bißchen langsam, oder? Was wurde gestohlen?«

Pitt beschrieb die Gegenstände.

»Und die suchen Sie?« Das »Wiesel« verzog ungläubig die Lippen.

»Ich interessiere mich dafür«, gab Thomas Pitt zu. »In erster Linie möchte ich die Unschuld von jemand beweisen.«

»Sie packen aber aus!« stellte Winsell höhnisch fest. »Wohl ein Freund von Ihnen?«

Pitt lächelte. »Haben Sie Hunger?« Der Wirt erschien mit zwei dampfenden Schüsseln voller Fleisch und duftender Soße, ihm folgte ein Mädchen mit dem Apfelweinkrug.

»Wiesels« Augen glänzten.

»Mord ist nicht gut fürs Geschäft«, sagte Pitt leise. »Er bringt den Diebstahl in Verruf.«

»Stimmt. Mord ist ungeschickt und nicht nötig.« Winsell beobachtete voll Entzücken, wie der Teller vor ihn hingestellt wurde, und leckte sich die Lippen, als das Mädchen den Apfelwein kredenzte.

»Was wissen Sie darüber, ›Wiesel‹?«

Winsells Augen öffneten sich weit. Sie waren von einem klaren Grau — ein ausgleichendes Moment in einem sonst unattraktiven Gesicht, sie mußten einmal schön gewesen sein.

Er schob ein Stück Fleisch in den Mund und kaute genüßlich.

»Nichts«, sagte er schließlich. »Gar nichts. Gewöhnlich hört man etwas, wenn nicht gleich, dann nach Monaten, oder, wenn der Täter sich vor der Polizei verstecken muß, spätestens nach einem Jahr. Aber der hier ist einfach verschwunden.«

»Wüßten Sie denn sonst etwas von ihm?«

»Wiesel« schob sich erneut eine Portion in den Mund. »Selbstverständlich! Ich kenne jeden Unterschlupf, jede Absteige, jeden Ganoventreffpunkt weit und breit.« Er nahm einen kräftigen Schluck Apfelwein. »Und ich sage Ihnen eins: Das war kein Profi! Ich habe gehört, daß er keinen Komplizen und niemand gehabt hat — außerdem kann nur ein Idiot in einer Gegend wie Hanover Close an der Vorderfront einsteigen, wo alle zwanzig Minuten ein Bulle vorbeikommt!«

Pitt hatte schon von dem Polizisten Lowther gehört, daß der Dieb kein Profi gewesen war, doch es war interessant, daß Winsell dasselbe sagte.

Der Mann lehnte sich zurück und tätschelte seinen Bauch. »Das war ein prima Essen, Mr. Pitt«, stellte er fest und schaute auf seinen leeren Teller. »Ich würde Ihnen helfen, wenn ich könnte.« Er zog die Platte mit dem Korinthenpudding zu sich heran und tauchte den Löffel hinein. Dann blickte er plötzlich auf. »Vielleicht hatte die Dame des Hauses einen Liebhaber, der den Ehemann umbrachte, und die Geschichte hat gar nichts mit Diebstahl zu tun. Haben Sie daran schon gedacht, Mr. Pitt?«

Pitt nickte und schob ihm die Schüssel mit der Sahne hin. »Ja, ›Wiesel‹, das habe ich.«

Winsell grinste und entblößte eine Reihe scharfer lückenhafter Zähne. Er verteilte großzügig Sahne über dem Pudding.

»Sie sind gar nicht dumm — für einen Bullen«, meinte er mit widerwilliger Anerkennung.

Thomas Pitt glaubte Winsell, daß er nichts wußte, aber er fühlte sich verpflichtet, bis Weihnachten noch weitere Versuche zu unternehmen. Doch er fand nichts heraus. Er marschierte meilenweit durch düstere Gassen hinter den pompösen Fassaden der großen Straßen, er befragte Zuhälter, Hehler, Straßenräuber und Bordellbesitzer, doch keiner konnte ihm irgendeinen Fingerzeig geben.

Es war ein schöner frostiger Abend, schon dunkel seit halb fünf Uhr nach einem blaßgrünen Sonnenuntergang. Gaslampen verströmten ihr gelbes Licht, Kutschen ratterten über den glänzenden Eisfilm auf dem Pflaster. Die Leute tauschten Grüße aus, Kutscher fluchten, und Straßenverkäufer priesen ihre Ware an: heiße Kastanien, Zündhölzer, Schuhbänder, alten Lavendel, frische Pasteten, billige Pfeifen, Spielzeugsoldaten. Hin und wieder sangen ein paar junge Leute Weihnachtslieder; ihre Stimmen klangen dünn und ein wenig scharf in der frostigen Luft.

Thomas Pitt spürte, wie ihn ein wohliges Gefühl der Sauberkeit durchflutete, als er den Geruch der Verzweiflung hinter sich ließ und die Düsterkeit frohen Farben wich. Die Vorfreude ringsum steckte ihn an und half ihm, die Schuldgefühle zu vergessen, die ihn gewöhnlich überfielen, wenn er aus den Elendsvierteln in sein gemütliches Haus zurückkehrte. Heute empfand er nur Dankbarkeit. Er sperrte die Tür auf und rief: »Hallo!«

Nach einem Augenblick der Stille hörte er, wie Jemima von ihrem Stühlchen sprang und ihm mit trappelnden Schritten entgegenlief.

»Papa, Papa, es ist Heiligabend!«

Er nahm sie in die Arme und hob sie hoch. »Ja, mein Liebling, heute ist Heiligabend.« Er küßte sie und hielt sie fest, während er in die Küche ging. Alle Lichter waren angezündet. Charlotte und Emily saßen am Küchentisch und vollendeten den Zuckerguß auf einem großen Kuchen. Gracie stopfte die Gans. Emily war vor einer Stunde mit einem Diener im Schlepptau angekommen, beladen mit Schachteln, buntem Papier und Bändern. Edward, Daniel und Jemima hatten ihn sprachlos vor Aufregung umringt. Der silberblonde Edward war von einem Fuß auf den anderen gehüpft, Daniel hatte einen Tanz vollführt, bis er umfiel.

Pitt stellte Jemima auf den Boden, küßte Charlotte und begrüßte Emily sowie Gracie. Er zog die

Stiefel aus und setzte sich vor den Ofen, um sich Füße und Beine zu wärmen. Zufrieden sah er Gracie zu, wie sie den Wasserkessel auf den heißen Herd stellte, dann Thomas' große Frühstückstasse und die Teekanne brachte.

Nach dem Abendessen konnte er es kaum erwarten, bis die Kinder im Bett waren und er seine sorgsam versteckten Geschenke ausbreiten durfte. Er, Emily und Charlotte saßen um den geschrubbten Küchentisch. Immer wieder verschwand jemand im Wohnzimmer, wollte nicht gestört werden und kehrte mit strahlenden Augen zurück.

Die Bescherung der Kinder fand am nächsten Tag nach dem Kirchenbesuch und einem wunderbar üppigen Essen statt. Gracie war nach Hause zu ihrer Mutter gefahren.

Alle Geschenke fanden begeisterten Anklang. Charlotte freute sich sehr über die Vase und die Granatbrosche von Emily, wie Emily sich ebenfalls über den Spitzenkragen freute, den Charlotte und Thomas ihr gaben.

Pitt wußte die Hemden, die Charlotte für ihn genäht hatte, sehr zu schätzen, und er dankte Emily herzlich für die glänzenden Lederstiefel, die sie ihm gekauft hatte. Er war dankbar für ihr Taktgefühl, nicht zuviel zu schenken, denn sein ganzes Monatsgehalt entsprach nicht einmal der Summe, die sie in diesem Zeitraum für Garderobe ausgab.

Emily ihrerseits war dankbar für die Wärme und das Gefühl der Zusammengehörigkeit, die sie im

Haus ihrer Schwester empfing, und sie ließ beide ihr Glücksempfinden deutlich spüren.

Als die Kinder am Abend todmüde, die Geschenke im Arm, ins Bett gegangen waren, saßen die Erwachsenen noch gemütlich bis Mitternacht beisammen.

Zwei Tage später, als ein kalter Nordwind den Schneematsch auf dem Pflaster zu glatten knisternden Wellen gefrieren ließ, nahm Pitt seine Arbeit wieder auf.

Er gab in seiner Dienststelle verschiedene Instruktionen, die die üblichen Einbrüche betrafen, und machte sich dann auf den Weg von der Bow Street zur Hanover Close. Er war sehr neugierig, die Yorks kennenzulernen, und er hatte eine Idee.

Der Kutscher wunderte sich über die vornehme Adresse und setzte Pitt in der ruhigen eleganten Close mit den georgianischen Fassaden ab.

Pitt ging zur Eingangstür, die beinahe sofort von einem Diener geöffnet wurde. Der junge Bedienstete machte ein leicht erstauntes Gesicht.

»Mein Name ist Thomas Pitt«, sagte der Kommissar und erwähnte seinen Dienstgrad noch nicht. »Möglicherweise habe ich eine Information für Mr. York, die ihn interessieren könnte. Ich wäre Ihnen dankbar, wenn Sie ihn fragen würden, ob ich mit ihm sprechen darf.«

Der Diener wagte es nicht, solch eine höfliche Bitte abzuschlagen — eine Tatsache, mit der Pitt gerechnet hatte.

»Wenn Sie im Frühstückszimmer warten wollen,

werde ich fragen.« Der Diener trat zurück und ließ Thomas Pitt ein.

Der Frühstücksraum war geräumig und gemütlich, eigentlich die Stätte eines Mannes, mit kühlen grünen Möbeln und Sportdrucken an den Wänden. In zwei Glasvitrinen standen ledergebundene Bücher. Auf einem Tisch neben dem Fenster befand sich ein fein gearbeiteter Globus, den ein graviertes Messingband umspannte.

Der Diener zögerte. »Kann ich Mr. York sagen, um was es sich handelt?«

»Um den Tod von Mr. Robert York«, erwiderte Pitt, indem er die Wahrheit nur ein wenig verzerrte.

Der Diener wußte hierauf keine Antwort. Er verbeugte sich etwas umständlich und verschwand.

Thomas Pitt überlegte noch einmal, was er sagen wollte. Er war darauf vorbereitet, einen Mann anzulügen, mit dem er tiefes Mitleid empfand und der ihm vielleicht sympathisch sein würde.

Der Honorable Piers York erschien innerhalb von fünf Minuten. Er war groß und besaß die Gestalt eines Mannes, der früher einmal schlank gewesen war. Er näherte sich den Siebzig und hielt sich gerade, abgesehen von einer leichten Rundung der Schultern. Sein schmales Gesicht verriet einen tief verwurzelten Humor, den Kummer und jahrelange Selbstbeherrschung verdeckten.

»Mr. Pitt?« meinte er neugierig und deutete einladend auf einen der Sessel. »John sagte, Sie wüßten etwas über den Tod meines Sohnes. Stimmt das?«

Pitt schämte sich mehr, als er erwartet hatte, doch nun war es für einen Rückzug zu spät. »Ja, Sir. Es ist möglich, daß einige der gestohlenen Gegenstände entdeckt wurden. Könnten Sie mir eine genaue Beschreibung der Vase und des Briefbeschwerers geben?«

Yorks Augen drückten Verblüffung aus, zudem Trauer und einen Hauch von etwas, das man vielleicht als Spott bezeichnen konnte, als der Honorable Pitts glänzende Stiefel betrachtete. »Sind Sie von der Polizei?«

Pitt spürte Hitze in den Wangen. »Ja, Sir.«

York nahm trotz einer leichten Rückensteifheit mit einer eleganten Bewegung Platz. »Was haben Sie gefunden?«

Pitt hatte seine Story vorbereitet. Er setzte sich York gegenüber und vermied dessen Blick. »Wir haben kürzlich eine Menge gestohlenen Gutes entdeckt. Darunter sind Gegenstände aus Silber und Kristall.«

»Ich verstehe.« York lächelte freudlos. »Aber das ist jetzt doch nicht mehr von Bedeutung. Die Sachen waren nicht wertvoll. Und Sie haben sicher Wichtigeres zu tun.«

»Möglicherweise führen die Gegenstände zu dem Dieb und somit zum Mörder Ihres Sohnes«, erklärte Pitt ernst.

York blieb höflich, aber er wirkte müde. Er hatte das Ereignis aus seinem Gefühlsleben verbannt. »Nach drei Jahren, Mr. Pitt? Gewiß haben die Dinge inzwischen öfter den Besitzer gewechselt.«

»Das glaube ich nicht, Sir. Wir haben immer Kontakte zu den Hehlern.«

York seufzte. »Ist Ihr Vorstoß notwendig? Mir ist die Vase wirklich gleichgültig, und meiner Frau bestimmt auch. Robert war unser einziger Sohn, können wir nicht . . .« Seine Stimme erstarb.

War es notwendig? Würde diese Farce zu irgendeiner Information über den Mörder führen? Würde sie wenigstens klarstellen, ob die Witwe in die Tragödie verstrickt war? Oder wurde hier nur eine bereits zutiefst verletzte Familie weiter gequält?

Es stand fest, daß es sich bei dem Einbruch nicht um einen alltäglichen handelte, also nicht um einen Dieb aus der Unterwelt. Vielleicht hatte Robert York einen Bekannten überrascht und war deshalb getötet worden. Oder Robert York hatte seine Frau mit einem Liebhaber ertappt, und der Täter nahm die Gegenstände mit, um das wahre Verbrechen zu verschleiern. Oder, noch schlimmer, der Mord war geplant gewesen.

Natürlich gab es auch noch die Möglichkeit, die das Außenministerium fürchtete: daß York geheime Papiere nach Hause mitgenommen hatte, die dem Dieb in die Hände gefallen waren. Dann hätte es sich nicht nur um Mord, sondern auch noch um Landesverrat gehandelt.

»Ja, unsere Nachforschungen sind notwendig«, erklärte Pitt bestimmt. »Es tut mir leid, Sir, aber ich glaube, daß Mrs. York nicht einmal in ihrem Kummer möchte, daß der Mörder frei bleibt, wenn es eine Chance gibt, ihn zu fangen.«

York sah ihn ein paar Sekunden lang ruhig an, dann stand er auf. »Ich denke, daß Sie wissen, was Sie tun, Mr. Pitt.« Es war keine Geringschätzung in seiner Stimme, er sprach von Gentleman zu Gentleman. Er zog an der Klingelschnur neben der Tür und trug einem eintretenden Diener auf, Mrs. York zu holen.

Pitt erhob sich sofort, als sie hereinkam, und betrachtete sie interessiert. Sie war von mittlerer Größe, schlank, aber ein wenig rundlich um die Taille, und trug kostbare französische Spitze um die Schultern, wie Großtante Vespasia sie bevorzugt hätte. Ihr Gesicht war glatt, die Nase fast griechisch, der Mund fein ausgeprägt. Sie musterte Thomas Pitt mit kältem Staunen.

»Mr. Pitt ist von der Polizei«, sagte Piers York erklärend. »Möglicherweise hat er einige unserer gestohlenen Artikel gefunden. Kannst du die Silbervase beschreiben? Ich würde sie nicht einmal wiedererkennen, wenn ich sie sähe.«

Ihre Augen weiteten sich. »Nach drei Jahren wollen Sie mir eine Silbervase zurückgeben? Das beeindruckt mich nicht, Mr. Pitt.«

Die Kritik war unverkennbar. Pitts Stimme klang schärfer, als er beabsichtigte. »Die Gerechtigkeit arbeitet häufig langsam, Madam, und manchmal müssen die Unschuldigen leiden. Ich bedaure das.«

Sie zwang sich zu einem Lächeln, und Thomas Pitt zollte ihr Achtung dafür.

»Die Vase war ungefähr dreiundzwanzig Zentimeter hoch, quadratisch, mit einem gerillten Rand und aus schwerem Silber. Ich benützte sie gewöhnlich für Rosen — es paßten fünf bis sechs hinein.«

Das war eine sehr präzise Beschreibung. Pitt sah die Dame genau an. Sie war intelligent und völlig beherrscht, dennoch drückte ihr Gesicht Gefühl und Leidenschaft aus. Ihre kleinen kräftigen Hände wirkten etwas starr, doch nicht verkrampft.

»Danke, Madam. Und der Briefbeschwerer?«

»Kugelförmig, mit zwei eingravierten Tudorrosen und einigen Schnörkeln, ungefähr neun Zentimter hoch und schwer, natürlich.« Ihre Brauen zogen sich zusammen. »Haben Sie den Dieb gefunden?« Nun bebte ihre Stimme leicht, und ein winziger Muskel zuckte unter der bleichen Haut ihrer Schläfe.

»Nein, Madam.« Wenigstens das war die Wahrheit. »Nur Gegenstände, durch einen Hehler. Aber er führt uns vielleicht zu dem Dieb.«

York stand ein Stück von ihr entfernt, und Pitt glaubte, er wolle seine Frau mit einer tröstlichen Geste berühren. Als er es dann nicht tat, nahm Thomas Pitt an, er habe die kleine Bewegung mißdeutet. Was lag hinter dem schmerzlichen patriarchalischen Gesicht, was hinter Mrs. Yorks gleichmäßiger, sorgfältig konservierter Schönheit? Argwöhnten die beiden, daß ihre Schwiegertochter einen Liebhaber gehabt hatte? Oder daß ihr Sohn wegen politischer Geheimnisse ermordet worden war?

Jedenfalls würde Pitt nichts erfahren, wenn er die beiden nur beobachtete. Ihre strenge Erziehung in der Aristokratie hatte sie Selbstdisziplin und Verpflichtung zur Würde gelehrt. Mochten Angst oder Kummer diese Menschen quälen — kein Zittern der Stimme oder der Hände würde einem Polizisten je das geringste verraten.

Thomas Pitt wünschte beinahe, Charlotte könnte das Ehepaar sehen; sie hätte deren Benehmen vielleicht eher deuten können.

Er brauchte drei Tage, um eine Vase aufzutreiben, die Mrs. Yorks Beschreibung einigermaßen entsprach — an einen ähnlichen Briefbeschwerer war gar nicht zu denken. So etwas gab es bei keinem Diebesgut.

Es war Silvester und schneite stark. Thomas Pitt fuhr durch die weiß verhüllten Straßen und stieg kurz nach drei Uhr vor Hanover Close Nummer zwei aus. Vom diensthabenden Streifenbeamten hatte er gehört, daß das die beste Zeit war, die jüngere Mrs. York allein anzutreffen, während die ältere Besuche machte.

Diesmal öffnete ein junges hübsches Stubenmädchen mit frischer Spitzenschürze und einer Haube auf dem dunklen Haar die Tür. Sie musterte Pitt mißtrauisch vom zerzausten Haar unter dem großen Hut über den zerknitterten, aber gut geschnittenen Mantel bis zu Emilys schönen Stiefeln.

»Ja, Sir?«

Er lächelte ihr zu. »Ich habe mich bei Mrs. York angemeldet. Sie erwartet mich dieser Tage.«

»Mrs. York hat im Moment Besuch, aber wenn Sie ins Frühstückszimmer kommen wollen, sage ich ihr Bescheid.«

»Danke.« Er trat ein und reichte ihr eine der Karten, die er sich seit seiner letzten Aufwartung hatte drucken lassen.

Der Frühstücksraum war unverändert, im Kamin brannte ein mit Asche belegtes, schwaches Feuer. Diesmal öffnete Pitt gleich die Tür zum Korridor, um ein wenig lauschen zu können.

Das Mißverständnis, auf das er gehofft hatte, verwirklichte sich. Es war die jüngere Mrs. York, die von dem Stubenmädchen informiert wurde. Nach etwa zehn Minuten erschien sie, begleitet von einem ungefähr vierzigjährigen, blonden Mann, dessen Gesicht nicht hübsch, doch intelligent und gewinnend war. Die beiden wirkten höflich sowie äußerst wachsam.

Veronica York war tatsächlich eine bildschöne Frau, und sie bewegte sich mit ungewöhnlicher Anmut. Ihr Gesicht war sensibler und feiner als das ihrer Schwiegermutter. Pitt fühlte sich von diesen edlen Zügen sofort angezogen. Es lag eine bezaubernde Vornehmheit in ihnen, und Thomas Pitt gewann den Eindruck, daß die Seele dieser Frau zu brennender Leidenschaft fähig war.

»Mr. Pitt?« meinte sie zweifelnd. »Ich hoffe, daß Sie die Gegenwart von Mr. Danver nicht stört. Ich bedaure, daß ich mich nicht an Sie erinnern kann.«

Danver legte wie schützend den Arm um sie. Sein Gesicht zeigte keine Feindseligkeit, nur Vorsicht und das Bewußtsein von Veronicas Verletzlichkeit.

»Es tut mir leid«, entschuldigte sich Pitt sofort. »Mrs. Piers York erwartete mich. Ich hätte mich deutlicher ausdrücken müssen. Aber ich denke, daß auch Sie — wenn es Ihnen nichts ausmacht — mir helfen können.« Er nahm die Silbervase aus der Manteltasche und hielt sie hoch. »Ist es möglich, daß es sich hier um die Vase handelt, die Ihnen vor drei Jahren gestohlen wurde?«

Das Blut wich aus ihrem Gesicht, und ihre Augen weiteten sich, als habe er etwas Entsetzliches und Unbegreifliches vorgezeigt.

Danver hielt sie noch stärker fest. Er befürchtete wohl, sie würde in Ohnmacht fallen. Wütend sah er Pitt an. »Um Himmels willen, Mann, haben Sie überhaupt kein Mitleid? Sie schneien hier ohne Vorwarnung herein und bringen einen Gegenstand daher, der in der Nacht von Mr. Yorks brutaler Ermordung gestohlen wurde! Ich werde mich wegen Ihrer Rücksichtslosigkeit bei Ihren Vorgesetzten beschweren. Sie hätten sich wenigstens an Mr. Piers York wenden können!«

Pitt hatte Mitleid mit ihr, doch das hatte er zuvor schon oft mit Schuldigen wie auch Unschuldigen gehabt. Bei Julian Danver war das anders; entweder war er ein hervorragender Schauspieler, oder er betrachtete den tragischen Fall als abgeschlossen.

»Es tut mir leid«, sagte Pitt ehrlich. »Mr. York erklärte mir kürzlich, er würde die Vase nicht wiedererkennen. Mrs. York hat sie mir beschrieben. Mit Ihrer Erlaubnis könnte ich die Bediensteten fragen . . .«

Veronica York rang um Fassung. »Du bist unfair, Julian.« Sie schluckte und atmete tief durch. Ihr Gesicht war noch immer blutleer. »Mr. Pitt tut nur seine Pflicht. Für Schwiegermutter wäre es doch genauso schlimm.« Sie hob den Blick, und Thomas Pitt war erneut verblüfft über die starke Gefühlswelt in ihren Augen. Diese Frau war nicht nur eine Schönheit der feinen Gesellschaft, sondern eine Person, die überall einmalig und verführerisch wirken würde.

»Ich fürchte, ich bin mir nicht sicher, ob es unsere Vase ist oder nicht«, meinte sie mit brüchiger Stimme. »Ich habe sie nie besonders beachtet. Sie stand in der Bibliothek, und dort war ich nicht oft. Vielleicht könnten Sie einen der Diener fragen, anstatt meine Schwiegermutter damit zu belasten?«

»Natürlich.« Das kam Pitt äußerst gelegen. »Würden Sie bitte Ihrem Butler Bescheid sagen, dann werde ich in den Dienstbotentrakt gehen und das Mädchen suchen, das damals die Bibliothek saubergemacht hat.«

»Ja.« Sie konnte ihre Erleichterung nicht verbergen. »Ja, das ist eine sehr gute Idee.«

»Ich werde mich darum kümmern«, sagte Danver. »Würdest du nicht gern für eine Weile in dein

Zimmer gehen, Liebes? Ich werde dich bei Papa und Harriet entschuldigen.«

Sie drehte sich schnell um. »Bitte, erzähle ihnen nichts.«

»Natürlich nicht«, versicherte er. »Ich werde nur sagen, daß du dich nicht ganz wohl fühlst und nachher wiederkommst. Soll ich dein Mädchen oder deine Schwiegermutter rufen?«

»Nein!« Nun klang ihre Stimme heftig, und ihre Hand umklammerte seinen Arm. »Nein, bitte nicht! Mir geht es gleich wieder gut. Würdest du nur Redditch Bescheid sagen wegen Mr. Pitt und der Vase?«

Er fügte sich zögernd, doch sein Gesicht drückte noch Unsicherheit aus.

»Guten Tag, Mr. Pitt«, sagte sie höflich und wandte sich ab. Danver öffnete ihr die Tür, und sie ging hinaus.

Dann läutete Danver nach dem Butler, einem sanft und etwas ängstlich dreinblickenden Mann mittleren Alters, der sich noch einen Hauch Unschuld aus den Kindheitstagen bewahrt zu haben schien. Das war eine seltsame Mischung bei der Position, die der Mann bekleidete. Pitts Irrtum wurde ihm erklärt, und er führte den Kommissar in das Wohnzimmer der Haushälterin, das gerade leer war.

»Ich weiß nicht, welches Mädchen damals unten arbeitete«, meinte der Butler unschlüssig. »Seit Mr. Roberts Tod hat fast das ganze Personal gewechselt. Auch ich bin neu, ebenso die Haushälterin. Aber das Spülmädchen war schon da. Sie könnte sich erinnern.«

Pitt nickte, und der Butler ließ ihn ungefähr zehn Minuten allein, bis ein nett aussehendes Mädchen Anfang Zwanzig eintrat. Sie trug ein blaues Wollkleid, eine kleine weiße Schürze und ein Häubchen. Offensichtlich war sie nicht das Spülmädchen — sie wirkte gepflegt und hatte keine geröteten Hände. Der Butler folgte ihr auf dem Fuße, vermutlich wollte er sichergehen, daß ihre Antworten diskret ausfielen.

»Ich bin Dulcie, Sir«, sagte sie mit einem winzigen Knicks. Polizisten verdienten keine tiefe Verneigung, sie standen kaum höher im Rang als Dienstboten. »Ich war hier Aushilfe, als Mr. Robert getötet wurde. Kann ich Ihnen helfen, Sir?«

Es war ein Jammer, daß der Butler dablieb, aber Thomas Pitt hätte damit rechnen müssen.

»Ja, bitte.« Pitt zeigte ihr die Silbervase. »Schauen Sie sie genau an, Dulcie. Ist das die Vase, die bis zu Mr. Robert Yorks Tod in der Bibliothek stand?«

»Oh!« Dulcie sah erschrocken aus. Offenbar hatte Redditch sich fair verhalten und nicht verraten, warum der Kommissar sie sprechen wollte. Ihre Augen weiteten sich und fixierten die Vase.

»Nun, Dulcie?« drängte Redditch. »Du mußt sie oft genug abgestaubt haben.«

»Sie ist sehr ähnlich, Sir, aber nicht dieselbe. Soweit ich mich erinnere, war sie vierkantig. Aber ich könnte mich irren.«

Das war für Pitt die beste Antwort. So konnte er weiterfragen. »Das macht nichts.« Er lächelte Dulcie zu. »Erinnern Sie sich an jene Woche vor drei Jahren?«

»Oh, ja«, erwiderte sie mit leiser Stimme.

»Erzählen Sie mir davon. Gab es viele Besucher im Haus?«

»Ja, viele, bis zu Mr. Roberts Tod. Danach kamen dann die Leute, um ihr Beileid zu bekunden.«

»Vorher — Damen, die am Nachmittag erschienen?«

»Ja, entweder für Mrs. Piers oder Mrs. Robert. Eine der beiden war gewöhnlich hier, die andere unterwegs, um Besuche zu machen.«

»Luden sie zum Essen ein?«

»Nicht sehr oft. Meistens gingen sie zum Essen oder ins Theater.«

»Aber einige Leute kamen her?«

»Natürlich.«

»Mr. Danver?«

»Mr. Julian Danver und sein Vater, Mr. Garrard, und Miß Harriet«, antwortete sie schnell. »Und Mr. und Mrs. Asherson.« Sie erwähnte noch ein halbes Dutzend Namen, die Pitt unter dem mißbilligenden Blick des Butlers notierte.

»Versuchen Sie nun, sich an einen einzelnen Tag zu erinnern, und zählen Sie Ihre Pflichten nacheinander auf.«

»Ja, Sir.« Sie schaute auf ihre gefalteten Hände und begann langsam. »Ich stand um halb sechs Uhr auf und kam herunter, um alle Feuerstellen zu säubern und die Messingteile zu putzen. Dann brachte mir Mary, das Spülmädchen, eine Tasse Tee. Danach machte ich überall Feuer, damit es schön warm war, wenn die Familie herunterkam. Ich achtete darauf, daß der Diener die Kohlenkasten immer füllte — man mußte oft dahinter hersein. Nach dem Frühstück fing ich mit dem Abstauben und Saubermachen an . . .«

»Haben Sie die Bibliothek geputzt?«

»Ja, Sir. Oh, Sir, jetzt erinnere ich mich: Das ist nicht unsere Vase.«

»Bist du sicher?« warf der Butler streng ein.

»Ja, Mr. Redditch, ich bin absolut sicher — ich könnte es beschwören.«

»Danke.« Thomas Pitt wußte nicht, was er sonst noch fragen sollte. Wenigstens hatte er ein paar Namen und konnte nach einem möglichen Amateurdieb forschen.

Er erhob sich und dankte auch dem Butler.

Redditch zögerte. »Möchten Sie eine Tasse Tee in der Küche, Mr. Pitt?«

Pitt sagte sofort ja. Er hatte Durst, und außerdem schätzte er die Gelegenheit, möglichst viele Diener zu beobachten.

Eine halbe Stunde später, nach drei Tassen Tee und zwei Scheiben Madeirakuchen, ging er durch die Haupthalle zurück und öffnete die Tür zur Bibliothek. Es war ein freundlicher Raum. Zwei Seiten bestanden aus Bücherwänden, die dritte aus riesigen Fenstern, die bis zur Decke reichten und von rostroten Samtvorhängen umrahmt wurden.

An der vierten Wand lag ein großer Marmorkamin, flankiert von halbkreisförmigen Tischen mit Einlegearbeit aus exotischem Holz. Vor der Fensterfront standen ein massiver Eichenschreibtisch, dessen Platte mit grünem Leder bezogen war, und drei wuchtige Ledersessel.

Pitt stellte sich die Szene in Robert Yorks Todesnacht vor. Da hörte er ein leises Geräusch hinter sich und drehte sich um. Dulcie war hereingekommen. Ihre Augen strahlten.

»Gibt es noch etwas zu berichten?« fragte er rasch.

»Ja, Sir. Sie wollten von den Gästen wissen ...«

»Und?«

»Nun, in dieser Woche sah ich sie zum letztenmal.« Sie hielt inne und biß sich auf die Lippen, als sei sie unsicher, ob sie so indiskret sein dürfe.

»Sahen Sie wen, Dulcie?« Pitts Stimme klang sanft. Er wollte Dulcie nicht erschrecken.

»Ich kenne ihren Namen nicht. Es war die Frau, die kirschrote Kleider trug, immer etwas in dieser Farbe. Sie war kein Gast; jedenfalls kam sie nie mit den anderen durch die Vordertür. Ich habe ihr Gesicht nur einmal im Licht der Gaslampe am Treppenabsatz gesehen. Sie war einen Augenblick da und im nächsten verschwunden. Sie trug immer Kirschrot, entweder ein Kleid oder Handschuhe oder eine Blume oder sonst etwas. Ich kenne Mrs. Veronicas Sachen; sie hat nichts in dieser Farbe. Einmal habe ich so einen Handschuh in der Bibliothek gefunden, halb unter einem Kissen versteckt.« Sie deutete auf einen der Sessel. »Und einmal ein rotes Band.«

»Konnten die Sachen nicht der älteren Mrs. York gehören?«

»Nein, Sir. Ich kannte die Mädchen der Damen, und wir sprachen über ihre Garderobe. Es war eine harte Farbe; ich weiß, daß keine der Damen sie mochte. Die Frau in Kirschrot kam und ging wie ein Schatten, als sollte keiner sie sehen. Ich habe sie auch seit jener Woche nicht mehr gesehen ...«

»Danke, Dulcie.« Er blickte in ihr bekümmertes Gesicht. »Es war richtig, mir das zu erzählen. Ich werde Mr. Redditch nichts davon sagen, wenn es nicht unbedingt sein muß. Bringen Sie mich jetzt zur Tür. Es braucht niemand zu wissen, daß Sie hier waren.«

»Ja, Sir. Danke, Sir. Ich ...« Sie zögerte, als wolle sie mehr sagen, doch dann knickste sie kurz und führte ihn zur Vordertür.

Einen Moment später befand er sich in der stillen Close, und das Eis krachte unter seinen Füßen. Wer war diese Frau in Rot, die seit Robert Yorks Ermordung nicht mehr aufgetaucht war, und warum hatte sonst niemand sie erwähnt? Vielleicht war sie nicht wichtig, eine Freundin von Veronica oder eine Verwandte mit überspanntem Benehmen. Oder sie war das, was das Außenministerium verschwieg und nicht aufgedeckt haben wollte — eine Spionin. Thomas Pitt würde noch einmal mit Dulcie reden, wenn er etwas mehr wußte.

4

Emily kehrte nach dem zweiten Weihnachtsfeiertag in ihr eigenes Heim zurück. Das Ashworth-Stadthaus war geräumig und ausnehmend hübsch. George hatte es im ersten Jahr seiner Ehe entsprechend Emilys Geschmack renovieren lassen und war dabei typisch großzügig gewesen. Nichts, was den wohnlichen Charme oder die persönliche Atmosphäre verstärkte, war Emily verweigert worden, und dennoch war der Gesamteindruck keineswegs prahlerisch. Es gab keine französischen Ausstattungsgegenstände, keine Vergoldung oder Schnörkel, nur Möbel im Regency- oder georgianischen Stil, wie sie zur Architektur des Hauses paßten. Emily hatte damals beinahe mit George gestritten wegen der Vorliebe seiner Eltern für Quasten und Fransen, und sie hatte die meisten der mittelmäßigen Familienporträts in die unbenutzten Gästezimmer verbannt. Das Ergebnis hatte beide überrascht und George erfreut, da er sein Heim mit den überladenen Häusern seiner Freunde verglich.

Nun fühlte Emily sich einsam, obwohl sie von dienstbaren Geistern umgeben war. Sie sehnte sich nach Charlottes viel kleinerem Haus, das mit gebrauchten Möbeln vollgestopft war und in einer engen unmodernen Straße lag. Doch Emily war dort glücklich gewesen. Ein paar Tage lang hatte sie ihr Witwendasein völlig vergessen. Wenn sie nachts aufgewacht war und daran gedacht hatte, daß Charlotte jenseits der Wand mit Thomas in einem warmen Bett lag, hatte sie ihre Neidgefühle schnell unterdrückt und war gleich wieder eingeschlafen.

Nun spürte sie den Gegensatz wie eine scharfe Klinge. Die Luft in diesem großen Haus, dessen alleinige Herrin sie war, kam ihr eiskalt vor, als berühre kaltes Wasser ihre Haut.

Es war lächerlich! In jedem Kamin hatten die Dienstboten ein Feuer angezündet, eilige Füße huschten durch die Räume, Tafelsilber klirrte im Eßzimmer, und die Mädchen schnatterten am Treppenabsatz.

Emily lief rasch die Stufen hinauf. Ihr Mädchen nahm ihr Mantel und Hut ab und würde gleich die Koffer auspacken. Das Kindermädchen war dabei, dasselbe für Edward zu tun.

Unten wartete die Köchin darauf, daß Emily den Speiseplan für die Woche zusammenstellte. Es gab nichts, was Emily selbst tun mußte, abgesehen von Entscheidungen, die kaum wichtig waren. Die Tage dehnten sich vor ihr — ohne wahren Inhalt und Sinn, ohne jede interessante Beschäftigung. Emily würde die freudlosen Stunden mit Sticken, Briefeschreiben und Klavierspiel füllen oder mit Pinsel und Farbe herumpfuschen, anstatt ihre Visionen auf die Leinwand übertragen zu können.

Was immer sie tat, sie mochte es nicht allein tun.

Doch die meisten ihrer Bekannten verdienten nicht, Freunde genannt zu werden. Ihre Gegenwart würde nur die Stille stören, ohne Emily das Gefühl von Nähe zu geben. Und so verzweifelt war sie noch nicht, daß sie jede Art von Gesellschaft ersehnte, ganz gleich, welchen Wert sie hatte.

Tief in ihrem Inneren wußte Emily, daß jede Gesellschaft von Wert eine gewisse Bindung verlangte, und die junge Witwe war sich nicht sicher, zu wieviel Bindung sie — außerhalb ihrer Familie — bereit war. Das hohle Gefühl der Einsamkeit, das sie empfand, erschreckte sie. Es würde sich noch verstärken und sie vielleicht dazu treiben, ihr Leben mit zwecklosen Aktivitäten und albernen Gesprächen zu füllen.

Die Alternative hierzu erschien bemerkenswert attraktiv: ihre Freundschaft mit Jack Radley zu vertiefen. Dabei würde sie die Frage verdrängen, ob er mehr besaß als Charme, Humor, die Fähigkeit, Alltägliches zum Vergnügen werden zu lassen und sie, Emily, so gut zu verstehen, daß Erklärungen selten und Rechtfertigungen niemals nötig waren.

Sich gern zu haben war unter Freunden eine gute Sache. Aber bei einem Heiratskandidaten war Vertrauen erforderlich, das Wissen, wichtige Wertvorstellungen zu teilen und zu jeder Zeit auf ihn bauen zu können. Und wenn er untreu wäre — der Gedanke schmerzte Emily beinahe körperlich, da die Wunden, die ihr George beigebracht hatte, noch nicht völlig verheilt waren —, wenn er untreu wäre, müßte das bedeutungslos sein, weil seine Diskretion dafür sorgen würde, daß sie und vor allem ihre Freunde es nie erfuhren.

Gegenseitige Achtung war unerläßlich, eine Grundlage jeder Ehe ... Emily hielt plötzlich voller Bestürzung in ihren Gedanken inne. Was war nur in sie gefahren? Heirat? Sie mußte verrückt sein! Sie hatte Georges Besitz geerbt und war eine schwerreiche Witwe. Die Mitgiftjäger würden kommen — zur rechten Zeit; nicht zu früh, denn das würde einen schlechten Eindruck machen und ihre Chancen verderben, und nicht zu spät, weil dann die Rivalen schon zur Stelle wären.

Der Gedanke war einfach abstoßend. Als Emily das erstemal auf dem Heiratsmarkt erschienen war, hatte sie Spaß an dem Spiel gehabt. Es gab so viel zu gewinnen, und sie hatte gewonnen. Sie hatte es auch verdient, denn sie war eine hervorragende Spielerin gewesen. Sie hatte alle Unschuld und Arroganz der Unerfahrenheit besessen.

Jetzt war sie längst nicht mehr so selbstsicher. Sie hatte erst kürzlich einen Fehlschlag erlitten, und sie hatte alles zu verlieren.

Befand sich Veronica York in derselben Lage? Hatte sie sich Ähnliches überlegt? Ihr Mann war ermordet worden, und sie war vermutlich die Erbin der Yorkschen Besitztümer. Betrachtete auch sie ihre Bewunderer mit Mißtrauen — ob ihre Liebe ihr selbst galt oder ihrem Geld?

Was für eine gewaltige Überheblichkeit! Jack Radley hatte nie das Wort »Heirat« erwähnt oder auch nur im entferntesten den Eindruck erweckt, er wolle Emily ehelichen. Sie mußte ihre Gedanken im Zaum halten, sonst würde sie in seiner Gegenwart noch irgend etwas Idiotisches sagen, das ihre Situation völlig unmöglich machte.

Wenn es nur irgendein interessantes Verbrechen gäbe, mit dem sie und Charlotte sich beschäftigen konnten, dann würden ihr die Flausen im Kopf von selbst vergehen.

Wie konnte eine Frau, die auch nur mit einem Mindestmaß an Intelligenz ausgestattet war, ihre Zeit damit verbringen, Dienstboten zu befehligen, die sowieso wußten, was zu tun war? Das Stubenmädchen hätte leicht ganz allein den Haushalt für eine einzelne Dame und einen kleinen Jungen führen können!

So begrüßte Emily am nächsten Morgen den Butler mit gemischten Gefühlen, als er Mr. Jack Radley ankündigte.

Sie schluckte und nahm sich zusammen, um dem Butler ihre Verwirrung nicht zu zeigen.

»Was für eine seltsame Zeit für einen Besuch«, sagte sie lässig. »Er wollte etwas für mich herausfinden — vielleicht hat er Neuigkeiten. Lassen Sie ihn hereinkommen.«

»Ja, Mylady.« Wainwrights Gesicht zeigte keine Regung. Er drehte sich langsam um und ging hinaus, als sei er Teil einer Prozession. Er war als Junge schon bei den Ashworths gewesen, da sein Vater den Posten eines Obergärtners bekleidet hatte.

Emily fühlte sich in Wainwrights Nähe immer noch ungemütlich.

Jack kam einen Augenblick später herein, ohne Eile, wie es sich gehörte, aber leichten Fußes und mit ungeduldiger Miene. Wie immer war er modern angezogen, doch er trug seine Kleidung so ungezwungen, daß seine Eleganz stets wie zufällig und nie gewollt erschien. Um diese Wirkung zu erreichen, bezahlten manche Männer ein Vermögen.

Jack wollte schon behaupten, Emily sähe blendend aus, doch dann entschied er sich für die Wahrheit und lächelte flüchtig. »Du siehst so gelangweilt aus, Emily, wie ich mich fühle. Ich hasse den Januar, und er steht vor der Tür. Wir müssen etwas ungeheuer Interessantes unternehmen, damit er schnell vergeht und wir nichts davon merken . . .«

Sie mußte lächeln. »Tatsächlich? Und was schlägst du vor? Nimm bitte Platz.«

Er gehorchte mit Eleganz und blickte sie freimütig an. »Wir müssen unsere Entdeckungen weiterverfolgen. Charlotte geht doch sicher noch einmal zu den Yorks, oder? Ich hatte den Eindruck, daß der Fall sie genauso reizt wie uns. War es nicht überhaupt ihre Idee?«

Emily stimmte eifrig zu. »Ja, das war es. Bestimmt würde sie gern noch mal hingehen.« Sie brauchte nicht hinzuzufügen, daß dazu Jacks Hilfe erneut notwendig sein würde. Keine unverheiratete Frau, deren Rolle Charlotte ja gespielt hatte, könnte so eine Bekanntschaft allein pflegen. »Ich werde ihr ein paar Zeilen schicken. Und vielleicht erfährt Thomas auch noch etwas.«

Jack schaute gedankenverloren vor sich hin. »Ich habe sehr diskret versucht, etwas über die Danvers herauszubringen, doch mit wenig Erfolg. Der Vater, Garrard Danver, ist einer der Rangältesten im Außenministerium, wodurch die Familien sich vermutlich kennengelernt haben. Es waren zwei Söhne da — der eine wurde vor längerer Zeit in Indien getötet, der zweite ist Julian Danver, der Veronica York eventuell heiraten wird, je nachdem, was Thomas Pitt herausfindet.«

Emily schnaubte ein wenig irritiert. Sie entwickelte ein gewisses Verständnis für Veronica York und fand die Bedenken wegen ihres Rufs recht ärgerlich.

»Ich frage mich, weshalb niemand überlegt, ob er gut genug ist für sie«, sagte sie schroff. Gleich darauf bereute sie ihre Worte. Sie enthüllten zu sehr, was sie über ihre eigene Situation dachte.

Jack sah überrascht aus. »Du meinst seinen Ruf?«

Nun wußte sie keine Antwort. Es war absurd, vom Ruf eines Mannes die gleiche Reinheit zu erwarten wie von dem einer Frau — mit so einer Ansicht würde sie sich als Idiotin hinstellen. Doch sie konnte auch nicht sagen, was sie wirklich dachte, also suchte sie nach einer Ausrede. »Man müßte prüfen, ob er so ehrenhaft ist, wie er wirkt. Manche Männer haben schändliche Gewohnheiten, von denen nicht einmal ihre Familie etwas weiß.«

»Meinst du, er könnte mit Robert Yorks Ermordung etwas zu tun haben?« Jacks Augen verrieten nichts.

»Nein«, erwiderte sie langsam. »Es sei denn, er hätte ihn umgebracht.«

»Julian Danver?«

»Warum nicht?«

»Weil er schon Veronicas Liebhaber war?« Er machte sich ihren Standpunkt zu eigen. »Ja, das wäre möglich.« Er sagte das, ohne zu zögern, also erschien es ihm nicht weit hergeholt. Eine Scheidung wäre für Veronica nicht möglich gewesen, sie hätte ihr gesellschaftliches Leben ruiniert. Und wenn Veronica Yorks ehebrecherisches Verhalten bekannt geworden wäre, hätte Julian sie jetzt nicht heiraten können, ohne seine Karriere zu zerstören. Die beiden wären nirgendwo mehr akzeptiert worden, so, als würden sie nicht weiter existieren.

»Glaubst du, sie hat ihn so betört, daß er zu dieser Tat imstande war?« Mit dieser Frage wollte Emily testen, was Jack von Veronica hielt. Sah er in ihr eine Frau, die solch eine grenzenlose Leidenschaft entfachen konnte?

Die Antwort entsprach ihren Befürchtungen.

»Ich kenne Danver nicht. Doch wenn er zu einem Mord fähig ist, wäre Veronica als Anlaß durchaus geeignet.«

»Oh.« Ihre Stimme klang angespannt und ein wenig hoch. »Dann sollten wir weiterforschen, allein schon um der Gerechtigkeit willen. Ich werde nun Charlotte schreiben, sie soll der Einladung für die Winterausstellung folgen, und du mußt dich bemühen, sie mit dem Rest der verdächtigen Leute bekannt zu machen.« Ihre Frustration bekam plötzlich die Oberhand und machte sich trotz aller guten Vorsätze Luft. »Ich wünschte, ich wäre hier nicht eingesperrt wie ein Eremit! Es ist widerlich. Ich könnte soviel unternehmen, wenn ich wieder meine gesellschaftliche Freiheit hätte — zum Teufel!«

Er sah momentan verblüfft aus, doch in seinen Augen war ein Lachen. »Ich glaube, du bist noch nicht reif für den feinen Salon der Mrs. Piers York, Emily«, sagte er trocken.

»Im Gegenteil«, rief sie grimmig, »ich bin überreif!«

Aber sie konnte nichts tun und hatte nur die Wahl, diese Tatsache mit Würde oder mürrisch zu akzeptieren.

Sie unterhielten sich noch eine Weile ganz allgemein, dann verabschiedete sich Jack Radley mit dem Auftrag, die notwendige Einladung zu ermöglichen. Emily war wieder allein und dachte über das soeben beendete Treffen nach. Sie hätte das Gespräch gern noch einmal und anders geführt, vor allem ein paar witzige Bemerkungen eingestreut. Männer mochten amüsante Frauen, solange sie nicht zu gescheit oder zu boshaft waren.

Konnte sie sich in Jack verliebt haben? Das wäre ungebührlich so kurz nach Georges Tod.

Sicher entsprangen ihre verwirrten Gefühle nur der Langeweile und der überwältigenden Einsamkeit, die sie empfand.

Es war sechs Tage später — ein ungemütlich kalter Tag des neuen Jahres —, als Emilys Kutsche am Nachmittag Charlotte abholte und zu Emilys Haus brachte. Hier zog Charlotte ein königsblaues Seidenkleid ihrer Schwester an und fuhr danach mit Jack zur Villa von Garrard Danver und seiner Familie in Mayfair, am anderen Ende von Hanover Close.

Charlotte war froh, als die Kutsche hielt und es wieder soweit war, in die Rolle der Elizabeth Barnaby zu schlüpfen. Es war leichter, aktiv zu werden, als in der Dunkelheit der Pferdedroschke zu sitzen und zu grübeln, was alles schiefgehen konnte. Wenn die Leute sie entlarvten — was sollte sie vorbringen? Es wäre entsetzlich: Sie würde wie ein Wurm an der Angel zappeln, während jeder sie anstarrte und dachte, wie lächerlich und geschmacklos sie sei. Sie müßte sagen, sie habe den Verstand verloren — das war die einzig mögliche Entschuldigung.

Und selbst wenn es ihr gelänge, alle zu täuschen — würde sie etwas über Robert Yorks Tod erfahren? Vielleicht hatte dieser ganze Versuch nur den einen Sinn, Emily aus der Langeweile zu erlösen und ihr, Charlotte, eine Gelegenheit zu geben, Jack Radley zu beurteilen.

Die Tür der Kutsche stand offen, und ein Diener

half Charlotte beim Aussteigen. Sie war dankbar für seine Unterstützung, denn die eisige Luft traf sie wie mit spitzen Nadeln. Schnell stieg sie die Stufen hinauf.

Der Butler nahm ihr Mantel und Muff ab, und ein Mädchen öffnete die Tür zum Salon. Charlotte hakte sich bei Jack unter. Sie bemühte sich, selbstbewußt zu schreiten, und hob das Kinn hoch. Ihr Seidenrock raschelte, oder, um genau zu sein, Emilys Seidenrock.

Jack stieß sie an, und sie merkte, daß sie übertrieb. Sie mußte sich bescheiden geben — und dankbar. Irritiert senkte sie den Blick. Sie hatte keine Lust, dankbar zu sein.

Sie waren die letzten eintreffenden Gäste, und das paßte gut, denn sie kannten die anderen kaum. Die sechs Leute im Salon blickten ihnen mit unterschiedlichem Interesse entgegen. Als erste sprach sie eine junge Frau Ende Zwanzig an, die ein sehr individuelles, aber hübsches Gesicht besaß. Ihre Stupsnase war zu ausgeprägt, und ihre dunklen Augen hatten einen zu freimütigen Ausdruck für eine unverheiratete Person. Ihre Figur entsprach bei weitem nicht den runden Formen, die die Mode forderte, doch ihr dunkles dickes Haar schimmerte und mußte jedem gefallen. Sie begrüßte Charlotte mit einem wohlerzogenen Lächeln.

»Guten Abend, Miß Barnaby. Ich bin Harriet Danver. Ich freue mich sehr, daß Sie kommen konnten. Finden Sie London angenehm, abgesehen von dem scheußlichen Wetter?«

»Guten abend, Miß Danver«, erwiderte Charlotte höflich. »Ja, selbst in diesem Nebel genieße ich die Abwechslung, und die Menschen hier sind so nett.«

Ein großer schlanker Mann mit einem asketischen Adlergesicht erhob sich aus seiner halb sitzenden Stellung von der Lehne eines riesigen Sessels. Charlotte schätzte ihn Mitte Vierzig, bis er unter dem Armleuchter vorbeiging und sie sein graues Haar und seine vielen feinen Falten erkennen konnte.

»Ich bin Garrard Danver.« Seine Stimme hatte eine schöne Klangfarbe. »Ich bin entzückt, Ihre Bekanntschaft zu machen, Miß Barnaby.« Er gab ihr nicht die Hand, sondern begrüßte auch Jack und stellte die beiden den anderen im Zimmer vor. Der Interessanteste der Anwesenden war bei weitem Julian Danver, so groß wie sein Vater, doch mit einer athletischeren Figur und einem bemerkenswerten Gesicht, das dem Garrards gar nicht glich, eher dem von Harriet. Julian war ein heller Typ mit grauen oder blauen Augen und braunem Haar mit einer blonden Strähne über der Stirn. Seine Züge wirkten kraftvoll und intelligent, sein Benehmen war zurückhaltend. Charlotte konnte sich vorstellen, daß Veronica York ihn höchst attraktiv fand.

Das letzte Mitglied der Familie Danver war Garrards unverheiratete Schwester, Miß Adeline Danver. Sie war erschreckend mager; ihr tiefgrünes Kleid vermochte die scharfen Kanten ihres Schultergürtels nicht zu verbergen. Ihre Züge gaben Harriets Mängel verstärkt wieder — ihr Kinn war schmaler, die Nase hervorstechender —, doch sie hatte die gleichen dunklen Augen und immer noch schönes dichtes Haar.

»Tante Adeline hört schlecht«, flüsterte Harriet Charlotte zu. »Wenn sie etwas Komisches sagt, lächeln Sie bitte und beachten Sie es nicht. Sie versteht oft etwas völlig falsch.«

»Natürlich«, sagte Charlotte höflich.

Die einzigen anderen Gäste waren Felix Asherson und seine Frau — der Asherson, der im Außenministerium mit Julian Danver zusammenarbeitete. Neben seinem schwarzen Haar fiel Charlotte sein Mund besonders auf. War er sinnlich und kraftvoll, oder verrieten die breiten Lippen Hemmungslosigkeit? Sonia Asherson war eine hübsche Frau mit sanften regelmäßigen Zügen ohne Ausdruck — ein Gesicht, das die Modefachleute mögen, weil es nicht von einem Hut oder einer Bluse ablenkt. Sonia besaß eine wohlproportionierte Figur, die in einem sehr kleidsamen korallenfarbenen Gewand steckte, das runde milchweiße Schultern freigab.

Nach der formellen Begrüßung begann das gewöhnliche nichtssagende Geplauder. Es drehte sich hauptsächlich um Charlotte und Jack Radley, da die anderen sich kannten. Charlotte bemühte sich, stets ihrer Rolle gemäße Antworten zu geben, und mußte sich dabei so konzentrieren, daß sie erst beim Abendessen Zeit fand, die Anwesenden zu beobachten. Sie saßen alle um einen Tisch, der vor Silber und Kristall glänzte.

Es war nicht viel, was Charlotte zu entdecken hoffte. Wie lange kannten sich Julian Danver und Veronica? Liebten sie sich schon vor Robert Yorks Tod? War Julian Danver ehrgeizig — beruflich oder was die Gesellschaft betraf? Bestand ein deutlicher Unterschied im finanziellen Status der beiden, so daß Geld eine Rolle spielte?

Charlotte stammte aus einem Elternhaus, in dem äußerster Wert auf Qualität gelegt wurde, und sie war so vornehm erzogen worden, daß sie das Ausgezeichnete vom nur Guten unterscheiden und auch die Kosten beurteilen konnte. Sie hatte die Vorhalle und den Salon des York-Hauses gesehen und festgestellt, daß dort Reichtum Tradition hatte. Es gab nichts auffällig Protziges, wie die Neureichen es bevorzugten.

Natürlich wußte sie, daß Umstände sich ändern konnten. Sie hatte schon Häuser betreten, deren Vorzeigeräume luxuriös waren, während die anderen nicht einmal einen Teppich aufwiesen und die Feuerstellen das ganze Jahr kalt blieben. Es gab auch Leute, die einen Dienerstab unterhielten, obwohl sie selbst kaum genug zu essen hatten.

Aber Charlotte hatte die Kleider der Damen genau betrachtet. Sie waren vom neuesten Schnitt und ohne abgetragene Kanten oder Veränderungsnähte. Charlotte wußte aus eigener Erfahrung, wo die verräterischen Stellen lagen.

Nun tat sie so, als lausche sie der Unterhaltung,

und schaute sich dabei heimlich in dem Speisezimmer um. Der ganze Effekt bestand aus Silber und Blau, helles Blau auf der makellosen Tapete, Königsblau die Vorhänge, ohne verblichene Streifen, wie sie die Sonne so schnell bewirkt. Diese Vorhänge waren gewiß erst eine Saison alt. Bedeutete das eine Tendenz zur Extravaganz? An der Wand gegenüber hing ein venezianisches Gemälde, von dem Charlotte nicht sagen konnte, ob es hervorragend oder durchschnittlich war. Den Tisch bedeckte teurer Damast von schwerer Qualität, die Stühle und zwei Büfetts waren Adam-Stil, vermutlich echt.

Was Harriet und Tante Adeline betraf, so waren sie als unverheiratete Frauen wahrscheinlich finanziell von Garrard abhängig. Adelines Kleid war nicht hochmodisch, aber an ihr würde auch nichts aufregend aussehen, sie war nicht der Typ. Jedenfalls hatte das Kleid einen guten Schnitt und bestand aus einem exzellenten Stoff. Dasselbe konnte man von Harriets Gewand behaupten.

Nein, es sah nicht so aus, als würde Geld bei der Verbindung Julian—Veronica eine Rolle spielen.

»Und Sie, Miß Barnaby?« Sie merkte erschrokken, daß Felix Asherson mit ihr sprach, doch was hatte er gesagt? »Ich finde Wagneropern ein wenig langatmig, und ich bin immer vor dem Schluß schon müde«, wiederholte er und sah sie mit einem leichten Lächeln an. »Ich bevorzuge etwas, das lebensnäher ist — und Sie? Mich interessiert all das Magische nicht.«

»Das glaube ich«, warf Tante Adeline ein, ehe Charlotte sich äußern konnte. »Wir erleben so viel davon, was wir nicht vermeiden können.«

Jeder blickte sie an, und Charlotte war völlig verwirrt. Die Bemerkung erschien total sinnlos.

»Er sagte ›magisch‹, Tante Addie«, erklärte Harriet ruhig, nicht ›tragisch‹.«

Tante Adeline war absolut nicht verlegen. »Oh, wirklich? Mich interessiert das Magische auch nicht. Und Sie, Miß Barnaby?«

Charlotte schluckte. »Ich denke, mich ebenfalls nicht, Miß Danver. Mir ist auch noch keine Magie irgendeiner Art begegnet.«

Jack hustete diskret in seine Serviette, und Charlotte wußte, daß er lachte.

Julian lächelte und bot ihr mehr Wein an. Ein Diener und zwei Mädchen servierten den Fisch.

»Unerwiderte Liebe scheint das Thema vieler Opern und Theaterstücke zu sein«, sagte Charlotte, um das Schweigen zu brechen. »Tatsächlich geht es offenbar nicht ohne diesen Faktor.«

»Vermutlich, weil die meisten von uns das nachfühlen können, auch wenn wir das Glück haben, es nicht zu erleben«, stellte Julian fest.

»Meinen Sie, solche Geschichten sind lebensnah?« fragte Charlotte sanft und suchte in seinem Gesicht nach einem Ausdruck von Mitleid oder Verachtung.

Er war so höflich, ihr eine gedankenvolle Antwort zu geben. »Nicht in den Einzelheiten. Ein Drama muß verdichtet werden, oder es wird, wie

Felix sagt, zu langweilig; unsere Aufmerksamkeit ist kurzatmig. Aber die Gefühle sind echt, jedenfalls für einige von uns ...« Er hielt plötzlich inne, blickte auf den Tisch und dann schnell wieder zu ihr hin. In diesem Moment spürte Charlotte, daß sie den Mann mochte. Er hatte etwas gesagt, was er nicht hatte sagen wollen, doch sie war sicher, daß er nicht wegen sich selbst verlegen war, sondern wegen einer anderen Person, die mit am Tisch saß.

»Mein lieber Julian«, bemerkte Garrard gereizt, »du nimmst das zu wörtlich. Ich glaube nicht, daß Miß Barnaby etwas so Ernstes gemeint hat.«

»Nein, natürlich nicht«, stimmte Julian rasch zu. »Entschuldigung.«

Charlotte wußte, daß sie von etwas sprachen, das ihnen beiden bekannt war. Es ging wohl um Adeline oder Harriet. Harriet hatte das Alter schon überschritten, in dem eine wohlerzogene Frau mit gutem finanziellen Hintergrund heiratete. Warum hatte man keine passende Heirat für sie arrangiert?

Charlotte lächelte charmant, ihre Wärme war ehrlich empfunden.

»Tatsächlich denke auch ich, daß zu viele magische oder zufällige Vorkommnisse einem den Glauben an die Geschichte nehmen — und damit auch die Verbindung zu den Charakteren. Es war eine ganz unbedeutende Bemerkung.« Sie fuhr hastig fort. »Mrs. York war so freundlich, mich einzuladen, mit ihr die Winterausstellung in der Königlichen Akademie zu besuchen. War jemand von Ihnen schon dort?«

»Ja, ich«, erwiderte Sonia Asherson. »Aber ich erinnere mich nicht an etwas Besonderes.«

»Irgendwelche Portraits?« fragte Tante Adeline. »Ich liebe Gesichter.«

»Ich auch«, erklärte Charlotte, »solange sie nicht idealisiert sind und alle Schönheitsfehler entfernt wurden. Ich denke, daß in den individuellen Linien und Proportionen die Persönlichkeit mit den Spuren ihrer Erfahrung enthüllt wird.«

»Wie scharfsichtig«, stellte Tante Adeline vergnügt fest und schaute Charlotte interessiert an. Charlotte erkannte, was für ein lebendiges Innenleben sich hinter diesem mageren, ziemlich wunderlichen Äußeren verbarg. Wie oberflächlich war es doch, nach der glatten, konventionell hübschen Fassade wie der von Sonia zu urteilen. Unbewußt wanderte Charlottes Blick zu Felix hin. Warum hatte er ein sanftes Wesen wie Sonia einer blutvollen Person wie zum Beispiel Harriet vorgezogen?

Doch vielleicht war er heute nicht mehr glücklich. Wie sollte Charlotte das beurteilen? Hinter seinem geschliffenen Auftreten und seiner undurchschaubaren Miene konnte sich alles verstecken. Diese Gedanken waren ein Abgleiten vom eigentlichen Thema, erinnerte sich Charlotte, und sie hatten nichts mit Veronica York oder Roberts Tod zu tun.

»Es war so nett von Mrs. York, mich einzuladen«, wiederholte sie ein wenig abrupt. »Wissen

Sie, ob sie malt? Ich mag Portraits, aber besonders gefallen mir Landschaftsbilder in zarten Wasserfarben, Bilder, die so lebendig wirken, als befände man sich in der dargestellten Umgebung. Ich erinnere mich an einige wunderbare Malereien von Afrika — ich konnte die Hitze auf den Steinen beinahe fühlen, so gut war sie festgehalten.« Alle am Tisch sahen nun zu ihr hinüber. Sonia Asherson war deutlich erstaunt über ihre plötzliche Geschwätzigkeit, während Felix sich zu amüsieren schien. Harriet sah sie zwar an, hörte aber nicht zu, sie war mit den Gedanken woanders. Garrard betrachtete Charlotte höflich, nur Tante Adeline strahlte. Jack verhielt sich unerwartet still. Anscheinend wollte er Charlotte das Feld überlassen.

Doch Julian antwortete. »Ich glaube nicht, daß sie malt. Wir haben nie darüber gesprochen.«

»Kennen Sie sie schon lange?« fragte Charlotte unschuldig und überlegte gleich darauf, ob sie sich zu weit vorgewagt hatte. »Im diplomatischen Dienst sind Sie doch sicher viel gereist?«

»Nicht nach Afrika«, sagte er mit einem Lächeln. »Aber dort wäre ich gern einmal.«

»Viel zu heiß«, erklärte Felix mit einer Grimasse.

»Das verstehe ich, daß Sie nicht nach Afrika möchten«, sagte Tante Adeline und warf ihm einen scharfen Blick zu, »doch es könnte ein tolles Erlebnis sein.«

Harriet hielt den Atem an. Ihre Finger verkrampften sich um den Stiel des Weinglases. In diesem Moment kamen Charlotte Erinnerungen in den Sinn, wie sie sich gefühlt hatte, ehe sie Thomas begegnet war. Damals hatte sie Dominic geliebt, den Mann ihrer ältesten Schwester. Sie erinnerte sich an die quälende Angst, die Hoffnungslosigkeit, die wilden Augenblicke im Traum erlebter Intimität, einen Blick, eine zufällige Berührung, ihr jubelndes Herz, wenn er besonders aufmerksam mit ihr zu sprechen schien — und hinter all dem die kalte Verzweiflung der Vernunft. Und sie hätte nie geglaubt, einen anderen Mann heiraten zu wollen, ganz gleich, wie sehr sich ihre Mutter bemühte. Waren es nicht die gleichen Gefühle, die sie nun aus Harriets gesenktem Blick, den blassen Lippen und heißen Wangen herauslas?

Julian wandte sich seiner Tante zu. »Felix meint sicher, daß Afrika für Veronica viel zu heiß wäre, um mich zu begleiten.«

Tante Adeline schüttelte verächtlich den Kopf. »Unsinn! Irgendeine Engländerin — ich habe ihren Namen vergessen — ging ganz allein in den Kongo. Das würde ich auch gern tun.«

»Was für eine exzellente Idee«, stellte Garrard giftig fest. »Wirst du im Sommer oder im Winter reisen?«

Sie sah ihn voller Abscheu an. »Der Kongo liegt am Äquator, also ist das egal. Bringt man dir im Außenministerium überhaupt nichts bei?«

»Nicht, wie man im Kongo herumkutschiert«, erwiderte er heftig. »Das ist doch ein sinnloses Unterfangen. Wir überlassen das alten Jungfern, die, laut deiner Aussage, Freude daran haben.«

»Gut«, entgegnete sie gereizt, »wie rührend, daß du uns auch etwas überläßt.«

Jack rettete die Situation. Er wandte sich an Julian. »Ich kannte Mrs. York vor einigen Jahren, ehe sie Robert heiratete, aber ich weiß nicht mehr, ob sie gern reiste. Natürlich kann man sich auch ändern, und ich denke, ihre Ehe mit jemand aus dem Außenministerium hat ihr Wissen und ihre Ambitionen erweitert.«

Charlotte war ihm heimlich dankbar. Sie machte ein höchst interessiertes Gesicht. »Ist Mr. York viel gereist?«

Ein kurzes Schweigen entstand. Ein Messer klirrte auf einem Teller. Vor der Tür hallten die Schritte eines Dieners.

»Nein«, erwiderte Julian. »Nein, das glaube ich nicht, obwohl ich ihn nicht gut kannte. Ich kam erst ein paar Monate vor seinem Tod in das Außenministerium. Felix kannte ihn besser.«

»Er mochte Paris«, sagte Sonia Asherson plötzlich. »Ich erinnere mich, daß er das einmal erwähnte. Es wunderte mich nicht; er war so ein charmanter Mann, elegant und witzig. Paris mußte ihm gefallen.« Sie schaute ihren Mann an. »Ich wünschte, wir könnten manchmal ins Ausland gehen, in eine weltoffene Stadt. Afrika wäre fürchterlich und Indien nicht viel besser.«

Charlotte beobachtete Harriet, und nun hielt sie ihre Vermutung für absolut richtig. Der düstere leere Blick ihrer Augen, die Ausstrahlung von Verlorenheit waren genau das, was Charlotte von sich selbst kannte, als Sarah und Dominic ganz lässig davon gesprochen hatten wegzuziehen. Ja, Harriet liebte Felix Asherson. Ob er das wußte? Dominic hatte nie geahnt, welchen Gefühlsaufruhr er in seiner Schwägerin entfacht hatte, welche Qual und Verwirrung oder welche idiotischen Träume.

Sie sah zu Felix Asherson hin, doch er blickte auf das weiße Damasttischtuch.

»Ich sollte nichts dergleichen erhoffen«, meinte er nervös. »Ich kann mir keine Umstände vorstellen, die dazu führen würden, daß man mich in irgendein europäisches Land schicken würde, außer vielleicht Deutschland. In meiner Abteilung gilt das Interesse dem Empire, vor allem Afrika und den Kolonien. Und eine Reise dorthin wäre eine Geschäftsreise. Ich würde Wochen brauchen, vor allem für den weiten Weg.«

Harriet war zu sehr in Gedanken versunken, um etwas zu sagen. Garrard lehnte sich in seinem Stuhl zurück und bewunderte das Schimmern des Lichts in seinem Weinglas. Charlotte vermutete, daß hinter seinem elegant-ruhigen Äußeren eine gewisse Ratlosigkeit schlummerte. Er war Adeline gar nicht so unähnlich.

»Ich muß Mrs. York wegen Paris befragen«, sagte sie und lächelte betörend in die Runde. »Ich habe nie Reisen gemacht, und ich werde nie die Gelegenheit dazu haben, aber ich finde es wunderbar, von den Erfahrungen anderer Leute zu hören.«

»Meistens Erfahrungen mit barbarischen Speisen und Wasserleitungen, die nicht funktionieren.« Garrard sah sie spöttisch an. »Eine sehr überschätzte Tätigkeit, das versichere ich Ihnen, Miß Barnaby. Gewöhnlich ist es zu heiß oder zu kalt, jemand verschlampt Ihr Gepäck, bei der Dampferfahrt über den Kanal werden Sie seekrank, und wenn Sie in Calais ankommen, verstehen Sie kein Wort.«

Charlotte wollte schon mit Schärfe betonen, daß sie Französisch spreche, als sie bemerkte, daß er sie neckte. »Tatsächlich?« Sie hob die Augenbrauen. »Das alles habe ich auch in England erlebt, außer der Überfahrt. Vielleicht haben Sie London schon lange nicht mehr verlassen, Mr. Danver?«

»Bravo!« rief Tante Adeline mit Befriedigung. »Sie ist dir gewachsen, mein Lieber.«

Sein Lächeln erreichte nur seinen Mund, nicht die Augen. »So«, sagte er, doch es klang mehr wie eine Frage als wie ein Zugeständnis.

»Du solltest die Träume eines Menschen nicht zerstören, Papa.« Julian begann langsam wieder zu essen. »Immerhin könnte Miß Barnaby vom Reisen einen ganz anderen Eindruck gewinnen. Ich weiß, daß Roberts Mutter Freude daran hatte. Sie erwähnte besonders Brüssel.«

»War das erst kürzlich?« fragte Charlotte eifrig. »Möglicherweise ist alles besser geworden, seit Sie dort waren, Mr. Danver.«

Sein Gesicht wurde hart. Das Licht schien auf seine glatten Wangen, und Charlotte spürte, daß er sich ärgerte. Aber warum fühlte er sich durch so eine alltägliche Bemerkung angegriffen? Niemand hatte ihn widerlegt, es war nur eine andere Meinung geäußert worden. Hatte er solch ein labiles Gemüt?

»Vielleicht lassen sich meine Träume nie verwirklichen«, sagte sie ruhig, »aber es ist schön, sie zu haben.«

»Gott schütze uns vor träumenden Frauen!« Garrard hob den Blick zur Decke, und normalerweise hätte Charlotte sich diese Ungezogenheit verbeten.

»Es ist häufig unsere einzige Möglichkeit, etwas zu erreichen«, erklärte Tante Adeline und schnupperte an ihrem Chablis. »Aber natürlich erkennst du das nicht.«

Jeder machte ein ratloses Gesicht. Felix schaute Julian an. Sonias makellose Züge verrieten — nach Charlottes Ansicht — die reine Dummheit, doch es war natürlich völlig unfair, so hart zu urteilen. Charlotte wußte, daß sie innerlich zu sehr Harriets Partei ergriff.

»Verzeihung, Miß Danver?« sagte Jack und furchte die Stirn.

»Es ist nicht Ihre Schuld«, erwiderte Adeline wohlwollend. »Ich wage zu behaupten, daß Sie sich in einer ähnlichen Lage befinden.«

Jack sah total verwirrt zu Charlotte hinüber.

»Worüber redest du, Tante Addie?« fragte Harriet sanft.

»Über intrigierende Frauen.« Tante Adelines Augenbrauen hoben sich über den blanken Augen, die zu rund waren, um als schön empfunden zu werden. »Hörst du denn nicht zu, meine Liebe?«

»Henderson!« rief Garrard laut. »Bringen Sie endlich den Nachtisch!«

»»Träumende Frauen««, Tante Addie«, erklärte Julian geduldig. »Papa sagte »träumende Frauen«, nicht »intrigierende«.«

»Oh, tatsächlich?« Sie lächelte Jack zu. »Ich entschuldige mich, Mr. Radley, vergeben Sie mir.«

»Es gibt nichts zu vergeben«, versicherte er. »Das eine kann leicht zum anderen führen, nicht wahr? Man beginnt mit dem Träumen, und ohne den Rückhalt der Moral endet man oft dabei, sich Wege auszudenken, das Erträumte zu erringen.«

Charlotte blickte vom einen zum anderen und wagte es nicht, Julian zu lange anzusehen. Ahnten die Leute, warum sie hier saß? War sie vielleicht leichter zu durchschauen, als sie glaubte, und spielte man nur mit ihr?

»Sie überschätzen die Moral der Menschen.« Garrards Lächeln verriet eher Spott als Vergnügen. »Oft handelt es sich nur um ein Abwägen, was praktisch ist und was nicht, obwohl es — Gott helfe uns — ein paar abscheuliche Ausnahmen gibt. Danke, Henderson, stellen Sie das Zeug hin!« Er machte Platz für die dampfende Süßspeise, den Sirup und die Kognaksoße. »Miß Barnaby, lassen Sie uns von etwas weniger Häßlichem sprechen. Haben Sie Pläne, ins Theater zu gehen? Zur Zeit werden viele amüsante Stücke gespielt — man ist durchaus nicht auf Wagner angewiesen.«

Somit war das Thema beendet, und Charlotte hätte äußerst schlechtes Benehmen an den Tag gelegt, wäre sie auf den vorherigen Gesprächsstoff zurückgekommen. Außerdem hätte sie dabei nichts mehr gewonnen.

»Oh, ich möchte gern ins Theater gehen«, sagte sie begeistert. »Können Sie mir ein bestimmtes Stück empfehlen?«

Die Mahlzeit neigte sich dem Ende zu, und es wurde nichts mehr erwähnt, was mit der Familie York zusammenhing. Die Damen verließen den Tisch, ehe der Portwein gebracht wurde, und kehrten in den Salon zurück. Dort wurde ganz allgemein und nichtssagend geplaudert. Charlotte stellte ein höfliches Lächeln zur Schau, das immer starrer wirkte, während die Minuten sich hinzogen.

Schließlich erhob sich Tante Adeline.

»Miß Barnaby, Sie sprachen von Ihrem Interesse an Kunst. Vielleicht möchten Sie eines der Landschaftsbilder im Boudoir sehen? Es war das Lieblingszimmer meiner Schwägerin, und sie reiste mit Leidenschaft. Sie wollte so viele fremde Orte kennenlernen.«

»Hat sie sich diesen Wunsch erfüllt?« Charlotte stand ebenfalls auf.

Adeline ging voraus. »Nein. Sie starb jung, mit sechsundzwanzig. Harriet konnte noch nicht richtig laufen, Julian war sieben oder acht.«

Charlotte empfand Betroffenheit über das Schicksal dieser jungen Frau und fragte sich, was sie selbst fühlen würde, wenn sie Daniel und Jemima verlassen müßte — und Thomas, dem die Erziehung der Kinder zufallen würde.

»Das tut mir sehr leid«, sagte sie laut.

»Es ist lange her.« Tante Adeline durchquerte die Halle und wanderte einen breiten Korridor entlang, ehe sie die Tür zu einem Boudoir öffnete. Die vorherrschenden Farben in diesem Raum waren Creme und die von trockenem Sand, dazu ein wenig durchsichtiges Grün und ein Tupfer Koralle in Form eines einzigen Stuhles. Das war höchst ungewöhnlich und paßte nicht zu der übrigen Einrichtung des Hauses. Es brachte Charlotte auf die Idee, daß sich die junge Frau in diesem Haus nicht heimisch gefühlt und sich hier eine Insel geschaffen hatte.

An der Wand gegenüber dem Kamin hing ein Gemälde vom Bosporus mit dem Topkapi-Palast auf dem Goldenen Horn. Kleine Boote bevölkerten das blaugrüne Wasser, und im Dunst der flirrenden Hitze lag in der Ferne die Küste Kleinasiens.

»Sie sagen gar nichts«, bemerkte Tante Adeline.

Charlotte war es leid, Triviales von sich zu geben. Sie hätte gern die schablonenhafte Miß Barnaby abgelegt und ihre eigene Identität angenommen, vor allem dieser Frau gegenüber, die sie mehr und mehr schätzte.

»Was könnte ich sagen, das diesem zauberhaften Raum oder all den Ideen und Träumen, die man darin finden mag, gerecht werden würde?« fragte sie. »Ich möchte heute kein seichtes Geschwätz mehr produzieren.«

»Oh, mein liebes Kind, Sie sind dem Untergang

geweiht«, sagte Adeline unverblümt. »Sie werden wie Ikarus Flügel ausbreiten und ins Meer fallen. Die Gesellschaft erlaubt es den Frauen nicht zu fliegen, was Sie bestimmt noch merken werden. Um Himmels willen — heiraten Sie nicht standesgemäß; es könnte wie ein Gang ins kalte Wasser sein, Schritt um Schritt, bis das Wasser über Ihrem Kopf zusammenschlägt.«

Charlotte spürte den dringenden Wunsch, Adeline zu erzählen, daß sie bereits unstandesgemäß verheiratet und äußerst glücklich war. Dann dachte sie an Emily und hielt in letzter Sekunde den Mund.

»Soll ich mich unter meinem Stand verheiraten, wenn ich kann?« fragte sie mit einem halben Lächeln.

»Ich glaube nicht, daß das Ihre Eltern erlauben werden«, meinte Adeline ernst. »Meine haben es nicht erlaubt.«

Charlotte wollte schon erklären, wie leid ihr das täte, doch sie wußte, daß das zu herablassend klingen würde. Adeline war nicht die Person, die man bemitleiden mußte. Sicher war sie nie aus Feigheit vor einer Entscheidung zurückgeschreckt, und wenn doch, dann hatte Charlotte nicht das Recht, darüber ein Urteil zu fällen.

Statt dessen gab sie ein bißchen von der Wahrheit preis. »Meine Großmutter ist diejenige, die sich am meisten aufregen würde.«

Adeline lächelte freudlos, doch in ihren Augen stand kein Selbstmitleid. Sie setzte sich auf die

Armlehne eines der großen sandfarbenen Stühle. »Meine Mutter hatte Spaß daran, die Kranke zu spielen. Mit diesem Theater erzwang sie Gehorsam und Aufmerksamkeit. Als ich sehr jung war, fürchteten wir alle, sie könnte bei einem ihrer »Anfälle« sterben. Schließlich war es Garrard, der sie zur Rede stellte und ihr das falsche Spiel vorwarf. Deswegen werde ich ihn immer respektieren. Aber für mich war es zu spät.« Sie atmete tief durch. »Natürlich hätte ich ein strahlend sündiges Leben geführt, wenn ich eine Schönheit gewesen wäre. Aber da mich nie einer verführen wollte, muß ich so tun, als hätte ich nie nachgegeben.« Ihre braunen Augen leuchteten. »Haben Sie schon festgestellt, wie selbstgerecht man das verdammt, wozu man nie Gelegenheit hatte?«

»Ja«, stimmte Charlotte mit einem offenen Lächeln zu. »Ja, das habe ich. Es wird von dem Spruch untermauert: »aus der Not eine Tugend machen«. Das ist eine der Heucheleien, die mich am meisten stören.«

»Sie werden ihr sehr oft begegnen. Am besten verbergen Sie Ihre Gefühle und lernen, mit sich selbst zu reden.«

»Ich fürchte, Sie haben recht.«

»Ich habe bestimmt recht.« Adeline erhob sich. Sie war wirklich dürr, aber es ging eine Kraft von ihr aus, die sie zur interessantesten Person der Familie machte. Sie blickte auf das Bild. »Wissen Sie, daß eine Kurtisane namens Theodora die Kaiserin von Byzanz werden wollte? Ich frage mich, ob sie wilde Farben getragen hat. Ich mag Königsblau und Pfauengrün und Scharlachrot und Safrangelb — schon die Bezeichnungen klingen so aufregend —, aber ich wage nicht, diese Farben zu tragen. Garrard würde mich nicht mehr in Ruhe lassen und wahrscheinlich meine Garderobe nicht mehr bezahlen.« Sie versenkte sich weiter in den Anblick des Gemäldes. »Übrigens — es gab da eine Frau, die ein- oder zweimal um Mitternacht in dieses Haus kam, eine sehr schöne Frau, wie ein schwarzer Schwan. Sie trug Kleider in leuchtendem Kirschrot, nicht gelblichrot wie Flammen sind, sondern eher mit einem Blaustich; an jedem anderen wäre die Farbe schrecklich gewesen. Ich hätte darin wie ein Alptraum ausgesehen.« Sie drehte sich um. »Aber sie sah wunderbar aus. Ich kann mir nicht vorstellen, was sie hier gemacht hat, höchstens, daß sie Julian besuchte; aber er hätte unbedingt diskreter sein müssen. Garrard war wütend. Doch seit Julian sich um Veronica York bemüht, ist er, soviel ich weiß, über jeden Zweifel erhaben, und mehr kann man von einem Mann nicht erwarten. Seine Vergangenheit geht nur ihn etwas an. Ich wünschte, bei Frauen wäre es ebenso, aber ich glaube nicht, daß wir das je erleben werden.«

Charlottes Gedanken wirbelten durcheinander; sie mußte Zeit gewinnen, das eben Gehörte zu entwirren.

»Ich habe eine Tante, die Ihnen gefallen würde«, sagte Charlotte und erkannte gleichzeitig, wie tollkühn sie geworden war. »Lady Cumming-Gould. Sie ist fast achtzig, aber großartig! Sie glaubt, daß Frauen ein Stimmrecht für das Parlament haben sollten, und sie kämpft dafür.«

»Wie selbstlos von ihr.« Adelines Augen drückten leichte Ironie, gepaart mit Begeisterung, aus. »Sie wird das nicht mehr erleben.«

»Meinen Sie nicht? Wenn wir das alle unterstützen würden — müßten die Männer nicht schließlich einsehen, daß . . .« Bei Adelines Blick fühlte sich Charlotte wie ein naives Mädchen, und sie ließ den Satz unvollendet.

Adeline schüttelte langsam den Kopf. »Natürlich könnten wir die Männer überzeugen, wenn wir alle zusammenhalten würden, aber das tun wir ja nie. Wie oft haben Sie beobachtet, daß ein halbes Dutzend Frauen in einer Sache völlig übereinstimmt, geschweige denn eine halbe Million?« Ihre dünnen Finger strichen über den Samt der Sessellehne. »Wir alle leben isoliert — in unseren Küchen, wenn wir arm sind, in den Salons, wenn wir reich sind, aber wir arbeiten niemals zusammen. Wir betrachten uns nur als Rivalinnen im Kampf um die wenigen akzeptablen und wohlhabenden Männer, die auf dem Heiratsmarkt zur Verfügung stehen. Andererseits arbeiten Männer sehr gut zusammen. Sie halten sich für die Beschützer und Hüter der Nation und tun alles, um das gegenwärtige patriarchalische Diktat zu bewahren, in der Annahme, am besten zu wissen, was für uns bekömmlich ist.« Sie hob den Kopf. »Und es gibt zu viele Frauen, die das kräftig unterstützen, weil es auch ihnen in den Kram paßt.«

»Miß Danver, ich glaube, Sie sind eine Revolutionärin«, sagte Charlotte entzückt. »Sie *müssen* Großtante Vespasia kennenlernen — Sie würden einen Riesengefallen aneinander finden!«

Ehe Adeline antworten konnte, wurden Schritte im Korridor laut, und Harriet streckte den Kopf zur Tür herein.

»Die Herren haben sich wieder zu uns gesellt. Kommst du, Tante Addie?« Ihr Gesicht wirkte blaß und übernächtigt. Sie besann sich ihrer Erziehung. »Und Sie, Miß Barnaby?«

Über Tante Adelines Züge huschte ein Ausdruck von Mitleid, der aber so schnell wieder verschwand, daß Charlotte bezweifelte, ihn auch wirklich gesehen zu haben.

»Natürlich.« Adeline ging zur Tür. »Wir haben das Gemälde deiner Mutter bewundert. Kommen Sie, Miß Barnaby, wir müssen uns für heute von Bosporus, von Theodora und Byzanz trennen . . .«

Charlotte nickte, und Harriet sah ein wenig erstaunt aus.

»Nun?« fragte Jack, als sie wieder allein in der eisigen Kutsche saßen. Ihr Atem war weiß wie Dampf. Der Wind heulte um das Gefährt, im Rinnstein sammelte sich der gefrorene Schmutz, schwarz und ausnahmsweise geruchlos. Die Hufe der Pferde donnerten hart über das Eis.

»Einiges«, erwiderte Charlotte mit klappernden

Zähnen. Sie beschloß, nichts davon zu erwähnen, daß Harriet in Felix Asherson verliebt war. Falls Jack das nicht gemerkt hatte, sollte es das schmerzliche Geheimnis der jungen Miß Danver bleiben. »Sie scheinen genausoviel Geld zu haben wie die Yorks, also ist das kein Motiv. Und offenbar kennen sich die beiden Familien schon länger, also könnten sich Julian und Veronica schon vor Roberts Tod ineinander verliebt haben. Aber — und das ist höchst interessant — Tante Addie ...«

»Die Sie sehr mögen«, unterbrach Jack.

»Die ich sehr mag«, stimmte Charlotte zu. »Aber das trübt meinen Blick keinesfalls.«

»Natürlich nicht.«

»Tante Adeline sagte, sie habe mindestens zweimal nachts eine seltsame und sehr schöne Frau im Haus gesehen — bis vor etwa drei Jahren, dann nicht mehr. Sie trug immer ein leuchtend kirschrotes Gewand.«

»Beide Male?«

»Ja. Aber wer war sie? Vielleicht eine Spionin, die Julian Staatsgeheimnisse entlocken wollte und ihn verführte?«

»Warum hat man sie aber so lange nicht mehr gesehen?«

»Vielleicht ist sie nach Robert Yorks Tod weggegangen. Oder er war der Geheimnisträger, und sein Tod beendete ihre Tätigkeit. Oder Julian wies sie ab, weil er Veronica liebte — ich weiß es nicht.«

»Werden Sie das Thomas erzählen?«

Sie atmete tief ein und aus. Ihre Hände in Emilys Muff waren taub vor Kälte. Es war so spät, daß sie die Nacht bei Emily würde verbringen müssen; das würde Thomas nicht gefallen. Sie könnte ihm sagen, daß Emily sich nicht wohl fühlte, aber sie haßte es, Thomas anzulügen.

Die Alternative war, ihm einfach die Wahrheit zu sagen.

»Ja«, meinte sie langsam. »Ich glaube schon.«

»Halten Sie das für klug?«

»Ich bin eine furchtbar schlechte Lügnerin, Jack.«

»Sie erstaunen mich«, stellte er fest und hob spöttisch die Stimme. »Das hätte ich nie vermutet.«

»Wie bitte?« fragte sie scharf.

»Ich möchte sagen, daß ich heute eine meisterhafte Vorstellung erlebt habe.«

»Oh, das ist etwas ganz anderes. Das zählt nicht.«

Er begann zu lachen, und obwohl sie wütend war, mochte sie ihn deshalb. Vielleicht machte Emily das Richtige.

Am nächsten Morgen stand Charlotte vor der Dämmerung auf und war um sieben Uhr zu Hause in ihrer Küche, um Schinken und Eier zu braten.

»Ist Emily krank?« fragte Thomas Pitt besorgt, doch sie wußte, daß er eine befriedigende Antwort erwartete, sonst würde er explodieren.

»Thomas . . .« Sie hatte schon eine ganze Weile überlegt, was sie sagen sollte.

»Ja?« Seine Stimme klang zurückhaltend.

»Emily ist nicht krank, aber sehr einsam; das Trauerjahr macht ihr zu schaffen.«

»Das weiß ich, meine Liebe.« Nun war sein Ton mitleidig, und Charlotte fühlte sich schuldig.

»Also dachte ich, wir sollten eine Beschäftigung finden«, fuhr sie schnell fort. Sie stach in den Schinken, und er zischte leise, während ein wunderbares Aroma die Küche erfüllte.

»Eine Beschäftigung?« wiederholte er höchst skeptisch. Er kannte sie zu gut, um ihre Ideen für erfolgreich zu halten.

»Ja, etwas, das Emily fesselt — wie ein Geheimnis. Und so haben wir begonnen, uns mit Robert Yorks Tod zu befassen, von dem du mir erzählt hast.« Sie schlug zwei Eier in die Pfanne. »Jack Ridley — er ist noch ein weiterer Grund. Ich möchte ihn besser kennenlernen, falls Emily in Betracht zieht, ihn zu heiraten. Jemand muß ihre Interessen wahren . . .«

»Charlotte!«

»Nun, ich hatte zwei Gründe«, erklärte sie hastig. »Ich war zum Tee bei Veronica York und ihrer Schwiegermutter. Emily arrangierte es, daß Jack Radley mich mitnahm. Auf diese Art konnte ich ihn beobachten und gleichzeitig einiges über die Yorks entdecken.« Sie spürte Thomas' Blick im Rücken, während sie die Eier vorsichtig wendete und sie dann neben den Schinken auf den Teller ihres Mannes legte. »So, fertig!« sagte sie und lächelte süß. »Gestern abend aß ich bei den Danvers. Sie waren alle da, und ich fand sie sehr interessant. Übrigens haben sie dem Anschein nach genausoviel Geld wie die Yorks, demnach dürfte die geplante Hochzeit nicht finanziellen Erwägungen entspringen.« Sie machte den Tee und stellte ihn auf den Tisch. »Und Tante Adeline erzählte mir etwas Seltsames: Sie sah eine schöne Frau im Haus, die ein leuchtend kirschrotes Kleid trug. Glaubst du, daß sie eine Spionin war?« Endlich blickte Charlotte ihrem Mann ins Gesicht und war ungeheuer erleichtert, daß seine Züge nur Erstaunen zeigten.

»Eine Frau in Kirschrot?« meinte er nach kurzem Schweigen. »Sagte sie Kirschrot?«

»Ja, warum? Hast du von ihr gehört, Thomas?«

»Das Mädchen, das bei den Yorks arbeitet, sah sie ebenfalls.«

Charlotte setzte sich ihm gegenüber. Sie vergaß ihren gebackenen Schinken, der in der Pfanne schmorte. »Was sagte sie? Wann sah sie die Frau? Weißt du, wer sie ist?«

»Nein, aber ich werde noch einmal mit dem Mädchen reden, um mehr zu erfahren.«

Doch ehe er wieder zur Hanover Close fuhr, ging er in seine Dienststelle in der Bow Street. Er hatte gerade einige Berichte durchgelesen, als ein Polizist hereinkam und ihm eine Tasse Tee brachte.

Der Mann schneuzte sich laut die Nase, dann meinte er: »Ich dachte, Sie müßten das wissen, Sir: Gestern passierte ein Unfall in der Hanover Close. Sehr traurig! Eines der Mädchen fiel im oberen Stock aus dem Fenster. Die arme Seele war sofort tot.«

»Tot?« Pitt blickte auf. Ihn schauderte. »Wer?«

Der Polizist schaute auf ein Papier in seiner Hand. »Dulcie Mabbut, Sir, das Mädchen der Lady.«

5

Emily war hellwach, als Charlotte morgens ihr Haus verließ. Ein endloser Tag erstreckte sich vor ihr. Sie versuchte, noch einmal einzuschlafen, doch ihr Geist war zu rastlos. Schließlich beschloß sie aufzustehen, obwohl es erst kurz vor sieben war.

Sie läutete nach ihrem Mädchen und mußte ein paar Minuten warten, bis die junge Person erschien. Dann nahm sie ein Bad und kleidete sich so sorgfältig an, als wäre hoher Besuch angesagt. Anschließend ging sie zum Frühstück hinunter. Wainwright brachte die Rühreier herein. Er trug die Platte vor sich her, als sei er ein Kirchendiener mit einem Sammelteller. Emily hätte ihm am liebsten einen Stoß versetzt.

Später, nach dem Frühstück und verschiedenen Anweisungen für das Personal, begann sie einen Brief an Großtante Vespasia zu schreiben. Sie hatte gerade die vierte Seite vollendet, als ein Diener verkündete, ihre Mutter, Mrs. Ellison, sei gekommen.

»Bitten Sie sie hier herein«, sagte Emily und deckte den Brief zu. Mit gemischten Gefühlen sah sie ihrer Mutter entgegen.

Caroline betrat gleich darauf das Zimmer. Sie trug ein modernes weinrotes Kostüm, das mit schwarzem Pelz besetzt war, und einen aufregenden Hut, der sie elegant wie nie zuvor wirken ließ. Ihre Wangen waren von der Kälte gerötet, und sie strahlte beste Laune aus.

»Wie geht es dir, mein Liebes?« Sie küßte Emily zart und nahm auf einem der bequemen Sessel Platz. »Du siehst kränklich aus«, sagte sie mit mütterlicher Offenheit. »Ich hoffe, du ißt genügend. Um deinet- und Edwards willen mußt du auf deine Gesundheit achten. Natürlich weiß ich, daß dieses erste Trauerjahr schrecklich schwierig ist, aber in sechs Monaten ist es vorbei. Du mußt dich auf die Zukunft vorbereiten. Mitte nächsten Sommers wirst du schon wieder an einigen passenden Zusammenkünften teilnehmen können.«

Emily wurde das Herz schwer. Das Wort »passend« war wie eine Verdammnis. Sie konnte sich diese Zusammenkünfte vorstellen: Ein exklusiver Zirkel; schwarzgekleidete Witwen saßen da wie Krähen auf einem Zaun, machten fromme und bedeutungslose Bemerkungen oder bejammerten den Leichtsinn der Gesellschaft in endlosen Phrasen, weil dies die einzige Möglichkeit war, an eben dieser Gesellschaft teilzunehmen.

»Ich denke, ich werde gute Werke tun«, sagte sie laut.

»Das ist sehr empfehlenswert«, stimmte Caroline zu. »Solange du Mäßigkeit übst. Du könntest mit deinem Pfarrer darüber reden, oder, wenn es dir lieber ist, rede ich mit meinem. Es gibt sicher Damenkomitees, die dein Engagement begrüßen würden.«

In einem Damenkomitee zu sitzen war das letzte, was Emily sich wünschte. Sie dachte eher an die Art von Arbeit, der sich Großtante Vespasia widmete: Arbeitshäuser zu besuchen, um bessere Bedingungen zu kämpfen und sich dafür einzusetzen, daß die Gesetze für Kinderarbeit geändert wurden, außerdem dafür zu plädieren, daß mehr Schulen für die Kinder der Ärmsten gebaut wurden; vielleicht auch noch, sich starkzumachen für ein politisches Stimmrecht der Frauen. Nun, da sie das Geld hatte, würde es für Emily viele Möglichkeiten der Betätigung geben.

Sie betrachtete ihre Mutter kritisch. »Du selbst bist nicht gerade danach gekleidet, gute Werke zu tun. Tatsächlich habe ich dich noch nie so schick gesehen.«

Caroline war erstaunt. »Um Gutes zu tun, muß man nicht in Lumpen daherkommen, Emily. Was für eine Ansicht! Du darfst dir nicht gestatten, überspannt zu werden, meine Liebe.«

Emily spürte, wie Zorn in ihr hochstieg; hinzu kamen Frustration und Verzweiflung. Gefängnismauern schienen sie zu umschließen. Die ruhige, vernünftige Stimme ihrer Mutter war wie das sanfte Herablassen eines Rolladens, der alles Spontane, Helle und Erheiternde aussperrte.

»Warum nicht?« fragte sie streitbar. »Warum darf ich nicht überspannt werden?«

»Stell dich nicht dumm, Emily.« Carolines Stimme war noch leise, aber übertrieben geduldig. »Zur rechten Zeit wirst du wieder heiraten wollen.

Du bist viel zu jung, um Witwe zu bleiben, und du bist äußerst begehrenswert. Wenn du dich die nächsten zwei oder drei Jahre umsichtig verhältst, kannst du leicht noch einmal mindestens so reich heiraten wie das letztemal und dich wohl und glücklich fühlen. Aber die wenigen Monate, die jetzt vor dir liegen, sind entscheidend. Sie können alles bewirken oder verderben.«

Emily hob die Brauen. »Du meinst, wenn ich mich unpassend benehme, wird mich kein Herzog ehelichen, und wenn ich zu überspannt erscheine, kann ich mir nicht einmal einen Baron angeln!«

»Du bist heute morgen in einer sehr angriffslustigen Stimmung, Emily. Du kennst die Regeln der Gesellschaft genausogut wie ich. Von euch dreien warst du immer die sensibelste, aber jedesmal, wenn ich dich treffe, scheinst du Charlotte mehr zu gleichen. Vielleicht hätte ich dir von diesem Weihnachtsfest mit ihr abraten sollen, aber ich dachte, es wäre schön für dich — und vor allem für Edward, mit anderen Kindern spielen zu können. Und um ganz ehrlich zu sein — Charlotte mußte doch über all die diskrete finanzielle Unterstützung von deiner Seite froh und dankbar sein.«

»Charlotte ist absolut glücklich«, sagte Emily freundlicher als beabsichtigt. »Und ich habe Weihnachten mit ihr und Thomas als sehr beglückend empfunden.«

Carolines Gesicht entspannte sich zu einem Lächeln, und sie legte ihre Hand auf die von Emily.

»Das weiß ich, Liebes. Eure gute Beziehung gehört zu dem Schönsten in meinem Leben.«

Emily spürte plötzlich, wie ihr lächerlicherweise die Tränen kamen, und sie war wütend auf sich selbst.

Sie wollte ihre Mutter nicht bekümmern, doch mit bestem Wissen und Gewissen malte Caroline eine Zukunft für sie aus, die sie selbst zutiefst ablehnte. Das war unerträglich.

»Mama, ich weigere mich, in Kirchenkomitees zu sitzen, also sprich keinesfalls mit einem Pfarrer; du würdest dich nur blamieren, weil ich nicht erscheinen werde. Wenn ich Gutes tue, dann nur etwas Reales, vielleicht zusammen mit Großtante Vespasia. Päpstliches Verurteilen der menschlichen Moral, das Verteilen rettender Traktätchen und hausgemachter Suppen kommen für mich nicht in Frage.«

Caroline seufzte. »Emily, manchmal bist du recht kindisch. Du kannst dich doch nicht wie Lady Cumming-Gould benehmen! Sie hat einen Namen in der Gesellschaft. Die Leute tolerieren sie wegen ihres hohen Alters und weil sie noch einen gewissen Respekt vor ihrem verstorbenen Mann haben. In ihren Jahren zählt es nicht mehr viel, was sie unternimmt, man kann es immer als Senilität abtun.«

»In meinem ganzen Leben ist mir niemand begegnet, der weniger senil war als Großtante Vespasia«, rief Emily aufgebracht. »Sie hat mehr Urteilskraft über das, was wichtig ist, in ihrem kleinen

Finger, als die meisten Hohlköpfe der feinen Gesellschaft zusammengenommen.«

»Aber keiner würde sie heiraten, meine Liebe«, entgegnete Caroline gereizt.

»Sie ist fast achtzig, um Himmels willen!«

Caroline ließ sich nicht ablenken. »Gerade das will ich klarstellen! Du bist kaum dreißig. Betrachte deine Lage mit etwas Verstand. Du bist hübsch, aber keine große Schönheit, wie Vespasia es war — und du bist kein Sproß einer berühmten Familie. Du hast keine einflußreichen Verbindungen zu bieten.« Sie sah Emily ernst an. »Aber du besitzt einen beträchtlichen Reichtum. Wenn du unter deinem Stand zu heiraten gedenkst, setzt du dich Mitgiftjägern und höchst zweifelhaften Typen aus, die dir wegen deines Geldes den Hof machen. Es ist traurig, daß ich das sagen muß, aber du bist kein Kind; du weißt das selbst.«

»Natürlich!« Emily wandte sich ab. Jack Radleys Gesicht tauchte vor ihrem geistigen Auge auf. War dieser charmante Mann mit den wundervollen Augen fähig zu einem falschen Spiel? Wenn er sie, Emily, gewinnen würde, bräuchte er sich bis ans Ende seines Lebens keine Sorgen mehr um Geld zu machen. Zum erstenmal seit seiner Kindheit wäre er abgesichert, könnte sich nach seinem Geschmack kleiden, Pferde und Wagen kaufen, spielen und wetten und Leute zum Essen einladen, anstatt sich ständig um Einladungen zu bemühen, die es ihm ermöglichten, gut zu speisen. Er bräuchte die Reichen nicht mehr zu umwerben und könnte seine Sympathien nach eigenem Belieben verschenken. Der Gedanke war zutiefst abscheulich und tat bitter weh — viel stärker, als Emily noch vor ein paar Wochen vermutet hätte. Sie nahm einen tiefen zitternden Atemzug und wiederholte laut: »Natürlich weiß ich das. Aber ich habe nicht die Absicht, einen Langweiler zu heiraten, nur, weil er keine finanziellen Absichten hat.«

»Das ist doch lächerlich.« Carolines Geduld begann sich zu verflüchtigen. »Du wirst, wie wir alle, einen vernünftigen und bequemen Kompromiß schließen.«

»Charlotte hat das nicht getan!«

»Ich denke, je weniger wir von Charlotte reden, desto besser«, sagte Caroline erzürnt. »Wenn du auch nur einen Augenblick denkst, du könntest mit einem Polizisten, Handwerker oder Künstler glücklich werden, dann mußt du deinen Verstand verloren haben. Charlotte hat unheimliches Glück, daß ihre Situation nicht noch schlimmer ist. Gewiß hat Thomas ein angenehmes Wesen und behandelt seine Frau so gut, wie er kann, aber sie besitzt keine Sicherheit. Wenn ihm heute etwas passiert, steht sie mit den beiden Kindern mittellos da.« Sie seufzte. »Nein, denke nicht, daß Charlotte das große Los gezogen hat. Es würde dir nicht passen, deine Kleider zu ändern, damit sie modern wirken, dein Essen selbst zu kochen und mit dem Fleisch vom Sonntag bis Donnerstag auszukommen. Und vergiß nicht — du hättest keine reiche Schwester, die dich unterstützen könnte! Behalte deine Träume — sie sind hilfreich —, aber sei dir bewußt, daß sie nur Träume bleiben sollen. Wenn du aufwachst, benimm dich wie eine charmante und würdevolle Witwe mit einem beträchtlichen Vermögen und einem sozialen Status. Gib den bösen Zungen keinen Anlaß zum Klatsch!«

Emily war zu niedergeschmettert, um zu widersprechen.

»Ja, Mama«, sagte sie müde. Es erschien ihr sinnlos, weiter zu argumentieren.

»Gut.« Caroline lächelte ihr zu. »Vielleicht bietest du mir jetzt eine Tasse Tee an. Es ist extrem kalt draußen.«

Emily griff nach der Klingelschnur. »Ja, Mama.«

Der Rest des Tages war ganz und gar unerfreulich. Der Wind blies Graupelschauer gegen die Fensterscheiben, und es war so dunkel, daß schon mittags alle Gaslampen brannten. Emily schrieb den Brief an Großtante Vespasia fertig und zerriß ihn dann. Er war voller Selbstmitleid und gefiel ihr nicht mehr. Sie legte großen Wert darauf, daß Tante Vespasia positiv von ihr dachte.

Nachdem Edward seine Unterrichtsstunden beendet hatte, tranken sie den Fünfuhrtee zusammen, und dann mündete der lange Abend in ein frühes Zubettgehen.

Der folgende Tag erwies sich als besser. Er begann mit der Morgenpost, die einen Brief von Charlotte enthielt. Er war am späten Vorabend aufgegeben worden und trug die Aufschrift: »Sehr eilig.«

Charlotte schrieb:

Liebe Emily,

etwas sehr Trauriges ist passiert, und, wenn wir recht haben, auch Bedrohliches. Ich glaube, die Frau in Kirschrot ist der Schlüssel zu allem. Thomas wußte ebenfalls von ihr, durch das Mädchen bei den Yorks. Natürlich hat er mir das nicht gleich erzählt, weil er nicht ahnen konnte, daß wir uns dafür interessieren. Das Mädchen sah Kirsche — ich werde diese Frau so nennen — um Mitternacht im York-Haus. Du kannst dir vorstellen, wie Thomas reagierte, als ich ihm erzählte, was Tante Adeline berichtet hat.

Nun kommt das Schlimme: Das Mädchen der Yorks ist tot, aus einem der oberen Fenster gestürzt, vermutlich ermordet! Natürlich könnte es auch ein Unfall gewesen sein, aber Thomas befürchtet, ihr Tod hat etwas damit zu tun, daß sie über Kirsche sprach. Jeder im Haus — alle Yorks waren anwesend — hätte das Gespräch zwischen ihr und Thomas belauschen können. Nun müssen *wir* herausfinden, wer da war, als das Mädchen zu Tode kam.

Thomas kann keine Ermittlungen anstellen, weil es keinen Grund für den Verdacht gibt, daß es kein Unfall war. Es kommt schon einmal vor, daß jemand aus dem Fenster fällt; deshalb darf man eine Familie wie die Yorks doch nicht verdächtigen. Und wenn die ganzen Nachforschungen wegen Veronica herauskämen, gäbe es einen fürchterlichen Skandal.

Wahrscheinlich wäre Julian Danver ruiniert, ebenso Veronica York.

Du mußt Jack alles erzählen.

Falls ich noch etwas höre, erfährst du es sofort.

Deine dich liebende Schwester
Charlotte

Emily hielt den Brief mit bebenden Fingern. In ihrem Gehirn wirbelten die Gedanken durcheinander. Die Frau in Kirschrot! Und das Mädchen der Yorks, das sie gesehen hatte, war jetzt tot!

Beim üblichen Nachmittagstee oder Ausstellungsbesuch würde man nie Gelegenheit bekommen, hinter die glatte, äußerst disziplinierte Fassade der Yorks zu blicken. Pitt hatte etwas aufgerührt, das viel tiefer ging als ein alter Diebstahl oder Veronica Yorks standesgemäße Ehetauglichkeit. Dieser Fall beinhaltete Leidenschaft und Schrecken — Emotionen, die noch nach drei Jahren Gewalt und vielleicht sogar Mord nach sich zogen.

Charlotte und Emily mußten näher an die Beteiligten herankommen, viel näher; am besten, sie würden im York-Haus Nachforschungen anstellen!

Aber wie?

Ihr kam eine Idee, aber sie war grotesk! Sie würde nicht in die Tat umzusetzen sein. Emily würde das Vorhaben nicht ausführen können, weil man sie gleich enttarnen würde.

Und dennoch . . .

Warum sollten die Leute das Spiel gleich durchschauen? Emily würde sich total verändern müssen — ihr Benehmen, ihre Erscheinung, das Gesicht und sogar die Hände, von der Stimme ganz zu schweigen. Die Erziehung einer Engländerin erkannte man sofort an der Stimme, an der Aussprache der Vokale und Konsonanten, auch wenn die Grammatik peinlich genau nachgeahmt wurde. Doch Veronica York würde ein neues Mädchen benötigen, eine Person, die immer greifbar war und alles sah.

Obwohl Emily wußte, daß der Gedanke absurd war, begann sie ihn zu durchleuchten. Sie hatte ihr ganzes Leben lang ein persönliches Mädchen gehabt und kannte dessen Pflichten bis ins kleinste. Einige davon würde sie nicht gut bewerkstelligen können — sie hatte zum Beispiel das Bügeln nie probiert. Aber im Frisieren war sie geschickt; das hatten sie und Charlotte als junge Mädchen aneinander geübt. Und mit einer Nadel konnte sie auch umgehen; zwischen Sticken und Flicken bestand wohl kein allzu großer Unterschied.

Die Schwierigkeit — und die Gefahr — lagen darin, daß sie ihr Auftreten so ändern mußte, daß man sie für ein Dienstmädchen halten konnte. Was mochte schlimmstenfalls passieren, wenn ihre Identität entdeckt wurde?

Natürlich würde man sie entlassen, aber das zählte nicht. Sie würden glauben, sie sei ein Mädchen aus gutem Hause, das in Ungnade gefallen war, wahrscheinlich durch ein uneheliches Kind, was öfter vorkam. Das würde eine Demütigung bedeuten, aber nur eine vorübergehende. Sollte sie den Leuten je als Lady Ashworth begegnen, würden sie sie nicht wiedererkennen, und falls doch, konnte sie es abstreiten. Sie würde sich solch eine beleidigende und geschmacklose Unterstellung empört verbitten.

Als Zofe der Lady würde sie die Gäste des Hauses nicht treffen. Sie hätte niemals die Aufgabe, das Essen zu servieren oder die Haustür zu öffnen. Vielleicht war die Idee gar nicht so absurd. Sie, Emily, und Charlotte würden niemals herausfinden, wer Robert York getötet hatte, wenn sie so weitermachten wie bisher. Aber im York-Haus gab es unendlich viel mehr Möglichkeiten, das Rätsel zu lösen.

Sie schauderte plötzlich. Sollte ein böser Zufall ihre Identität enthüllen, würde man sie für geistesgestört halten, und ein schrecklicher Skandal wäre die Folge. Aber es gab keinen Grund, warum das geschehen sollte.

Nein, die wahre Gefahr drohte von der Person, die Robert York getötet hatte — und möglicherweise auch Dulcie, nur, weil sie irgend etwas gehört oder gesehen hatte.

Emily würde extrem vorsichtig sein müssen! Sie mußte vorgeben, dumm und unschuldig zu sein, und vor allem mußte sie ihre Zunge im Zaum halten.

Die Alternative war, hier herumzusitzen, bis Caroline irgendwelche jämmerlichen Treffen arrangierte. Emily würde immer nur Berichte von Charlotte hören, anstatt selbst mitmischen zu können. Selbst Jack würde sich bald mit ihr langweilen.

Als Jack vormittags erschien, hatte sie ihre Entscheidung getroffen. Sie war froh, den Brief an Tante Vespasia nicht abgeschickt zu haben, denn sie brauchte ihre Hilfe.

»Ich gehe zu den Yorks«, verkündete sie, nachdem Jack hereingekommen war.

»Das kannst du doch nicht tun«, meinte er mit einem leichten Stirnrunzeln.

»Oh, nicht als Gast.« Sie machte eine abwehrende Handbewegung. »Die Zofe der Mrs. York sah Tante Addies Frau in Kirschrot ebenfalls um Mitternacht. Sie erzählte es Thomas, und jetzt ist sie tot.«

»Die Zofe?«

»Ja, natürlich«, erwiderte Emily ungeduldig. »Die geheimnisvolle Frau muß etwas mit Robert Yorks Ermordung zu tun haben, und wir sollten alles, was möglich ist, herausfinden. Wenn ihr nur ab und zu die Yorks besucht, könnt ihr gar nichts erfahren.«

»Wir können nicht einfach hingehen und die Leute ausfragen.«

»Stimmt.« Emily war nun erregt. Jack würde sie nicht von ihrem Entschluß abbringen. Zum erstenmal seit Georges Tod wollte sie etwas total Unerhörtes anstellen, und sie war froh, daß es niemanden gab, der es ihr verbieten konnte. »Wir müssen vorsichtig sein«, fuhr sie fort. »Wir müssen sie ohne ihr Wissen beobachten, dann werden sie sich vielleicht Schritt für Schritt verraten.«

Er verstand kein Wort, und mit Hochgenuß ließ sie die Bombe platzen.

»Ich werde dort die Stelle einer Zofe annehmen. Ein Zeugnis schreibe ich mir selbst, ein zweites hole ich mir von Großtante Vespasia.«

Er war wie betäubt. »Guter Gott! Das kannst du nicht! Emily, du kannst nicht als Dienerin arbeiten.«

»Warum nicht?«

Ein Funke Humor blitzte in seinen Augen auf. »Als erstes könntest du die geforderten Arbeiten gar nicht erledigen.«

»Doch!« Sie hob das Kinn und wußte, daß sie lächerlich wirkte. »Im Notfall bin ich äußerst leistungsfähig.«

Er begann zu lachen, und zu jeder anderen Zeit hätte sie dieses Lachen als angenehm empfunden, als Zeichen der Freude und Vitalität. Jetzt hörte sie Spott darin und fühlte sich extrem provoziert.

»Ich sage nicht, daß es leicht sein wird«, erklärte sie scharf. »Ich bin es nicht gewöhnt, Befehle zu empfangen, und es wird mir auch nicht gefallen, aber ich kann mich überwinden. Es ist eine Abwechslung von meinem ewigen Nichtstun!«

»Emily, sie werden dich entlarven.« Sein Lachen erstarb, als er merkte, daß sie es ernst meinte.

»Nein, das werden sie nicht. Ich werde ein Muster an Gehorsam sein.«

Unglaube stand in seinem Gesicht geschrieben.

»Charlotte hat man die Miß Barnaby abgenommen«, fuhr sie unbeirrt fort. »Und ich bin eine weitaus bessere Lügnerin als sie. Ich werde mich heute nachmittag vorstellen, sonst könnte es zu spät sein. Mit Großtante Vespasia habe ich bereits telefoniert — habe ich dir schon erzählt, daß ich ein Telefon erworben habe? Es ist ein fabelhaftes Ding! Großtante Vespasia erwartet mich am Nachmittag.«

Nun sah Jack wirklich besorgt aus. »Aber Emily, bedenke die Gefahr! Wenn deine Vermutung stimmt, hat jemand das Mädchen ermordet. Falls man dich verdächtigt, könntest du ebenso enden. Überlaß die Angelegenheit Thomas!«

»Thomas? Soll er sich als Diener verkleiden? Die Yorks kennen ihn schon als Polizisten. Seine Vorgesetzten interessieren sich nicht für Robert Yorks Tod. Sie wollen nur sichergehen, daß Veronica York würdig ist, Julian Danver zu heiraten.«

Jack schüttelte den Kopf. »Das halte ich für eine Ausrede. Sie beschäftigen sich bestimmt mit Yorks Ermordung. Vielleicht schließen sie Julian als möglichen Täter nicht aus. Daß er ein angenehmer Bursche ist, bedeutet gar nichts. Einige der schlimmsten Schurken, die ich kannte, waren charmant und liebenswürdig, solange man ihnen nicht im Weg stand. Auch Harriet käme als Mörderin in Frage, falls sie mit Felix Asherson ein Doppelleben führt. Sie ist offenbar in ihn verliebt.«

»Das hat dir Charlotte nicht erzählt!«

»Meine Liebe, das war auch nicht nötig. Denkst du, daß ich blind bin? Ich habe zu viele Flirts beobachtet, um nicht zu merken, wenn eine Frau ihr Herz verschenkt hat.«

Sie hatte nicht geahnt, daß er so scharfsichtig war. Die Überraschung wirkte ernüchternd und untergrub Emilys Selbstbewußtsein.

»Tatsächlich«, sagte sie kühl. »Und natürlich irrst du dich nie! Nun — jedenfalls gehe ich zu den Yorks. In diesem Haus stimmt etwas nicht, und ich werde entdecken, was es ist.«

»Emily, bitte!« Seine Stimme veränderte sich völlig, alle Leichtigkeit verschwand daraus. »Wenn sie dich bei der geringsten Unregelmäßigkeit erwischen, könnten sie erkennen, weshalb du wirklich dort bist. Wenn sie ein Mädchen aus dem Fenster gestoßen haben, werden sie nicht zögern, auch dich aus dem Weg zu räumen!«

»Sie können nicht zwei Mädchen aus dem Fenster stoßen«, erklärte sie mit eiskalter Vernunft. »Das würde selbst dem Honorablen Piers York ein Stirnrunzeln einbringen.«

»Es müßte kein Fenster sein«, sagte er und wurde langsam ärgerlich. »Es könnten die Treppen oder eine Leiter sein. Die Leute könnten dich unter einen Wagen stoßen oder dich vergiften. Oder du würdest einfach verschwinden, zusammen mit einem Teil des Familiensilbers. Emily, um Gottes willen, benutze deinen Verstand!«

»Ich bin es gründlich leid, meinen Verstand zu benutzen«, rief sie zornig. »Ich trage Schwarz, sehe keine Menschenseele und bin seit sechs Monaten immer nur vernünftig. Allmählich habe ich das Gefühl, daß man *mich* begraben hat. Ich gehe als Zofe zu den Yorks! Wenn du mich jetzt zu Großtante Vespasia begleiten willst, ist es mir recht. Wenn nicht, entschuldige mich bitte. Meiner Dienerschaft erzähle ich, daß ich für eine Weile zu meiner Schwester gehe. Natürlich werde ich Charlotte die Wahrheit sagen. Falls du Hilfestellung gibst, freue ich mich, falls nicht, habe ich volles Verständnis. Detektivspielen ist nicht jedermanns Sache.« Der letzte Satz klang zutiefst verächtlich.

»Wenn ich nicht helfe, sitzt Charlotte auf dem trockenen«, meinte er mit einem leichten Lächeln.

Das hatte sie vergessen. Sie mußte von ihrem hohen Roß herabsteigen, doch es war schwierig, das mit Würde zu tun.

»Dann hoffe ich, daß es dir nicht schwerfällt weiterzumachen.« Sie sah ihn nicht an. »Wir müssen mit den Danvers in Kontakt bleiben. Sie sind sicher ein Teil dieser Angelegenheit.«

»Weiß Charlotte von deinem . . . Plan?«

»Noch nicht.«

Er atmete tief ein, um etwas zu sagen, aber dann schwieg er mit einem Seufzer. Daß Männer sich dumm benahmen, war üblich, doch bei dieser Frau erstaunte es ihn. Er mußte sein Urteil überdenken, aber Jack war anpassungsfähig und hatte bemerkenswert wenige Vorurteile. »Ich werde mir etwas ausdenken, um die Verbindung mit dir aufrechtzuerhalten«, sagte er nach kurzer Überlegung. »Vergiß nicht, daß die meisten Arbeitgeber ihren Mädchen keine Männerbekanntschaften erlauben. Sie werden sogar Briefe lesen, wenn sie denken, sie stammten von einem Verehrer.«

Daran hatte Emily nicht gedacht. Doch nun war es für einen Rückzug zu spät. »Ich werde aufpassen«, entgegnete sie. »Ich werde sagen, die Nachricht ist von meiner Mutter.«

»Und wie willst du erklären, daß deine Mutter in Bloomsbury wohnt?«

»Ich . . .«

»Du hast dir nichts überlegt«, stellte er objektiv fest.

Einen Augenblick lang war sie ihm dankbar, daß er sich nicht gönnerhaft verhielt, und es wurde ihr bewußt, wie sehr sie ihn mochte. Er hatte nichts von dem Risiko für ihre gesellschaftliche Position erwähnt.

»Nein«, gab sie zu und lächelte flüchtig. »Ich wäre froh, wenn du mir helfen würdest, solche Einzelheiten zu klären. Vielleicht müßte ich sagen, die Briefe kämen von meiner Schwester, die in Bloomsbury als Dienstmädchen arbeiten würde.«

»Dann muß sie den gleichen Nachnamen haben. Wie wirst du dich nennen?«

»Amelia.«

»Wie noch?«

»Ich hatte einmal ein Mädchen namens Gibson. Ich werde ihren Namen benutzen.«

»Dann mußt du daran denken, auch an Charlotte als Miß Gibson zu schreiben. Ich werde es ihr sagen.«

»Danke, Jack. Ich bin dir wirklich sehr verpflichtet.«

Er grinste plötzlich. »Das will ich auch meinen.«

»*Was* willst du machen?« Großtante Vespasias silberne Augenbrauen wölbten sich hoch über den schweren Lidern. Sie saß in ihrem sparsam möblierten, eleganten Salon und trug ein maulbeerfarbenes Seidenkleid mit einem rosa Schal, der mit einem Stern aus Perlen befestigt war. Seit Georges Tod sah die alte Dame zerbrechlicher aus, dünner. Doch das Feuer war wieder in ihren Blick zurückgekehrt, und sie hielt sich so gerade wie immer.

»Ich werde zu den Yorks als Zofe gehen«, wiederholte Emily. Sie schluckte und schaute Tante Vespasia in die Augen.

Vespasia erwiderte den Blick, ohne zu blinzeln. »Das hast du vor? Es wird dir nicht gefallen, meine Liebe. Deine Pflichten und selbst der Gehorsam werden dich nicht so belasten wie die Demut und Unterwürfigkeit Leuten gegenüber, die du normalerweise als Gleichgestellte betrachtest, egal, was du von ihnen denken magst. Und vergiß nicht — das gilt auch für die Haushälterin und den Butler, nicht nur die Herrin.«

Daran wagte Emily nicht zu denken, um nicht allen Mut zu verlieren. Eine kleine, zaghafte innere Stimme wünschte, Tante Vespasia würde ein unwiderlegbares Argument vorbringen, das es

Emily unmöglich machte, ihr Vorhaben auszuführen. Sie wußte, daß sie Jack gegenüber unfair gewesen war. Er sorgte sich nur um sie. Sie wäre verletzt gewesen, wenn er den Plan nicht abgelehnt hätte.

»Ich weiß«, gestand sie. »Ich erwarte, daß es schwierig wird. Aber so kann ich Dinge über die Yorks erfahren, die jahrelange Besuche nicht enthüllen würden. Die Leute vergessen die Dienstboten, sie halten sie für Möbelstücke. Ich weiß das, weil es mir selbst so geht.«

»Ja«, stimmte Tante Vespasia trocken zu. »Es könnte recht heilsam sein, wenn du erfahren würdest, welche Meinung deine Zofe von dir hat. Niemand kennt deine Eitelkeit und Schwächen so gut wie sie. Aber denke daran, meine Liebe, gerade aus diesem Grund vertraut man einem Mädchen. Wenn du dieses Vertrauen mißbrauchst, kannst du nicht auf Vergebung hoffen. Ich glaube nicht, daß Loretta York eine verzeihende Person ist.«

»Du kennst sie?«

»Nur, wie jeder jeden in der Gesellschaft kennt. Sie gehört nicht zu meiner Generation. Nun wirst du ein paar einfache Kleider und Häubchen und Schürzen brauchen — Unterröcke ohne Spitzen, ein Nachthemd und gewöhnliche schwarze Stiefel. Sicher wird eines meiner Mädchen deine Größe haben. Du benötigst auch einen abgenutzten Koffer, um die Sachen hineinzupacken. Wenn du dir schon so etwas Verrücktes vorgenommen hast, mußt du es auch ordentlich ausführen.«

»Ja, Tante Vespasia«, sagte Emily kleinlaut. »Danke.«

Später an diesem Nachmittag stieg Emily aus dem öffentlichen Pferdeomnibus, ohne Parfum oder das geringste Rouge auf den blassen Wangen, bekleidet mit einem schäbigen braunen Gewand und einem braunen Hut. In der Hand trug sie einen alten abgewetzten Koffer und einen Beutel. Sie ging zur Nummer zwei, Hanover Close, um sich am Dienstboteneingang zu präsentieren. Großtante Vespasia hatte ihr Kommen telefonisch angekündigt. Die ältere Mrs. York hatte sich peinlich genau nach allen Einzelheiten erkundigt, obwohl das Mädchen für ihre Schwiegertochter bestimmt war. Natürlich war sie die Herrin des Hauses und ordnete an, wer dort arbeitete.

Großtante Vespasia hatte erklärt, ihre eigene Zofe Amelia Gibson, mit der sie sehr zufrieden war, nicht mehr zu benötigen — aus Altersgründen und wegen eines daraus resultierenden halben Rückzugs aus der Gesellschaft. Amelia Gibson habe auch bei ihrer Großnichte Lady Ashworth gedient, die dem Mädchen ebenfalls ein Zeugnis ausgestellt habe. Vespasia hoffte, Mrs. York fände Amelia angenehm — sie verbürge sich für den Charakter der jungen Person.

Mrs. York hatte sich bedankt und zugestimmt, Amelia zu empfangen.

Emily drückte den Beutel an sich, der die beiden Empfehlungsschreiben und drei Pfund, fünfzehn Schillinge in Silber und Kupfer enthielt — Dienstboten besaßen keine Goldsovereigns oder Guineen. Mühsam schleppte sie das ungewohnte Gewicht des Koffers über die rückwärtigen Stufen. Ihr Herz pochte hart gegen die Rippen, ihr Mund war trocken. Sie wiederholte im Geiste, was sie sagen wollte. Noch war es Zeit zu fliehen, doch ihre Füße bewegten sich weiter.

Gerade als sie in letzter Sekunde diese irrsinnige Entscheidung rückgängig machen wollte, öffnete sich die Hintertür. Ein Spülmädchen von ungefähr vierzehn Jahren kam mit einer Schüssel voller Schalen heraus, um zur Mülltonne zu gehen.

»Sie kommen wegen Dulcies Stelle?« meinte die Kleine freudig und betrachtete Emilys schäbigen Aufzug und den alten Koffer. »Kommen Sie herein, hier draußen erfrieren Sie noch. Ich gebe Ihnen eine Tasse Tee, ehe Sie die Herrin sehen, dann fühlen Sie sich besser. Den Koffer soll Albert nach oben tragen.«

Emily war dankbar und zugleich entsetzt, weil die Entscheidung nun gefallen war. Sie wollte sich bei dem Mädchen bedanken, doch die Stimme versagte ihr.

Stumm folgte sie der Kleinen die Stufen hinauf in die hintere Küche, vorbei am Gemüse, den aufgehängten Hühnern und Fasanen, und dann in die Hauptküche. Ihre Hände waren taub in den dünnen Baumwollhandschuhen, und die plötzliche Wärme umhüllte sie, so daß ihr Tränen kamen und sie schniefen mußte nach der eisigen Kälte ihres Fußmarsches.

»Mrs. Melrose, da ist jemand für die Stelle der neuen Zofe. Das arme Ding ist halb erfroren.«

Die Köchin, eine schmalschultrige und breithüftige Frau mit einem Gesicht wie aus Weißbrot, sah von dem Teig auf, den sie rollte, und betrachtete Emily mit geschäftsmäßigem Mitleid.

»Kommen Sie herein, Mädchen, stellen Sie den Koffer in die Ecke, damit keiner drüberfällt. Wie heißen Sie? Stehen Sie nicht so da, Mädchen! Hat Ihnen die Katze die Zunge abgebissen?« Sie stäubte das Mehl von ihren nackten Armen, drehte den Teig um und begann wieder mit dem Rollen. Dabei schaute sie Emily immer noch an.

»Amelia Gibson, Madam«, sagte Emily stockend und erkannte, daß sie nicht wußte, wie ehrerbietig eine Zofe der Köchin gegenüber zu sein hatte. Das war etwas, das zu fragen sie vergessen hatte.

»Manche Leute rufen die Zofe beim Nachnamen«, erklärte die Köchin. »In diesem Haus machen wir das nicht. Sie sind auch zu jung dafür. Ich bin Mrs. Melrose, die Köchin. Das ist Prim, das Spülmädchen, und dort ist Mary, das Küchenmädchen.« Sie deutete mit ihrem mehligen Finger auf eine Person in einem Wollkleid mit Häubchen, die in einer Schüssel Eier schlug. »Die übrigen im Haushalt werden Sie noch kennenlernen. Setzen Sie sich hier an den Tisch und trinken Sie eine Tasse Tee, während wir der Herrin Bescheid sagen, daß Sie da sind. Prim, mach deine Arbeit weiter, du hast keine Zeit zum Herumstehen. Albert!« rief sie schrill. »Wo ist der Bursche? Albert!«

Einen Moment später kam ein etwa fünfzehnjähriger Junge herein. Er hatte runde Augen, und sein Haar stand büschelweise in die Luft, so daß sein Profil an einen Kakadu erinnerte.

»Ja, Mrs. Melrose?« sagte er und schluckte schnell. Offenbar hatte er heimlich gegessen.

Die Köchin schnaubte. »Geh hinauf und sag Mr. Redditch, daß das neue Mädchen hier ist. Los! Und wenn ich dich noch einmal beim Kuchennaschen erwische, zieh' ich dir den Besen über!«

»Ja, Mrs. Melrose«, entgegnete er und verschwand eiligst.

Emily trank ihren Tee in kleinen Schlucken. Bald darauf kam das zurechtgemachte hübsche Stubenmädchen, um Emily abzuholen. Sie gingen durch den Korridor, an der Vorratskammer des Butlers vorbei durch eine grüne Tür ins Haupthaus. Während dieser wenigen Minuten wiederholte Emily im Geiste, was sie sagen und wie sie sich benehmen mußte: Die Augen freimütig, doch bescheiden, nur reden, wenn man angeredet wurde, niemals unterbrechen, niemals widersprechen, niemals eine eigene Meinung ausdrücken. Kein Mensch wollte die Ansicht einer Bediensteten hören — sie auszusprechen, wäre eine Frechheit gewesen. Nie jemand bitten, etwas für einen zu tun, alles selbst erledigen. Den Butler »Sir« nennen oder bei seinem Namen, die Haushälterin und die Köchin mit ihrem Namen anreden — und den richtigen Akzent benutzen. Immer greifbar sein, bei Tag und Nacht. Es gab keine Kopf- oder Magenschmerzen; die Arbeit mußte verrichtet werden, und abgesehen von schweren Erkrankungen galt keine Entschuldigung. Wehleidigkeit war nur den Herrschaften vorbehalten, nicht der Dienerschaft.

Nora, das Stubenmädchen, klopfte an die Tür des Boudoirs, öffnete sie und sagte: »Hier ist das Mädchen für Mrs. Veronica.«

Das Boudoir war in Elfenbein und Rosa gehalten, mit ein paar dunkleren Schattierungen — ein sehr weiblicher Raum.

Mrs. Loretta York saß in einem Sessel. Emily wußte sofort, daß sich unter der zarten weißen Haut Stahl verbarg. Trotz all der Spitzentaschentücher, des Hauchs Parfüm und des weichen dicken Haars lag in den großen Augen keine Spur von Unbestimmtheit.

»Madam.« Emily vollführte einen sehr kleinen Knicks.

»Woher kommst du, Amelia?« fragte Loretta.

Emily hatte sich überlegt, daß es am sichersten war, die Lebensumstände ihres eigenen Mädchens zu kopieren. Auf diese Weise würde sie sich nicht selbst widersprechen. »King's Langley, Madam, in Hertfordshire.«

»Aha. Was macht dein Vater?«

»Er ist Faßbinder. Meine Mutter arbeitete als Milchmädchen für den alten Lord Ashworth, ehe er verschied.« Sie wußte, daß sie das Wort »sterben« nicht benützen durfte — das stand einer Dienerin nicht an. Man sprach nicht über den Tod.

»Und du hast bei Lady Ashworth und Lady Cumming-Gould gearbeitet. Kannst du mir deine Zeugnisse zeigen?«

»Ja, Madam.« Sie nahm sie aus dem Beutel und reichte sie Loretta, die sie las und dann zurückgab.

»Nun, sie scheinen zufriedenstellend zu sein«, sagte Loretta. »Warum bist du aus den Diensten von Lady Ashworth ausgeschieden?«

Daran hatte Emily gedacht. »Meine Mutter segnete das Zeitliche«, erwiderte sie und atmete tief. »Ich mußte heimfahren und mich um meine jüngeren Geschwister kümmern, bis wir Stellen für sie gefunden hatten. Natürlich mußte Lady Ashworth inzwischen ein neues Mädchen haben, aber sie gab mir eine gute Empfehlung. Dann übernahm mich Lady Cumming-Gould.«

»So, so.« Die kalten Augen musterten sie unbewegt. Es war seltsam, wie eine Handelsware betrachtet zu werden. »Nun, Amelia, ich denke, du kannst nähen und bügeln und ordentlich für eine Garderobe sorgen, sonst würde dich Lady Ashworth nicht empfehlen. Sie steht in dem Ruf, höchst modisch zu sein, ohne ins Gewöhnliche zu verfallen. Ich selbst habe sie, soviel ich weiß, nie getroffen.«

Emily spürte, wie ihr das Blut in die Wangen stieg. Gleich darauf schauderte sie. Die Gefahr, erkannt zu werden, war viel früher aufgetaucht, als sie erwartet hatte.

»Du kannst gleich anfangen«, fuhr Loretta fort, »und wenn du dich nach einem Monat als zufriedenstellend erweist, behalten wir dich für immer. Du wirst meine Schwiegertochter bedienen. Die Bezahlung beträgt achtzehn Pfund im Jahr, und wenn es paßt, hast du alle zwei Wochen einen Nachmittag frei, aber du mußt vor neun Uhr abends daheim sein. Unsere Mädchen bleiben nicht lange aus. Alle drei Monate bekommst du einen freien Tag, um deine Familie zu besuchen.«

Emily sah sie an. »Danke, Madam«, sagte sie schnell. Sie hatte die Stelle bekommen, die Entscheidung war gefallen. Emily fühlte sich ängstlich und stolz in einem.

»Danke, Amelia, das ist alles. Du kannst gehen.«

Emily knickste kurz und drehte sich um. Sie spürte einen überwältigenden Taumel der Freiheit, nachdem sie den Raum verlassen und die erste Hürde genommen hatte.

»Nun?« Die Köchin blickte von dem Apfelkuchen auf, den sie gerade bereitete.

Emily grinste so breit, wie sie eigentlich nicht sollte. »Ich habe die Stelle.«

»Dann stehen Sie hier nicht herum, Mädchen«, sagte die Köchin freundlich. »Ich kann Sie nicht brauchen. Das Wohnzimmer der Haushälterin ist das zweite links. Mrs. Crawford müßte jetzt da sein. Gehen Sie zu ihr. Sie sagt Ihnen, wo Sie schlafen sollen, wahrscheinlich in Dulcies Zimmer. Joan, die Wäscherin, zeigt Ihnen, wo das Bügeleisen ist. Und Sie werden mit Edith reden, das ist Mrs. Piers Yorks Mädchen. Sie sind für Miß Veronica da.«

»Ja, Mrs. Melrose.« Emily bückte sich, um ihren Koffer aufzuheben.

»Lassen Sie das. Albert bringt Ihr Gepäck. Lasten zu schleppen ist nicht Ihre Aufgabe — es sei denn, man fordert Sie dazu auf. Los jetzt!«

»Ja, Mrs. Melrose.«

Emily ging zur Tür der Haushälterin und klopfte. Ein scharfes »Herein« ertönte.

Der Raum war klein und mit dunklen Möbeln vollgestopft. Der Geruch eines Poliermittels mischte sich mit dem schweren Duft einer Topflilie, die auf einem Blumenständer in der Ecke stand. Gestickte Schondeckchen hingen auf den Rücklehnen der Sessel und lagen auf dem Büfett unter einer Anzahl herumstehender Photographien. Zwei holzgerahmte Stickereien zierten die Wände. Emily fühlte sich schon überwältigt, ehe sie das Zimmer betrat.

Die Haushälterin, Mrs. Crawford, war klein und mager und hatte das Gesicht eines gereizten Spatzen. Graue Haarsträhnen hatten sich aus der hochgesteckten altmodischen Frisur gelöst, auf der ein Stück Spitzenstoff wie eine Schaumkrone saß.

»Ja?« sagte die Frau schroff. »Wer sind Sie?«

Emily richtete sich hoch auf. »Das neue Mädchen der Lady, Mrs. Crawford. Mrs. Melrose sagte, Sie würden mir meinen Schlafraum zuweisen.«

»Schlaf? Um vier Uhr nachmittags? Ich werde Ihnen sagen, wo Sie Ihren Koffer abstellen können und wo die Wäscherei ist. Joan zeigt Ihnen Ihren

Tisch und gibt Ihnen Ihr Bügeleisen. Edith ruht sich aus, sie fühlt sich momentan nicht gut. Sicher haben Sie Nora, das Stubenmädchen, schon getroffen. Im oberen Stockwerk haben wir Libby, unten Bertha, und dann die Aushilfskraft Fanny, die zu nichts taugt. Natürlich ist da noch Mr. Redditch, der Butler, aber mit ihm haben Sie nicht viel zu tun, ebensowenig wie mit Mr. Yorks Diener John und dem Schuhputzjungen Albert.«

»Ja, Mrs. Crawford.«

»In der Küche haben Sie Mary und Prim schon getroffen. Das ist alles. Das Außenpersonal — die Stallknechte zum Beispiel — braucht Sie nicht zu interessieren. Sonntagmorgens haben Sie frei für den Kirchgang. Sie essen mit uns im Dienstbotenraum. Ich denke, Ihr Kleid genügt.« Sie betrachtete es ohne Begeisterung. »Vermutlich haben Sie Häubchen und Schürzen? Ich hoffe, ich muß Sie nicht daran erinnern, daß es keine Männerbesuche gibt, wenn Sie nicht einen Vater oder Bruder haben, die zu gegebener Zeit eine Sondererlaubnis bekommen können.«

»Danke, Madam.« Emily spürte, wie sich Mauern um sie errichteten, als sei sie im Gefängnis. Keine Besucher, keine Bewunderer, alle vierzehn Tage einen halben Tag frei! Wie sollte sie mit Charlotte oder Jack Kontakt halten?

Mrs. Crawford erhob sich und glättete ihre Schürze, wobei die Schlüssel an ihrer Taille klapperten. Wie ein kleines Nagetier huschte sie voraus. In der Wäscherei zeigte sie Emily Kupferkessel zum Kochen des Leinens, Seifen- und Stärkebehälter, Bügeltische, Bügeleisen und Querstangen zum Trocknen. Während der ganzen Zeit schnalzte sie mit der Zunge, weil sie sich über Joans Abwesenheit ärgerte.

Im oberen Stockwerk bekam Emily Veronica Yorks Schlafzimmer zu Gesicht. Es war in einem kühlen Grün und Weiß gehalten, mit gelben Schattierungen, wie eine Frühlingswiese. Im Ankleideraum standen Schränke voller Kleider, alle modisch und von bester Qualität, aber nichts in Rosa, geschweige denn in Kirschrot.

Ganz oben, auf dem Dienstbotenflur, wurde Emily zu einem kleinen Zimmer geführt, das ungefähr ein Fünftel ihres eigenen zu Hause maß. Ein eisernes Bettgestell mit einer Drillichmatratze, grauen Leintüchern und einem Kissen stand darin, außerdem ein schmaler Schrank und ein Tisch mit einer Wasserschüssel, kein Krug. Unter dem Bett sah man einen einfachen weißen Porzellannachttopf.

Die Decke war schräg, so daß man nur in der einen Hälfte des Raumes aufrecht stehen konnte, und vor dem Mansardenfenster hingen dünne braune Vorhänge. Auf dem eiskalten Linoleumboden lag nur eine winzige Matte vor dem Bett. Emily verließ der Mut. Was für ein frostiges gräßliches Zimmer, verglichen mit Emilys elegantem Heim. Wie viele Mädchen hatten schon mit Tränen in den Augen in solchen Räumen gestanden und gewußt, daß es kein Entrinnen gab und daß dies das

Beste war, was sie erhoffen konnten, nicht das schlechteste?

»Danke, Mrs. Crawford«, sagte sie heiser.

»Sie packen Ihren Koffer aus, und wenn Miß Veronica läutet ...« Sie deutete auf eine Glocke, die Emily vorher nicht bemerkt hatte, »... dann gehen Sie hinunter und helfen ihr beim Anziehen fürs Abendessen. Sie ist momentan nicht da, sonst hätte ich Sie zu ihr geführt.«

»Ja, Mrs. Crawford.«

In der nächsten Minute war sie allein. Es war entsetzlich. Sie besaß nur einen schäbigen Koffer mit Kleidungsstücken, ein schmales Bett, so hart wie eine Bank, drei Leintücher zum Warmhalten, kein Feuer, kein Wasser, wenn sie es sich nicht selbst holte, und kein Licht, abgesehen von einer Kerze in einem halb zerbrochenen Emailhalter. Und sie mußte auf den leisesten Wink einer ihr unbekannten Frau gehorchen! Jack hatte recht — sie mußte verrückt geworden sein! Wenn er ihr diesen Irrsinn nur verboten hätte, wenn Tante Vespasia ihr nur abgeraten hätte!

Aber Jack sorgte sich nicht wegen ihrer Einsamkeit, dem nackten Boden, dem kalten Bett, dem Nachttopf, dem winzigen Waschbecken oder ihrer Unterwerfung einer Glocke gegenüber. Er hatte Angst um sie, weil in diesem Haus zweimal ein Mord passiert war und weil sie als Eindringling auftauchte, um den Mörder zu fangen.

Mit zitternden Knien setzte sie sich auf das Bett. Die Federn quietschten. Ihr war sehr kalt, und ihr

Hals schmerzte bei der Anstrengung, nicht zu weinen. »Ich bin hier, um einen Mörder zu entlarven«, sagte sie leise zu sich selbst. »Robert York wurde ermordet — Dulcie wurde aus dem Fenster gestoßen. In diesem Haus lauert ein furchtbares Geheimnis, und ich werde es aufdecken. Zehntausende von Mädchen leben in diesem Land so karg wie ich jetzt. Wenn sie es aushalten, kann ich das auch. Ich bin kein Feigling. Ich renne nicht weg, weil die Umstände hier furchterregend und unangenehm sind. Sie werden mich nicht vertreiben, ehe ich überhaupt angefangen habe.«

Um halb sechs Uhr läutete die Glocke. Emily rückte ihr Häubchen zurecht und strich die Schürze glatt, dann nahm sie die Kerze und ging hinunter.

Veronica saß auf ihrem Frisierstuhl. Sie trug eine weiße Robe, die um die Taille gegürtet war, ihr schwarzes Haar fiel ihr wie Seidenbänder über die Schultern. Ihr schönes Gesicht war blaß, die Augen leuchteten groß und dunkel wie Wasser im Torfmoor.

Im Moment schimmerte die durchsichtige Haut ein wenig blau um die feine Nase und die hohen Wangenknochen, und Veronica war viel zu dünn für die derzeitige Mode. Doch Emily mußte im geheimen zugeben, daß die Frau bildschön war, daß ihre Ausstrahlung von Zartheit und Persönlichkeit viel tiefer beeindruckte als das bloße Regelmaß der Züge. In dem Gesicht paarten sich Leidenschaft und Intelligenz.

»Ich bin Amelia, Madam. Mrs. York hat mich diesen Nachmittag engagiert.«

Plötzlich lächelte Veronica, und ihre Wangen färbten sich leicht. »Ja, ich weiß. Ich hoffe, daß es dir hier gefällt. Fühlst du dich wohl?«

»Ja, danke, Madam«, log Emily tapfer. Man hatte ihr alles geboten, was ein Dienstmädchen erwarten konnte. »Wollen Sie sich zum Essen umziehen, Madam?«

»Ja, bitte, das blaue Kleid. Ich glaube, Edith hat es in den ersten Schrank getan.«

»Ja, Madam.« Emily ging in den Ankleideraum hinüber und holte ein königsblaues, tief ausgeschnittenes Samt- und Taftgewand mit Ballonärmeln hervor. Sie brauchte ein paar Sekunden, um die richtigen Unterröcke zu finden, und legte alles bereit.

»Ja, das ist richtig, danke«, sagte Veronica.

»Wollen Sie vor dem Ankleiden frisiert werden, Madam?« Emily selbst hielt diese Reihenfolge ein, weil man so leicht eine Haarnadel verlieren oder einen Puderfleck auf das Kleid bringen konnte.

»Ja.« Veronica saß still, während Emily eine Bürste nahm und dann das lange schimmernde Haar mit einem Seidenschal polierte. Es war prächtig, dick und dunkel wie ein mondloser See. Hatte Jack es ebenfalls mit solcher Bewunderung betrachtet? Emily schob den Gedanken beiseite. Das war nicht die Zeit, sich mit eifersüchtigen Überlegungen herumzuschlagen.

»Wir sind ein wenig im Hintertreffen«, erklärte

Veronica, und Emily sah, wie ihre Schultern sich versteiften. »Leider hatte mein vorheriges Mädchen ... einen schrecklichen Unfall.«

Emilys Hand mit dem Kamm hielt in der Luft inne. »Oh.« Sie hatte beschlossen, Unwissenheit vorzugeben. »Das tut mir leid, Madam. Es muß schlimm für Sie gewesen sein. Wurde sie schwer verletzt?«

Die Antwort kam sehr leise. »Leider ist sie tot. Sie fiel aus dem Fenster. Mach dir aber keine Sorgen. Es war nicht dein Zimmer.«

Emily sah, daß Veronicas Blick im Spiegel auf ihr ruhte. Sie setzte eine erstaunte und mitleidige Miene auf, in dem Bewußtsein, nicht übertreiben zu dürfen.

»Oh, das ist ja entsetzlich, Madam! Das arme Ding. Also ich werde gut aufpassen. Ich mag Höhe sowieso nicht.«

Sie begann Veronicas Haar aufzurollen und festzustecken, indem sie es von den Schläfen nach rückwärts kämmte. Zu jeder anderen Zeit hätte ihr diese Aufgabe Spaß gemacht, doch jetzt war sie nervös. »Wie ist das passiert, Madam?« Diese Frage war nur zu natürlich.

»Ich weiß es nicht.« Veronica schauderte. »Keiner weiß es, keiner war dabei.«

»Geschah es denn in der Nacht?«

»Nein, am Abend. Wir saßen alle beim Essen.«

»Wie schrecklich für Sie«, meinte Emily und hoffte, daß es eher mitfühlend als neugierig klang. »Hoffentlich hatten Sie keine Gäste, Madam.«

»Doch, aber glücklicherweise gingen sie, ehe wir das Unglück entdeckten.«

Emily forschte nicht weiter. Sie würde es einem der Dienstmädchen entlocken, welche Gäste das gewesen waren, und sie hätte gewettet, daß auch Julian Danver zu ihnen zählte.

»Da haben Sie eine schlimme Zeit durchgemacht.« Sie rollte die letzte Haarsträhne auf und steckte sie fest. »Ist es gut so, Madam?«

Veronica drehte den Kopf vor dem Spiegel nach rechts und links. »Das ist dir sehr schön gelungen, Amelia. Ich trage es sonst anders, aber so ist es besser.«

Emily war erleichtert. »Oh, danke, Madam.«

Veronica stand auf, und Emily half ihr in die Unterröcke und dann in das Kleid, das sie sorgsam schloß. Veronica sah absolut aufregend aus, doch Emily hielt ein Kompliment für zu vertraulich. Schließlich zählte die Meinung einer Zofe wohl kaum.

Ein scharfes Klopfen erklang, und Loretta rauschte herein. In lavendelblauer Seide, die schwarz und silbern bestickt war, wirkte sie sehr elegant. Sie musterte Veronica kritisch und schien Emily gar nicht zu bemerken.

»Du siehst blaß aus. Reiß dich doch zusammen, meine Liebe! Wir haben Pflichten, sowohl der Familie als auch den Gästen gegenüber. Dein Schwiegervater erwartet uns. Wir wollen nicht, daß er denkt, wir würden wegen einer häuslichen Tragödie zusammenbrechen. Er hat selbst genug

Probleme. Was hier bei uns passiert, ist unsere Angelegenheit, und wir müssen ihn vor Unannehmlichkeiten schützen. Ein Mann hat ein Recht auf ein ruhiges und ordentliches Heim.« Sie betrachtete Veronicas Haar mit Argusaugen. »Menschen sterben. Der Tod ist das unabwendbare Ende des Lebens, und du bist nicht irgendeine billige Bürgerliche, die beim ersten Kummer in Hypochondrie verfällt. Nun kneif dich in die Wangen und komm herunter.«

Veronicas Körper versteifte sich, und die Linie ihres Kinns trat hart hervor.

»Ich habe so viel Farbe wie immer, Schwiegermutter. Ich möchte nicht aussehen, als hätte ich Fieber.«

Lorettas Züge gefroren zu Eis. »Ich denke an dein Wohlergehen, Veronica. Das habe ich immer im Sinn. Falls du zurückdenkst, wirst du das erkennen.«

Die Worte waren vernünftig, doch die Stimme klang schneidend.

Veronica wurde noch bleicher, und sie sprach mit Anstrengung. »Ich bin mir dessen bewußt, Schwiegermutter.«

Emily war wie versteinert. Die Erregung verursachte ihr eine Gänsehaut.

»Manchmal überlege ich, ob du es nicht doch vergißt.« Loretta starrte Veronica an. »Ich wünsche, daß die Zukunft dir Glück und Sicherheit bringt, meine Liebe. Vergiß das nie!«

Veronica drehte langsam den Kopf. »Ich werde

nie, nie vergessen, was du für mich tust«, flüsterte sie.

»Ich werde immer dasein, meine Liebe«, versprach Loretta, doch es hätte auch eine versteckte Drohung sein können. »Immer!« Nun fiel ihr Blick auf Emilys reglose Gestalt. »Was starrst du in die Gegend, Mädchen?« Ihre Stimme brannte wie eine Ohrfeige. »Tu deine Arbeit!«

Emily erschrak, und Veronicas weißes Kleid glitt ihr aus der Hand. Sie hob es mit steifen Fingern vom Boden auf. »Ja, Madam.« Sie rannte beinahe aus dem Zimmer, glühend vor Verlegenheit, weil man sie so offenbar beim Zuhören erwischt hatte. Die Worte waren recht alltäglich gewesen, so, wie jede Frau sie mit ihrer Schwiegertochter hätte wechseln können, doch in der Luft hatten bedeutungsschwere Schwingungen gehangen. Emily spürte mit einem elektrisierenden Kribbeln auf der Haut, daß zwischen den beiden Frauen ein immenser Haß schwelte.

Emily nahm ihre erste Mahlzeit in Hanover Close im Dienstbotenraum ein — an einem langen Tisch, mit Mr. Redditch, dem Butler, als Vorsitzendem. Er war Mitte Vierzig und ein wenig wichtigtuerisch, doch seine Züge wirkten harmlos und ein bißchen erstaunt, so daß Emily ihn nicht unsympathisch finden konnte.

Es war spät geworden, bis das Essen der Herrschaften serviert und wieder abgeräumt war. In der Küche häufte sich schmutziges Geschirr. Am

Ende des Tisches saß die Köchin, die sich noch fürsorglich zeigte, da Emily ein Neuankömmling war; doch es bestand kein Zweifel, daß ihre mütterliche Fürsorge sich schnell in mütterliche Strenge verwandeln würde, sollte Emily sich nicht pflichtschuldigst benehmen. Mrs. Crawford, die Haushälterin, war schwarz gekleidet und trug ein makelloses spitzenumrandetes Häubchen, das besser ausgearbeitet war als das Tuch vom Nachmittag. Sie verströmte Würde und hielt sich offenbar für die Herrscherin aller Teile des Hauses, das Reich der Köchin ausgenommen. Während des Gespräches machte Mrs. Crawford kleine spitze Bemerkungen, die von ihrem Rang zeugten.

Edith, das Mädchen der anderen Lady, fühlte sich anscheinend wieder wohl genug, um bei Tisch aufzukreuzen. Sie war Mitte Dreißig, plump und mürrisch. Ihr schwarzes Haar schimmerte noch, doch der Teint ihres bäuerlichen Gesichtes war in zwei Jahrzehnten Londoner Nebels und Rußes und durch zu wenig frische Luft stumpf geworden. Was immer ihr gefehlt haben mochte, sie aß doch gewaltige Mengen. Es gab nur Brot, Käse und Essiggurken, da die Hauptmahlzeit mittags stattgefunden hatte. Emily hegte den Verdacht, daß Edith eher faul als krank war, und sie beschloß herauszufinden, warum die strenge Mrs. York diese Zofe duldete.

Sie verbrachte den Rest des Abends im Dienstbotenraum und lauschte den Gesprächen, um möglichst viel zu erfahren, doch die Ausbeute war gering. Es wurde fast ausschließlich über persönliche Dinge geredet.

Edith saß neben dem Feuer und nähte ein Damenhemd — und das Geheimnis ihrer Anstellung war gelöst. Sie war eine ausgezeichnete Näherin; in ihren Fingern steckten geniale Fähigkeiten. Flink huschte die Nadel durch die glänzende Seide, und es bildeten sich Blüten unter Ediths Hand, die zart wie Spinnwebfäden und perfekt proportioniert waren. Emily inspizierte die Arbeit genau und stellte fest, daß die Rückseite von der Vorderseite kaum zu unterscheiden war. Mädchen, die wie Edith sticken und nähen konnten, waren es wert, in Gold aufgewogen zu werden.

Fanny, die Aushilfskraft, die erst zwölf Jahre alt war, wurde um halb zehn ins Bett geschickt, damit sie um fünf Uhr aufstehen konnte, um die Feuerstellen auszuräumen und den Messingzierat zu polieren. Eine Viertelstunde später folgte ihr Prim aus ähnlichen Gründen.

»Kommen morgen abend zur Party viele Gäste?« fragte Emily so beiläufig wie möglich.

»Zwanzig«, erwiderte Nora. »Wir machen hier keine großen Partys, aber es gibt ein paar wichtige Leute.«

»Früher wurde größer gefeiert«, meinte Mary und blickte von ihrem Flickzeug auf. »Bevor Mr. Robert getötet wurde.«

»Das genügt, Mary«, sagte die Köchin schnell. »Wir wollen nicht über solche Sachen reden, sonst haben die Mädchen wieder schlimme Träume.«

Emily heuchelte ein Mißverständnis. »Schlimme Träume von Partys? Ich liebe sie, ich finde es wunderbar, die Damen so elegant gekleidet zu sehen.«

»Nicht Partys!« erklärte die Haushälterin ärgerlich. »Gerede über den Tod. Sie können es nicht wissen, Amelia, aber Mr. Robert starb schrecklich. Ich warne Sie: Halten Sie darüber Ihren Mund. Wenn Sie über dieses Thema tratschen, sind Sie Ihre Stellung in diesem Haus los und bekommen auch kein Zeugnis! Gehen Sie jetzt hinauf und richten Sie Miß Veronicas Sachen für die Nacht. Kümmern Sie sich um Ihr Morgentablett. Um halb zehn können Sie wieder hier herunterkommen zum Kakaotrinken.«

Emily saß reglos da, und Zorn stieg in ihr auf. Ihr Blick traf sich mit dem der Haushälterin, und sie sah Erstaunen darin. Dienstmädchen haben Befehlen sofort zu gehorchen, vor allem neue Dienstmädchen. Es war ihr erster Fehler.

»Ja, Mrs. Crawford«, sagte sie unterwürfig, doch ihre Stimme klang belegt vor Ärger, teils über sich selbst und teils wegen der Zurechtweisung.

»Eingebildet, dieses Mädchen«, stellte Mrs. Crawford fest, als Emily halb vor der Tür war. »Sie werden an meine Worte denken, Mrs. Melrose: eingebildet! Ich sehe es in ihren Augen und in der Art, wie sie sich bewegt. Die hat Flausen im Kopf. Die bringt uns nichts Gutes — so etwas merke ich gleich!«

Emilys erste Nacht in Hanover Close war scheußlich. Das Bett war hart, die Laken dünn. Emily war an ein Feuer und an Federkissen gewöhnt — und an dicke Samtvorhänge vor den Fenstern. Diese hier waren fadenscheinig, und Emily hörte, wie die Graupelschauer gegen die Scheiben schlugen, bis sie sich in der bedrückenden Finsternis in Schnee verwandelten. Dann trat Stille ein, lastende seltsame Stille in dieser durchdringenden Kälte. Emily zog die Knie an, doch ihr wurde nicht warm genug, um einzuschlafen. Schließlich stand sie auf. Die Luft war so eisig, daß die Berührung des Nachthemdes auf der Haut beinahe schmerzte. Emily schwang die Arme heftig, aber auch diese Übung brachte ihr keine Wärme. Am Ende legte sie ihr Handtuch auf das Bett und darüber die Fußmatte vom Boden und kroch dann wieder zurück.

Diesmal schlief sie ein, aber es schienen nur Minuten vergangen zu sein, bis ein scharfes Klopfen ertönte und Fannys blasses kleines Gesicht in der Tür erschien.

»Zeit zum Aufstehen, Miß Amelia.«

Ein paar Sekunden lang wußte Emily nicht, wo sie war. Es war kalt, der Raum kahl. Sie sah eiserne Bettpfosten, graue Laken und eine Fußmatte auf ihrem Körper. Dann wurde ihr mit einem Schlag die ganze elende Situation bewußt, in die sie sich freiwillig hineinmanövriert hatte.

Fanny starrte sie an. »Ist Ihnen kalt, Miß?«

»Ich erfriere«, gestand Emily.

»Ich werde es Joan sagen, damit sie Ihnen noch ein Leintuch gibt. Sie sollten jetzt aufstehen. Es ist beinahe sieben, und Sie müssen fertig sein, ehe Sie Miß Veronicas Tee machen und ihr ein Bad bereiten. Sie steht meistens um acht Uhr auf. Und falls es Ihnen niemand gesagt hat — Edith wird wahrscheinlich noch schlafen. Dann müssen Sie auch Mrs. Yorks Tee machen und vielleicht auch ihr Bad.«

Emily schlug das Bettzeug zurück und sprang mit zitternden Gliedern auf den Boden, der sich wie trockenes Eis anfühlte. »Schläft Edith oft länger?« fragte sie mit klappernden Zähnen und zog den Vorhang zurück.

»Oh ja«, erwiderte Fanny nüchtern. »Dulcie hat immer die Hälfte ihrer Arbeit mit erledigt, und das werden Sie wohl auch tun, wenn Sie bleiben. Es ist die Sache wert. Denn wenn Miß Veronica Sie mag, wird sie Sie mitnehmen, wenn sie Mr. Danver heiratet, und dann geht es Ihnen gut.« Sie lächelte, und ihr Blick schweifte zum Fenster, wo der graue Himmel hereinsah.

Emily stiegen Tränen in die Augen. Sie wandte sich ab, während sie sich, schlotternd vor Kälte, weiter anzog.

»Will Miß Veronica heiraten? Wie aufregend. Wie ist denn dieser Mr. Danver? Ist er reich?«

»Ich weiß es nicht, Miß«, erwiderte Fanny. »Nora sagt, er ist es, aber was soll sie anderes sagen? Sie sieht den Gentleman gern. Meine Mama meint, alle Stubenmädchen sind verdorben.«

»Wie war Mr. Robert?« fragte Emily. Sie zog ihre Schürze an und bürstete sich das zerzauste Haar.

»Ich weiß es nicht, Miß. Er starb, ehe ich herkam.«

Natürlich — sie war erst zwölf. Sie wäre neun gewesen, als Robert York ermordet wurde. Was für eine dumme Frage.

Fanny ließ sich aber nicht beirren. »Mary sagt, er sah so gut aus und war ein echter Gentleman. Er ging nie auf die Mädchen los, wie es viele tun. Er mochte schöne Dinge und zog sich gut an, aber nie zu auffällig. Sie sagt, er war der beste Mensch, den sie je getroffen hat. Natürlich glaube ich, daß sie das alles von den Hausmädchen gehört hat, denn sie war damals Spülmädchen. Er war Miß Veronica völlig ergeben — und sie ihm.« Sie seufzte und schaute auf ihr einfaches graues Kleid. »Es ist furchtbar traurig, daß er so sterben mußte. Es hat ihr das Herz gebrochen, sie hat sich halb tot geweint, die Arme. Ich meine, wer das getan hat, sollte geköpft werden, aber niemand hat den Verbrecher entdeckt.« Sie schniefte heftig. »Ich wünschte, jemand würde mich eines Tages so lieben.« Sie schniefte erneut. Sie war Realistin und wußte im Grunde, daß das immer eine Illusion bleiben würde, doch es war eine kostbare Illusion. Während der langen Arbeitstage mußte sie ihrer Fantasie ab und zu Flügel gestatten. Selbst die entfernteste Chance wurde gehegt und bewahrt.

Emily dachte plötzlich mit einer Intensität an George, die sie monatelang verdrängt hatte. Noch vor einem Jahr hatte ihre Zukunft so behütet ausgesehen, und nun war sie, Emily, hier, zitterte vor Kälte um sieben Uhr morgens in einer Dachkammer, trug ein billiges blaues Wollkleid und lauschte den Auslassungen einer zwölfjährigen kleinen Magd.

»Ja«, sagte sie offen, »das wäre das Schönste, was man sich vorstellen kann. Aber glaube nicht, daß das nur die feinen Damen erleben. Auch von ihnen weinen sich viele in den Schlaf. Man sieht nur nicht, was so alles geschieht. Und manche Leute finden ihr Glück, von denen du das nie annehmen würdest. Gib niemals auf, Fanny — niemals!«

Fanny putzte sich die Nase in einen Lappen, den sie aus der Schürzentasche zog. »Sind Sie vorsichtig, Miß. Lassen Sie Mrs. Crawford so etwas nicht hören. Sie mag es nicht, wenn Mädchen eigene Ideen haben. Sie sagt, das ist schlecht für sie und macht sie unsicher. Sie sagt, das Glück kommt von selbst, wenn man weiß, auf welchen Platz man gehört und wenn man da bleibt.«

»Das ist gewiß ihre Ansicht«, meinte Emily. Sie spritzte sich das kalte Wasser aus der Schüssel ins Gesicht und nahm das Handtuch vom Bett, um sich trockenzureiben.

»Ich muß gehen«, sagte Fanny und wandte sich zur Tür. »Ich habe erst die Hälfte der Kamine gesäubert, und Bertha braucht mich, daß ich ihr mit den Teeblättern helfe.«

»Mit den Teeblättern?« Emily wußte nicht, was sie meinte.

»Die Teeblätter auf dem Teppich, um ihn zu reinigen, ehe die Herrschaften herunterkommen. Mrs. Crawford schimpft mich, wenn ich zu langsam bin.« Das klang nun wirklich verängstigt, und Fanny huschte davon. Emily hörte ihre schnellen Schritte auf dem Korridor und der Treppe.

Der Tag bestand aus einem endlosen Wirbel von Aufgaben. Emily begann mit dem Schneiden von feinem Brot und Butter und brachte Veronica dann ein Tablett mit Tee, zog die Vorhänge zurück und nahm Weisungen entgegen, die das Bad und das Ankleiden betrafen. Dann sollte sie dasselbe für Loretta tun — und wurde mit einemmal idiotisch nervös. Sie verschüttete beinahe den Tee, die Tasse klirrte laut. Die Vorhänge klemmten fest, und sie mußte kräftig daran zerren.

Ihr Herz blieb fast stehen, als sie sich vorstellte, die ganze Schiene käme auf sie herabgesaust. Dabei spürte sie förmlich, wie Lorettas Augen zwei Löcher in ihren Rücken bohrten.

Doch als sie sich umdrehte, war Loretta mit ihrem Frühstück beschäftigt und sah Emily gar nicht an.

»Soll ich Ihr Bad vorbereiten, Madam?« fragte sie.

»Selbstverständlich.« Loretta blickte nicht auf. »Edith hat mir meinen Morgenmantel schon zurechtgelegt. Sie können in zwanzig Minuten wiederkommen.«

»Ja, Madam.« Sie entschuldigte sich, so schnell sie konnte.

Als beide Damen gebadet hatten und angezogen waren, geruhte Edith zu erscheinen, also mußte Emily nur mehr Veronicas Haar frisieren, ehe sie in die Küche hinuntereilte und rasch selbst ein paar Bissen zu sich nahm. Anschließend wurde ihr befohlen, Libby im oberen Stock beim Herrichten der Schlafzimmer zu helfen. Jeder Raum mußte gründlich gelüftet werden, und vorher wurden die großen Drehspiegel auf den Boden gelegt, damit der scharfe Durchzug sie nicht umwerfen und zerbrechen konnte. Im eisigen Wind der offenen Fenster wendeten Emily und Libby die Matratzen und schüttelten die Federbetten auf, bis sie leicht wie Soufflés waren. Anschließend wurden die Betten wieder gemacht. Alle vierzehn Tage wurden die Teppiche zusammengerollt und zum Klopfen hinuntergetragen, doch Gott sei Dank nicht heute. Diesmal mußten Emily und Libby nur deren Oberfläche abkehren, alle Waschschüsseln und Nachttöpfe ausleeren und säubern, die Bäder putzen und frische Handtücher herauslegen.

Als sie endlich fertig waren, kam sich Emily schmutzig und wie zerschlagen vor. Ihre Haarnadeln hatten sich gelöst, und Mrs. Crawford stellte sie auf der Treppe zur Rede: sie sähe schändlich aus und solle ihr Äußeres in Ordnung bringen, wenn sie die Stelle behalten wolle. Emily hatte schon eine schroffe Entgegnung auf der Zunge, als sie Veronica bemerkte, die sich blaß und angespannt von Loretta entfernte. Der Butler durchquerte die Halle mit der Morgenzeitung.

»Ja, Mrs. Crawford«, sagte Emily gehorsam, da sie sich erinnerte, warum sie hier war. Sie war so durstig, daß ihr die Zunge am Gaumen klebte, und ihr Rücken war steif vom vielen Bücken und Heben. Doch sie würde sich von einer Hausmeisterin nicht unterkriegen lassen — sie hatte eine Aufgabe zu erfüllen.

Über die Charaktere der beiden Frauen hatte sie jetzt schon mehr erfahren, als es bei monatelangen Höflichkeitsbesuchen möglich gewesen wäre. Es war Loretta, nicht Veronica, die in muschelrosa Seidenlaken und den dazu passenden gestickten Kissen schlief. Entweder mochte Veronica Leinen, oder ihr war nichts anderes angeboten worden. Es war auch Loretta, die das teure Öl mit Moschusduft besaß, das in Kristallflaschen mit Silberfiligranstöpseln abgefüllt war. Veronicas Schönheit war mehr natürlicher Art: die schmale Gestalt, die Anmut der Bewegungen und diese betörenden Augen; wohingegen Loretta mit mehr femininer Eleganz aufwarten konnte. Sie gab sich mit den Einzelheiten eines gepflegten Auftretens ab — parfümierte Taschentücher und Unterröcke, die bei jedem Schritt dufteten und raschelten, zahllose Stiefelchen und Slipper, die zu jeder Kleidung paßten und ein winziges Stück unter den Röcken hervorlugten. Dachte Veronica nicht an solche Dinge, oder entging ihr deren Raffinesse? Gab es einen Grund für diesen unterschiedlichen Lebensstil, und Emily kannte diesen Grund noch nicht?

Offenbar herrschten starke Gefühle zwischen

den beiden Frauen, die Emily jedoch nicht definieren konnte. Loretta schien ihrer jüngeren und anscheinend schwächeren Schwiegertochter gegenüber Beschützerinstinkte zu haben, aber gleichzeitig war ihre Geduld begrenzt, und sie zeigte sich als äußerst tadelsüchtig. Veronica lehnte ihre Schwiegermutter ab, während sie von ihr abhängig zu sein schien.

Als die Damen sich nach dem Morgenspaziergang für das Essen umzogen, mußte Emily sich um die nasse und verschmutzte Kleidung kümmern, sie ausbürsten, zwischen trockenen Tüchern pressen und bügeln — und zwar die beider Frauen, da Edith wieder unsichtbar blieb. Emily hörte einen scharfen Disput zwischen Veronica und Loretta, doch sie konnte die Worte nicht verstehen. Als sie versuchte, am Schlüsselloch zu lauschen, kam ein Mädchen über den Korridor, und sie mußte mit ihrer Arbeit fortfahren.

Das Mittagessen im Dienstbotenraum wurde »Dinner« genannt, und Emily bezeichnete es falsch, was ihr einen neugierigen Blick von der Köchin einbrachte.

»Sie denken wohl, Sie seien oben, meine feine Dame?« sagte die Haushälterin bissig. »Merken Sie sich, daß Sie sich hier unten nicht aufspielen können! Sie sind nichts Besseres als die anderen, eher das Gegenteil, solange Sie sich nicht bewähren!«

»Oh, vielleicht wird sich ein Bekannter von Miß Veronica für sie interessieren, und sie wird eine Herzogin«, meinte Nora hämisch. »Vergessen Sie nicht, daß Sie Stubenmädchen sein müssen, um Herzögen zu begegnen, außerdem haben Sie nicht das nötige Aussehen. Sie sind zum Beispiel nicht groß und auch nicht hübsch genug. Sie sehen zu spitz aus.«

»Ich vermute, daß sowieso nicht ausreichend Herzöge herumlaufen«, erwiderte Emily giftig, »da sogar Stubenmädchen abwarten müssen, bis alle Damen versorgt sind.«

»Nun, ich habe weitaus mehr Chancen als Sie!« stellte Nora fest. »Zumindest weiß ich über meine Arbeit Bescheid. Mir muß keine Aushilfskraft zeigen, was ich zu tun habe!«

»Herzogin!« Edith kicherte. »Das ist ein passender Name für sie. Sie trägt den Kopf in der Luft, als hätte sie ein Diadem auf und Angst, daß es ihr über die Nase rutscht!« Sie verneigte sich in einem spöttischen Knicks. »Wackeln Sie nicht mit dem Kopf, Hoheit!«

»Jetzt reicht es«, sagte der Butler mißbilligend. »Sie hat heute morgen fast Ihre ganze Arbeit erledigt. Sie sollten ihr dankbar sein. Ihr Verhalten ist nicht in Ordnung.«

»Edith war mit Flicken beschäftigt, und sie ist nicht sehr kräftig.« Mrs. Crawford warf Redditch einen gereizten Blick zu, der jeden Geringeren bezwungen hätte. »Sie sind nicht berufen, auf ihr herumzuhacken.«

»Edith ist faul und träge. Man behält sie nur, weil sie die beste Näherin der Stadt ist«, entgegnete Redditch schnell, doch die Wirkung seiner Worte wurde abgeschwächt durch den wachsamen Ausdruck in seinem Gesicht.

»Ich wäre Ihnen dankbar, wenn Sie sich um Ihre eigenen Angelegenheiten kümmern würden, Mr. Redditch. Die Dienstmädchen gehören zu meinem Bereich, und ich beurteile sie auf meine Art, womit Mrs. York sehr zufrieden ist.«

»Nun, es gefällt mir nicht, Mrs. Crawford, wenn sich die Mädchen gegenseitig verhöhnen, und wenn ich so etwas noch einmal höre, wird jemand entlassen.«

»Wir werden sehen, wer entlassen wird, Mr. Redditch«, erklärte Mrs. Crawford düster. »Denken Sie an meine Worte — entlassen wird, wer am leichtesten zu ersetzen ist.«

Das schien das Ende der Debatte zu sein, doch Emily wußte, daß hier ein Krieg erklärt worden war. Sie hatte sich Edith und Nora zu Feindinnen gemacht, und auch die Haushälterin würde sie mit großem Vergnügen bei irgendeinem kleinen Pflichtversäumnis erwischen. Wenn sie überleben wollte, mußte sie sich das Wohlwollen des Butlers erhalten.

Der Nachmittag war schrecklich. Emily hatte ihre eigenen Mädchen oft genug beaufsichtigt und geglaubt, deren Tätigkeiten zu kennen, doch es war ein Riesenunterschied, ob man jemand beim Bügeln von Spitzen beobachtete oder es selbst tun mußte. Jedenfalls war es viel schwieriger, als Emily es sich vorgestellt hatte. Das einzig Gute war, daß sie nichts versengte. Den ganzen Nachmittag hatte sie keine freie Minute, nicht einmal für eine Tasse Tee. Schließlich eilte sie um halb sechs völlig erschöpft, mit schmerzendem Rücken, Kopfweh und brennenden Füßen in den ungewohnten Stiefeln nach oben, um Veronica beim Umziehen für die Dinnerparty zu helfen.

Nachdem Veronica verschiedene Besuche zum Tee empfangen hatte, schien auch sie müde zu sein — und nervöser, als Emily dies verstehen konnte. Veronica war nicht die Gastgeberin — die Verantwortung für das Gelingen der Party lag bei ihrer Schwiegermutter —, sie selbst brauchte nur charmant zu sein. Dennoch änderte sie dreimal ihre Meinung, welches Kleid sie tragen wollte, war unzufrieden mit ihrer Frisur und fühlte sich auch dann noch nicht selbstsicher, als Emily das Haar ein zweites Mal aufgesteckt hatte. Die junge Witwe stand vor dem großen Drehspiegel und betrachtete sich mit gefurchter Stirn.

Schließlich forderte sie Emily auf, ihr Haar noch ein weiteres Mal neu zu frisieren. Emily dachte empört, wie egoistisch diese Frau war. Sie hatte den ganzen Tag nichts anderes getan, als Besuche zu empfangen, zu essen und zu plaudern, während Emily wie ein Pferd gearbeitet hatte.

»Die Frisur steht Ihnen so sehr gut, Madam«, sagte sie mit mühsam beherrschter Stimme.

Veronica nahm die Parfümflasche zur Hand; sie entglitt ihren Fingern, und das Parfüm spritzte über ihren Rock.

Emily hätte weinen mögen. Nun mußte die ganze Garderobe erneut gewechselt werden. Zudem hatte Emily keine Ahnung, wie man die Flecken entfernte — sie würde Edith fragen müssen, und die Folgen konnte sie sich ausmalen. Jeder im Haus würde von der Geschichte erfahren. Sie ging in den Ankleideraum und holte ein viertes Kleid. Dabei fiel ihr ein, daß auch sie ihren eigenen Mädchen gegenüber oft nicht mehr Rücksicht walten ließ als jetzt Veronica.

Als sie wieder ins Schlafzimmer zurückkehrte, sah sie Veronica mit gesenktem Kopf in Hemd und Unterrock auf dem Bett sitzen. Die junge Witwe machte einen sehr zarten, fast kindlichen und schmerzhaft verletzlichen Eindruck. Emily hätte am liebsten die Arme um sie gelegt; sie wußte aus eigener Erfahrung, was Witwentum im Schatten eines Mordes bedeutete. Doch sie durfte sich nicht zu einer intimen Geste hinreißen lassen — eine Kluft bestand zwischen ihnen.

»Fühlen Sie sich nicht gut, Madam?« fragte sie sanft. »Soll ich Ihnen einen beruhigenden Tee bringen? So bezaubernd, wie Sie aussehen, wird es jeder verzeihen, wenn Sie ein paar Minuten zu spät kommen. Gehen Sie nach den anderen Damen hinunter und erregen Sie ein wenig Aufsehen!«

Veronica blickte auf, und Emily wunderte sich über den Ausdruck von Dankbarkeit in ihren Augen. »Danke, Amelia. Ja, ich hätte gern einen Tee. Ich kann ihn trinken, während Sie mich frisieren.«

Emily brauchte fünf Minuten, um zwischen den vorhandenen Kräutern die besänftigende Kamille zu finden, und weitere drei, bis das Wasser kochte. Dann brachte sie den Tee nach oben. Sie traf Mrs. Crawford in der Halle.

»Was machen Sie hier unten, Amelia?«

»Eine Erledigung für Mrs. York«, erwiderte Emily schroff und stieg die Stufen hinauf, ohne sich umzuschauen. Sie hörte Mrs. Crawford schnauben und etwas murmeln, das klang wie: »Sie werden schon noch sehen, Miß!« Aber sie hatte jetzt keine Zeit, sich darüber aufzuregen.

Veronica nahm den Tee dankbar entgegen und trank ihn, als sei er tatsächlich ein Lebensspender. Sie widersprach nicht, als Emily ihr Haar wie beim erstenmal aufsteckte und ihr in das vierte Kleid half, das aus schwarzem Taft mit Perlenstickerei bestand. Es war sehr beeindruckend, und an einer weniger schönen Frau hätte es erdrückend gewirkt.

»Sie sehen wunderbar aus, Madam«, sagte Emily ehrlich. »Es wird keinen Mann im Raum geben, der noch für etwas anderes Augen hat.«

Veronica errötete — es war an diesem Tag die erste Farbe in ihrem Gesicht. »Danke, Amelia, schmeichle mir nicht, sonst werde ich noch unbescheiden.«

»Ein bißchen Selbstbewußtsein schadet niemand.« Emily hob das befleckte Kleid auf, um es wegzutragen. Sie war gerade durch die Tür des Ankleidezimmers gegangen und wollte sie schließen, als sie das Öffnen der Schlafzimmertür hörte und Loretta eintreten sah. Sie trug Taubengrau mit Silber und wirkte ungemein feminin.

»Gütiger Himmel!« Ihre Augenbrauen hoben sich bei Veronicas Anblick. »Glaubst du wirklich, daß das paßt? Es ist höchst wichtig, daß du auf den französischen Botschafter einen guten Eindruck machst, meine Liebe, vor allem in Gegenwart der Danvers!«

Veronica atmete tief ein und aus. Emily konnte sehen, wie sich ihre Finger in den Falten ihres Rockes verkrampften.

»Ja, ich glaube, daß es perfekt angemessen ist«, erklärte sie unsicher. »Mr. Garrard Danver ist ein Bewunderer eleganter Kleidung, er interessiert sich nicht für Alltägliches.«

Lorettas Gesicht färbte sich tiefrot, dann wich die Farbe wieder daraus. »Wie du willst.« Ihre Stimme klang gepreßt. »Aber ich weiß nicht, warum du so spät dran bist. Du hast dich frühzeitig nach oben begeben. Ist dein neues Mädchen nicht gut?«

»Sie ist sehr gut, sogar hervorragend. Ich hatte es mir mit meiner Kleidung anders überlegt. Amelia konnte nichts dafür.«

»Wie schade. Sicher hattest du zuerst etwas Passenderes an. Aber jetzt ist es zu spät. Ist das Kamillentee?«

»Ja.«

Ein kurzes Schweigen entstand. Dann erklang Lorettas Stimme erneut — ein wenig scharf, jedoch beherrscht. »Veronica, du darfst dich nicht gehenlassen; das kannst du dir nicht leisten. Wenn du krank bist, holen wir den Arzt, andernfalls übe dich in Disziplin, setz ein Lächeln auf und komm herunter. Es geht nicht an, daß du so spät erscheinst!«

»Ich bin doch fertig!«

»Nein, das bist du nicht. Du mußt auch innerlich bereit sein. Du wirst Julian Danver heiraten, also gib niemandem Anlaß, an deinem Glück zu zweifeln, am wenigsten Julian oder seiner Familie. Lächle — kein Mensch mag eine launische oder nervöse Frau. Von Frauen erwartet man, daß sie zum Wohlbefinden und Vergnügen eines Mannes beitragen, als angenehme Gesellschafterinnen. Und niemand heiratet freiwillig ein weibliches Wesen, dessen Gesundheit nicht robust ist. Wir verbergen unsere kleinen Wehwehchen. Man setzt Mut und Würde bei uns voraus — tatsächlich fordert man beides von uns.«

»Manchmal hasse ich dich«, sagte Veronica leise, aber mit wilder Leidenschaft.

»Auch das«, erklärte Loretta vollkommen ruhig, »ist eine Disziplinlosigkeit, die du dir nicht leisten kannst, meine Liebe, ebensowenig wie ich.«

»Vielleicht wäre es der Mühe wert«, entgegnete Veronica verbittert.

»Denk einmal nach«, meinte Loretta sanft. Dann rief sie plötzlich wütend: »Reiß dich zusammen und hör auf mit deinem dummen Gejammer! Ich kann dir nur bis hierhin helfen, dann mußt du dich selbst kümmern. Ich habe alles für dich getan, was mir möglich war, und das war nicht so leicht für mich, wie du manchmal zu denken scheinst.«

Die äußere Tür öffnete sich, und Emily hörte eine neue Stimme — die intelligente und wohltönende eines Mannes.

»Bist du fertig, meine Liebe? Es ist Zeit, unsere Gäste zu begrüßen.«

Das mußte Piers York sein, die einzige Person im Haus, der Emily noch nicht begegnet war. »Veronica, du siehst hinreißend aus.«

»Danke, Schwiegerpapa.« Veronicas Worte klangen noch ein wenig zittrig.

»Das wird ein langweiliger Abend werden«, meinte er offen. »Ich weiß gar nicht, warum wir diese Leute weiter bei uns einladen. Ich finde nicht, daß das nötig ist.«

Den Rest des Abends empfand Emily als Alptraum. In der Küche ging es chaotisch zu. Im Abwaschbecken türmte sich das schmutzige Geschirr zu Bergen, und Prim kam nicht mehr nach. Jeder war gereizt, das Abendessen für die Bediensteten fiel aus, und zum Schluß gab es nur mehr kalte Pastete — das letzte, was Emily hätte essen mögen.

Es gehörte nicht zu ihren Pflichten, aber dennoch half Emily beim Aufräumen. Sie spülte und polierte Gläser und verstaute das Silber sowie die Teller. Sie hätte nicht mit gutem Gewissen zu Bett gehen können, während Mary, Prim und Albert bis zum Umfallen schufteten — außerdem brauchte sie Verbündete, so viele sie gewinnen konnte. Mrs. Crawford war nun unabänderlich eine Feindin, nachdem der Butler allzu deutlich für Emily Partei ergriffen hatte. Nora war eifersüchtig und nannte sie weiterhin »die Herzogin«, und Edith machte kein Hehl aus ihrer Geringschätzung.

Es war kurz vor ein Uhr. Der Wind heulte und fuhr mit eisigen Stößen durch alle Fugen und Ritzen. Graupelschauer trommelten gegen das Glas, als Emily die letzten Mansardenstufen hinaufstieg und ihr winziges kaltes Zimmer betrat. Das Bett war wie gefroren.

Sie entkleidete sich bis auf die Unterwäsche und zog das Nachthemd darüber, ehe sie zwischen die Laken kroch. Sie zitterte vor Kälte, und trotz all ihrer Entschlossenheit kamen ihr die Tränen. Sie rollte sich zusammen, vergrub das Gesicht in den Kissen und weinte sich in den Schlaf.

6

Ausnahmsweise gelang es Charlotte, ihr Erstaunen und auch ihre Besorgnis zu verbergen, als sie durch Jack Radley von Emilys seltsamem Entschluß hörte, die Identität zu wechseln und bei den Yorks zu arbeiten. Glücklicherweise war Jack am frühen Nachmittag aufgetaucht, so daß Charlotte genügend Zeit hatte, sich bis zu Thomas' Heimkehr kurz nach sechs von ihrem Schrecken zu erholen. Natürlich wußte Thomas nichts von der Geschichte.

Er war zutiefst bekümmert über den Tod des Mädchens Dulcie und wurde von Schuldgefühlen geplagt. Daß das unvernünftig war, wußte er. Ihr Sturz aus dem Fenster konnte ein Unfall gewesen sein, doch er wurde das Gefühl nicht los, daß sie noch am Leben wäre, wenn sie ihm nicht von der Frau in Kirschrot erzählt und er nicht so sorglos gewesen wäre, sie bei geöffneter Tür reden zu lassen.

Zuerst erwähnte er Ballarat gegenüber nichts von ihrem Tod, doch als er länger darüber nachdachte, kam er zu dem Schluß, die Spur der Dame in Rot verfolgen zu müssen, ehe er dem Außenministerium Informationen über Veronica York gab.

Ballarat war gereizt, wie meistens, und er konnte Thomas Pitt absolut nicht leiden, doch er respektierte dessen berufliche Fähigkeiten. Nachdem Pitt seine Gedanken und neuerlichen Erkenntnisse, die den York-Fall betrafen, dargelegt hatte, kam er auf die Frau in Kirschrot und Dulcies tödlichen Sturz zu sprechen.

Ballarat richtete den Blick seiner runden kleinen Augen auf Pitts Gesicht. »Könnte die geheimnisvolle Frau Veronica York gewesen sein? Aber hätte dieses Mädchen Dulcie sie nicht erkannt?«

»Das hätte ich auch vermutet«, stimmte Pitt zu. »Sie war ihre Zofe. Andererseits sehen Menschen, was sie sehen wollen, und es war nur ein Moment im Gaslicht, zudem trug die Unbekannte völlig andere Kleidung. Von der unzureichenden Beschreibung her hätte es wohl Veronica York sein können.«

»Verdammt!« rief Ballarat zornig. »Hätte es vielleicht auch die Geliebte von Robert York sein können, von der Mrs. York nichts wußte?«

»Schon möglich. Doch was tat sich im Danver-Haus?«

»War es Danvers Schwester?«

Thomas Pitt hob die Augenbrauen. »Meinen Sie, daß sie ein lockerer Vogel ist, daß sie sich an verheiratete Diplomaten heranmacht, zuerst an Robert York, jetzt an Felix Asherson?«

Ballarat furchte die Stirn. »Was hat Felix Asherson damit zu tun?«

Pit seufzte. »Harriet Danver liebt ihn. Fragen Sie mich nicht, woher ich das weiß; ich weiß es eben. Und ich denke, daß sie die Frau in Rot bestimmt nicht war — falls doch, sollte es das Außenministerium allerdings erfahren.«

»Verdammt, Pitt! Vielleicht ist diese Frau in Rot nur irgendeine verrückte Verwandte, die sich verkleidet und nachts herumschleicht.«

»Natürlich.« Pitt nickte. »Das kann sein. Oder sie ist eine kostspielige Hure, die sich um Robert York kümmerte, oder auch um seinen Vater . . .« Er sah, wie Ballarats Gesicht sich rötete, doch er fuhr gelassen fort. ». . . oder um Julian Danver oder Garrard Danver.« Er hielt Ballarats Blick stand. »Oder die Frau in Rot war eine Vermittlerin oder eine Geheimnisträgerin oder eine Erpresserin oder eine Geliebte und sie beschäftigte sich mit Robert York, ehe sie ihn entweder selbst tötete oder ihn von einem ihrer Kollegen umbringen ließ.«

»Gütiger Himmel — wollen Sie andeuten, daß der junge Danver ihr Auftraggeber war?« Ballarat stöhnte.

»Nein«, meinte Pitt entschieden. »Dafür sehe ich keinen Grund. Er ist doch ebenfalls im Außenministerium.«

»Noch ein Verräter?« Ballarats Züge verfielen. Seine Zigarre, die er vor einiger Zeit angezündet hatte, zerkrümelte unbemerkt zu kleinen Aschenringen.

»Möglich.«

»In Ordnung. In Ordnung.« Ballarats Stimme hob sich. »Finden Sie heraus, wer die Frau war. Die Sicherheit des Empire könnte davon abhängen. Aber wenn Sie Ihren Job behalten wollen, seien Sie diskret, Pitt. Wenn Sie sich ungeschickt verhalten, kann und will ich Sie nicht schützen. Verstehen Sie mich?«

»Ja, danke, Sir«, erwiderte Thomas Pitt mit offenem Spott. Es war das erstemal seit Jahren, daß er Ballarat mit »Sir« angesprochen hatte — er hatte immer verstanden, es zu vermeiden, ohne direkt unhöflich zu sein.

»Ganz meinerseits, Pitt«, erklärte Ballarat und zeigte die Zähne. »Ganz meinerseits.«

Pitt verließ die Bow Street Station und trat in eine dichte Nebelsuppe hinaus. Er war wild entschlossen, in seinem Fall weiterzukommen. Nun mußte er innerlich zugeben, daß er froh war über Charlottes Besuche bei den Yorks und Danvers. Sie konnte ihn bei der Beurteilung von Veronica Yorks Charakter unterstützen.

Falls Veronica sich tatsächlich durch den Tod ihres Mannes befreit gefühlt hatte, war es erstaunlich, daß sie die letzten drei Jahre mit soviel Würde hinter sich gebracht hatte, ohne die geringste Indiskretion oder irgendeinen Fehltritt.

Der Nebel war so dicht, daß Thomas Pitt nicht einmal das gegenüberliegende Pflaster sehen konnte. Die dicken gelbgrauen Schwaden zogen vom Fluß her geballt durch die Vororte, vorbei an Chelsea, den Parlamentsgebäuden, Wapping und Limehouse, durch das Herz der Stadt, Greenwich, Arsenal und schließlich zur weiten Flußmündung.

Da die Kirschrote, wer immer sie war, sich so auffällig gekleidet hatte, war sie gewiß nicht nur nachts, sondern auch tagsüber spektakulär aufgetreten. Möglicherweise war sie eine Kurtisane, mit der sich weder die Yorks noch die Danvers vor ihren Freunden sehen lassen wollten. Wo also konnte die Frau ihre Liebhaber treffen?

Pitt wußte, daß es Hotels, Restaurants und Theater gab, wo man sich zu solchen Stelldicheins verabreden konnte. Wenn ein Gentleman dort einen Bekannten entdeckte, übersahen beide Männer taktvoll diese Begegnung. Solche Plätze lagen verteilt am Rande des vornehmen London, im Haymarket, am Leicester Square und Piccadilly. Pitt wußte, wohin er sich wenden mußte. Er rief eine Droschke und ließ sich zum Haymarket fahren.

Am folgenden Tag, als der Nebel immer noch schwer über der Stadt lastete, im Hals kratzte und die Nasenschleimhäute reizte, hatte Thomas Pitt zum erstenmal Erfolg. Er befand sich in einem privaten Hotel in der Nähe des Piccadilly. Der Portier war ein ehemaliger Soldat mit einem üppigen Schnurrbart, freizügigen Ansichten über Moral und einer Kriegsverletzung, die ihn daran hinderte, körperliche Arbeit zu leisten. Außerdem war er Analphabet, was eine Beschäftigung bei kirchlichen Stellen ausschloß. Für ein Trinkgeld zeigte er sich Pitts Fragen gegenüber recht aufgeschlossen. Ballarat hatte Pitt im Rahmen seiner Möglichkeiten finanziellen Spielraum gewährt.

»Natürlich erinnere ich mich an die Frau«, sagte der Portier munter. »Sie war sehr hübsch und trug immer dieselben Farben. An einer anderen hätte das Rot gewöhnlich ausgesehen, aber ihr stand es wunderbar. Sie hatte schwarzes Haar und dunkle Augen, war anmutig wie ein Schwan im Wasser, groß, schlank — sie hatte was Besonderes an sich.«

»Was war das?« fragte Pitt neugierig. Ihn interessierte das Urteil dieses Mannes, der die Straßendirnen und ihre Freier jede Nacht beobachtete, der sich im Milieu auskannte, ohne dazuzugehören. Ihn würde man so leicht nicht täuschen.

Der Portier überlegte. »Sie hatte Klasse. Nie war sie hinter jemand her — immer war es umgekehrt, sie hielt sich zurück.« Er schüttelte den Kopf. »Aber es war noch mehr. Es war . . . als hätte sie Spaß an der Sache. Sie lachte niemals laut, dafür war sie zu fein. Aber sie lachte innerlich.«

»Haben Sie je mit ihr gesprochen?« fragte Pitt.

»Ich?« Der Mann sah ein wenig erstaunt aus. »Nein, nie. Sie redete nicht viel und immer leise. Ich sah sie nur — ungefähr ein halbes dutzendmal.«

»Können Sie sich erinnern, mit wem sie da war?«

»Mit verschiedenen Typen — eleganten, das mochte sie, keine ungepflegten. Und Männer mit Geld, aber das wollen sie alle. Hierher kommt kein Typ ohne Geld.« Er lachte kurz.

»Können Sie einen beschreiben?«

»Nicht so, daß Sie ihn erkennen würden, nein.« Er lächelte.

»Versuchen Sie es!« drängte Pitt.

»Soviel können Sie mir gar nicht bezahlen, Mann! Würden Sie mir einen neuen Job geben, wenn man mich hier rauswirft und meinen Namen anschwärzt?«

Pitt seufzte. Er hatte von Anfang an gewußt, daß die Beschreibung der Frau etwas anderes war als eine Indiskretion gegenüber ihren Freiern. Freier hatten Geld und eine Position, sie erwarteten Verschwiegenheit und kauften sie zu einem großzügigen Preis. Verkaufte man die Geheimnisse eines einzigen, verlor man das Vertrauen von allen.

»In Ordnung. Machen Sie es ganz allgemein. Alt oder jung, dunkel, blond oder grau, welche Größe und Figur?«

»Wollen Sie in ganz London suchen, Mann?«

»Ein paar Typen kann ich schon aussortieren.«

Der Portier zuckte die Schultern. »Wie Sie wollen. Also, soweit ich mich erinnere, waren sie älter, über vierzig. Ich hatte das Gefühl, die Frau konnte sich die Männer aussuchen . . .«

»Grauhaarig?«

»Ich glaube, nein. Und keiner war dick, alle schlank.« Er rückte näher an Pitt heran. »Sehen Sie, es hätte auch immer derselbe sein können! Es zahlt sich für mich nicht aus, wenn ich denen ins Gesicht schaue. Sie kommen heimlich her, und dafür zahlen sie.«

»Trug sie immer nur rote Gewänder?«

»Ja, in verschiedenem Rot. Das war wie ihr Wahrzeichen. Aber warum wollen Sie das alles über sie wissen? Sie war schon ungefähr drei Jahre nicht mehr hier.«

»Und seitdem haben Sie nichts mehr von ihr gehört oder gesehen?«

»Nein.« Jetzt grinste er. »Vielleicht hat sie sich gut verheiratet. Manchmal schaffen die das. Vielleicht sitzt sie als Herzogin in einem großen Haus und kommandiert solche Leute wie Sie und mich herum.«

Pitt schnitt eine Grimasse. Die Chance war gering, das wußten sie beide. Viel eher hatte sie ihre Schönheit durch eine Krankheit verloren oder durch einen Kampf mit einer anderen Prostituierten oder einem Strichjungen, der sich betrogen fühlte, oder mit einem Liebhaber, der zu pervers oder besitzergreifend gewesen war, oder sie war einfach tiefer gesunken — von einem Hotel wie diesem in ein gewöhnliches Bordell.

Der Portier betrachtete ihn prüfend. »Warum sind Sie hinter ihr her, Mann? Erpreßt sie jemand?«

»Das wäre möglich«, erwiderte Pitt. »Das wäre durchaus möglich.« Er nahm eine seiner Karten aus der Tasche und reichte sie dem Portier. »Wenn Sie sie wiedersehen, sagen Sie es mir bitte. Bow Street Polizeistation. Sagen Sie nur, Sie haben die Kirschrote wiedergesehen.« Er überlegte einen Augenblick. »Welche Theater und Konzertsäle bevorzugen Ihre Kunden?«

Der Mann biß sich auf die Lippen. »Also, wenn Sie die Frau meinen, die Sie Kirschrote nennen, so habe ich gehört, daß sie schon im großen Vortragssaal und in der Musikhalle gewesen ist, aber Näheres weiß ich nicht.«

Pitt hob die Brauen. »Der große Vortragssaal? Eine mutige Frau, ihr Gewerbe dort zu betreiben!«

»Ich sagte Ihnen doch, sie hat Klasse.«

»Ja — ich danke Ihnen.«

Der Mann tippte an seine Mütze, ein wenig spöttisch. »Auch ich danke Ihnen.«

Pitt trat hinaus auf die Straße. Der Nebel umschlang ihn wie ein kaltes Tuch, das feucht an seiner Haut klebte.

Also hatte die Kirschrote Mut und Stil. Sie war gewiß nicht Veronica York, die bloß einer Affäre mit Julian Danver nachgegangen war. Falls es sich um Veronica handelte, dann führte sie ein heimliches Doppelleben von der Art, die das Außenministerium bis auf die Grundfesten erschüttern würde. Für einen Diplomaten war eine Ehefrau, die sich als Prostituierte beschäftigte, absolut untragbar. Er würde sofort entlassen und wäre ruiniert.

Die Frau war auch nicht Harriet Danver auf Abwegen mit Felix Asherson. Thomas Pitt wußte nicht, ob Asherson ihre Gefühle erwiderte — jedenfalls paßte Harriet überhaupt nicht in das Bild, das der Portier von der Unbekannten in Rot skizziert hatte.

Allmählich wurde es dunkel, und der Nebel begann zu gefrieren. Die Luft war von winzigen Eispartikeln erfüllt, die Thomas Pitt erschaudern ließen, als sie in die Falten seines Halstuches drangen und seine Haut berührten. Pitt beschleunigte seine Schritte und wandte sich nach Norden, bog in die Regent Street ein und dann nach links, Richtung Oxford Circus. Dort gab es noch weitere Leute, die er fragen konnte: Prostituierte vom oberen Markt, die die Konkurrenz kannten und ihm mehr über die Kirschrote erzählen würden.

Eine Stunde später saß er nach der Anwendung von Überredungskünsten und einem größeren Geldgeschenk in einem überhitzten, mit zu vielen Möbeln vollgestopften kleinen Zimmer unweit der New Bond Street. Die Frau, die ihm in einem rosa Sessel gegenübersaß, hatte ihre Blützeit schon hinter sich. Ihr Busen quoll aus dem engen Mieder, und das Fleisch unter ihrem Kinn hatte seine Elastizität verloren, aber sie war immer noch hübscher, als die meisten Frauen es je sind. Die vielen Jahre, in denen sie begehrt worden war, verliehen ihr eine lebendige Ungezwungenheit, doch die blanke Bitterkeit in ihren Augen spiegelte das dahinterliegende Wissen wider, daß sie nicht geliebt worden war. Vor ihr stand eine Schachtel mit kandierten Früchten, in denen sie herumstocherte. »Nun?« sagte sie wachsam. »Was wollen Sie, mein Lieber? Es ist nicht mein Stil, Geschichten zu erzählen.«

»Ich will keine Geschichten hören.« Pitt verschwendete keine Zeit mit Schmeicheleien, von denen beide wußten, daß sie nicht ehrlich gemeint waren. »Ich möchte etwas über eine Frau wissen, die höchstwahrscheinlich Erpressungen versuchte. Das ist schlecht für Ihr Gewerbe, solche Leute können Sie nicht brauchen.«

Sie schnitt eine Grimasse und aß eine Frucht, indem sie sie rundum abnagte, ehe sie das Mittelstück in den Mund schob. Wäre ihr Lebensweg anders verlaufen, hätte man sie wohl zu den größten Schönheiten ihrer Generation zählen können. Dieser ironische und traurige Gedanke schoß Thomas Pitt durch den Kopf, während er sie beobachtete.

»Fahren Sie fort«, sagte sie kühl. »Und machen Sie sich keine Sorgen um mein Gewerbe. Wenn ich nicht die Beste wäre, würden Sie nicht hier sitzen und mich um etwas bitten. Ich brauche Ihr Geld nicht. Ich verdiene an einem Tag mehr als Sie in einem Monat.«

Pitt erwähnte nicht, daß ihre Risiken größer waren — und ihre Zeit kurz.

»Es geht um eine Frau, die immer nur Rot trug, eine große, schlanke, schwarzhaarige Person, sehr hübsch.«

»Mehr hatte sie nicht zu bieten?«

»O doch.« Unwillentlich sah Pitt Veronica Yorks Gesicht mit den hohen Wangenknochen und den verzaubernden Augen vor sich. Er betrachtete die üppige feminine Frau, die ihm gegenübersaß, ihr leuchtendes, fast tizianrotes Haar und ihre apfelblütenhelle Haut. »Sie hatte Feuer und Stil«, fügte er hinzu.

Die Augen der Frau öffneten sich weit. »Sie haben sie gut gekannt?«

Pitt lächelte. »Ich habe sie nie gesehen und spreche nur von dem Eindruck, den sie auf andere macht.«

Sie lachte leise, halb spöttisch und halb belustigt. »Also, wenn sie jemand erpreßte, war sie dumm. So etwas macht das Geschäft kaputt, und auf lange Sicht ist es Selbstmord. Ich kenne die Frau nicht. Es tut mir leid.«

»Sind Sie sicher?« fragte Pitt automatisch. »Es könnte drei Jahre zurückliegen.«

»Drei Jahre! Warum sagen Sie das nicht gleich?« Sie biß in eine weitere kandierte Frucht. Ihre schönen weißen und gleichmäßigen Zähne fielen Pitt auf. »Ich dachte, Sie meinen jetzt. Ja, vor drei oder vier Jahren gab es hier so eine Frau. Es war ein fürchterliches Rot, das sie trug, aber sie konnte es sich leisten. Sie war wirklich eine Schönheit, ohne Puder und Anstrich, und sie hatte Knochen — so zerbrechlich.«

Pitt hatte plötzlich das Gefühl, in diesem vollgestopften Raum zu ersticken, und gleichzeitig fror er innerlich. »Erzählen Sie mir mehr von ihr«, sagte er ruhig. »Wie oft haben Sie sie gesehen oder von ihr gehört, mit wem war sie zusammen, und was ist mit ihr geschehen?«

Die Frau zögerte, ihre Augen waren wachsam.

»Ich kann sehr ungemütlich werden«, erklärte Pitt. »Es hat einen Mord gegeben. Ich werde in Ihrer Wohnung das Unterste zuoberst kehren, so daß sich kein Freier mehr hertraut.«

»Na, gut«, meinte sie ärgerlich, doch sie war

nicht wirklich wütend. Dafür hatte sie schon zuviel erlebt. »Gut, ich habe in den letzten Jahren nichts von ihr gehört, und vorher nur wenig. Sie trat nicht regelmäßig auf. Ich hielt sie nicht einmal für eine Professionelle, deshalb habe ich mich nicht für sie interessiert. Sie war keine Rivalin, marschierte nur herum, zeigte sich und pickte einen oder zwei Männer auf. Eigentlich war sie gut für uns, weil sie Aufmerksamkeit erregte, Appetit machte und dann verschwand. So blieb mehr für uns übrig.«

»Können Sie sich an einen ihrer Begleiter erinnern? Es ist wichtig!«

Sie überlegte kurz, und Pitt drängte sie nicht.

»Ich sah sie einmal mit einem sehr eleganten, gutaussehenden Mann. Eines der Mädchen sagte, sie hätte sie schon vorher mit demselben gesehen; sie wollte ihn für sich angeln, aber er hatte angeblich nur Augen für die Rote.«

»Haben Sie je ihren Namen gehört?«

»Nein.«

»Sonst etwas über sie?«

»Nein, nur was ich Ihnen gesagt habe.«

»Gut. Sie kennen die Welt und das Geschäft. Was vermuten Sie? Was für eine Person war das, und was ist aus ihr geworden?«

Die Frau lachte bitter, aus Selbstmitleid und Mitgefühl für alle ihresgleichen. »Ich weiß es nicht. Sie könnte tot sein, oder heruntergekommen. Das Leben in diesem Geschäft ist oft kurz. Woher soll ich wissen, was aus dem armen Ding geworden ist?«

»Sie war doch etwas ›Besseres‹. Was schätzen Sie, woher sie kam? Hören Sie, Alice, ich muß es wissen, und Sie haben doch ein gutes Urteilsvermögen.«

Sie seufzte. »Ich schätze, daß sie aus gehobenen Kreisen kam und sich, weiß Gott, warum, in den Slums herumtrieb. Vielleicht hatte sie so eine Neigung — das gibt es ja. Obwohl ich mir nicht vorstellen kann, warum ein Mensch so etwas freiwillig macht. Vielleicht war sie verrückt, Verrückte gibt es in allen Kreisen. Mehr kann ich Ihnen nicht sagen. Ich bin absolut fair gewesen — ich hoffe, daß Sie das nicht vergessen!«

Pitt erhob sich. »Bestimmt nicht«, versprach er. »Soviel ich weiß, führen Sie hier eine Fremdenpension. Guten Tag.«

Pitt verbrachte zwei weitere Tage mit der Jagd nach der roten Frau, doch ohne Erfolg; er konnte nicht mehr in Erfahrung bringen, als er bisher schon wußte.

Am frühen Abend des zweiten Tages, kurz nach sechs Uhr, als der Nebel sich endlich lichtete, nahm Thomas Pitt eine Droschke nach Hanover Close.

Diesmal fuhr er jedoch nicht zu den Yorks, sondern etwas weiter zum Haus von Felix Asherson. Pitt hatte sich vorgenommen, den Diplomaten in seinen eigenen vier Wänden zu treffen, um ihn besser beurteilen zu können. Ohne die förmliche und einschüchternde Atmosphäre des Außenministeriums würde Asherson vielleicht seine Zurückhaltung aufgeben.

Thomas Pitt klopfte an die Eingangstür und wartete, bis ein Diener erschien.

»Ja, Sir?«

Pitt überreichte dem Mann eine seiner Karten. »Thomas Pitt. Ich habe etwas Wichtiges mit Mr. Asherson zu besprechen, falls er Zeit hat. Es betrifft einen seiner Kollegen im Außenministerium.« Das war keine Lüge, wenn man es auch falsch verstehen konnte.

»Ja, Sir. Kommen Sie bitte herein. Ich werde es Mr. Asherson sagen.« Er betrachtete Pitt zweifelnd. Der Kommissar trug nicht die neuen Stiefel, die Emily ihm geschenkt hatte — sie waren ihm zu schade für die vielen dienstlichen Laufereien. Seine Jacke war praktisch, aber nicht mehr, nur sein Hut zeichnete sich durch gute Qualität aus. Der Diener hielt Pitt nicht für würdig, in die Bibliothek geführt zu werden, der Frühstücksraum genügte auch. »Folgen Sie mir bitte, Sir.«

Das Feuer war bis auf die Asche niedergebrannt, aber das Zimmer war noch warm, jedenfalls im Vergleich zu der Droschke, die Pitt hergebracht hatte. Er fand den Raum angenehm; zwar bescheiden, wenn er an die Yorks dachte, doch geschmackvoll möbliert und mit wenigstens einem wertvollen Gemälde an der Wand. Wäre Asherson knapp bei Kasse gewesen, hätte er es verkaufen und von dem Erlös mehrere Jahre lang ein Dienstmädchen bezahlen können. Soviel über das Finanzielle!

Die Tür öffnete sich, und Asherson kam herein. Seine dunklen Brauen waren grübelnd zusammengezogen. Der Mann besaß ein hübsches Gesicht, aber seine Züge wirkten flatterhaft, etwas Unbestimmtes lag darin. In einer Krise hätte Thomas Pitt sich nicht auf diesen Menschen verlassen mögen.

»Guten Abend, Mr. Asherson«, sagte er freundlich. »Es tut mir leid, Sie daheim zu belästigen, aber ich dachte, wir seien hier ungestörter als im Außenministerium.«

»Oh, verdammt!« Asherson schlug die Tür hinter sich zu. »Jagen Sie immer noch dem Mörder des armen York hinterher? Ich habe Ihnen schon einmal gesagt, daß ich überhaupt nichts Erhellendes weiß, und an dieser Tatsache hat sich nichts geändert.«

»Ich bin überzeugt, daß Sie nichts zu wissen glauben«, stimmte Pitt zu.

»Und was wollen Sie damit sagen?« Asherson war zweifellos verärgert. »Ich war in jener Nacht nicht da, und keiner hat mir etwas erzählt.«

»Seit ich das letztemal mit Ihnen sprach, habe ich eine Menge erfahren«, erklärte Pitt und beobachtete Ashersons Gesicht. Die Gaslampen warfen Schatten, und dadurch wirkte jede Linie übertrieben scharf. »Es gab eine Frau, die offenbar eine Rolle spielte.«

Ashersons Augen weiteten sich. »Bei Yorks Tod? Es war doch wohl keine Diebin? So etwas habe ich nie gehört.« Seine Züge drückten reines Erstaunen aus.

»Der Diebstahl war vielleicht reiner Zufall, Mr. Asherson, möglicherweise der Mord ebenfalls. Der Kernpunkt könnte Hochverrat gewesen sein.«

Asherson stand völlig reglos da, nicht ein Muskel zuckte in seinem Gesicht. Pitt konnte das Zischen der Gaslampen an den Wänden hören.

»Hochverrat?« sagte Asherson schließlich.

Pitt wußte nicht, wie stark er die Wahrheit ausweiten durfte. Er beschloß, eine Antwort zu umgehen. »Woran arbeitete Robert York vor seinem Tod?«

Asherson zögerte. Falls er sagte, er wisse es nicht, mußte Thomas Pitt ihm glauben.

»Afrika war das Thema«, erklärte Asherson nach ein paar Sekunden. »Die . . . hm . . .« Er biß sich leicht auf die Unterlippe. »Die Aufteilung Afrikas zwischen Deutschland und Britannien oder, besser ausgedrückt, die Verteilung der Einflußzonen.«

Pitt lächelte. »Ich verstehe. Ist das geheim?«

»Sehr!« Ein Hauch von Humor mischte sich in Ashersons Unruhe. Vielleicht amüsierte ihn Pitts Unwissenheit. »Guter Gott, wenn alle Vertragsklauseln, die wir zu akzeptieren bereit wären, den Deutschen im vorhinein bekannt würden, hätten wir keine Ausgangsposition mehr, aber noch schlimmer wäre der Eindruck, den die übrige Welt von uns gewänne, vor allem Frankreich. Wenn die Franzosen unsere Überlegungen an die Öffentlichkeit brächten, würde das restliche Europa uns daran hindern, die Vereinbarung überhaupt zu treffen.«

»Vor drei Jahren«, stellte Pitt fest.

»Oh ja, das ist keine rasch abzuwickelnde Verhandlung, die in ein paar Monaten beendet wird.«

Sein Gesicht hatte Zurückhaltung gezeigt, einen Schatten von Zweifel — oder Verschlagenheit? In Ashersons Aussage war eine Lüge verborgen, eine Täuschung durch Andeutung, wenn nicht durch direkte Worte.

Pitt klopfte auf den Busch, indem er so tat, als wisse er schon etwas. »Und einige dieser Informationen sind durchgesickert. Ihre Verhandlungen waren von Schwierigkeiten geprägt.«

»Ja«, erwiderte Asherson langsam. »Es ging nur um Einzelheiten, die auch auf Vermutungen basieren konnten. Die Leute sind keine Narren.«

Pitt wußte, was Asherson versuchte: Er baute Fluchtwege — aber für wen? Robert York war tot. Benützte Asherson ihn als Sündenbock für jemanden, der noch lebte? Für sich selbst, die Frau in Rot, Veronica oder einen der Danvers?

»Wann war die letzte Gelegenheit, bei der die Information hätte gestohlen und den Deutschen übergeben werden können?« fragte Pitt. »Ich nehme an, daß sie nicht in die Hände der Franzosen gelangt ist.«

»Oh...« Asherson war verwirrt. »Nein, nicht die Franzosen. Und wann? Das kann man nicht sagen. So eine Information wird manchmal lange Zeit nicht benützt.«

Das stimmte, doch Pitt glaubte auch jetzt, daß Asherson ihm auswich. Traute der Diplomat grundsätzlich keinem außerhalb seiner Dienststelle, oder wollte er immer noch jemanden schützen?

Pitt versuchte es aus einer anderen Richtung. »Ihre Verhandlungen wurden nicht ernsthaft behindert?«

»Nein«, erklärte Asherson schnell. »Wie ich schon sagte, hatten die Deutschen vielleicht nur Vermutungen.«

»Dann wäre die Sache keinen Mord wert gewesen?«

Asherson schwieg mit verkniffenen Lippen. Pitt wartete.

»Nein«, sagte der Diplomat schließlich. »Ich denke, daß Sie sich irren. Gewiß handelte es sich damals um einen Dieb, der überrascht wurde und falsch reagierte.«

Pitt schüttelte den Kopf. »Nein, Mr. Asherson, das war es nicht. Wenn Hochverrat nicht in Frage kam, war es Mord, ein persönlicher und absichtlicher Mord, von jemand begangen, der Robert York kannte.«

Wieder schwieg Asherson, dann entspannte sich sein Gesicht. »Sie meinen, Robert York wurde von einem Bekannten bestohlen, der wußte, wo Wertsachen versteckt waren?«

»Nein. Das Diebesgut hatte kaum Wert, und außerdem wäre es inzwischen bei einem Hehler aufgetaucht.«

»Ist es das nicht? Können Sie das sicher wissen?«

»Ja, Mr. Asherson.«

»Oh.« Asherson blickte auf den Boden. Sein Gesicht wirkte konzentriert. Das Licht der Gaslampen betonte das seltsame Grau seiner Augen und die schwarzen Wimpern.

Pitt rührte sich nicht und ließ die Stille auf den Raum niedersinken. Irgendwo draußen in der Halle war der schnelle Schritt eines Dieners auf dem Parkettboden zu hören. Er entfernte sich, und eine Tür schlug zu.

Endlich hatte Asherson einen Entschluß gefaßt. Er sah Pitt an. »Noch weitere wichtige Informationen wurden verraten. Aber soweit wir wissen, haben unsere Feinde davon überhaupt keinen Gebrauch gemacht – Gott weiß, warum nicht.«

Pitt war nicht erstaunt, eher enttäuscht, denn er hatte mehr erhofft. War das nun die ganze Wahrheit oder nur ein Teil davon?

Er betrachtete Ashersons grimmiges unglückliches Gesicht und glaubte, daß wenigstens diese Aussage für bare Münze genommen werden durfte.

»Wissen Sie sicher, daß es einen Verrat gab?«

»Ja.« Diesmal zögerte Asherson nicht. »Ja. Papiere waren zeitweilig verschwunden, eine Kopie wurde anstelle eines Originals hinterlegt. Fragen Sie mich nicht weiter, ich kann Ihnen nicht mehr sagen.«

»Zweifellos wird die Gegenseite die Informationen erst zu gegebener Zeit nutzen. Wenn sie es jetzt täte, würde ihr Informant vielleicht auffliegen, und sie will ihn schützen, solange er dienlich ist.«

Asherson ließ sich auf einer Armlehne nieder. »Das ist schrecklich. Ich hatte gehofft, es sei nur Roberts Sorglosigkeit gewesen, doch wenn er deshalb ermordet wurde, ergibt das Ganze keinen Sinn. Gott, was für eine Tragödie!«

»Und seit seinem Tod ist nichts mehr verschwunden?«

Asherson schüttelte den Kopf.

»Haben Sie eine schöne Frau gesehen, groß und schlank, mit dunklem Haar, die eine ungewöhnliche kirschrote Kleidung trug?«

Asherson musterte ihn ungläubig. »Wie bitte?«

»Ein bläuliches Rot, wie Magenta oder Zyklamen.«

»Ich weiß, was für eine Farbe Kirschrot ist, Sie Narr!« Er schloß plötzlich die Augen. »Verdammt — verzeihen Sie. Nein, ich habe sie nicht gesehen. Was hat sie denn mit der Sache zu tun?«

»Diese Frau könnte York dazu verführt haben, sein Land zu verraten«, erwiderte Pitt. »Er könnte sogar eine Affäre mit ihr gehabt haben.«

Asherson sah erstaunt aus. »Robert? Er hat sich nie, auch nicht im geringsten, für eine andere Frau als Veronica interessiert. Er ... er war kein Frauenheld. Er war sehr urteilsfähig, ein überaus ruhiger Mann mit einem ausgezeichneten Geschmack. Und Veronica betete ihn an.«

»Offenbar hatte er zwei Gesichter«, meinte Pitt traurig. Er wollte nicht sagen, daß Veronica selbst die Frau in Rot gewesen sein könnte.

»Nun, er ist jetzt tot.« Asherson stand auf. »Lassen Sie den armen Teufel in Frieden ruhen. Sie werden Ihre mysteriöse Frau nicht in Hanover Close finden. Es tut mir leid, daß ich nicht helfen kann.«

»Sie haben mir geholfen, Mr. Asherson.« Pitt lächelte. »Danke für Ihre Offenheit, Sir. Guten Abend.«

Asherson trat zurück, so daß Pitt an ihm vorbei und durch die Tür gehen konnte. In der Halle erschien ein Diener und geleitete ihn hinaus.

Der beißend kalte Nordwind hatte den letzten Nebel vertrieben, und die Sterne glitzerten an einem dunklen Himmel, der nur ab und zu von einer Rauchwolke verfärbt wurde. Eis krachte unter den Schuhen in den gefrorenen Pfützen und Rinnsteinen. Pitt schritt kräftig aus, erklomm die makellosen Stufen vor Haus Nummer zwei und zog an der Klingelschnur.

Ein Diener öffnete.

»Guten Abend«, sagte Thomas Pitt. »Kann ich bitte Mr. York sprechen? Ich möchte um seine Erlaubnis nachsuchen, sein Personal wegen eines Verbrechens zu befragen. Es ist sehr dringend.«

»Ja, Sir.« Der junge Mann sah verblüfft aus. »Kommen Sie herein. In der Bibliothek brennt Feuer, dort können Sie warten.«

Nach wenigen Minuten tauchte Piers York auf. Sein gütiges, leicht spöttisches Gesicht zeigte sich ungewohnt düster. »Was ist es diesmal, Pitt? Doch nicht schon wieder das verfluchte Silber?«

»Nein, Sir.« Pitt hielt inne. York stand mit gefurchter Stirn vor ihm. Seine Augen waren klein, grau und intelligent.

»Hochverrat und Mord, Sir.«

»Was für ein Quatsch«, erklärte York liebenswürdig. »Ich bezweifle, daß meine Diener überhaupt wissen, was Hochverrat ist, und sie verlassen dieses Haus nur zweimal im Monat an ihrem halben freien Tag.« Seine Augenbrauen wölbten sich hoch. »Oder wollen Sie behaupten, der Hochverrat habe hier stattgefunden?«

Pitt wußte, daß er sich auf sehr gefährlichem Boden befand. Ballarats gesammelte Warnungen klangen ihm im Ohr.

»Nein, Sir. Ich glaube, eine Spionin hat ohne Ihr Wissen Ihr Haus besucht. Ihr Mädchen Dulcie Mabbutt sah sie.«

»Sie? Eine Spionin?« Einen Moment lang verschlug es York die Sprache. »Gütiger Himmel! Sie meinen eine Frau? Nun, die arme Dulcie kann Ihnen nicht mehr helfen. Sie stürzte aus dem Fenster und war tot. Es tut mir leid.« Sein Gesicht drückte echten Kummer aus. Pitt konnte das nicht für Verstellung halten. Wahrscheinlich hatte der Mann von nichts eine Ahnung, nicht von der Frau in Rot und nicht von den Gegebenheiten bei Roberts und Dulcies Tod. Er war Bankier; als einziger der Männer in dem Fall hatte er nichts mit dem Außenministerium zu tun. Pitt konnte sich auch nicht vorstellen, daß eine Agentin ihre Kräfte an diesen charmanten älteren Herrn in den Sechzigern verschwendete.

»Ich weiß, daß Dulcie tot ist«, stellte Pitt fest. »Aber vielleicht hat sie sich einem anderen Mädchen anvertraut. Frauen reden über ihre Erlebnisse.«

»Wo und wann sah Dulcie die »Spionin«?«

»Oben an der Treppe«, erwiderte Pitt. »Um Mitternacht.«

»Du lieber Gott! Was — um Himmels willen — tat Dulcie nachts im Flur? Sind Sie sicher, daß sie nicht geträumt hat?«

»Die Fremde wurde auch anderswo gesehen, Sir, und Dulcies Beschreibung war sehr zutreffend.«

»Gut, fahren Sie fort, Mann!«

»Die Frau war groß und schlank, dunkelhaarig und bildschön. Sie trug ein leuchtend kirschrotes Kleid.«

»Also ich habe sie bestimmt nicht gesehen.«

»Darf ich mit einigen Ihrer Mädchen sprechen, die sich vielleicht mit Dulcie gut verstanden — und auch die jüngere Mrs. York fragen? Ich glaube, Dulcie war ihre Zofe.«

»Ja, wenn es nötig ist.«

»Ich danke Ihnen, Sir.«

Er nahm sich sämtliche Mädchen des Haushalts vor, doch Dulcie war offenbar bemerkenswert diskret gewesen und hatte alles für sich behalten, was ihr im Umkreis ihrer Herrin aufgefallen war. Die Fragen über ihren Tod behielt er sich für Veronica vor.

Ihre Schwiegermutter war nicht da, was Thomas Pitt als erste Wohltat seit langer Zeit empfand, und Veronica empfing ihn in ihrem Boudoir.

»Ich weiß nicht, wie ich Ihnen helfen könnte, Mr. Pitt«, sagte sie ernst. Sie trug ein tannengrünes Kleid, das ihre Zartheit hervorhob. Ihr blasses Gesicht und die Ringe unter den Augen ließen darauf schließen, daß sie schlecht geschlafen hatte. Sie stand in einiger Entfernung von Pitt und heftete den Blick auf ein goldgerahmtes Gemälde an der Wand. »Ich sehe keinen Sinn darin, die Tragödien der Vergangenheit immer wieder auszugraben. Nichts kann mir meinen Mann zurückbringen, und das Silber oder das Buch interessieren uns nicht. Es wäre uns lieber, nicht ständig daran erinnert zu werden.«

Es war ihm zuwider, was er tun mußte, doch es war ihm kein anderer Weg möglich. Wenn er sich ein bißchen früher intelligenter verhalten hätte, wäre Dulcie noch am Leben.

»Ich bin hier wegen Dulcie Mabbutt, Mrs. York.«

Sie drehte sich schnell um. »Dulcie?«

»Ja. Sie hat hier im Haus etwas sehr Wichtiges gesehen. Wie starb sie, Mrs. York?«

Ihr Blick flackerte nicht, und auch in ihren ohnehin blassen Zügen war keine Veränderung zu bemerken. »Sie lehnte sich zu weit aus dem Fenster und verlor das Gleichgewicht.«

»Waren Sie dabei?«

»Nein, es geschah abends, nach Einbruch der Dunkelheit.«

»Warum sollte sie sich so weit aus dem Fenster lehnen?«

»Ich weiß es nicht. Vielleicht sah sie jemanden.«

»Im Dunkeln?«

Sie biß sich auf die Lippen. »Möglicherweise hat sie irgendeinen Gegenstand fallen lassen.«

Pitt verfolgte das nicht weiter, diese Art Vermutungen waren zu unwahrscheinlich. »Wer befand sich an diesem Abend im Haus, Mrs. York?«

»Natürlich alle Bediensteten, meine Schwiegereltern und Abendessensgäste.«

»Wer waren diese Gäste?« Er ahnte die Antwort, ehe er sie hörte.

»Mr. und Mrs. Asherson, Mr. Garrard Danver, Mr. Julian und Mrs. Danver, Sir Reginald und Lady Arbuthnott, Mr. und Mrs. Gerald Adair.«

»Trug eine der Damen oder Sie selbst ein Kleid in leuchtendem Kirschrot, Madam?«

»Wie bitte?« Ihre Stimme war kaum ein Flüstern, und diesmal wurde ihr Gesicht totenblaß.

»Ein leuchtendes Kirschrot«, wiederholte er.

Sie schluckte, und ihre Lippen formten ein »Nein«, doch kein Laut war zu hören.

»Dulcie sah eine Frau in solch einem Kleid, Mrs. York, oben am Treppenabsatz in diesem Haus ...« Ehe er weiterreden konnte, kippte sie vornüber. Dabei streckte sie die Hände nach vorn und riß beinahe einen Stuhl mit sich.

Thomas Pitt wollte sie auffangen, doch es war zu spät. Er konnte sich nur mehr neben ihr niederknien. Sie war bewußtlos, ihr Gesicht weiß im

Gaslicht. Er hob sie hoch und trug sie auf das Sofa, dann läutete er Sturm und riß fast die Schnur aus der Wand.

Sobald der Diener erschien, befahl ihm Pitt, die Zofe mit etwas Riechsalz herzuholen. Seine Stimme klang rauh. Er mußte sich zusammenreißen, denn in seinem Inneren tobten die verschiedensten Gefühle. Er hatte Angst, zu ungeschickt gewesen zu sein und den Skandal heraufbeschworen zu haben, den Ballarat um jeden Preis hatte vermeiden wollen.

Die Tür öffnete sich, und die Zofe kam herein, eine hübsche schmale Person mit hellblondem Haar . . .

»Gott der Allmächtige!« Pitt traute seinen Augen nicht, und der Raum drehte sich ein wenig um ihn. »Emily!«

»Oh!« Einen Moment herrschte die Ruhe der absoluten Ungläubigkeit. Dann brach Pitts Zorn los. »Erkläre mir das!«

»Sei leise«, wisperte sie. »Was ist mit Veronica passiert?« Sie kniete sich neben das Sofa und hielt das geöffnete Riechsalzfläschchen unter Veronicas Nase.

»Sie wurde ohnmächtig«, antwortete er bissig. »Ich fragte sie wegen der Frau in Rot. Emily, du mußt hier weg. Du bist wohl verrückt! Dulcie wurde ermordet, und du könntest die nächste sein.«

»Ich weiß, daß sie ermordet wurde, aber ich bleibe.« Sie blickte ihn herausfordernd an.

»Nein.« Er packte sie am Arm.

Sie riß sich los. »Veronica ist nicht die Rote. Ich kenne sie besser als du.«

»Emily ...« Es war zu spät, Veronica begann sich zu rühren. Ihre Augen öffneten sich, sie waren schwarz vor Entsetzen. Dann, als Veronica sich erinnerte und Pitt und Emily erkannte, setzte sie wieder eine Maske auf.

»Ich bitte Sie um Vergebung, Mr. Pitt«, sagte sie langsam. »Ich fürchte, mir geht es nicht sehr gut. Ich ... ich habe die Person nicht gesehen, von der Sie sprachen. Ich kann Ihnen nicht helfen.«

»Dann will ich Sie nicht mehr stören. Ich werde Sie mit ... Ihrer Zofe allein lassen.« Pitt zwang sich mühsam zur Höflichkeit. »Ich entschuldige mich, Sie gestört zu haben.«

Emily klingelte nach dem Diener, und als er kam, gab sie ihm ihre Anweisungen. »John, bitte bringen Sie Mr. Pitt zur Haustür und sagen Sie Mary, sie soll Mrs. York einen Kräutertee servieren.«

Pitt sah sie giftig an, und sie betrachtete ihn mit erhobenem Kinn.

»Danke«, sagte er und folgte dem Diener.

Er nahm sich eine Droschke für den Heimweg und rannte dann sofort in die Küche.

»Charlotte! Charlotte!«

Als sie die Wut in seiner Stimme vernahm, drehte sie sich mit unschuldiger Miene um.

»Du hast es gewußt!« brüllte er. »Du wußtest, daß Emily in diesem Haus als Mädchen arbeitet. Habt ihr denn überhaupt keinen Verstand, ihr beiden?«

Es war falsch, sich so zu gebärden, und das war ihm sofort klar, doch er war zu wütend, um sich zurückzuhalten.

Ein paar Sekunden betrachtete sie ihn genauso zornig, dann überlegte sie es sich anders und senkte demütig den Blick. »Es tut mir leid, Thomas, ich wußte es nicht, bis es zu spät war, das schwöre ich, und dann hatte es keinen Sinn mehr, es dir zu erzählen. Du hättest es nicht ändern können.« Sie sah ihn mit einem winzigen Lächeln an. »Und sie wird dort Dinge erfahren, an die wir nie herankämen.«

Er gab es auf und brummte noch lange und wild vor sich hin, ehe er endlich die Tasse Tee annahm, die sie ihm anbot.

»Was sie dort erfährt, interessiert mich kein bißchen«, sagte er plötzlich wieder laut und grimmig. »Habt ihr bei all euren idiotischen Plänen keinen Augenblick daran gedacht, in welcher Gefahr sie sich befindet? Um Himmels willen, Charlotte, in diesem Haus sind schon zwei Menschen ermordet worden. Wenn man entdeckt, wer sie ist — was könntest du tun, um ihr zu helfen? Nichts, absolut nichts!« Er streckte den Arm aus. »Sie ist dort völlig auf sich allein gestellt. Ich kann nicht in das Haus eindringen. Wie konntet ihr nur so haarsträubend dumm sein?«

»Ich bin nicht dumm«, widersprach sie hitzig. Entrüstung stand ihr ins Gesicht geschrieben. »Ich wußte nichts davon, das habe ich dir bereits gesagt. Ich hörte es erst, als ihr Entschluß feststand.«

»Mach keine Ausflüchte!« gab er ebenso hitzig zurück. »Du hast Emily in die Sache hineingetrieben. Sie hätte nichts davon gehört, wenn du dich nicht in den Fall eingemischt hättest. Sieh zu, daß sie da wieder herauskommt. Setz dich gleich hin und schreib ihr, sie soll heimkommen.«

Charlotte sah ihn bedrückt an. »Das ist sinnlos, sie wird nicht kommen.«

»Tu es!« brüllte er. »Streite nicht mit mir, sondern tu es!«

Tränen standen in ihren Augen, aber nicht der Wille zum Gehorsam. »Sie wird nicht auf mich hören! Ich kenne die Gefahr! Glaubst du, ich würde die Augen davor verschließen? Und ich weiß, daß auch du in Gefahr bist. Ich sitze daheim und warte auf dich, wenn du dich verspätest — und überlege, ob es dir gutgeht oder ob du blutend irgendwo im Straßengraben liegst.«

»Das ist unfair und hat nichts mit Emily zu tun«, entgegnete er etwas ruhiger. »Hol sie da raus, Charlotte.«

»Ich kann nicht. Sie hört nicht auf mich.«

Er sagte nichts mehr. Er war zu verärgert, und er hatte Angst.

7

Emily war entsetzt gewesen, als sie Thomas Pitt plötzlich gegenüberstand. Dann hatte sie sich jedoch schnell wieder gefaßt, weil sich ihre Sorge um Veronica in den Vordergrund drängte.

Sie empfand großes Mitleid mit der jungen Witwe, aber gleichzeitig wußte sie, daß sich nie eine bessere Chance bieten würde, Veronica eine unbedachte Äußerung darüber zu entlocken, was sie so erschreckt hatte.

Emily beugte sich über das totenblasse Gesicht und berührte die schlaff herabhängende Hand. »Madam, Sie sehen krank aus«, flüsterte sie sanft. »Was hat er nur zu Ihnen gesagt? Man hätte ihm das nicht erlauben dürfen!« Sie blickte Veronica so beschwörend an, daß eine Antwort unvermeidlich war.

»Ich ... ich glaube, ich wurde ohnmächtig«, wisperte Veronica.

Im Geiste entschuldigte sich Emily bei Thomas wegen des Unrechts, das sie ihm antun wollte, dann setzte sie eine umwerfend mitfühlende Miene auf. »Hat er Sie bedroht, Madam? Was sagte er? Er darf Sie nicht erschrecken! Sie sollten ihn anzeigen — was war es?«

»Nein«, erwiderte Veronica rasch, dann biß sie sich auf die Lippen. »Nein ... er war wirklich höflich. Ich ...« Einen Moment lang trafen sich ihre Blicke; sie zögerte, und die Versuchung zu sprechen war so groß, daß Emily sie beinahe körperlich spüren konnte.

Emily hielt den Atem an.

Aber der Augenblick ging vorüber. Veronica wandte sich ab, und Tränen rannen ihr über die Wangen. Gleich darauf schloß sie die Augen.

Wie schon einmal hätte Emily am liebsten die Arme um die junge Frau gelegt und ihr gesagt, wie gut sie ihre seelische Not verstehen konnte und wie gern sie Trost gespendet hätte, nachdem ihr eigener Mann ebenfalls ermordet worden war. Emily wollte und konnte Veronica nicht für schuldig halten. Gegen ihren Willen mochte sie die junge Witwe und fühlte sich in manchem ihr ähnlich. Andererseits ärgerte sie sich über ihre eigene Unfähigkeit zu urteilen. Ihre Emotionen waren sehr stark, sie wollte die Opfer schützen und die Täter angreifen, alle Täter, ob sie nun des Mordes oder nur des Hasses und der Niedertracht schuldig waren, aber sie konnte nicht erkennen, wer zu welcher Gruppe gehörte.

An diesem Abend hatte Edith wieder einen ihrer »Anfälle«, und es wurde daher Emily aufgetragen, die Kleider für Veronica und Loretta herauszulegen.

Als die Bediensteten sich um ihren Tisch versammelt hatten, sagte Emily mit übertriebener Nettigkeit: »Die arme Edith. Soll ich Mrs. York bitten, einen Arzt für sie zu holen? Sicher wird sie das tun, nachdem sie soviel von Edith hält.«

Fanny kicherte, hörte aber sofort auf, da die Haushälterin sie ärgerlich ansah.

»Es ist nicht nötig, daß Sie uns sagen, was wir tun sollen, Miß«, fauchte Mrs. Crawford Emily an. »Wir werden einen Arzt rufen, wenn es nötig ist. Sie sind zu flink mit Ihren Ratschlägen.«

Emily gab sich unschuldig und leicht gekränkt.

»Ich wollte nur hilfsbereit sein, Mrs. Crawford, nachdem ich sowieso zu Mrs. York hinaufgehen muß. Ich wollte Ihnen einen Weg ersparen.«

»Sie brauchen mir keinen Weg zu ersparen, Miß. Mischen Sie sich nicht ein, wenn eine Sache Sie nichts angeht.«

»Das Mädchen hat es doch nur gut gemeint«, stellte der Butler fest. »Vielleicht sollten wir wirklich einen Arzt für Edith holen. Sie kippt öfter um, als ein Leierkasten sich dreht.«

Libby brach in lautes Gekicher aus und fiel fast unter den Tisch.

»Oh, Sie sind so witzig, Mr. Redditch«, meinte Bertha bewundernd.

Nora schnaubte. Sie hatte Berthas Schwäche für den Butler entdeckt und sah sie mit Verachtung, zumal sie selbst bei Redditch kein Glück gehabt hatte. Sowieso wollte sie sich etwas Besseres als einen Haushofmeister angeln, Bertha konnte ihn ruhig haben. Sie, Nora, wollte nicht den Rest ihres Lebens im Haus anderer Leute verbringen. Sie würde ein eigenes Haus haben, mit schönem Leinen und Geschirr, und ein Mädchen für alle Arbeit.

Redditch grinste einfältig; Bewunderung war sehr angenehm.

»Nehmen Sie sich zusammen, Libby«, sagte er salbungsvoll. »Es gibt keinen Grund für Belustigung. Ja, Mrs. Crawford, ich denke, Amelia sollte es Mrs. York gegenüber erwähnen.«

»Ja, Amelia«, stimmte Nora naserümpfend zu. »Warum tun Sie es nicht?«

Joan öffnete den Mund, um etwas zu sagen, dann überlegte sie es sich anders. Doch sie blickte Emily beschwörend an und schüttelte den Kopf so leicht, daß man die Bewegung auch für eine Täuschung im Gaslicht halten konnte, wäre nicht die Warnung in Joans Augen gewesen.

»Haben Sie heute schon ein paar Unterkleider versengt?« fragte Nora spöttisch.

Emily lächelte süß. »Nein, danke. Haben Sie Suppe verschüttet?«

»Ich verschütte nie Suppe. Ich versehe meine Arbeit ordentlich.«

»Früher vielleicht«, meinte Albert mit Befriedigung. Seiner Meinung nach war Nora eingebildet. Er hatte versucht, sich gut mit ihr zu stellen, doch sie fühlte sich über einen jungen Lakaien erhaben. Und sie hatte ihn in Gegenwart der Aushilfskraft beschimpft. »Ich weiß noch, wie Sie eine Kartoffel in den Schoß des französischen Botschafters geworfen haben.«

»Und ich erinnere mich auch an ein paar deiner Fehler!« rief Nora wütend. »Soll ich sie aufzählen?«

»Bitte schön«, sagte Albert hochmütig, doch sein Gesicht war rosa angelaufen.

»Also, wie war das, als du auf Lady Wortleys Schleppe getreten bist? Ich höre den Taft noch reißen!«

Redditch beschloß einzuschreiten. »Jetzt reicht es.« Er richtete sich in seinem Stuhl auf und betrachtete die Kontrahenten streng. »Ich dulde hier keinen Streit. Nora, Ihre Bemerkung war fehl am Platz.«

Nora schnitt heimlich eine Grimasse.

Emily stand auf. »Es ist Zeit, daß ich nach oben gehe.«

»Es ist mehr als Zeit«, stellte die Haushälterin fest, »nachdem Sie sich um beide Damen kümmern müssen. Sie hätten schon vor einer Viertelstunde gehen sollen.«

»Ich wußte nicht, daß Edith wieder unpäßlich ist«, entgegnete Emily. »Obwohl ich es hätte ahnen sollen, da es so oft geschieht.«

»Ihre Frechheit können Sie sich sparen«, keifte die Haushälterin. »Hüten Sie Ihre Zunge, Miß, sonst stehen Sie ohne Zeugnis auf der Straße.«

»Und dann gibt es nur noch einen Weg, Geld zu verdienen«, fügte Nora boshaft hinzu. »Wir wissen alle, was mit Daisy passiert ist. Nicht, daß Sie in dieser Hinsicht besonders gut wären. Sie sind zu dünn und zu farblos.«

»Und ich könnte mir vorstellen, daß Sie perfekt

wären«, gab Emily sofort zurück. »Sie haben genau das Gesicht dafür. Hier verschwenden Sie Ihre Zeit — jedenfalls glaube ich das.«

»Oh!« Nora wurde feuerrot. »Man hat mich noch nie so beleidigt!« Sie stand auf und rannte aus dem Raum. Die Tür knallte hart hinter ihr zu.

Albert begann zu kichern, und Libby glitt wieder unter den Tisch, wobei sie das Gesicht in der Schürze verbarg.

Nur Fanny sah entsetzt aus, instinktiv begriff sie die Macht der Eifersucht; sie hatte genug davon gesehen, um Angst zu bekommen.

Emily genoß ihren Triumph auf dem Weg zur Tür, doch sie war noch nicht draußen, als das Flüstern hinter ihrem Rücken begann.

»Sie ist eine üble Person«, sagte die Haushälterin scharf. »Sie wird uns verlassen müssen. So etwas Arrogantes — sie kommt sich viel zu wichtig vor.«

»Unsinn«, meinte der Butler. »Sie hat eben Temperament, das ist alles. Nora hat hier zu lange die große Dame gespielt; es wird Zeit, daß ihr jemand herausgibt. Sie ist nicht daran gewöhnt, so ein hübsches Mädchen wie Amelia in der Nähe zu haben.«

»Hübsch? Amelia?« Mrs. Crawford schnaubte. »Sie ist dürr wie ein verhungertes Kaninchen — und dann dieses farblose Haar und die Haut wie eine Schüssel voller Molke. Wenn Sie mich fragen — die Person ist nicht gesund.«

»Sie ist viel gesünder als Edith«, stellte der Butler mit Zufriedenheit fest.

Emily schloß die Tür, während Mrs. Crawford zornig schnaufte, und ging die Treppen hinauf.

Als Emily Veronicas Kleider herausgelegt hatte und Mrs. Yorks Zimmer betrat, wartete Loretta schon auf sie. Zuerst gab sie nur ziemlich geistesabwesend einige Befehle, dann wandte sie sich plötzlich Emily zu.

»Amelia?«

»Ja, Madam?« Emily hörte die Veränderung in ihrem Ton — es lag etwas Gebieterisches darin.

»Fühlt sich Miß Veronica heute abend nicht gut?«

Emily überlegte sich die Antwort. Wenn sie nur mehr über Loretta und ihre Beziehung zu ihrem Sohn gewußt hätte.

War die Heirat arrangiert worden? Hatte Loretta Veronica ausgesucht? Oder hatten sich die jungen Leute gegen Lorettas Willen ineinander verliebt? Vielleicht war sie eine jener besitzergreifenden Mütter gewesen, für die keine Frau gut genug sein konnte, ihren Sohn zu heiraten.

»Ja, Madam, ich glaube schon.« Sie mußte vorsichtig sein. Falls Veronica etwas anderes sagte, würde sie, Emily, in Schwierigkeiten geraten, weil sie Veronica ihrer Schwiegermutter gegenüber verriet und das Vertrauen zerstörte, das sie bitter nötig hatte, um etwas zu erfahren. »Ich wollte nicht fragen, um nicht neugierig zu erscheinen.«

Loretta saß auf dem Stuhl vor der Frisierkommode. Ihr Gesicht war ernst, die blauen Augen weit geöffnet. Kaskaden welligen dichten Haars umrahmten ihre tadellose rosige Haut.

»Amelia, ich muß mich auf Sie verlassen.« Im Spiegel trafen sich ihre Blicke. »Veronica ist nicht sehr kräftig, und auf ihre Gesundheit muß Rücksicht genommen werden, vielleicht mehr, als Veronica ahnt. Ich hoffe, Sie werden mir helfen, sie zu beschützen. Ihr Glück liegt mir sehr am Herzen, verstehen Sie? Nicht nur, daß sie die Frau meines Sohnes war — wir sind uns in der Zeit hier in diesem Haus sehr nahegekommen.«

Emily war überrascht und momentan sprachlos. Der beschwörende, fast starre Blick im Spiegel lähmte sie für ein paar Sekunden.

»Ja, Madam«, stimmte sie zögernd zu. Das war doch gewiß eine Lüge, was Loretta da vorgebracht hatte. Oder konnten diese heftigen Emotionen zwischen den beiden Frauen eine Form der Liebe sein, einer abhängigen und widersprüchlichen Liebe? Wie sollte Emily sich benehmen? Sie mußte wie eine Zofe reagieren und dennoch die Chance nicht verspielen, etwas dazuzulernen. Wußte Loretta schon von Pitts Besuch? Emily durfte auf keinen Fall bei einer Lüge ertappt werden, sonst würde man sie entlassen. »Natürlich werde ich tun, was ich kann«, sagte sie und lächelte nervös. »Die arme Lady erscheint so ...« Welches Wort sollte sie gebrauchen? Verängstigt, voller Schrecken — das wäre die Wahrheit, aber warum? Loretta beobachtete Emily und wartete. »Zerbrechlich«, schloß Emily unsicher.

»Meinen Sie?« Lorettas perfekte Augenbrauen hoben sich. »Wie kommen Sie darauf?«

Emily fühlte sich lächerlich. Sie konnte die Wahrheit nicht sagen und mußte auf dümmliche Antworten ausweichen. Wollte man ihre Loyalität prüfen — ob sie Veronicas Ohnmacht berichten würde, die Albert beobachtet und vielleicht weitererzählt hatte? Es war keine Zeit für Erwägungen, Emily anwortete instinktiv.

»Sie wurde heute nachmittag bewußtlos, Madam. Es ging schnell vorüber, und danach erschien sie wieder wohlauf.« Das würde nicht so beachtenswert sein — Damen fielen leicht in Ohnmacht, dafür sorgten schon die engen Mieder und die künstlich geschnürten Wespentaillen.

Loretta hörte auf, mit den Haarnadeln zu spielen, die in einer Silberschale auf dem Frisiertisch lagen. »Tatsächlich? Das wußte ich nicht. Danke, Amelia, daß Sie es mir gesagt haben. Das war richtig von Ihnen. In Zukunft werden Sie mir alles über Miß Veronicas Gesundheit oder eventuelle nervöse Zustände erzählen, damit ich ihr nach Kräften helfen kann. Dies ist die wichtigste Zeit in ihrem Leben. Sie soll bald einen sehr noblen Herrn heiraten. Ich bin zutiefst daran interessiert, daß nichts ihr Glück gefährden wird. Sie verstehen mich doch, Amelia?«

»O ja, Madam«, sagte Emily mit einem gequälten Lächeln. »Ich werde alles tun, was mir möglich ist.«

»Gut. Frisieren Sie mich jetzt, und beeilen Sie sich, denn Sie müssen auch Miß Veronicas Haare noch in Ordnung bringen.«

»Ja, Madam. Edith fühlt sich schon wieder nicht wohl.«

Emilys Blick traf erneut den von Loretta im Spiegel, und sie entdeckte — völlig überraschend und unerwartet — einen trockenen Humor darin. Das deutete auf eine scharfe Beobachtungsgabe hin, die beunruhigend war.

»Morgen wird es ihr wieder blendend gehen«, sagte Loretta mit Überzeugung. »Das verspreche ich Ihnen.«

Am nächsten Morgen war Edith tatsächlich in aller Herrgottsfrühe auf, doch sie hatte schlechte Laune. Was man auch zu ihr gesagt haben mochte, sie machte Emily dafür verantwortlich und nahm es ihr bitter übel. Sie folgte Emily auf Schritt und Tritt und beobachtete sie bei der Arbeit, vor allem beim Bügeln, weil das ihr schwacher Punkt war. Sie kritisierte den winzigsten Fehler, bis Emily die Geduld verlor und ihre Widersacherin eine fette, faule, Zwietracht säende Schlampe nannte, die sich um ihre eigenen Angelegenheiten kümmern solle, damit nicht andere Bedienstete immer für sie einspringen müßten.

Edith schüttete ihr einen Eimer mit kaltem Wasser über. Zuerst wollte sich Emily mit einer kräftigen Ohrfeige rächen, doch das hätte wohl ihre Entlassung zur Folge gehabt. Sie entschloß sich zu einer ganz anderen Taktik und stand zitternd und tropfend inmitten des Waschhauses. Joan, die Ediths Wutschrei gehört hatte, erschien in der Tür und sah Edith mit dem leeren Eimer in der Hand und Emilys ergreifenden Zustand.

Emily dachte, wie komisch sie aussehen mußte, und hob ihre Schürze vors Gesicht, um ein hysterisches Lachen zu ersticken.

Joan verschwand, und zwei Minuten später kam der Butler herein. Seine Wangen waren rot angelaufen, seine Koteletten gesträubt.

»Edith, was ist in Sie gefahren? Sie bleiben hier, bis Mrs. York Sie ruft, und bügeln den Rest der Wäsche.«

»Das ist nicht meine Arbeit!« protestierte Edith wütend.

»Halten Sie den Mund und tun Sie, was Ihnen befohlen wird. Wenn Sie frech werden, bekommen Sie heute und morgen kein Essen.« Er wandte sich Emily zu und legte sanft den Arm um sie, wobei er sie viel fester als nötig umschlang. »Kommen Sie, ziehen Sie die nassen Sachen aus. Mary wird Ihnen dann eine Tasse heißen Tee holen. Sie sind nicht verletzt, und bald geht es Ihnen wieder gut. Na, na, hören Sie auf zu weinen!«

Emilys Lachen war sehr nahe am Weinen, und sie konnte ein paar Tränen nicht zurückhalten. Nach der Einsamkeit, der Kälte und seelischen Anspannung tat es gut, sich einmal gehenzulassen. Sie spürte Redditchs Arm, der sie überraschend kraftvoll umfing. Es war tatsächlich angenehm, und sie schmiegte sich hinein — dann kam ihr der erschreckende Gedanke, der Butler könnte ihre Willfährigkeit mißverstehen. Sie hatte schon gemerkt, daß er sie offenbar mochte; er hatte sie mehr als einmal verteidigt. Das fehlte ihr gerade noch; unerwünschte Annäherungsversuche!

Sie schniefte laut, nahm die Schürze vom Gesicht und richtete sich auf.

»Danke, Mr. Redditch. Sie haben recht: Es ist nur ein Schock, weil das Wasser kalt war.« Sie durfte nicht vergessen, daß sie hier als Dienstmädchen stand. Sie konnte sich keine Arroganz leisten. »Danke, Sie sind sehr nett.«

Zögernd zog er den Arm zurück. »Geht es wieder?«

»O ja, ja — danke.« Sie trat langsam zur Seite und hielt die Augen abgewendet. Das war einfach absurd! Sie dachte an Redditch als einen Mann, nicht als einen Butler! Aber schließlich — er war doch ein Mann! Alle Männer waren Männer! Vielleicht verhielt sich nur die feine Gesellschaft absurd?

»Danke, Mr. Redditch«, wiederholte sie. »Ja, ich werde gehen und mich umziehen. Mir ist so kalt, und heißer Tee wäre wundervoll.« Sie drehte sich um und rannte beinahe hinaus.

Als sie wieder in die Küche kam, hatte jeder von der Geschichte gehört, und Emily war von neugierigen Augen, Flüstern und Kichern umgeben.

»Beachten Sie sie nicht«, sagte Mary leise, stellte eine dampfende Tasse vor sie hin und setzte sich neben Emily. Fast unhörbar fügte sie hinzu: »Stimmt es, daß Sie sie beleidigt haben? Was haben Sie gesagt?«

Emily führte mit immer noch zitternden Händen die Tasse zum Mund. »Ich habe sie eine fette faule Schlampe genannt. Aber schweigen Sie darüber, sonst schmeißt Mrs. Crawford mich raus. Vermutlich ist Edith schon Jahre hier, und Mrs. Crawford kennt sie seit langem.«

»Nein.« Mary rutschte ein wenig näher. »Sie ist erst zwei Jahre hier, und Mrs. Crawford drei.«

»Jeder scheint hier neu zu sein«, meinte Emily unschuldig. »Warum? Es ist ein guter Platz, ein schönes Haus, angemessene Bezahlung, und Miß Veronica ist nicht streng.«

»Ich weiß es nicht. Vielleicht ist der Mord schuld. Niemand hat gesagt, daß er gehen will, und trotzdem ist jeder gegangen.«

»Das ist komisch.« Emily sprach mit gedämpfter Stimme, doch sie war aufgeregt. Möglicherweise war sie einer wirklichen Entdeckung nahe. »Glaubten sie, der Mörder würde noch jemand umbringen? Oh!« Sie tat so, als sei sie verwirrt und erschrocken.

»Sie denken doch nicht, daß Dulcie ermordet wurde?«

Marys Augen, die so blau waren wie die Ringe auf dem Küchenporzellan, sahen sie ungläubig an.

Dann dämmerte es dem Mädchen, und Emily fürchtete, zu weit gegangen zu sein. Eine zweite hysterische Person an einem Tag würde zweifellos zu Emilys sofortigem Hinauswurf führen. Selbst der Butler würde sie nicht retten können. Am liebsten hätte sie sich wegen ihrer Unbedachtsamkeit auf die Zunge gebissen.

»Sie meinen, jemand stieß sie aus dem Fenster?« Marys Stimme war kaum hörbar. Aber die Küchenhilfe hatte ein stabileres Nervenkostüm als Edith, sie hielt nichts von hysterischen Anfällen — sie machten die Leute verdrießlich, und Männer haßten unbeherrschte Weiber. Marys Verstand war scharf, sie konnte lesen und hatte ein paar Groschenromane unter ihrem Kopfkissen versteckt. Sie wußte alles über Verbrechen. »Also, Dulcie war hier, als der arme Mr. Robert ermordet wurde. Vielleicht hat sie etwas gesehen.«

»Sie waren doch auch hier, oder?« Emily trank ihren Tee. »Sie sollten vorsichtig sein. Sprechen Sie mit niemand über irgend etwas, das damals passierte. Haben Sie etwas gesehen?«

Mary merkte nichts von dem Widerspruch in Emilys Rat. »Nein, gar nichts«, entgegnete sie bedauernd. »Wichtige Leute kommen nicht in die Küche, und ich komme kaum heraus. Damals war ich nur Spülmädchen.«

»Ihnen sind nie seltsame Leute im Haus begegnet?«

»Nein, nie.«

»Wie war Mr. Robert? Die anderen haben doch sicher über ihn geredet.«

Mary überlegte. »Nun, Dulcie sagte, er war etwas Besonderes, nie unordentlich und immer höflich — jedenfalls so höflich, wie feine Leute überhaupt sein können. Der alte Mr. York ist auch immer höflich, aber schrecklich unordentlich. Er verstreut sein Zeug überall und vergißt so viel. James, der damals hier Diener war, sagte immer, Mr. Robert ist wieder unterwegs, aber das war Mr. Roberts Beruf. Er war ein sehr wichtiger Mann im Außenministerium.«

»Was ist aus James geworden?«

»Mrs. York hat ihn entlassen. Sie sagte, nach Mr. Roberts Tod würde sie ihn nicht mehr brauchen. Gleich am Tag nach dem Mord hat sie ihn weggeschickt, weil irgendein Lord einen Kammerdiener suchte.«

»Mrs. Loretta?«

»O ja, natürlich. Die arme Miß Veronica war in einem schrecklichen Zustand, total verzweifelt. Mr. Robert war ihr Lebensinhalt, sie betete ihn an. Mrs. Loretta war natürlich auch furchtbar unglücklich; weiß wie ein Gespenst, sagte Dulcie.« Mary beugte sich so nahe zu Emily hinüber, daß ihr Haar deren Wange kitzelte. »Dulcie sagte, sie hörte sie schrecklich weinen in der Nacht. Die Leute müssen weinen, es ist ganz normal.«

»Selbstverständlich ist das normal.« Plötzlich fühlte sich Emily wie ein Eindringling. Was tat sie hier im Haus einer unglücklichen Frau, wo sie jeden täuschte und belog? Kein Wunder, daß Thomas wütend war. Sicher verachtete er sie auch.

»Los jetzt«, unterbrach Mrs. Melrose ihre Gedanken, »trinken Sie Ihren Tee aus, Amelia. Mary muß arbeiten, auch wenn Sie nichts zu tun haben. Und ich würde meine Zunge hüten, wenn ich Sie wäre, mein Mädchen. Sind Sie nicht so superklug! Edith ist ein faules Ding, und diesmal sind Sie davongekommen, aber Sie haben sich Feinde gemacht. Los, gehen Sie jetzt.«

Der Rat war bestimmt ausgezeichnet, und Emily bedankte sich demütig dafür. Zudem gehorchte sie mit einem Eifer, der sie beide überraschte.

Die nächsten zwei Tage waren ungemütlich. Edith hegte einen Groll, den sie nicht offen auszutragen wagte, der dafür aber um so bitterer war, und Emily wußte, daß ihre Kontrahentin nur auf den rechten Zeitpunkt für eine Abrechnung wartete. Mrs. Crawford fühlte sich übergangen und hatte ständig etwas an Emily auszusetzen, was Redditch dazu brachte, die Haushälterin zu kritisieren, bis jeder gereizt war. Das Wäschezimmer wurde Emilys Zufluchtsraum, da Edith es wieder geschafft hatte, sich vor dem Bügeln zu drücken. Sie hatte ihr Handgelenk verletzt, und das Eisen war zu schwer für sie. Mrs. Crawford ließ ihr das durchgehen, doch zwei köstliche Mittagsmahlzeiten fanden ohne Ediths Gegenwart statt. Mrs. Melrose schien sich besonders angestrengt zu haben. Wie es der Brauch war, durfte die Dienerschaft im Keller auch von dem feinen Wein der Herrschaft trinken. Nach dem Abendessen gab es heißen Kakao, und die Bediensteten spielten Spiele, bei denen Edith nicht mitwirkte.

Emilys augenblickliches Problem war, wie sie die Freundschaft des Butlers abwehren sollte, ohne seine Gefühle zu verletzen und somit seine Protektion zu verlieren. Nie in ihrem Leben hatte sie so viel Diplomatie aufwenden müssen, und es bedeutete eine beachtliche Anstrengung. Zum Ausgleich flüchtete sie sich in eine besondere Aufmerksamkeit Veronica gegenüber. So kam es, daß sie am Nachmittag im Boudoir war, als Nora einen gewissen Mr. Radley ankündigte.

Emily spürte, wie ihr Hitze in die Wangen stieg. Jack wußte von ihrem Abenteuer, doch sie war sich nicht sicher, ob sie wollte, daß er sie als Dienstmädchen sah. Ihr Haar war lange nicht so schmeichelhaft wie sonst frisiert, und sie hatte keine Farbe im Gesicht — Schminke war den Hausangestellten verboten. Und weil Emily nicht an die Luft kam, in einem eiskalten Bett schlief und viel zu früh aufstehen mußte, hatte sie Ringe unter den Augen und war abgemagert. Vielleicht sah sie wirklich wie ein verhungertes Kaninchen aus! Veronica war auch dünn, aber in ihren prachtvollen Kleidern sah sie nur zerbrechlich aus, nicht blutlos.

»Ja, er soll bitte hereinkommen«, sagte Veronica mit einem Lächeln. »Wie nett von ihm, mich zu besuchen. Ist Miß Barnaby in seiner Begleitung?«

»Nein, Madam.« Nora warf Emily einen raschen Blick zu, der besagte, sie solle den Raum verlassen.

»Mrs. Melrose soll Tee und belegte Brötchen und Kuchen vorbereiten.«

»Ja, Madam.« Nora ging mit schwingenden Rökken hinaus. Ihrer Meinung nach hatte eine Zofe in der Nähe der Herrin nichts zu suchen, wenn ein Gentleman aufkreuzte. Das war das Privileg des Stubenmädchens.

Einen Moment später kam Jack herein. Er lächelte leicht, wirkte geschmeidig und strotzend vor Leben. Er schaute überhaupt nicht zu Emily hin, doch sein Gesicht leuchtete auf, als er Veronica sah. Sie hielt ihm die Hand entgegen. Emily spürte den Schock einer Zurückweisung, als habe man sie geschlagen. Es war idiotisch. Hätte er sie beachtet, wäre ihre Tarnung in Gefahr geraten, und er hätte alles verdorben. Und doch fühlte sie sich am Boden zerstört, weil er seine Rolle so perfekt spielte.

»Wie reizend von Ihnen, mich zu empfangen«, sagte er warm, als sei sein Besuch mehr als eine gesellschaftliche Aufmerksamkeit. »Ich hätte Ihnen meine Karte schicken sollen, aber es war eine spontane Idee, Sie zu überfallen. Wie geht es Ihnen? Ich habe gehört, Sie hatten einen Unglücksfall im Haus, und ich hoffe, daß Sie sich von dem Schrecken erholt haben.«

Veronica klammerte sich an seine Hand. »O Jack, es war wirklich entsetzlich. Die arme Dulcie stürzte aus dem Fenster und schlug auf den Steinboden auf. Ich weiß nicht, wie das passieren konnte. Niemand hat es beobachtet.«

Jack! Sie hatte ihn ganz natürlich beim Vornamen genannt, und das zeigte, wie vertraut er ihr nach all der Zeit noch war. Warum hatte sie damals nicht ihn geheiratet? Hatte Geld, hatten ihre Eltern eine Rolle gespielt? Sie mochten einen Mann wie Jack abgelehnt haben, da ihm die Zukunftsaussichten fehlten. Dafür hatten sie Robert York ausgesucht, einen Mann, der Vermögen und Ehrgeiz besaß. Doch hätte Veronica Jack bevorzugt? Und — was unendlich viel wichtiger war — hätte er Veronica haben wollen?

Sie unterhielten sich, als sei Emily nicht anwesend; sie hätte ein Kissen auf einem der Stühle sein können. Veronica blickte mit geröteten Wangen zu Jack auf. Sie sah so glücklich aus, wie Emily sie noch nie zu Gesicht bekommen hatte. Das Licht funkelte auf ihrem Haar wie auf schwarzer Seide, und ihre Augen schimmerten groß und bezaubernd. Sie war mehr als schön — sie strahlte Individualität und Leidenschaft aus. In Emily tobte ein Sturm von Gefühlen, der ihr den Hals zuschnürte. Als Amelia mochte sie Veronica und hatte Mitleid mit ihr, weil sie erkannte, daß die junge Witwe zutiefst unglücklich war. Während sie wie ein Schaf dasaß und Jack beobachtete, kam es Emily klar zum Bewußtsein, daß Veronica innerlich so etwas wie eine mittelalterliche Daumenschraube trug, die von Tag zu Tag etwas mehr Schmerz verursachte. War es noch der Kummer wegen Roberts Tod? Oder war es Angst? War es, weil sie etwas wußte — oder weil sie nichts wußte und diese Unwissenheit sie zerstörte?

Gleichzeitig spürte Emily brennende Eifersucht. Und die Eifersucht brachte die Erinnerung an die

Qual zurück, die Emily empfunden hatte, als ihr Mann George, den sie liebte, einer anderen Frau verfallen war. Es war ein mit nichts zu vergleichender Schmerz, und die Tatsache, daß George vor seinem Tod zu Emily zurückgefunden hatte, löschte das Wissen darum nicht aus, wie man sich als Frau zweiter Wahl fühlte. Die Zeit hatte nicht gereicht, die Wunde völlig heilen zu lassen.

Emily konnte es nicht ändern, in Veronica eine Rivalin zu sehen. Anfangs war Jack für sie ein charmantes, reizvolles Spielzeug gewesen, dann war er ein Freund geworden, dessen Gesellschaft sie mehr genoß als die irgendeines anderen Menschen, ausgenommen Charlotte. Doch nun bedeutete er einen Teil ihres Lebens, den sie nicht verlieren konnte, ohne in abgrundtiefer Einsamkeit zu versinken. Im Moment lachte und sprach er mit Veronica, und Emily durfte nicht mit ihm reden, geschweige denn um seine Aufmerksamkeit kämpfen. Es war eine Art von Schmerz, wie sie ihn noch nie erfahren hatte. Zu irgendeiner anderen Zeit hätte sie darüber nachgedacht, was es hieß, immer ein Leben als Dienstmädchen zu führen und zum Zuschauen verdammt zu sein. Nun war sie mit ihrem eigenen Kummer beschäftigt und befaßte sich mit den Problemen unterprivilegierter Schichten.

Und sie sollte verschwinden. Zofen durften nicht im Zimmer bleiben, als seien sie Gäste. Sie entschuldigte sich nicht, auch das war unnötig und hätte nur eine Störung bedeutet. Sie erhob sich nur und schlich auf Zehenspitzen hinaus. Jack drehte nicht einmal den Kopf. An der Tür blickte sie noch einmal zu ihm zurück, doch er lächelte Veronica zu, als gäbe es überhaupt keine Emily.

Charlotte hatte Angst, als Thomas Emilys gefährliche Situation so deutlich beschrieb, aber sie konnte ihrer Schwester nicht helfen. Selbst wenn sie die Yorks möglichst oft besuchte, änderte das nichts an Emilys Lage. Der einzige Trost bestand darin, daß sie Veronica nicht für die Frau in Rot hielt, denn die junge Witwe hatte nach Thomas' Ansicht nicht die Nerven für eine Spionin.

Nachdem Thomas Pitt am nächsten Morgen das Haus verlassen hatte, schrieb sie einen Brief an Jack Radley. Anschließend bügelte sie Thomas' Hemden und legte sich dabei einen Plan zurecht.

Zwei Tage später, an einem Samstag, kam dieser Plan zur Verwirklichung. Inzwischen war Jack dagewesen und hatte von seinem Besuch bei Veronica York berichtet. Er machte sich Sorgen um Emily, die ihm bei dem kurzen Blick, den er sich hatte erlauben können, bleich und unglücklich erschienen war. Diese Nachricht war unerfreulich, doch Charlotte stellte befriedigt fest, daß sein sonst so fröhliches und unbeschwertes Gesicht etwas von dem Menschen verriet, der sich dahinter verbarg, und sie fand, daß ihr dieser Mensch gefiel. Vielleicht brauchte er genau das: daß Emily sich in Gefahr befand, um ihr zu zeigen, wieviel ihm an ihr lag.

Hochgestimmt durch diese Feststellung, verließ sie am frühen Nachmittag Emilys Haus in deren Kutsche. Sie trug eines der älteren Kleider ihrer Schwester, das sie ein wenig weiter gemacht hatte, da sie etwas größer war und einen schöneren, üppigeren Busen besaß als Emily. Das Kleid war goldbraun wie alter Sherry, paßte hervorragend zu Charlottes warmem Hautton und dem schimmernden kastanienfarbenen Haar. Dazu hatte sie einen Hut mit schwarzem Pelzbesatz und einen passenden Muff gewählt. Noch nie zuvor war sie sich in Winterkleidung so hübsch vorgekommen.

Sie hatte einen Brief abgeschickt und einen von Veronica zurückbekommen, demnach wurde sie erwartet.

Veronica empfing sie im Salon, und ihr Gesicht verriet große Freude, als Charlotte hereinkam.

»Wie schön, Sie zu sehen! Nehmen Sie Platz. Ich wünschte, es wäre nicht so kalt. Doch trotz der Kälte dachte ich, wir könnten ein bißchen ausfahren und eine andere Umgebung sehen. Oder möchten Sie lieber noch einmal die Winterausstellung besuchen?«

Charlotte sah den Wunsch in Veronicas Augen und schüttelte den Kopf. »Durchaus nicht — eine Kutschfahrt ist eine wunderbare Idee.« Es war nicht das, was sie sich vorgestellt hatte, doch sie mußte Veronicas Freundschaft pflegen. Wenn sie in der Kutsche allein und sicher vor Unterbrechungen waren, mochte sich eine gewisse Vertrautheit einfinden. »Ich hätte großen Spaß daran«, fügte sie hinzu.

Veronica entspannte sich und lächelte. »Ich freue mich so. Ich möchte gern, daß Sie mich Veronica nennen; darf ich Elizabeth zu Ihnen sagen?«

Momentan war Charlotte überrascht, denn sie hatte ihren Decknamen beinahe vergessen. »Natürlich«, sagte sie dann, »das ist sehr nett von Ihnen. Wohin wollen Sie fahren?«

»Ich . . .« Veronicas blasse Wangen färbten sich zart, und Charlotte verstand sofort. »Wir werden ja sehen, wohin unser Weg uns führt«, meinte sie taktvoll.

Veronica war sichtlich erleichtert. »Wie verständnisvoll Sie sind! Hatten Sie eine angenehme Zeit, seitdem wir die Ausstellung besuchten?«

Charlotte mußte eine Antwort geben, die dem von ihr gespielten Lebensstil entsprach.

»Oh, um ehrlich zu sein — die Tage waren recht eintönig.«

Veronica lächelte wissend. Sie hatte Jahre als vorbildliche Witwe ertragen, als wohlanständige Frau, und davor als demütige junge Dame, die auf eine standesgemäße Heirat wartete. Sie kannte die Langeweile in- und auswendig.

Charlotte wollte gerade ein anderes Thema anschlagen, als Loretta hereinkam. Ihr Gesicht drückte höfliche Überraschung aus.

»Guten Tag, Miß Barnaby«, sagte sie. »Wie nett, daß Sie uns besuchen. Ich hoffe, Ihr Aufenthalt in London gefällt Ihnen.«

Ehe sie etwas erwidern konnte, verkündete Veronica ihr Vorhaben. »Wir wollen einen kleinen Ausflug machen.«

Lorettas Augen öffneten sich weit. »Bei diesem Wetter? Meine Liebe, es ist bitter kalt, und es wird sicher bald wieder schneien.«

»Das ist doch sehr erfrischend«, stellte Veronica fest. »Und ich sehne mich nach frischer Luft.«

Lorettas Mundwinkel verzogen sich leicht. »Möchtest du jemand besuchen?«

Veronica wich dem Blick ihrer Schwiegermutter aus. »Ich . . . eh . . .«

»Wir haben uns noch nicht entschieden«, sagte Charlotte schnell und lächelte Loretta zu. »Wir wollten einfach ins Blaue fahren.«

»Wie bitte?« Loretta wunderte sich über diese unerwartete Auskunft.

»Ja, wir haben uns noch nicht ganz entschieden«, wiederholte Veronica. »Wir werden einfach so zum Vergnügen herumfahren. In der letzten Zeit war ich zuviel im Haus. Ich fühle mich kränklich.«

»Und was ist mit Miß Barnaby?« fragte Loretta. »Sie sieht überhaupt nicht kränklich aus — ganz im Gegenteil.«

Charlotte wußte, daß ihr die modische vornehme Blässe abging, aber das störte sie nicht. »Ich fahre gern mit der Kutsche«, betonte sie. »Vielleicht könnten wir ein paar Sehenswürdigkeiten besichtigen.«

»Sie sind zu liebenswürdig«, erklärte Loretta

kühl. »Ich dachte, Sie wollten vielleicht Harriet Danver besuchen.«

Veronica und Charlotte wußten, daß sie Julian meinte, doch sie gingen nicht darauf ein.

Mit Charlottes moralischer Unterstützung entwickelte Veronica Mut. Sie blickte Loretta in die Augen. »Nein. Wir hatten nur darüber gesprochen, daß wir gern einen Ausflug machen möchten.«

»Bei diesem Wetter?« sagte Loretta ein zweites Mal. »Um vier Uhr wird es bereits dunkel. Wirklich, meine Liebe, du verhältst dich recht unvernünftig.«

»Dann müssen wir uns beeilen.« Veronica ließ sich von ihrem Vorhaben nicht abbringen.

Loretta lächelte süß und wartete mit einer Überraschung auf. »Dann komme ich mit. Falls du doch bei den Danvers vorbeischauen willst, fungiere ich als Anstandsdame. Schließlich ist heute Samstag, und Mr. Danver wird daheim sein. Man darf nicht schlecht von uns denken.«

Plötzlich schien Veronica von Panik erfüllt zu sein — als sei sie in einem Netz gefangen, und jede Bewegung würde sie stärker in seine Maschen verstricken. Charlotte sah, wie sich ihr Busen hob und senkte, während sie nach Luft rang, und wie sich ihre Finger im Stoff ihres Kleides verkrampften.

»Elizabeth begleitet mich«, rief sie mit erhobener Stimme. »Ich kenne die Regeln. Ich . . .«

Loretta beobachtete sie mit starrem, fast warnendem Blick, und ihr Mund verzog sich zu einem gezwungenen Lächeln. »Mein liebes Kind . . .«

»Wie hochherzig von Ihnen.« Charlotte wünschte sofort, sie hätte den Mund gehalten, denn es wäre sicher aufschlußreicher gewesen, das Gespräch seinen Lauf nehmen zu lassen. Doch nun war es zu spät. »Bestimmt werden wir Ihre Gesellschaft genießen, vor allem, wenn wir im Park spazierengehen.« Sie dachte an den rauhen Wind, der dort durch die kahlen Bäume wehte.

Aber Loretta gab nicht so leicht auf. »Ich glaube, Miß Barnaby, daß Sie Ihre Meinung ändern werden, wenn Sie in die Kälte hinaustreten, andernfalls werde ich in der Kutsche auf Sie warten.«

»Du wirst erfrieren«, sagte Veronica verzweifelt.

»Ich bin viel widerstandsfähiger, als du denkst, meine Liebe«, entgegnete Loretta ruhig, und als Veronica sich abwandte, sah Charlotte Tränen in ihren Augen. Was für eine Beziehung bestand zwischen den beiden Frauen? Veronica hatte Angst, und dennoch war sie nicht direkt unterwürfig. Nun, da Robert tot war, hatte sie es nicht mehr nötig, auf seine Gefühle seiner Mutter gegenüber Rücksicht zu nehmen. Finanziell war sie gesichert, und sie stand vor einer neuen Heirat. Warum war sie so verängstigt? Alles, was Loretta getan hatte, war — jedenfalls an der Oberfläche — zu Veronicas Wohl geschehen.

Das angespannte Schweigen im Raum wurde gebrochen, als die Tür sich öffnete und Piers York hereinkam. Charlotte war ihm noch nicht begegnet, doch sie erkannte ihn sofort nach Thomas' Beschreibung: elegant, ein wenig gebeugt, im Gesicht die Linien eines Humors, der Selbstironie nicht ausschloß.

»Ah«, sagte er ein wenig überrascht bei Charlottes Anblick.

Veronica zwang sich zu einem Lächeln, das geisterhaft wirkte. »Schwiegerpapa, das ist Miß Barnaby, eine neue Freundin, die so nett war, mich zu besuchen. Wir wollen eine kurze Fahrt mit der Kutsche machen.«

»Was für eine ausgezeichnete Idee«, meinte er. »Es ist ziemlich kalt, aber besser, als den ganzen Tag im Haus zu sitzen. Ich begrüße Sie, Miß Barnaby.«

»Guten Tag, Mr. York«, erwiderte Charlotte mit Wärme. Er gehörte zu den Männern, die ihr auf Anhieb sympathisch waren. »Ich bin so froh, daß Sie unsere Idee gut finden. Mrs. York . . .«, sie blickte zu Loretta hinüber, »fürchtet, daß wir frieren werden, aber ich bin ganz Ihrer Meinung. Und wenn wir zurückkehren, werden wir das Kaminfeuer besonders zu schätzen wissen.«

»Was für eine vernünftige junge Frau.« Er lächelte. »Ich verstehe nicht, warum diese schlaffen jungen Kreaturen, die den ganzen Tag herumliegen und sich langweilen, so in Mode sind. Ich bedaure den Mann, der naiv genug ist, eine von ihnen zu heiraten. Obwohl eigentlich jeder eine Katze im Sack kauft.«

»Piers!« sagte Loretta scharf und tadelnd. »Bitte

spare dir solche Ausdrücke für deinen Klub auf. Sie gehören nicht hierher. Du beleidigst Miß Barnaby.«

Er sah erstaunt aus. »Oh, das tut mir leid, Miß Barnaby — habe ich Sie beleidigt? Ich wollte nur sagen, daß man keine Ahnung von der wahren Natur einer Partnerin hat, weil die Gesellschaft einem vor der Ehe nur Gezwitscher erlaubt.«

Charlotte lächelte strahlend. »Ich bin keineswegs beleidigt, und ich weiß genau, was Sie meinen. Wenn man den wahren Charakter dann erkennt, ist es zu spät. Mrs. York hat gerade gesagt, daß Veronica eine Anstandsdame braucht, falls wir die Danvers besuchen. Aber ich wäre glücklich, dafür zu sorgen, daß nichts geschieht, was man beanstanden könnte — darauf gebe ich Ihnen mein Wort.«

»Ich glaube, daß Sie es gut meinen, Miß Barnaby«, erklärte Loretta entschieden, »aber das genügt nicht in unseren Kreisen.«

»Unsinn«, wiedersprach Piers. »Es ist völlig in Ordnung. Außerdem weiß doch keiner davon. Harriet wird bestimmt nichts sagen.«

»Es wäre gut, wenn ich mitgehen würde«, bekräftigte Loretta noch einmal ihren Standpunkt. »Das ist jetzt eine höchst kritische Zeit.«

»Um Himmels willen, mach nicht soviel Aufhebens, Loretta«, sagte er mit ungewöhnlicher Schärfe. »Du kümmerst dich zuviel um Veronica. Danver ist ein anständiger Bursche und auch nicht rückschrittlich. Miß Barnaby genügt vollkommen als Anstandsdame, und es ist nett von ihr, so gefällig zu sein.«

»Piers, du verstehst das nicht.« Lorettas Stimme schnarrte vor Erregung. »Ich wünschte, du würdest mein Urteil anerkennen. Hier steckt mehr dahinter, als du ahnst.«

»In einer Fahrt mit der Kutsche?« Sein Ärger war deutlich spürbar.

Sie wandte ihm ihr blasses Gesicht zu. »Es gibt da Feinheiten, Dinge, die . . .«

»Tatsächlich? Was, zum Beispiel?«

Sie war erzürnt, doch sie hatte keinerlei Antwort parat.

Charlotte sah Veronica an und überlegte, ob der kurze Ausflug die Mißstimmung wert war, die ihm zweifellos folgen würde.

»Kommen Sie, Elizabeth«, sagte Veronica, ohne Loretta anzublicken. »Wir werden nicht lange fort sein, aber es wird uns guttun.«

Charlotte entschuldigte sich und folgte Veronica in die Halle hinaus.

Dort wartete sie, während der Diener den Mantel und Muff für die junge Frau holte und Veronica die Stiefel wechselte.

Die Tür zum Salon stand einen Spalt offen.

»Du weißt nichts über diese Miß Barnaby!« Das war Lorettas ärgerlich erhobene Stimme. »Sie ist unpassend, keck! Völlig naiv!«

»Mir erschien sie sehr angenehm«, entgegnete Piers. »Und rundum attraktiv.«

»Ich bitte dich, Piers! Nur, weil sie ein hübsches

Gesicht hat. Wirklich, du bist manchmal recht kindlich.«

»Und du, meine Liebe, siehst Schwierigkeiten, wo keine sind.«

»Ich habe Vorahnungen, und das ist etwas anderes.«

»Das ist oft genau dasselbe.«

Durch Veronicas Rückkehr konnte Charlotte nicht mehr hören, was im Salon gesprochen wurde. Nun kam auch Emily die Treppe herunter. Sie trug einen Mantel über dem Arm. Offenbar hatte der Diener ihr Bescheid gesagt, daß Veronica ausfahren wollte. Sie wirkte dünn und blaß. Ihre und Charlottes Blicke trafen sich kurz, dann zog Veronica den Mantel an. Emily glättete ihn auf den Schultern ihrer »Herrin«, dann verließen Charlotte und Veronica das Haus.

Obwohl sie Decken auf den Knien hatten, war es eisig in der Kutsche, aber die beiden Frauen fanden es anregend, die modernen Straßen entlangzufahren. Veronica wandte sich Charlotte zu. Ihre Augen erschienen fast schwarz im Inneren der Droschke, und sie öffnete die Lippen, doch Charlotte wußte sofort, was sie sagen und wohin sie fahren wollte.

»Natürlich«, meinte sie schnell.

Veronica verschränkte die Hände im Muff.

»Danke.«

Im Danver-Haus wurden sie ohne Erstaunen empfangen und in den Salon geführt. Julian war da und begrüßte sie. Er nahm Veronicas Hände in seine und hielt sie fest, ehe er sich leicht vor Charlotte verneigte.

»Wie reizend, Sie wiederzusehen, Miß Barnaby.« Er lächelte ihr zu. Sein Blick war offen, und Charlotte fand erneut, daß sie ihn mochte. »Sie erinnern sich doch sicher an meine Tante, Miß Danver, und an meine Schwester Harriet?«

»Natürlich«, erwiderte Charlotte rasch und sah erst Tante Adeline in das schmale intelligente Gesicht, bevor sie Harriet die Hand reichte. An diesem Nachmittag wirkte Julians Schwester noch bleicher, tiefe Schatten des Kummers umrandeten ihre Augen. »Ich hoffe, es geht Ihnen gut.«

»Danke, sehr gut, und Ihnen?«

Die üblichen bedeutungslosen Höflichkeiten wurden ausgetauscht. Als Mädchen war Charlotte daran gewöhnt gewesen, doch nach dem gesellschaftlichen Abstieg durch ihre Heirat hatte sie das Phrasendreschen ohne Bedauern hinter sich gelassen. Sie hatte auch keine Gelegenheit mehr dazu. Und früher schon war sie auf diesem Gebiet nicht besonders begabt gewesen, da sie immer gern ihre Meinung kundgetan hatte. So etwas wurde bei Frauen nicht geschätzt, und ein großer Teil weiblichen Charmes lag darin, zuzuhören und zu bewundern und vielleicht hin und wieder eine optimistische Bemerkung fallenzulassen. Natürlich durfte man immer lachen, wenn das Lachen wohlklingend und nicht zu laut war. Charlotte hatte die Politur abgestreift, die sie pflegen mußte, als ihre Mutter sich so eifrig bemühte, ihr eine standesgemäße Heirat zu verschaffen. Nun saß sie steif auf der Kante ihres Stuhles und hielt die Hände im Schoß gefaltet. Sie sprach nur, wenn die Höflichkeit es erforderte.

Veronica hatte die weiblichen Tugenden so lange praktiziert, daß es ihr zur zweiten Natur geworden war, mit klingenden Worten nichts zu sagen. Doch ihr ausdrucksstarkes Gesicht verriet, daß sie sich mit trüben Gedanken herumschlug. Ihr Lächeln war spröde, und ihr Blick huschte oft zu Julian Danver hinüber. Mehr als einmal hatte Charlotte das Gefühl, Veronica sei sich seiner Aufmerksamkeit nicht sicher. Aber es war doch wohl töricht anzunehmen, daß so eine bildschöne erfahrene Frau mit einem Mangel an Selbstbewußtsein zu kämpfen hatte. Julian Danvers Absichten lagen klar auf der Hand; sein Benehmen in Gegenwart anderer ließ keinen Zweifel daran offen, daß er Veronica heiraten wollte.

Warum also war Veronica so nervös, warum wirkte sie verkrampft und redete ein wenig zuviel? Daß Harriet unglücklich aussah und litt, konnte Charlotte gut verstehen. Falls Harriet Felix Asherson wirklich liebte, so war diese Liebe aussichtslos, auch wenn sie erwidert wurde, denn Sonia Asherson stand ihr im Weg. Nur Sonias Tod hätte eine Erlösung bedeutet, doch warum sollte sie sterben? Sie war eine geradezu abstoßend gesunde junge Frau, drall und gelassen wie eine prachtvolle Milchkuh. Vermutlich würde sie neunzig

Jahre alt werden. Ja, Harriets blutleeres Gesicht und ihre leise Stimme verrieten den Seelenzustand, in dem sie sich befand, und Charlotte hatte großes Mitleid mit ihr, das sie jedoch nicht zeigen durfte, denn das hätte Salz in die Wunde gestreut, die keiner sehen sollte.

Schließlich konnte Charlotte die Anspannung nicht mehr ertragen. Sie erinnerte sich, beim Hereinkommen die Tür zum Wintergarten gesehen zu haben, und wandte sich an Julian.

»Würden Sie vielleicht so nett sein, mir Ihren Wintergarten zu zeigen? Ich interessiere mich sehr dafür. Es wäre wie ein Schritt aus Londons Eiszeit in ein fremdes Land voller Blumen.«

Veronica atmete hörbar ein und aus.

»Sie haben das sehr gut ausgedrückt, und Ihr Interesse freut mich ungemein«, sagte Julian schnell. »Mit großem Vergnügen werde ich Sie herumführen. Wir haben ein paar wunderbare Lilien, die herrlich duften.« Er erhob sich, während er sprach.

Auch Charlotte stand auf. Sie sah Veronicas ärgerlichen, verwundeten und bitteren Blick. Da streckte sie einladend die Hand aus.

Nun erst begriff Veronica, daß Charlotte um ihretwillen so erpicht auf den Wintergarten war. Sie sprang eilig auf, und ihre blassen Wangen röteten sich.

»Haben Sie die Güte, uns zu entschuldigen?« fragte Charlotte Tante Adeline und Harriet.

»Selbstverständlich«, erwiderten die beiden.

Der Wintergarten war sehr groß und ähnelte einem riesigen Treibhaus. Elegante Farnkrautpflanzen und wilder Wein verdeckten die Sicht von einem Pfad zum anderen. Es gab einen kleinen grünen Teich mit prachtvollen Lotosblumen, vor dem Charlotte entzückt stehenblieb. Hier brauchte sie keine Begeisterung zu heucheln. Julian wies auf die duftenden Lilien hin, die er vorher erwähnt hatte. Nachdem Charlotte passende Kommentare von sich gegeben hatte, blickte sie Veronica in die Augen. Dann drehte sie sich mit einem winzigen Lächeln um und ging den Weg zurück. Ehe sie leise wieder in die Halle hinaustrat, wartete sie eine Weile.

Sie konnte nicht allein in den Salon zurückkehren, denn das hätte ihr Manöver verraten, obwohl sicher jeder ihr Spiel sowieso durchschaut hatte. Langsam wanderte sie zu einem großen Landschaftsgemälde hinüber und tat so, als betrachte sie es genau. Es war wirklich sehr hübsch, aus der holländischen Schule, aber Charlotte hatte anderes im Sinn. Sie mußte mehr über Veronica und die Danvers erfahren.

Leise schlich sie in den Wintergarten zurück. Als sie ein paar Meter gegangen war, sah sie plötzlich Veronica und Julian in einer solch leidenschaftlichen Umarmung, daß ihr vor Verlegenheit die Röte in die Wangen stieg. Wie unerhört peinlich, wenn man sie hier beim Lauschen erwischt hätte! Rasch trat sie einen Schritt zurück und verfing sich dabei in dichten Weinranken. Erschrocken hielt sie inne, weil sie im ersten Moment an eine menschliche Berührung dachte. Sie unterdrückte einen Schrei und riß sich zusammen. Dann verließ sie eilig den Wintergarten und stand gleich darauf Tante Adeline gegenüber. Sie fluchte im Geiste und kam sich idiotisch vor mit dem wirren Haar und den glühenden Wangen.

»Geht es Ihnen gut, Miß Barnaby?« Adeline hob die Brauen. »Sie sehen ein wenig abgekämpft aus.«

Charlotte atmete tief. Nur eine wirklich gute Ausrede konnte sie jetzt retten.

»Ich komme mir dumm vor«, entgegnete sie mit einem Lächeln, von dem sie hoffte, daß es entwaffnend wirkte. »Ich wollte ein paar Blüten ganz nahe anschauen und blieb in Weinranken hängen. Aber ich habe keine Pflanze beschädigt.«

»Meine Liebe, natürlich nicht.« Tante Adeline lächelte knapp, und ihre Augen schimmerten wie braune Stiefelknöpfe. Charlotte wußte nicht, ob die Frau ihr auch nur ein Wort glaubte. »Ich denke, es ist Zeit für eine Tasse Tee. Soll ich Julian und Veronica rufen, oder machen Sie das?«

Unbewußt vertrat Charlotte ihr den Weg. »Die beiden kommen sicher gleich.«

Adeline blickte skeptisch vor sich hin.

Plötzlich und ohne Zusammenhang sagte Charlotte: »War es nicht so ein wunderbar kirschrotes Kleid, das Veronica in jener Nacht trug, als Sie sie sahen?«

Adeline stieß einen überraschten Laut aus. »Das

war nicht Veronica!« Ausnahmsweise senkte sie die Stimme, die immer ein angenehmes, wohlklingendes Timbre hatte. »Dessen bin ich mir absolut sicher.«

»Oh, ich muß Sie mißverstanden haben. Ich nahm an ...« Der halbe Satz blieb in der Luft hängen, weil Charlotte nicht einfiel, wie sie ihn hätte vollenden sollen. Ihre Absicht war gewesen, Tante Adeline durch einen Überraschungseffekt eine Aussage zu entlocken und sie gleichzeitig daran zu hindern, den Wintergarten zu betreten und diese zügellose Umarmung zu sehen. Charlotte wünschte das nicht nur um Veronicas willen, sondern auch für Adeline selbst. Vielleicht hatte nie ein Mann sie so umarmt.

»Nein, nein.« Adeline schüttelte leicht den Kopf. »Ihr Gang war dem von Veronica überhaupt nicht ähnlich. Die Art, wie ein Mensch sich bewegt, verrät viel über seinen Charakter. Und die meisten Personen kann man an ihrem Gang erkennen.«

»Oh!« Charlotte zögerte. »Wer war es dann?«

Adelines Gesichtsausdruck verriet Weisheit, Schmerz und einen Hauch von Humor. »Ich weiß es nicht, Miß Barnaby, und ich frage auch nicht. Es gibt manche alte Liebe und manchen alten Haß, über die man besser nicht redet.«

»Sie erstaunen mich!« Charlottes Worte klangen plötzlich scharf, beinahe anklagend. »Ich dachte, Sie seien freimütiger.«

Adelines sensible Lippen zogen sich zusammen. »Die Zeit für Freimütigkeit ist vorbei. Sie haben keine Ahnung, wieviel Leid hinter gewissen Begebenheiten liegen mag. Ein wenig Blindheit tut ihnen gut, und Reden würde Antworten erfordern.« Sie neigte den Kopf Richtung Wintergarten. »Nun haben Sie für diesen Tag genügend Gutes getan, Miß Barnaby. Rufen Sie jetzt Veronica, oder ich tue es.«

»Ich rufe sie«, erklärte Charlotte gehorsam. Ihre Gedanken wirbelten durcheinander. War die Frau in Rot eine Geliebte von Julian gewesen? Wußte oder vermutete Veronica das — und wollte sie gegen den Geist der Vergangenheit ankämpfen? Ließ sie sich deshalb so gehen, ehe eine Verlobung, geschweige denn eine Heirat, offiziell angekündigt war?

Aber wer hatte dann Robert York getötet, und warum?

Hier kam Hochverrat wieder ins Spiel. Konnte es sein, daß Veronica selbst den Mörder ihres Mannes jagte? Konnte es Julian gewesen sein, und sie wußte es? Nagte deshalb das Entsetzen an ihr — und welche Beziehung bestand zwischen ihr und Loretta?

»Veronica!« rief Charlotte laut. »Miß Danver bittet in wenigen Minuten zum Tee. Veronica!«

8

Thomas Pitt beschloß, zu Fuß nach Mayfair zu gehen. Es war kein angenehmer Tag. Ein tiefhängender grauer Himmel senkte sich wie ein schwerer Deckel auf die Stadt, der Wind fegte durch den Park und stach wie mit Nadeln in Thomas Pitts Hals. Die Kälte tat weh. Wagen ratterten die Park Lane entlang, aber Fußgänger waren nicht unterwegs. Die Straßenverkäufer wußten, daß hier kein Geschäft für sie zu machen war, wo sich die Bewohner ein Gefährt leisten konnten.

Thomas ging zu Fuß, weil er seine Ankunft im Haus der Danvers möglichst lange hinausschieben wollte.

Dulcie war tot, also konnte er nur mehr Adeline Danver nach der Frau in Rot fragen. Ein Teil der Kälte in seinem Inneren entsprang Schuldgefühlen — Dulcies strahlendes offenes Gesicht erschien zu oft vor seinem geistigen Auge. Hätte er nur die Tür der Bibliothek geschlossen, als er mit dem Mädchen redete!

Es war ihm auch nicht gelungen, die Spur der Diener zu verfolgen, die zur Zeit des Mordes in Hanover Close beschäftigt waren. Der Butler hatte eine Stelle auf dem Land angenommen, der Kammerdiener war ins Ausland gegangen, und die Mädchen waren in der Masse weiblicher Bediensteter der Riesenstadt London und ihrer Umgebung verschwunden.

Er blieb stehen, denn er befand sich schon vor dem Danver-Haus. Die Luft war feucht und kratzte im Hals; zu viele Feuerstellen schickten beißenden Rauch in den bleiernen Himmel.

Adeline Danver empfing Pitt freundlich, aber mit unverhohlener Verwunderung. Anhand von Charlottes Beschreibung hatte er sich ein recht klares Bild von ihr gemacht, doch er war sprachlos über die scharfe Intelligenz in ihren eher runden Augen unter den buschigen Brauen. Sie war unscheinbarer, als Charlotte sie dargestellt hatte — mit der schmalen Himmelfahrtsnase und dem fliehenden Kinn. Doch als sie sprach, entdeckte er wirkliche Schönheit in ihrer wohlklingenden Stimme.

»Guten Tag, Inspektor. Ich weiß nicht, wie ich Ihnen helfen könnte, aber natürlich werde ich es versuchen. Bitte nehmen Sie Platz. Ich glaube, ich habe noch nie einen Polizisten aus der Nähe gesehen.« Sie betrachtete ihn mit unverhüllter Neugier, als sei er ein exotisches Tier, das zu ihrer Unterhaltung importiert worden wäre.

Zum erstenmal seit Jahren fühlte Thomas Pitt sich gehemmt; er wußte nicht, wohin mit den Händen und Füßen. Behutsam setzte er sich hin.

»Danke, Madam.«

»Keine Ursache.« Sie wandte den Blick nicht von seinem Gesicht. »Vermutlich handelt es sich um den Tod des armen Robert York. Das ist das einzige Verbrechen, zu dem ich eine, wenn auch noch so entfernte, Verbindung habe. Ich kannte ihn, natürlich, aber es gibt viele andere, die ihn weit besser kannten.« Sie lächelte leicht. »Wahrscheinlich haftet mir der Vorteil an, das Leben eher zu beobachten als mitzuspielen, und deshalb könnte ich etwas gesehen haben, das anderen entgangen ist.«

Thomas Pitt fühlte sich durchschaut. »Absolut nicht, Miß Danver.« Sein Lächeln war schwach und flüchtig. Er wußte nicht, ob er sich um ein charmantes Auftreten bemühen sollte — am Ende machte er sich lächerlich damit. »Ich spreche Sie an, weil ich mich mit einer ganz besonderen Frage beschäftige und weil Sie die Person in diesem Haus sind, die aller Wahrscheinlichkeit nach überhaupt nichts mit dem Vorfall zu tun und demnach keine Vorbehalte hat.«

»Sie geben sich Mühe, sensibel zu sein«, sagte sie mit einem knappen Nicken der Anerkennung. »Danke, daß Sie meine Intelligenz nicht mit einer banalen Höflichkeitsfloskel beleidigen. Welchen Vorfall meinen Sie?«

»Haben Sie je in diesem Haus eine große schlanke Frau mit tiefschwarzem Haar gesehen, die ein Kleid in leuchtend roter Farbe trug?«

Adeline saß reglos da. Nur eine kaum merkbare Bewegung ihrer flachen Brust zeigte, daß sie atmete.

Pitt wartete und blickte ihr in die großen braunen Augen. Jetzt gab es kein Entrinnen. Entweder sie würde eiskalt und unverschämt lügen, oder sie mußte mit der Wahrheit herausrücken.

Draußen in der Halle schlug eine Uhr elfmal. Die Töne erschienen endlos, bis schließlich der letzte verklang.

»Ja, Mr. Pitt«, sagte sie. »Ich habe so eine Frau gesehen, aber es ist völlig sinnlos, mich zu fragen, wer sie ist, weil ich es nicht weiß. Ich habe sie zweimal in diesem Haus gesehen und, nach bestem Wissen, niemals zuvor und niemals danach.«

»Danke«, sagte er ernst. »Trug sie beide Male dasselbe Kleid?«

»Nein, doch es war eine sehr ähnliche Farbe — eines dunkler als das andere, soweit ich mich erinnere. Aber es war Nacht, und das Gaslicht täuscht.«

»Können Sie sie mir beschreiben?«

»Wer ist sie, Kommissar?«

Der Gebrauch dieses Titels schuf wieder eine Distanz zwischen ihnen und warnte ihn, Unterstützung nicht als selbstverständlich hinzunehmen.

»Ich weiß es nicht, Miß Danver. Aber sie ist der Schlüssel zum Mord an Robert York.«

»Eine Frau?« Ihre Augen weiteten sich. »Ich finde, da behaupten Sie etwas Abscheuliches.« Das war eine Feststellung.

Er lächelte breit. »Nicht unbedingt, Miß Danver. Ich denke, es gab einen Einbruch, und diese Frau war vielleicht der Dieb, oder sie beobachtete den Mord.«

»Sie sind voller Überraschungen«, gestand Adeline Danver, während ein sanfter Zug sich um ihre Mundwinkel breitmachte. »Und Sie können diese Frau nicht finden?«

»Bisher nicht. Ich war außergewöhnlich erfolglos. Können Sie die Frau beschreiben?«

»Ich bin fasziniert.« Sie neigte den Kopf leicht zur Seite. »Woher wissen Sie, daß sie existiert?«

»Jemand sah sie, im York-Haus, ebenfalls bei Gaslicht.«

»Und dessen Beschreibung ist ungenügend? Oder fürchten Sie, absichtlich irregeführt zu werden?«

Sollte er Adeline erschrecken? »Die Beschreibung war sehr flüchtig«, erwiderte er und beschloß, die brutale Wahrheit nicht zu beschönigen. »Aber ich kann die Zeugin nicht mehr befragen, denn am Tag nach unserer Unterredung stürzte sie aus dem Fenster und war tot.«

Adelines schmale Wangen waren weiß. Sie hatte schon viele Todesfälle erlebt, und keiner hatte sie unberührt gelassen. Ein großer Teil ihres Lebens bestand aus den Freuden und Leiden anderer Menschen.

»Das tut mir leid«, sagte sie ruhig. »Sie sprechen wohl von Veronica Yorks Zofe?«

»Ja.« Er zögerte. »Miß Danver . . .«

»Nun, Kommissar?«

»Bitte erwähnen Sie unser Gespräch keinem Menschen gegenüber, auch nicht in Ihrer eigenen Familie. Jemand könnte darauf zu sprechen kommen, ohne an etwas Böses zu denken . . .«

Ihre Brauen hoben sich, und ihre schlanken Hände griffen nach den Armlehnen des Sessels. »Verstehe ich Sie richtig?« Ihre Stimme war leise wie ein Hauch und trotzdem wohlklingend.

»Ich glaube, daß die Frau noch in der Nähe ist«, erwiderte er. »Jemand in Ihrer Familie oder in Ihrem Bekanntenkreis weiß, wo und wer sie ist, und wahrscheinlich auch, was in jener Nacht vor drei Jahren in Hanover Close passierte.«

»Ich bin es nicht, Mr. Pitt.«

Er lächelte freudlos. »Das war mir schon klar, Miß Danver.«

»Aber Sie denken, daß jemand von uns, jemand, den ich liebe, von dieser schrecklichen Sache weiß?«

»Menschen bewahren Geheimnisse aus verschiedenen Gründen«, erklärte er. »Meistens, um sich selbst zu schützen — oder eine Person, die ihnen am Herzen liegt. Ein Skandal kann aus sehr geringfügigen Verfehlungen entstehen, wenn sie die Fantasie anregen. Und ein Skandal kann eine schlimmere Strafe bedeuten als Gefängnis oder finanzieller Verlust. Die Bewunderung uns Ebenbürtiger verlangt einen weit höheren Preis, als manche Menschen erkennen, und sie hat schon viel Blut und Schmerz gekostet. Frauen heiraten eher einen ungeliebten Mann, als sich für nicht begehrt ansehen zu lassen. Leute spielen unentwegt Theater, um als glücklich zu gelten. Wir brauchen unsere Masken, unsere kleinen Illusionen; wenige von uns können es ertragen, nackt vor die Augen der Welt zu treten. Und Menschen töten, um ihre Kleider zu behalten.«

Sie musterte ihn erstaunt. »Was für eine seltsame Persönlichkeit Sie sind. Warum nur sind Sie zur Polizei gegangen?«

Er blickte auf den Teppich. Es kam ihm nicht in den Sinn, auszuweichen oder gar zu lügen. »Ursprünglich, weil mein Vater wegen eines Vergehens verurteilt wurde, dessen er nicht schuldig war. Die Wahrheit hat ihren Sinn, Miß Danver, und obwohl sie schmerzlich sein kann, sind Lügen am Ende schlimmer. Dennoch gibt es Zeiten, da hasse ich die Wahrheit: wenn ich Dinge erfahre, die ich nicht wissen will. Aber das ist Feigheit, die Angst vor dem Mitleid.«

»Und glauben Sie, daß es diesmal weh tut, Mr. Pitt?« Ihre Finger zupften sanft am Spitzenbesatz ihres Rockes.

»Nein«, erwiderte er ehrlich. »Nicht mehr, als der Mord schon weh getan hat. Wie sah die Frau aus, Miß Danver?«

Sie zögerte einen Moment und kramte in ihrer Erinnerung. »Sie war groß, wohl überdurchschnittlich groß. Sie besaß eine gewisse Anmut, die kleine Frauen nicht haben können. Und sie war schlank, nicht ...« Sie suchte nach dem passenden Ausdruck. »Nicht sinnlich von der Figur her, aber von der Ausstrahlung, der Art ihrer Bewegungen. Sie hatte Stil, sie kam mir wagemutig vor, als tanze sie am Rande des Abgrunds. Oh, Entschuldigung — klingen meine Worte lächerlich?«

»Nein.« Er schüttelte den Kopf und sah sie unverwandt an. »Nein, es entspricht ganz dem Bild, das ich mir von ihr mache. Fahren Sie fort!«

»Ihr Haar war dunkel, im Gaslicht erschien es schwarz. Ihr Gesicht sah ich nur eine Sekunde, und ich erinnere mich, daß es sehr schön war.«

»Was für ein Gesicht?« fragte Pitt drängend. »Es gibt viele Arten von Schönheit.«

»Ungewöhnlich«, meinte sie langsam. »Es herrschte eine perfekte Ausgeglichenheit zwischen den Brauen, der Nase, den Wangen und der Halslinie. Da war nichts Alltägliches wie gewölbte Augenbrauen, ein Schmollmund oder Grübchen. Sie erinnerte mich vage an jemand, obwohl ich mir völlig sicher bin, sie nie vorher gesehen zu haben.«

»Wirklich?«

»Ja. Sie können mir glauben oder nicht — aber es ist die Wahrheit. Es war nicht Veronica — was Sie vielleicht vermuten — und auch auf keinen Fall meine Nichte Harriet.«

»Bitte versuchen Sie doch, sich zu erinnern, wem sie glich.«

»Ich habe es schon oft versucht, Mr. Pitt. Ich kann mir nur vorstellen, daß sie einer Frau auf irgendeinem Gemälde ähnlich war, das ich einmal gesehen habe. Solche Gesichter prägen sich manchmal stark ein. Falls ich mich plötzlich erinnern sollte, verspreche ich, es Ihnen zu sagen.«

»Dann versprechen Sie mir auch, Miß Danver, niemand von diesem Gespräch zu erzählen, absolut niemand! Das meine ich ernst.« Er beugte sich ein wenig vor. Wenn er ihr Angst machte, so war das ein geringer Preis, ihr Leben zu retten. »Robert York und Dulcie sind tot, beide in ihrem eigenen Heim ermordet, wo sie sich sicher fühlten. Geben Sie mir Ihr Wort, Miß Danver!«

»Gut, Mr. Pitt. Wenn Ihnen so viel daran liegt, werde ich schweigen. Sie können aufhören, sich in diesem Punkt Sorgen zu machen.« Sie sah ihn mit ihren runden klugen Augen ruhig an. »Gütiger Himmel, Mr. Pitt — Ihre Bedenken sind schon ein wenig zermürbend!«

An den nächsten drei Tagen suchte Thomas Pitt erneut die einschlägigen Stadtviertel nach einer Spur der Frau in Rot ab. Er fragte die Portiers der Hotels, die Prostituierten, die Strichjungen, die Bordellbetreiberinnen und Straßenverkäufer, die Droschkenkutscher. Die meisten wußten nichts oder wollten nichts sagen, doch ab und zu traf er jemand, der die Frau gesehen hatte. Allerdings brachten ihn die spärlichen Aussagen keinen Schritt weiter. Er erfuhr immer nur das, was er bereits wußte. Ein Droschkenkutscher erinnerte sich daran, wohin er die geheimnisvolle Frau gefahren hatte, und das war Hanover Close gewesen.

Thomas Pitt begab sich, fast zu Eis erstarrt, nach Hause. Seine Hände und Füße schmerzten, der Mißerfolg umfing ihn ebenso zäh wie die dicke kalte Nebelluft der Nacht.

Es war lange nach zwölf Uhr, und das Haus lag

still in der Dunkelheit. Nur ein Licht brannte im Gang. Pitt steckte mit klammen Fingern leise den Schlüssel ins Schloß. Er benötigte dafür ein paar Sekunden.

Drinnen war es warm. Charlotte hatte das Feuer mit Asche belegt und einen Zettel an die Wohnzimmertür geheftet, wo er nicht übersehen werden konnte.

Lieber Thomas,
das Küchenfeuer ist noch warm, der Kessel voll Wasser, und heiße Suppe findest du im Topf, falls du Hunger hast. Vor Einbruch der Dunkelheit erschien ein komischer Typ und brachte einen Brief für dich. Er sagte, er wüßte etwas über die Frau in Rot. Er war ein »Straßenberichterstatter«, was immer das sein mag. Ich habe den Brief im Wohnzimmer auf den Kaminsims gelegt.

Weck mich, wenn du mich brauchst.

In Liebe,
Charlotte

Thomas Pitt holte sich sofort das Schreiben und las:

Geehrter Mr. Pitt,
ich habe gehört, daß Sie sich nach einer Frau in roter Kleidung erkundigt haben und daß Sie sie unbedingt finden wollen. Ich weiß, wo sie ist, und wenn Sie sich erkenntlich zeigen, führe ich Sie zu ihr.

Falls Sie interessiert sind, kommen Sie morgen abend um 6 Uhr in die Wirtschaft »Drei Bitten« in Seven Dials.

S. Smith

Pitt lächelte, faltete den Brief sorgfältig und steckte ihn in die Tasche.

Am nächsten Abend ging er langsam durch den eiskalten Nieselregen eine graue Straße in Seven Dials entlang. Er wußte, warum der Mann diesen Stadtteil gewählt hatte. Hier wurden die Nachrichtenblätter gedruckt, und hier war das Gebiet der »Straßenberichterstatter«. Sie lebten davon, die gedruckten Neuigkeiten zu verkaufen. Dabei verkündeten sie laut, was für Verbrechen passiert waren — je grausamer, desto besser. Ab und zu wurden auch möglichst indiskrete Liebesbriefe veröffentlicht. Sie stammten von einer berühmten Person, einer internationalen Schönheit oder einfach von einer ungenannten Dame an einen feinen Herrn in ihrer Nachbarschaft. Zu Zeiten, da die wahren Begebenheiten ein wenig farblos waren, brachten die Straßenschreier genügend Fantasie auf und wiederholten alte Geschichten von bösen Frauen, die ihre treulosen Galane ermordeten, oder von armen Kindern, deren Schicksal manchem Zuhörer oder Leser die Tränen in die Augen trieb. Die Straßenberichterstatter waren meistens rege Leute mit einer guten Beobachtungsgabe; es wunderte Pitt nicht, daß es einer von ihnen war, der sich an die Frau in Rot erinnerte.

Es war bitter kalt, und die engen Straßen bildeten Tunnels für den Wind. Die verschwommenen Gestalten, denen Thomas Pitt begegnete, stemmten sich mit eingezogenen Köpfen gegen die Böen. In den Toreinfahrten rückten die Schläfer wie Säcke zusammen, um sich aneinander zu wärmen. Die Splitter einer zerbrochenen Ginflasche blitzten im Licht einer Gaslampe.

Pitt fand die Drei Bitten ohne Mühe. Er bahnte sich den Weg zwischen den heiseren Trinkern hindurch zum Tresen.

Der Wirt, der eine mit Bierflecken übersäte Baumwollschürze trug, sah argwöhnisch in das fremde Gesicht.

»Ja?«

»Hat jemand nach mir gefragt? Mein Name ist Pitt.«

»Woher soll ich das wissen? Das ist hier kein Auskunftsbüro!«

»O doch.« Pitt zwang sich zu einer höflichen Miene und legte ein Sixpencestück auf den Schanktisch. »Wenn jemand fragt, sagen Sie es mir. Inzwischen trinke ich einen Apfelwein.«

Der Mann betrachtete ungnädig das Geld, füllte Apfelwein in einen Krug und schob ihn vor Pitt hin. »Sein Name ist Black Sam, er sitzt dort in der Ecke mit einem blauen Hemd und einem braunen Mantel — und das Getränk kostet extra.«

»Natürlich«, stimmte Pitt zu und zog noch ein Twopencestück aus der Tasche. Er nahm einen vorsichtigen Schluck. Der Apfelwein schmeckte erstaunlich gut. Pitt tat einen langen Zug und begab sich in die bezeichnete Ecke.

Dort entdeckte er den gesuchten Mann, der einen ungewöhnlich dunklen Teint besaß und ein Bierglas vor sich stehen hatte.

»Mr. Smith?«

»Ja.«

»Pitt. Gegen ein Entgelt könnten Sie mir helfen, sagten Sie.«

»Das kann ich. Wenn ich jetzt weggehe, folgen Sie mir in ein oder zwei Minuten. Ich warte auf der gegenüberliegenden Straßenseite. Aber nur gegen Bares. Geschäft ist Geschäft, und ich lebe davon.«

»Manchmal ist es ein Geschäft«, sagte Pitt kühl. »Manchmal sind es Lügen. Und ich möchte die Wahrheit — oder gar nichts.«

»Sie kriegen sie, keine Sorge.« Er trank sein Bier aus, stand auf und verließ das Lokal.

Wenig später folgte ihm Pitt in die Nacht hinaus. Der Nieselregen hatte aufgehört, und es begann zu frieren. Kein Stern war zu sehen, weil die Rauchdecke über der Stadt den Himmel verhüllte. Thomas Pitt entdeckte Black Sams Umrisse. Er überquerte die Straße und näherte sich dem Mann.

»Wieviel zahlen Sie mir?« fragte Sam gutgelaunt und rührte sich nicht.

»Wenn ich die Frau finde, und sie ist die Richtige, eine halbe Krone.«

»Und was kann Sie daran hindern zu sagen, daß sie nicht die Richtige ist?«

Daran hatte Pitt schon gedacht. »Mein guter Ruf. Wenn ich Sie um einen wohlverdienten Lohn betrüge, wird mir in Zukunft niemand mehr eine Information zukommen lassen, und dann kann ich meine Arbeit nicht mehr machen.«

Sam überlegte einen Augenblick. Nachrichten verbreiteten sich schnell unter Leuten, die auf dem schmalen Grat zwischen Überleben und Verzweiflung ihr Dasein fristeten. So beschloß er, Pitt zu trauen. »Gehen wir — folgen Sie mir.«

Er machte sich mit einem solchen Tempo auf den Weg, daß Pitt Mühe hatte, mit ihm Schritt zu halten. Schon fünfzehn Minuten später befanden sie sich fast am anderen Ende von Seven Dials, einer angenehmeren Gegend, wenn die Straßen auch immer noch eng waren und das geübte Auge billige Pensionen entdecken konnte, die zum Teil als Bordelle genutzt wurden. Falls die Frau in Rot sich hier aufhielt, war sie in den vergangenen drei Jahren wirklich tief gesunken.

Der Straßenschreier blieb auf dem schmutzigen Pflaster stehen.

»Die Treppen hinauf«, sagte er mit ruhigem Atem, als habe er einen gemütlichen Spaziergang hinter sich. »Klopfen Sie ganz oben an die Tür und fragen Sie nach Fred. Er wird Ihnen sagen, wo Sie die Frau finden. Ich warte hier, und ich verlasse mich darauf, daß Sie mir dann meine halbe Krone bringen. Fairer kann ich wohl nicht sein. Wenn er Ihnen nichts über die Frau verrät, haben wir den Weg eben umsonst gemacht.«

Pitt stieg die Stufen hinauf, und auf sein Klopfen wurde die schwere Tür geöffnet. Ein magerer Jugendlicher mit einer langen Narbe quer über der Wange sah ihn gleichgültig an.

»Ich möchte Fred sprechen«, sagte Pitt.

»Weshalb? Ich habe Sie hier noch nicht gesehen.«

»Geschäftlich«, erklärte Pitt. »Holen Sie ihn.«

Pitt wartete ein paar Minuten, dann erschien Fred. Er hatte eine rundliche Figur und ein rotes Gesicht und war erstaunlich freundlich, was sein zahnloses Grinsen ausdrückte. »Ja?«

»Ich suche eine Frau in einem sehr auffallenden roten Kleid. Black Sam sagte, Sie wüßten, wo sie ist.«

»Ja, das stimmt. Sie hat ein Zimmer von mir gemietet.«

»Ist sie jetzt da?«

»Ja, aber ich lasse nicht jeden rein. Vielleicht will sie Sie nicht sehen. Vielleicht hat sie auch schon einen Besucher.«

»Natürlich. Ich erwarte nichts umsonst. Wie sieht die Frau aus?«

»Wie sie aussieht?« Seine blassen Augenbrauen hoben sich bis zum nicht existierenden Haaransatz. »Mensch! Was interessiert Sie das? Sie brauchen eine Menge mehr Geld, als man Ihnen nach Ihrem Äußeren zutraut, wenn Sie auch noch fragen wollen, wie so eine Frau aussieht.«

»Ich möchte es aber wissen«, erklärte Pitt gereizt. »Es ist mir sehr wichtig.« Eine gute Notlüge fiel ihm ein. »Ich bin Künstler. Also sagen Sie es mir.«

»Ist schon recht.« Fred zuckte die Schultern. »Aber ich weiß nicht, warum Sie für die Geld ausgeben wollen. Sie ist so dünn wie ein Waschbrett, ohne Busen und Hüften. Nur ihr Gesicht ist Klasse, das können Sie mir glauben. Ein selten feines Gesicht und schwarzes Haar. Entschließen Sie sich jetzt, ich hab' nicht ewig Zeit.«

»Ich will zu ihr«, entgegnete Pitt sofort. »Aber ich schulde Black Sam etwas. Lassen Sie mich ihn bezahlen, dann komme ich zurück und bezahle auch Sie für Ihre Mühe.«

»Dann los! Ich hab' noch zu tun.«

Zehn Minuten später stand Thomas Pitt, seiner Schulden ledig, auf einem abgewetzten roten Teppich in einem Korridor, an dessen einer Wand eine Gaslampe zischelte. Er klopfte an die letzte Tür, doch nichts rührte sich. Nun klopfte er lauter, denn Fred hatte behauptet, die Frau sei da.

Hinter ihm öffnete sich eine andere Tür, und eine große weibliche Person mit wallendem Blondhaar kam heraus. Sie hatte einen Schal um ihre üppige Figur gewickelt, aus dem oben ihre fetten Schultern quollen.

»Hören Sie auf zu lärmen, Mister«, sagte sie kurz. »Wenn Sie hinein wollen, gehen Sie doch! Die Tür ist nicht abgesperrt. Ich habe Kunden da — Ihr Radau verscheucht ja die Leute!«

»In Ordnung, Madam«, sagte Pitt und spürte, wie ihn eine leichte Aufregung packte. In ein paar

Sekunden würde er die langgesuchte Frau vor sich haben und vielleicht das Rätsel um Robert Yorks Tod lösen können. Er drehte den Türknauf und trat ein.

Das Zimmer war ungefähr so, wie er es sich vorgestellt hatte: bequem, aber unordentlich, vollgestopft mit Möbeln, und in der Luft hing ein abgestandener Geruch nach Parfum, Staub und ungewaschenen Laken. Es gab zu viele Kissen und zuviel Rot. Zwei Steppdecken türmten sich auf dem zerwühlten Bett, so daß man nicht gleich sehen konnte, ob jemand darunterlag.

Als Pitt sich dem Lager näherte, sah er die Umrisse eines Körpers, ein Stück roten Satin und eine Strähne schwarzen Haars, die wie ein Seidenband auf dem Kopfkissen lag. Das Gesicht der Frau war abgewendet.

Er wollte sie ansprechen, doch dann fiel ihm ein, daß er ihren Namen nicht kannte. Seine Entdeckerfreude wurde plötzlich von Mitleid durchsetzt. Wie kühn und rücksichtslos diese Frau auch gewesen war, so bildete dieser tiefe Fall doch einen schmerzlichen Eingriff in ihr Leben. Mochte sie eine Verräterin oder Mörderin oder Komplizin sein — Thomas Pitt fühlte sich als Eindringling.

»Madam«, sagte er halblaut.

Sie rührte sich nicht. Sie mußte tief schlafen oder betrunken sein. Er beugte sich vor und berührte ihre Schulter unter der Decke, dann rüttelte er sie sanft. Sie bewegte sich immer noch nicht.

Nun schüttelte er sie stärker und drehte sie um.

Das Haar fiel ihr aus dem Gesicht, und die Decke rutschte herunter. Ein tief ausgeschnittenes rotes Seidenhemd wurde sichtbar.

Zuerst konnte Thomas Pitt es nicht glauben. Der Kopf der Frau rollte ein wenig zur Seite, mit einer unnatürlichen Bewegung, die der schlaffen Endgültigkeit des Todes entsprang. Ihr Genick war gebrochen. Es mußte ein einziger brutaler Schlag geführt worden sein. Die Frau war mager. Pitt konnte nun die Zerbrechlichkeit ihrer Knochen sehen. Es war schwer zu sagen, ob sie schön gewesen war. Ohne die Lebendigkeit blieb nur ein gewisses Ebenmaß der Proportionen übrig.

»O Gott!«

Einen Moment lang dachte er, er habe selbst gesprochen, dann merkte er, daß jemand im Zimmer war.

»Sie Idiot! Warum haben Sie das gemacht? Die arme kleine Kreatur hat Ihnen doch nichts getan!«

Pitt richtete sich langsam auf und drehte sich um. Fred stand mit weißem Gesicht im Türrahmen.

»Ich habe sie nicht getötet«, sagte Pitt ungeduldig. »Sie war schon tot, als ich herkam. Am besten holen Sie jetzt einen Polizisten. Wer war vor mir hier?«

»Oh, ich hole die Polizei, da können Sie sicher sein. Und Sie warten hier wohl brav, bis man Sie abführt. Sie müssen mich für geisteskrank halten.«

Pitt ging auf ihn zu. Fred erstarrte sofort und

hob die Fäuste. Da erkannte der Kommissar, daß Fred bereit war, ihn mit Gewalt zurückzuhalten, und allem Anschein nach würde ihm das auch gelingen.

»Ich bin Polizeibeamter«, sagte er knapp. »Wir haben diese Frau im Zusammenhang mit einem Mord oder auch Hochverrat gesucht.«

»So? Und ich bin der Herzog von Wellington.« Fred blockierte den Ausgang und ließ Thomas Pitt nicht aus den Augen. »Rosie!« rief er laut. »Rosie, komm her, schnell!«

Pitt begann von neuem. »Ich bin . . .«

»Halten Sie den Mund«, fauchte Fred. »Rosie, komm sofort her!«

Die große Blondine erschien in ihrem Wickeltuch. Ihr Gesicht war vor Ärger gerötet. »Was ist los? Ich zahle meine Miete und . . .« Sie hielt inne und spürte, daß etwas Ernstes in der Luft hing. »Was ist passiert?«

»Der Kerl hier hat das Mädchen mit den scheußlichen roten Kleidern umgebracht. Er hat sie erdrosselt, wie es aussieht.«

»Die arme Kuh.« Rosie schüttelte den Kopf. »Dafür gab es keinen Grund.«

»Los, hol die Polizei, du fettes Weibsstück. Steh nicht herum. Hier geht's um Mord!«

»Beleidige mich nicht, Fred Bunn!« sagte sie scharf. »Und ich hole keine Polizei. Ich schicke Jacko runter.«

Würdevoll raffte sie das Tuch um die Hüften und verschwand.

Pitt setzte sich auf den Bettrand. Es hatte keinen Sinn, mit Fred zu streiten, der seine Ansicht nicht ändern würde. Wenn die Polizei kam, würde sich alles klären.

Fred lehnte sich gegen den Türpfosten. »Warum haben Sie das getan?« fragte er traurig. »Sie hätten sie nicht töten müssen.«

»Ich habe es nicht getan«, wiederholte Pitt. »Ich wollte sie lebend haben. Ich hätte ihr ein paar sehr wichtige Fragen stellen wollen.«

»Ach ja?« höhnte Fred. »Nun, Sie sind recht originell, das muß ich Ihnen lassen. Armes Ding!«

»Wie lang wohnte sie hier?« fragte Pitt. Er versuchte die Zeit zu nutzen.

»Ich weiß es nicht. Ein paar Tage.«

»Nur ein paar Tage?« Pitt war erstaunt. »Wo war sie vorher?«

»Woher, zum Teufel, soll ich das wissen? Sie zahlte die Miete, mehr interessierte mich nicht.«

Pitt fühlte sich unaussprechlich müde. Alles war so bedrückend. Die Frau in Rot hatte irgendwo eine Kindheit gehabt, dann eine kurze Karriere als Kurtisane, schillernd und vielleicht auch gefährlich in der Nacht, verborgen am Tag. Dann hatte sich das Glück gewendet, ihre Schönheit war verblaßt, und sie war eine gewöhnliche Dirne geworden. Schließlich brach man ihr bei irgendeinem sinnlosen Streit in diesem schäbigen Mietzimmer den Hals.

Er drehte sich um und schaute sie an. Das war die Frau, die solche Macht über Robert York und

Julian Danver oder Garrard gehabt hatte, daß sie nachts in deren Häusern herumschleichen und alle Konventionen über Bord werfen konnte. Dabei war sie große Risiken eingegangen. Was wäre gewesen, wenn Veronica sie gesehen hätte, oder Loretta oder sogar Piers York? Loretta hätte sich nicht — wie Adeline — abgewendet. Sie war aus anderem Holz geschnitzt. Sie hätte sich Robert vorgeknöpft und ihm klargemacht, wo seine Liebschaften hingehörten.

Thomas Pitt betrachtete die Haut der Fremden. Sie war dunkel, fast olivfarben, und glatt über den Schultern wie auf einem alten Gemälde. Doch am Hals begann sie sich schon zu verändern, im Gesicht waren feine Linien und unter den Augen bläuliche Schatten zu sehen. Die Knochen wirkten zart, der Mund war üppig. Leben hätte diesem Gesicht vielleicht Zauber verleihen können. Möglicherweise besaß die Frau Witz, jenes Lächeln, das die Züge zum Leuchten brachte, die Gabe, aufmerksam zuhören zu können, so daß das Gegenüber sich als Mitte der Welt fühlte. Hübsche Larven gab es zu Dutzenden, Charme recht selten.

Arme Frau in Rot!

Pitt wurde durch das Trampeln von Füßen aus seinen Überlegungen gerissen. Er hörte Rosies schrille Stimme und das Klagen eines Mannes.

Der Polizist erschien. Sein blauer Umhang war naß vom Regen, eine Laterne hing an seinem Gürtel, und er hielt einen Gummiknüppel in der Hand.

»Nun?« fragte er. »Wo ist die tote Frau?«

»Hier«, erwiderte Fred dumpf. Er mochte Polizisten nicht, aber in so einem Fall sah er ein, daß man sie brauchte. »Und dieser Bursche hier hat sie umgebracht, Gott weiß, warum. Ich habe ihn vor einer Viertelstunde hereingelassen, weil er nach der bestimmten Frau gefragt hat. Als ich heraufkam, war sie tot wie Hammelfleisch, die arme Person.«

Der Polizist ging an Fred vorbei und blickte in den Raum. Sein rundes Gesicht verzog sich in einer Mischung aus Trauer und Abscheu. Er sah Pitt an und seufzte.

»Wie können Sie so etwas tun? Ist das Ihre Frau oder sonst eine Bekannte?«

»Nein, natürlich nicht«, erwiderte Thomas Pitt ungehalten. Plötzlich erschien ihm die ganze Situation lächerlich. »Ich bin Polizeioffizier, Kommissar Pitt vom Revier Bow Street. Seit Wochen haben wir diese Frau gesucht. Ich habe sie hier aufgespürt, aber ich kam zu spät, um den Mord an ihr zu verhindern. Sie war eine wichtige Zeugin.«

Der Polizist musterte Pitt von Kopf bis Fuß — den gestrickten Schal, den alten Mantel, die zerbeulten Hosen und ausgetretenen Schuhe. Unglaube stand ihm ins Gesicht geschrieben.

»Erkundigen Sie sich in der Bow Street«, rief Pitt zornig. »Beim Polizeichef Ballarat.«

»Ich nehme Sie mit nach Seven Dials, die können dann jemand zur Bow Street schicken«, erklärte der Polizist gleichmütig. »Wenn Sie sich ruhig verhalten, passiert Ihnen nichts. Werden Sie frech, können Sie mich kennenlernen.« Er wandte sich an Fred. »Wer war noch hier oben, nachdem Sie die Frau lebend gesehen haben?«

»Ein dürrer Kerl für Clarrie und ein Kahlkopf für Rosie, der sie regelmäßig besucht.«

»Sonst niemand?«

»Nein, nur die Mädchen. Sie können sie fragen.«

»Das werde ich! Und es wäre gut für Sie, wenn Sie alle hier sind, wenn wir Sie brauchen. Andernfalls stecken wir Sie in die Zelle wegen Zeugnisverweigerung in einem Mordfall.« Er sah Pitt an. »Na, kommen Sie brav mit? Reichen Sie mir Ihre Hände.«

»Was?« Pitt war bestürzt.

»Ihre Hände, Mister! halten Sie mich für einen Narren? Ich kann in der Dunkelheit nicht mit Ihnen durch die Straßen gehen, ohne daß Sie Handschellen tragen.«

Pitt öffnete den Mund, um zu protestieren, doch dann sah er die Sinnlosigkeit ein und streckte die Hände gehorsam aus.

Als er zwei Stunden später immer noch gefesselt im Polizeirevier von Seven Dials saß, stieg Panik in ihm auf. Eine Botschaft war in die Bow Street geschickt worden und eine fein säuberlich geschriebene Antwort zurückgekommen. Ja, sie kannten Thomas Pitt, aber er hatte keinen Auftrag gehabt, eine Prostituierte zu befragen. Er war mit dem

Mordfall Robert York befaßt, der vor drei Jahren in Hanover Close passiert war. Soweit es Polizeichef Ballarat bekannt war, hatte Pitt keinen Erfolg in der Sache aufzuweisen. Der Polizeioffizier, der diesen neuen unglücklichen Mord untersuchte, solle alle mögliche Sorgfalt walten lassen. Natürlich wünsche Polizeichef Ballarat, über alle Nachforschungsergebnisse unterrichtet zu werden, in der ernstgemeinten Hoffnung, daß Thomas Pitt nur einer ungeheuren Dummheit schuldig sei — und vielleicht einer Art von Unmoral, der manche Männer von Zeit zu Zeit erliegen. Der Gerechtigkeit müsse jedenfalls Genüge getan werden. Es dürfe keine Ausnahmen geben.

Zuerst hatte Pitt es als absurd empfunden, daß man ihn des Mordes verdächtigte. Doch nun wurde es erschreckend klar, daß seine Unschuldsbeteuerungen kein Gehör fanden, als sei er ein gewöhnlicher Krimineller, den man auf frischer Tat ertappt hatte. Und Ballarat beabsichtigte nicht, ihm beizuspringen. Er wünschte nicht, sich mit eventuellem Verrat zu befassen; er wünschte nicht, bei den Yorks oder Danvers oder bei Felix Asherson herumzuschnüffeln, und er war mehr als froh, den einen Mann los zu sein, der ihn dazu gedrängt hatte. Wenn Pitt wegen Mordes verurteilt wurde, konnte man ihn wirkungsvoller zum Schweigen bringen, als wenn er tot wäre.

Thomas Pitt brach der Schweiß aus, dann wurde ihm innerlich eiskalt. Er fror und fühlte sich krank. Was würde mit Charlotte geschehen? Emily würde finanziell für sie sorgen, Gott sei Dank! Doch wie wäre es mit der Schmach, der öffentlichen Schande? Polizisten besaßen wenig Freunde, ein Polizist, der eine Prostituierte umgebracht hatte, besaß keine. Nachbarn und frühere Freunde würden sich gegen Charlotte wenden, und die Unterwelt würde kein Mitleid mit der Familie eines verurteilten Ordnungshüters haben. Daniel und Jemima würden mit dem Schatten des Galgens in ihren Herzen aufwachsen, sich immer verstecken und ihren Vater verteidigen müssen, ohne die Wahrheit zu kennen . . . Pitt hielt inne, denn diese Gedanken waren unerträglich.

»Kommen Sie!« Die Stimme riß ihn aus seinen Überlegungen in die Wirklichkeit zurück. »Coldbath Fields, das Zuchthaus für Ihresgleichen, wartet auf Sie!«

Der Wachtmeister betrachtete Thomas Pitt mit dem Haß, den Polizisten für Männer aus ihren eigenen Reihen empfinden, die alle Ideale verraten haben, für die andere ihr Leben geben.

»Los, auf die Füße! Sie werden noch lernen zu gehorchen!«

9

Charlotte hatte damit gerechnet, daß Thomas spät heimkommen würde, deshalb ging sie erst kurz vor elf Uhr ins Bett. Am Morgen wachte sie mit einem unguten Gefühl auf und wußte, noch ehe sie die Augen öffnete, daß etwas nicht in Ordnung war. Kälte und Schweigen umschlossen sie. Sie richtete sich auf. Thomas' Bett war unberührt. Sie kroch aus den Federn und schlüpfte in ihren Morgenrock. Vielleicht fand sich unten eine Notiz. Weiter wagte sie nicht zu denken. Sie hielt sich nicht damit auf, Pantoffeln anzuziehen, und zuckte zusammen, als ihre nackten Füße den kalten Boden im Flur berührten.

Zuerst sah sie in der Küche nach, doch hier war nichts. Auch die Tassen standen unberührt auf dem Tisch. Im Wohnzimmer suchte sie ebenfalls vergebens. Sie gab sich Mühe, gute Gründe für die Abwesenheit ihres Mannes zu finden: eine Verhaftung, die ihn auf dem Polizeirevier festhielt, ein neuer Mordfall.

Sie beschloß, sich anzuziehen. Es hatte keinen Sinn, zitternd vor Kälte und mit tauben Füßen herumzustehen und Löcher in die Luft zu starren. Gracie würde bald aufstehen, und die Kinder brauchten ein Frühstück.

Schnell lief sie nach oben in das seltsam leere

Schlafzimmer und kleidete sich an. Ihre Finger waren ungeschickt an diesem Morgen, und sie konnte sich nicht dazu überwinden, mehr mit ihrem Haar zu machen, als es einfach aufzustecken. Ihr Gesicht wollte sie unten waschen, wo das Wasser warm war. Bis dahin würde bestimmt eine Nachricht eintreffen.

Sie hatte sich gerade mit einem rauhen trockenen Handtuch abgerieben, als es läutete. Das Handtuch fiel zu Boden, doch Charlotte achtete nicht darauf und lief zur Tür. Draußen stand ein rotgesichtiger Polizist, der so unglücklich wirkte, daß sie sofort erschrak. Ihr Atem stockte.

»Mrs. Pitt?« fragte er.

Sie starrte ihn sprachlos an.

»Es tut mir schrecklich leid, Madam«, sagte er betreten. »Aber ich muß Ihnen mitteilen, daß Kommissar Pitt wegen Mordes an einer Frau in Seven Dials festgenommen wurde. Er erklärte, ihr Genick sei schon gebrochen gewesen, als er sie fand. Zweifellos war es so — er würde doch nie eine Frau umbringen! Aber im Moment hat man ihn nach Coldbath Fields gebracht. Es geht ihm gut, Madam. Sie brauchen sich nicht aufzuregen.« Er stand hilflos da und konnte keinen Trost spenden. Er hatte keine Ahnung, wieviel sie von dem gnadenlosen Zuchthaus wußte, dessen Spitzname an die Bastille erinnerte, und das mit gutem Grund.

Charlotte war wie erstarrt. Zuerst empfand sie eine gewisse Erleichterung: Wenigstens war Thomas nicht tot. Denn das hatte sie im geheimen befürchtet. Dann erfaßte ein dunkles Grauen sie: Thomas als Sträfling! Sie hatte viel von diesen Arbeitshäusern wie Coldbath Fields gehört. Dort wurden Angeklagte vor dem Gerichtsverfahren hingebracht — oder Leute, die eine kurze Haftstrafe absitzen mußten. Keiner konnte länger als ein Jahr dort überleben, bei der Überfüllung, den Brutalitäten und dem Schmutz. Es hatte zu Tante Vespasias vordringlichsten Aufgaben gehört, wenigstens die schlimmsten der Fieberepidemien in den Gefängnissen zu bekämpfen.

Doch Thomas würde wohl nur ein paar Stunden, höchstens einen Tag, dort verbringen müssen, bis der Irrtum erkannt wurde. »Madam?« meinte der Polizist besorgt. »Vielleicht sollten Sie sich hinsetzen und eine Tasse Tee trinken.«

Charlotte blickte ihn erstaunt an. Sie hatte seine Gegenwart ganz vergessen. »Nein.« Ihre Stimme schien von weither zu kommen. »Nein, ich muß mich nicht hinsetzen. Sie sagten, er sei in Coldbath Fields?«

»Ja, Madam.« Er wollte etwas Tröstliches vorbringen, doch ihm fehlten die Worte. Er war an Kummer und Elend gewöhnt, aber er hatte noch nie die Frau eines Kollegen darüber informieren müssen, daß ihr Mann wegen Mordes an einer Prostituierten festgenommen worden war. Sein Gesicht war von Mitleid überschattet.

»Dann werde ich ihm einiges bringen müssen.« Sie klammerte sich an eine praktische Idee, an etwas, womit sie Thomas helfen konnte. »Hemden, saubere Leintücher. Bekommt er dort zu essen?«

»Ja, Madam. Aber ich glaube, daß zusätzliche Lebensmittel ihm willkommen wären. Aber haben Sie einen Bruder oder sonst jemand, der für Sie gehen könnte? Es ist kein angenehmer Ort für eine Dame.«

»Nein, ich habe niemand. Ich gehe selbst. Ich muß nur sehen, daß das Mädchen sich um die Kinder kümmert. Ich danke Ihnen.«

»Kann ich nichts für Sie tun, Madam?«

»Nein.« Sie schloß leise die Tür und ging mit weichen Knien zur Küche. Dabei stieß sie gegen den Türrahmen, doch ihr Verstand war so umnebelt, daß sie den Schmerz erst später spürte. Sie konnte nur an Thomas denken, der frierend und hungrig von der Gnade der Gefängniswärter abhing.

Sehr sorgfältig bestrich sie frische Brotscheiben mit Butter und schnitt das kalte Fleisch auf, das eigentlich für die nächsten beiden Tage gedacht war. Sie wickelte den Proviant ein und legte ihn in einen Korb. Dann ging sie nach oben und holte frische Bettwäsche und ein gutes Hemd aus dem Schrank. Nach kurzer Überlegung tauschte sie das feine Hemd gegen ein altes aus, denn das erschien ihr vernünftiger.

Sie stand gerade am Treppenabsatz, als Gracie herunterkam.

»Suchen Sie etwas, Madam?«

Charlotte schüttelte langsam den Kopf. »Nein,

danke, Gracie, ich muß weggehen. Ich weiß noch nicht, wann ich wiederkomme; es kann spät werden. Ich habe das Fleisch für Mr. Pitt mitgenommen. Sie müssen sich etwas anderes für uns einfallen lassen.«

Gracie blinzelte und zog den Schal enger um die Schultern. »Madam, Sie sehen furchtbar blaß aus. Ist etwas passiert?« Ihr kleines Gesicht wirkte bekümmert.

Es hatte keinen Sinn zu lügen, Charlotte würde die Wahrheit doch bald bekennen müssen.

»Ja. Man hat Mr. Pitt festgenommen. Sie behaupten, er hätte eine Frau in Seven Dials getötet. Ich will ihm einiges bringen. Ich . . .« Plötzlich mußte sie mit den Tränen kämpfen, ihr Hals war wie zugeschnürt.

»Ich habe schon immer gedacht, daß einige bei der Polizei blöd sind«, sagte Gracie mit abgrundtiefer Verachtung. »Jetzt sind sie wohl ganz übergeschnappt. Wer so einen Fehler gemacht hat, soll den Rest seines Lebens Würmer essen. Das würde ihm recht geschehen! Gehen Sie zum Polizeichef, Madam? Keiner in London hat mehr Mörder gefangen als Mr. Pitt! Manchmal glaube ich, daß manche Polizisten ein großes Loch im Boden erst sehen, wenn sie hineinfallen.«

Charlotte blickte traurig. Sie sah in Gracies einfaches, erzürntes Gesicht und fühlte sich getröstet.

»Ja, das werde ich«, erklärte sie entschlossen. »Zuerst bringe ich das hier zu Mr. Pitt, dann suche ich Mr. Ballarat in der Bow Street auf.«

»Gut, Madam. Und ich kümmere mich um alles andere.«

»Danke, Gracie, vielen Dank.« Sie wandte sich ab und eilte hinunter, ehe das Verzweiflungsgefühl sie wieder übermannen konnte. Am besten war es, nicht zu sprechen. Handeln war leichter und sinnvoller.

Doch als sie bei dem schweren grauen Turm und den Gittern des Zuchthauses ankam und Einlaß begehrte, erlaubte man ihr nicht, ihren Mann zu sehen. Ein Gefängniswärter mit roter Nase und Dauerschnupfen nahm ihren Korb und versprach, die Sachen bei Thomas Pitt abzuliefern, doch es sei jetzt keine Besuchszeit, und er könne keine Ausnahmen machen; Vorschrift sei Vorschrift.

Es gab kein Argument gegen solche harte Ablehnung, und als Charlotte das kalte Desinteresse in den wäßrigen Augen des Mannes sah, drehte sie sich um und ging über den nassen Fußweg zurück. Der Wind blies ihr ins Gesicht, und sie überlegte, was sie Ballarat sagen wollte. Ihrer Meinung nach konnte er nicht über die Begebenheiten Bescheid wissen, sonst hätte er Thomas längst freigelassen.

Sie nahm den nächsten öffentlichen Pferdeomnibus, der total überfüllt war. Im »Strand« stieg sie aus und ging die Bow Street hinauf. Als Charlotte vor dem Polizeirevier stand, schlug ihr Herz bis zum Hals, und ihre Knie waren weich. Sie stieg die Treppen hinauf, stieß die Tür auf und ging hinein. Dabei wurde ihr bewußt, daß sie noch nie hiergewesen war. Thomas sprach so oft von seiner Dienststelle, daß sie ihr vertraut hätte vorkommen müssen, doch sie war viel dunkler und kälter, als Charlotte sie sich vorgestellt hatte.

Der diensthabende Polizist blickte vom Hauptbuch auf, in das er gestochen feine Eintragungen machte. »Ja, Madam, was kann ich für Sie tun?« Er erkannte sofort ihre Achtbarkeit. »Haben Sie etwas verloren?«

»Nein.« Sie schluckte schwer. »Danke. Ich bin die Frau von Kommissar Pitt. Ich möchte bitte Mr. Ballarat sprechen. Es ist sehr dringend.«

Der Mann errötete und vermied ihren Blick. »Ja, Madam. Bitte warten Sie ein paar Minuten.« Er schloß das Hauptbuch, legte es in eine Schreibtischschublade und verschwand durch die verglaste Tür. Charlotte konnte seine gedämpfte Stimme hören, wie er mit jemand redete.

Es dauerte quälend lange, bis er zurückkam und Charlotte in Ballarats Büro führte. Dort war es warm, ein Feuer brannte im Kamin, vor dem Ballarat mit gespreizten Beinen und glänzenden Stiefeln stand.

»Kommen Sie, Mrs. Pitt, nehmen Sie Platz.« Er deutete auf den Ledersessel, der vermutlich für Besucher bestimmt war. »Es tut mir aufrichtig leid, daß ich Ihnen so eine Nachricht schicken mußte. Sicher war das ein furchtbarer Schock für Sie.«

»Natürlich«, sagte sie. »Aber das ist nicht so wichtig. Was geschieht mit meinem Mann? Weiß man nicht, wer er ist? Waren Sie in Coldbath Fields und haben den Leuten Bescheid gesagt?«

»Selbstverständlich wissen sie, wer er ist, Mrs. Pitt.« Er nickte mehrmals. »Dafür habe ich sofort gesorgt. Aber leider sind die Beweise unwiderlegbar. Ich möchte Sie nicht bekümmern, indem ich sie noch einmal aufzähle. Ich denke, meine liebe Dame, es wäre besser, Sie würden heimgehen, vielleicht zu Ihrer eigenen Familie, und . . .«

»Ich habe nicht die Absicht, so etwas völlig Sinnloses zu tun!« Sie versuchte, ihre Wut hinunterzuschlucken, aber ihre Stimme zitterte. »Und ich bin absolut fähig, mir die sogenannten Beweise anzuhören, was immer das sein mag.«

Er wirkte äußerst unangenehm berührt, und die Röte in seinem Gesicht vertiefte sich. »Ah. Sie wissen nicht, worum es sich handelt, und Sie sollten es mir überlassen, Ihre Interessen zu vertreten . . .«

Sie unterbrach ihn zornig. »Was tun Sie, um seine Unschuld zu beweisen? Sie wissen genau, daß er den Mord nicht begangen hat. Sie müssen den Beweis finden!«

»Meine liebe Dame . . .« Er hob die dicken wohlgepflegten Hände, und ein goldener Siegelring blitzte im Schein des Feuers. »Ich muß mich dem Gesetz beugen wie jeder andere auch. Natürlich möchte ich das Beste von Pitt glauben. Er war jahrelang ein guter Polizeioffizier. Er hat der Gemeinschaft in vieler Hinsicht gedient.«

Sie öffnete den Mund, um gegen diese gönnerhafte Art zu protestieren, doch er ließ sie nicht zu Wort kommen.

»Aber ich kann das Gesetz nicht umgehen. Wenn wir der Gerechtigkeit dienen wollen, müssen wir korrekt handeln.« Nun war er im richtigen Fahrwasser. »Wir können uns nicht über das Gesetz stellen. Normalerweise würde ich keinen Augenblick lang Pitt einen Mord zutrauen. Aber mit dem besten Willen der Welt kann und darf ich nicht behaupten, daß ich es weiß!« Er lächelte leicht und demonstrierte die männliche Überlegenheit gegenüber der Gefühlsduselei. »Wir sind nicht unfehlbar, und meine Beurteilung eines Menschen genügt nicht, um ihn vor dem Gesetz reinzuwaschen — und es sollte auch nicht genügen.«

Sie erhob sich und sah ihn mit kalter Wut an. »Niemand verlangt, daß Sie sich zum Richter erheben, Mr. Ballarat. Was ich von Ihnen erwartete, bevor ich herkam, war, daß Sie loyal genug seien, sich für einen Ihrer eigenen Männer einzusetzen, dessen Charakter Sie kennen. Selbst wenn Sie ihn nicht kennen würden, hätten Sie ihn zuerst einmal für unschuldig halten und sich um Beweise bemühen müssen.«

»Wirklich, meine Liebe«, sagte er beruhigend, »Sie sollten einsehen, daß Sie von der Sache nichts verstehen. Das ist eine Angelegenheit der Polizei, und wir sind Experten . . .«

»Sie sind ein Feigling«, erklärte sie vernichtend.

Er sah bestürzt aus, dann gewann er seine Fassung wieder. »Natürlich sind Sie aufgeregt. Das war zu erwarten. Aber glauben Sie mir, wenn Sie zur Ruhe gekommen sind und ein wenig nachgedacht haben ... vielleicht sollte sich Ihr Vater oder ein Bruder oder Schwager um die Geschichte kümmern?«

Sie schluckte.

»Mein Vater und mein Schwager sind tot, und einen Bruder habe ich nicht.«

»Oh.« Er wirkte verunsichert. Ein möglicher Ausweg erwies sich unerwarteterweise als Niete. Es war eine Schande, daß es keinen Mann gab, der sich um diese Frau kümmern konnte, schon um der Allgemeinheit willen. »Nun, äh ...« Er verhaspelte sich.

»Ja?« meinte sie und blickte ihn wuterfüllt an.

»Ich bin sicher, daß alles, was möglich ist, getan wird, Mrs. Pitt. Ich bin aber auch sicher, daß Sie von mir nicht verlangen würden, mich gegen das Gesetz zu stellen, selbst wenn ich es könnte.« Mit dieser Aussage war er zufrieden, sein Ton wurde fester. »Sie müssen sich beruhigen und uns vertrauen.«

»Ich bin völlig ruhig«, erklärte sie zornig. »Danke, daß Sie mir Ihre Zeit geopfert haben.« Ohne eine Antwort abzuwarten und ohne ihm die Hand zu reichen, ging sie hinaus.

Doch der Ärger war ein kurzer Trost. Er erlosch schnell, als Charlotte sich in der eisigen Luft befand, gleichgültige Passanten sie anrempelten und eine Kutsche sie mit Schmutz besprühte, als sie zu dicht am Rinnstein stand. Während sie zur Omnibushaltestelle zurückging, wurde ihr vieles klar: Ballarat würde nichts unternehmen. Anstatt um seinen besten Mann zu kämpfen, legte er die Hände in den Schoß. Vielleicht war er sogar erleichtert, daß Thomas zum Schweigen gebracht worden war, daß er keine lästigen Fragen mehr stellen und nichts mehr ausgraben konnte, was den feinen Familien oder Ministerien peinlich sein mußte.

Charlotte sah es als Tatsache an, daß Ballarat der Verschwörung angehörte, entweder, weil er in unsaubere Machenschaften verwickelt oder weil er nur schwach war. Das letztere erschien Charlotte wahrscheinlicher. Sie und Emily mußten unbedingt etwas unternehmen, es mußte Wege geben ...

Erschrocken hielt sie in ihren Gedanken inne. Wie sollte sie Emily erreichen? Emily arbeitete als Zofe bei den Yorks — sie hätte genausogut in Frankreich sein können! Charlotte konnte nicht einmal sicher sein, daß ihr ein Brief gleich ausgehändigt würde.

»Extra! Extra!« Die laute Stimme des Zeitungsjungen hallte ihr ins Ohr. »Polizist ermordet Frau in Rot!« Der Junge blieb neben Charlotte stehen. »Thomas Pitt, der berühmte Kommissar, tötet Dirne.«

Wie betäubt kaufte sie ein Exemplar, während der Junge weiterschlenderte. »Extra! Bulle begeht scheußlichen Mord in Seven Dials!«

Charlotte kletterte in den Omnibus, und als sie wieder ausstieg, regnete es in Strömen. Bis sie ihre Haustür erreichte, war sie völlig durchnäßt. Daheim begrüßte Gracie sie mit verweinten Augen. Charlotte hängte ihren tropfenden Mantel auf und kümmerte sich nicht darum, wohin das Wasser lief.

»Was ist los, Gracie?« fragte sie ungeduldig.

»Oh, Madam, es tut mir so leid.« Gracie war erneut den Tränen nahe.

»Was ist?«

»Mrs. Biggs, die Putzfrau, kommt nicht mehr. Sie sagt, für einen Frauenmörder würde sie nicht arbeiten. Ich wollte es Ihnen eigentlich nicht sagen, aber Sie wollten ganz sicher den Grund wissen ...« Nun rannen Tränen über Gracies Wangen. »Und der Metzger gibt uns keinen Kredit. Er sagt, wir sollen unser Fleisch woanders holen!«

Charlotte war wie betäubt. Daran hatte sie nicht gedacht, daß ihre Familie schon so schnell in Ungnade fallen würde. Sie atmete schwer und empfand eine leichte Übelkeit.

»Madam?« Gracie schniefte laut.

Plötzlich legte Charlotte die Arme um das Mädchen, und die beiden Frauen klammerten sich aneinander, während sie ihren Tränen freien Lauf ließen.

Einige Sekunden später riß sich Charlotte zusammen. Sie putzte sich die Nase und ging in die Küche. Dort bespritzte sie sich das Gesicht mit kaltem Wasser und rieb es trocken. Dann gab sie Gracie ein paar Anweisungen, was ihre Nerven beruhigte, und weitere Entspannung fand sie im wilden Zerkleinern von Gemüse.

Sie erzählte den Kindern nichts und bemühte sich, ganz normal zu agieren. Daniel war zu hungrig, um etwas zu merken, doch Jemima fragte, was passiert sei.

»Ich habe eine Erkältung«, erklärte Charlotte und zwang sich zu lächeln. »Mach dir darum keine Sorgen. Papa wird für ein paar Tage nicht heimkommen. Er arbeitet an einem besonderen Fall.«

»Bist du deshalb so traurig?« meinte Jemima und beobachtete ihre Mutter aufmerksam.

Je näher sie bei der Wahrheit bleiben konnte, desto besser.

»Ja. Aber ihr sollt unbeschwert bleiben — wir leisten uns gegenseitig Gesellschaft.« Ihr Lächeln fiel ausgesprochen kläglich aus.

Auch Jemima lächelte, doch gleich darauf begannen ihre Lippen zu zittern. Sie spürte Charlottes Stimmung immer sehr rasch, auch wenn sie sie nicht verstand. Sie war wie ein kleiner Spiegel, der Gesten, Ausdrucksweisen und Tonlagen reflektierte, und jetzt wußte sie, daß etwas nicht in Ordnung war.

»Ja, ich werde Papa vermissen«, erklärte Charlotte. »Und ich vermisse auch Tante Emily, die in Urlaub ist. Aber das macht nichts! Ich werde fleißig sein, dann vergeht die Zeit schneller. Jetzt eßt schön, sonst wird alles kalt.«

Sie beugte sich über ihren eigenen Teller, um ein

gutes Beispiel zu geben, doch das Schlucken fiel ihr schwer, und ihr Magen fühlte sich wie Stein an.

Sie hatte ihre Mahlzeit fast beendet, als es läutete. Sie und Gracie sahen sich erschrocken an. Wer konnte das sein? Vielleicht irgendein neugieriger Nachbar oder, noch schlimmer, ein weiterer Bote.

Es läutete erneut, diesmal heftiger.

Charlotte nickte Gracie zu. »Mach auf, aber hänge vorher die Sicherheitskette ein.«

Gracie gehorchte, und Charlotte folgte ihr in den Korridor. Der unerwartete Besucher entpuppte sich als Jack Radley. Er streckte die Arme aus, und Charlotte stürzte sich geradewegs an die dargebotene Männerbrust. Jack hielt die junge Frau fest und sagte kein Wort. Gracie zwängte sich mit einem zufriedenen Seufzer an den beiden vorbei. Sie hatte eine sehr hohe Meinung von Charlotte, aber um eine Sache wieder ins Lot zu bringen, war doch ein Mann vonnöten. Gott sei Dank war einer gekommen.

Charlotte löste sich nur zögernd aus der wohltuenden Umarmung. Sie konnte hier nicht stehen und so tun, als sei ein anderer in der Lage, alle Probleme zu lösen.

»Kommen Sie in die Küche«, sagte sie. Im Wohnzimmer brannte kein Feuer — Gracie hatte es vergessen —, und es war viel zu kalt, um einen Gast in einen ungeheizten Raum zu führen. »Gracie, würdest du bitte die Kinder nach oben bringen und zum Schlafengehen fertigmachen?«

»Ich hab' noch keinen Pudding gekriegt«, meldete sich Daniel voller Empörung.

Charlotte wollte schon sagen, er müsse einmal ohne Pudding auskommen; da blickte sie in sein bekümmertes, verängstigtes Kindergesicht und beherrschte ihre eigenen Gefühle.

»Stimmt, ich habe ganz vergessen, einen herzurichten. Es tut mir sehr leid. Ist es dir recht, wenn ich dir statt dessen ein Stück Kuchen nach oben bringe?«

Daniel betrachtete sie mit großer Würde. »Ja, es ist mir recht«, sagte er gnädig und kletterte von seinem Stuhl.

»Danke.«

Als die Kinder gegangen waren, sah sie Jack an.

»Ich habe es in der Zeitung gelesen«, bemerkte er ruhig. »Um Gottes willen, was ist geschehen?«

»Ich weiß es nicht. Ein Polizist kam heute morgen her und sagte, Thomas sei wegen Mordes an einer Dirne in Seven Dials festgenommen worden. Die Dirne muß die Frau in Rot sein. Ich habe selbst eine Zeitung gekauft, aber noch keine Zeit gehabt hineinzuschauen. Ich muß vorsichtig sein, denn Jemima kann lesen. Ich werde mir das Blatt heute abend ansehen und es gleich danach in den Ofen stecken.«

»Stecken Sie es sofort in den Ofen«, meinte Jack und biß sich auf die Lippen. »Es steht nichts darin, was Sie lesen möchten. Thomas wollte auf einen Wink hin die Frau in Rot in Seven Dials aufsuchen. Als er sie fand, hatte man ihr das Genick schon gebrochen. Doch die Leute im Haus bezeichneten ihn als einzigen, der für den Mord in Frage kam.«

»Das kann nicht stimmen!«

»Natürlich nicht! Sie lügen, und gewiß hat man sie gut dafür bezahlt. Aber im Moment kann ihre Aussage nicht erschüttert werden; das kostet einige Mühe, doch wir werden es schaffen. Leider kann uns Thomas diesmal nicht helfen.«

Sie setzte sich auf einen der Küchenstühle, und Jack nahm ebenfalls Platz.

Nun brach es aus Charlotte hervor, was sie bei Ballarat erlebt hatte und wie sie sich die Haltung des Polizeichefs erklärte. Sie machte kein Hehl aus ihren diesbezüglichen Gedanken, und Jack hörte ihr still und aufmerksam zu. Schließlich faßte er über den Tisch und nahm ihre Hände ganz sanft in seine. Es war keine intime, besitzergreifende, sondern eine rein freundschaftliche Geste, und Charlotte erwiderte den Druck seiner Finger, als könne sie Kraft daraus schöpfen. »Möchten Sie, daß ich Emily hole?« fragte er.

»Ja, bitte! Ich traue mir nicht zu, die Yorks zu besuchen.« Sie überlegte. »Sie müssen sagen, jemand aus Emilys Familie sei krank geworden. Ich weiß nicht, wie Sie erklären wollen, Emily zu kennen, aber vielleicht fällt Ihnen eine gute Ausrede ein.« Der Gedanke, Emily zu sehen, bedeutete solch eine Erleichterung, als habe man in einem kalten Raum ein Feuer angezündet. Vielleicht würde Emily sogar bei Charlotte bleiben! Sie könnten zusammen an dem Fall arbeiten, wie sie es schon früher gemacht hatten, allerdings bei Fällen, die unendlich weniger wichtig waren als dieser.

»Was soll ich also tun?« fragte er. »Ich habe mich noch nie als Detektiv betätigt, und diese Angelegenheit ist viel zu ernst für Amateure, aber ich will alles in meinen Kräften Stehende tun.«

»Ich weiß gar nicht, wo ich anfangen soll«, sagte sie, und all ihre Verzweiflung kehrte zurück. »Die Frau in Rot lebt nicht mehr. Von ihrem Mörder abgesehen, war sie wohl die einzige, die die Wahrheit kannte.«

»Nun, wenigstens wissen wir, daß sie selbst nicht die Mörderin war«, stellte er fest. »Jemand brachte sie um, und gewiß nicht rein zufällig gerade dann, als Thomas erschien. Wir müssen annehmen, daß die gleiche Person auch die arme Dulcie ermordete.«

Sie betrachtete ihn wie gebannt. »Das bedeutet, es handelt sich um jemand im York-Haus oder um einen der Danvers oder um Felix beziehungsweise Sonia Asherson.«

»Genau.«

»Aber was hätte einer von ihnen in einer Gegend wie Seven Dials zu suchen?«

»Die Frau in Rot für immer zum Schweigen zu bringen«, erwiderte er ruhig, und sein Gesicht war so ernst, wie sie es nie zuvor gesehen hatte. »Ich denke, daß sie die ganze Zeit wußten, wo sie sich aufhielt. Sie konnten die Frau kaum durch Zufall aufgespürt haben.«

»Einer der Yorks, der Danvers oder die Ashersons«, wiederholte sie nachdenklich. »Emily . . .« Sie hielt inne. Nach einer Weile meinte sie leise: »Ich habe es mir anders überlegt. Bitten Sie Emily nicht, nach Hause zu kommen. Sie kann Thomas nur helfen, wenn sie bleibt, wo sie ist. Der Mörder von Robert York, Dulcie und der Frau in Rot befindet sich in Hanover Close, und nur dort kann eine Spur aufgenommen werden.«

Jack blieb still. Charlotte fürchtete schon seinen Widerspruch und den Hinweis auf Emilys Gefährdung, doch er sagte nichts.

»Sie und ich — wir können möglichst oft dort hingehen«, fuhr sie fort. »Aber wir können die Bewohner nicht in privaten Momenten beobachten, wie sie es kann. Haben Sie eine Ahnung, wie sehr eine Frau ihrer Zofe vertraut?«

Zum erstenmal lächelte er. »Ich stelle mir vor, ebenso, wie ein Mann seinem Diener vertraut. Oder etwas mehr — Frauen verbringen mehr Zeit daheim und achten mehr auf ihr Äußeres.«

Ihr fiel etwas ein. »Jack, Emily wird keine Zeitung zu Gesicht bekommen. Der Butler wird Sensationsnachrichten von den Mädchen fernhalten.« Sie sah, wie erstaunt Jack war. »Natürlich will ein Butler nicht, daß die Mädchen in Horrorgeschichten schwelgen und nachts Alpträume haben.«

Jacks Züge drückten aus, daß er daran nie gedacht hatte, und sie erkannte mit einem Hauch von Mitleid, daß er kaum Wurzeln besaß. Er war ein ewiger Gast, nie Hausherr, zu wohlerzogen, um arm zu sein, aber ohne die Mittel, es Ebenbürtigen gleichzutun. Doch nun war nicht die Zeit, darüber nachzudenken. Sie erinnerte sich daran, daß ihre Putzfrau schon gekündigt hatte, und falls Thomas nicht bald reingewaschen war, würde auch Gracie unter Druck geraten. Ihre Mutter würde sie bedrängen, sich eine bessere Stelle zu suchen. Außerdem hatte Charlotte kein Geld und würde Gracie sowieso nicht halten können. Aufgrund ihres Erbes besaß sie genügend, um ein paar Wochen lang Nahrungsmittel zu kaufen, aber nicht mehr. Furcht schnürte ihr den Hals zu. Sie hatte nicht nur Angst vor der Isolation und Armut, sondern am meisten vor einem Leben ohne Thomas.

Sie durfte nicht daran denken — es trieb sie in die Verzweiflung. Sie atmete tief, und ihre Lungen schmerzten, als sei die Luft rauh. Sie mußte kämpfen, gegen alles und jeden, wenn nötig.

»Bitten Sie Emily, dort zu bleiben«, sagte sie noch einmal.

»Das tue ich.« Jack zögerte, und zum erstenmal wirkte er verlegen. Sein Blick wich ihrem aus. »Charlotte — haben Sie Geld?«

Sie schluckte. »Für eine gewisse Zeit.«

»Es wird schwer werden.«

»Ich weiß.«

Er errötete leicht. »Ich kann Ihnen ein bißchen geben.«

Sie schüttelte den Kopf. »Nein. Danke, Jack.«

Er suchte nach Worten. »Lassen Sie sich nicht von Stolz leiten . . .«

»Es ist nicht Stolz. Im Augenblick komme ich zurecht. Und wenn nicht . . .« Gott mochte helfen, daß der Mörder bis dahin gefunden und Thomas befreit werden würde! »Und wenn nicht, wird Emily einspringen.«

»Ich werde bei den Yorks behaupten, jemand aus Emilys Familie sei erkrankt. Nicht einmal der Butler wird so hartherzig sein, diese Nachricht zu ignorieren.«

»Aber Sie müssen erklären, woher Sie das wissen, sonst schöpft man Verdacht. Und man wird Sie mit Emily nicht allein lassen, die Haushälterin wird bei einem Gespräch zugegen sein — oder die andere Zofe, sei es auch nur, um den Anstandsregeln zu genügen.«

Jack war einen Moment lang sprachlos, dann hellte sich sein Gesicht auf. »Schreiben Sie einen Brief. Ich sage, er stammt von ihrer Familie, und erkläre die Situation. Dann kann Emily um einen freien Tag bitten, um Sie am Krankenbett zu besuchen.«

»Einen halben Tag«, berichtete sie automatisch. »Für einen ganzen Tag ist sie noch nicht lange genug dort. Ja, ich schreibe sofort und sage ihr, sie soll den Brief gleich verbrennen, wenn sie ihn gelesen hat. Es gibt genügend Feuerstellen.«

Charlotte ging ins Wohnzimmer hinüber, nahm Papier, Tinte und Feder und begann rasch zu schreiben.

Liebste Emily,
es ist etwas Schreckliches passiert — Thomas fand die Frau in Rot, aber als Leiche. Jemand hat ihr den Hals gebrochen, und Thomas wurde als ihr Mörder verhaftet. Man brachte ihn bis zur Verhandlung nach Coldbath Fields. Ich war bei Ballarat, aber er rührt keinen Finger. Entweder hat er den Befehl von oben, die Sache auf sich beruhen zu lassen, oder er ist einfach ein Feigling und froh, Thomas los zu sein, ehe er etwas entdeckt, was den Mächtigen nicht in den Kram paßt.

Nun hängt alles von uns ab! Bitte bleib, wo du bist, und sei sehr sehr vorsichtig! Denk an Dulcie! Ein Teil von mir möchte dich anflehen, auf der Stelle mit Jack heimzukommen, damit du in Sicherheit bist; der andere Teil weiß, daß du und ich Thomas' einzige Chance sind. Er muß einer einflußreichen und gefährlichen Person dicht auf den Fersen gewesen sein. Bitte, Emily, paß auf dich auf und verbrenne den Brief, wenn du ihn gelesen hast.

In Liebe,
Charlotte

Sie versiegelte das Schreiben und übergab es Jack, der versprach, am nächsten Tag wiederzukommen.

Charlotte hatte Angst vor der Einsamkeit. Jacks Gegenwart wirkte beruhigend und tröstlich. Gracie und die Kinder konnten seinen ermutigenden Einfluß nicht wettmachen. Charlotte wußte, daß sie nach seinem Weggang allein sein würde, daß sie eine lange kalte Nacht vor sich hatte und einen Morgen, vor dem ihr graute. »Gute Nacht.«

»Gute Nacht.« Auch Jack schien zu zögern. Er machte sich Sorgen um Charlotte, das spürte sie. Vielleicht liebte er Emily wirklich! Was für eine ausgefallene Art, das herauszufinden!

Er zögerte noch einen weiteren Augenblick, dann ging er zur Tür. Charlotte folgte ihm und ließ ihn hinaus. Sie blickte ihm nach, wie er auf die Straße trat, wo das nasse Kopfsteinpflaster im trüben Schein der Gaslampen schimmerte, die an unheilvolle Monde erinnerten.

Charlotte war so müde, daß sie gut hätte schlafen müssen, aber ihre Träume waren furchterfüllt, und sie erwachte öfter, nach Atem ringend und steif vor Anspannung. Die Dunkelheit schien ohne Ende zu sein, und als schließlich der graue Morgen dämmerte, während der Regen gegen die Fenster schlug, war es eine Erleichterung, aufstehen zu können. Charlotte wankte im Morgenrock übermüdet nach unten in die Küche, um Teewasser aufzusetzen. Das heiße Getränk würde hoffentlich den sandigen Geschmack im Hals und das Engegefühl hinwegspülen.

Charlotte saß noch am Küchentisch, als Gracie herunterkam. Auch sie trug einen Morgenmantel, und ihr Haar lag offen auf den Schultern. Sie sah wie ein Kind aus. Charlotte hatte nie zuvor bemerkt, wie fadenscheinig Gracies Gewand war.

Sie wollte dem treuen Mädchen etwas Neues schenken — falls sie es finanziell noch verkraften konnte. Nun tat es ihr leid, nicht schon früher daran gedacht zu haben.

»Trinken Sie eine Tasse Tee mit mir, ehe wir unser Tagwerk beginnen«, sagte Charlotte. »Das Wasser kocht noch.«

»Danke, Madam.« Gracie nahm das Angebot voller Verlegenheit an. Sie hatte noch nie im Morgenrock am Küchentisch gesessen und Tee getrunken.

Dann begann ein trister und übler Tag. Der Bäckerjunge meldete sich nicht, sondern fuhr am Haus vorbei, wohingegen der Bursche des Fischhändlers laut läutete und die Rechnung präsentierte, die bis dahin aufgelaufen war. Er verlangte die sofortige Bezahlung und machte deutlich, daß er in Zukunft Ware nur mehr gegen Bargeld abgeben würde. Gracie beschimpfte ihn, aber sie schniefte heftig, und ihre Augen waren rot, als sie in die Küche zurückkehrte.

Charlotte wollte sie zum Brotholen wegschikken, doch dann erkannte sie, wie unfair das sein würde. Gracies Loyalität war sehr stark ausgeprägt und dadurch gewiß Anlaß zu intensiver Gegenwehr, wenn die Leute etwas Abfälliges über Thomas sagen würden. Charlotte war älter und konnte sich besser im Zaum halten. Sie wollte sich nicht hinter einem Mädchen verstecken.

Doch dann machte sie eine weitaus schlimmere Erfahrung, als sie erwartet hatte. Charlottes Kontakt zu den Nachbarn war über reine Höflichkeit nie hinausgegangen. Die Sprache, das Benehmen, die geschmackvolle Kleidung von Pitts Frau, auch hin und wieder das Vorfahren von Emilys Kutsche, zeigte den Leuten daß Charlotte nicht ihrer Schicht angehörte. Nach außen hin waren sie höflich, manchmal sogar freundlich, doch dicht unter der Oberfläche lauerten Groll, die Angst vor dem Unterschied, der Neid auf die Vorrechte.

Charlotte ging die Straße hinunter. Der Wind zerrte an ihrem Mantel, und der Regen durchnäßte ihre Röcke. Sie war froh, den Krämerladen an der Ecke zu erreichen. Als sie eintrat, verstummte das Gespräch der anwesenden Frauen. Eine von ihnen hatte einen kriminellen Sohn und haßte die Polizei. Nun konnte sie sich ungestraft ein bißchen rächen. Während sie den Laden verließ, streifte sie Charlotte so scharf mit ihrem Einkaufskorb, daß diese fast umfiel und einen blutigen Kratzer an der Hand davontrug. Die anderen Frauen kicherten vor Vergnügen.

»Guten Morgen, Mrs. Pitt«, sagte eine höhnisch. »Wie fühlen wir uns heute? Wohl nicht mehr ganz so erhaben, oder?«

»Guten Morgen, Mrs. Robertson«, erwiderte Charlotte kalt. »Ich fühle mich sehr gut. Geht es Ihrer Mutter besser? Ich hörte, daß sie eine Erkältung hat.«

»Es geht ihr schlecht«, erklärte die Frau, die sich über Charlottes Ruhe wunderte. »Aber was interessiert Sie das?«

»Es interessiert mich gar nicht, Mrs. Robertson, aber ich wahre den guten Ton. Sind Sie mit Ihren Einkäufen fertig?«

»Nein! Sie warten gefälligst.« Sie stellte sich breitbeinig vor die Theke und bemühte sich um besondere Langsamkeit. Der Händler schlug sich auf ihre Seite und ignorierte Charlotte. Im Zeitlupentempo wog er ein halbes Pfund Zucker ab, dann ein weiteres halbes.

»Nun möchte ich noch ein Stück Feinseife«, sagte Mrs. Robertson. »Die benützen Sie doch sicher auch, Mrs. Pitt, nur werden Sie sich so was in Zukunft nicht mehr leisten können.«

»Schon möglich. Aber ein Stück Feinseife macht noch keine Schönheit, Mrs. Robertson«, erwiderte Charlotte kühl. »Haben Sie Ihren Schirm wiedergefunden?«

»Nein«, antwortete die Frau ärgerlich. »Sicher ist er gestohlen worden.«

»Dann rufen Sie einen Polizisten«, meinte Charlotte lächelnd.

Mrs. Robertson betrachtete sie zornig.

Der kleine verbale Sieg brachte Charlotte keine Genugtuung, und beim Bäcker wurde es noch schlimmer. Die Leute flüsterten hinter vorgehaltener Hand und nickten mit den Köpfen. Charlotte mußte bar bezahlen, und ihr Geld wurde sorgfältig nachgezählt. Es war ihr klar, daß sie keinen Kredit und wahrscheinlich auch keine Hauslieferungen mehr bekommen würde. Der Gemüsehändler behauptete, keine helfende Hand zur Verfügung zu haben, obwohl ein Junge untätig neben den Kartoffelsäcken stand, und Charlotte mußte ihre schweren Taschen allein nach Hause schleppen. Unterwegs hüpfte ein etwa neunjähriger Bub neben ihr her und plärrte: »Haha! Der Bulle sitzt im Knast! Sie werden ihn hängen — haha!«

Charlotte versuchte ihn zu ignorieren, doch die Worte weckten schwarzes Entsetzen in ihr. Als sie endlich tropfnaß und mit schmerzenden Schultern und Armen nach Hause kam, war sie der Verzweiflung nahe.

Sie hatte gerade ihre nassen Stiefel ausgezogen und neben den Küchenherd gestellt, als es läutete. Gracie öffnete die Tür und meldete dann Charlottes Mutter, Mrs. Ellison, an.

Caroline kam mit weit ausgebreiteten Armen herein. »Oh, mein Liebes!« Charlotte erwiderte flüchtig die Umarmung und trat gleich darauf einen Schritt zurück.

»Ich mache uns eine Tasse Tee«, sagte sie schnell. »Ich bin selbst eben erst heimgekommen und total durchnäßt.«

»Charlotte, du mußt unbedingt nach Hause zurückkehren.« Caroline nahm ein wenig zimperlich auf einem der Küchenstühle Platz.

»Nein, danke«, entgegnete Charlotte sofort. Sie setzte den Kessel mit Wasser auf den Herd.

»Aber du kannst nicht hierbleiben«, erklärte Caroline in vernünftigem Ton. »Die Zeitungen sind voll von der Geschichte. Ich glaube, du erkennst nicht . . .«

»Ich erkenne genau!« widersprach Charlotte. »Hätte ich vor meinem Gang in die Geschäfte nichts gemerkt, so weiß ich jetzt auf alle Fälle Bescheid. Aber ich renne nicht weg!«

»Liebling, das ist doch kein Wegrennen!« Caroline erhob sich und wollte Charlotte berühren, doch sie spürte die Abwehr ihrer Tochter. »Du mußt den Tatsachen ins Auge sehen. Du hast einen tragischen Fehler begangen. Wenn du heimkommst und deinen Mädchennamen wieder annimmst ...«

Charlotte erstarrte. »Das tue ich nicht! Wie kannst du es wagen, mir so einen Vorschlag zu machen? Du sprichst, als sei Thomas schuldig!« Sie hatte die Tassen in der Hand und drehte sich langsam um. »Du kannst die Kinder zu dir nehmen, wenn du willst. Wenn nicht, bleiben sie hier. Ich schäme mich nicht Thomas' wegen, sondern deinetwegen, weil du mir rätst, die Flucht zu ergreifen und ihn zu verleugnen, anstatt zu kämpfen. Ich werde herausfinden, wer die Frau ermordet hat, und es beweisen, wie ich es bei Emily gemacht habe, als man sie des Mordes an George bezichtigte.«

Caroline seufzte und behielt die Geduld, was die Situation noch verschlimmerte. »Meine Liebe, das war doch eine ganz andere Sache.«

»Oh? Warum? Weil sie ›eine von uns‹ ist, und Thomas nicht?«

Carolines Züge verhärteten sich. »Wenn du es so ausdrücken willst — ja.«

»Nun, du hast ihn gern zu den Unsrigen gezählt, als du ihn brauchtest!« Charlotte spürte, daß sie nahe daran war, die Beherrschung zu verlieren, und das machte sie wütend — auf sich selbst und auf Caroline.

»Du mußt realistisch bleiben«, begann Caroline erneut.

»Du meinst, ich soll ihn schnell verlassen, damit die Leute merken, daß ich mit der Sache nichts zu tun habe? Wie ehrenwert du bist, Mama! Wie achtbar!«

»Charlotte, ich denke nur an dich!«

»Wirklich?« Charlottes vorgegebener Zweifel war schneidendes Unrecht, weil sie ihrer Mutter glaubte. Aber es kümmerte sie nicht, ungerecht zu sein, denn sie wollte verletzen. »Bist du so sicher, daß du nicht an die Nachbarn denkst und daran, was deine Freunde sagen werden?« Nun ahmte sie deren Stimmen bissig nach: »Sie kennen doch diese nette Mrs. Ellison — Sie werden es nicht für möglich halten, aber ihre Tochter hat einen Polizisten geheiratet. Ist das nicht fürchterlich? Und jetzt hat er auch noch einen Mord begangen! Ich habe schon immer gesagt, es bringt nichts Gutes, unter dem eigenen Stand zu heiraten.«

»Charlotte, das hast du noch nie von mir gehört!«

»Aber du hast es gedacht.«

»Du bist sehr unfair. Und das Wasser kocht. Denk einmal nüchtern. Loyalität Thomas gegenüber ist schön und gut, aber eine Schwäche und nur bequem. Das Geschehene kannst du nicht ungeschehen machen. Du mußt praktisch und vor allem an die Kinder denken.«

Charlotte goß den Tee auf und füllte dann die Tassen. Sie holte Biskuits aus dem Küchenschrank und servierte sie auf einem Teller, ehe sie langsam sagte: »Ich wäre dir sehr dankbar, wenn du die Kinder nehmen würdest. Es würde sie wenigstens vor dem Schlimmsten schützen.«

»Natürlich«, erklärte Caroline schnell. »Und sobald du auch kommen willst — du weißt, es ist immer ein Platz für dich da.«

»Ich komme nicht«, stellte Charlotte laut und deutlich fest.

»Dann begib dich zu Emily aufs Land«, meinte Caroline drängend. »Thomas wird das verstehen. Er wird nicht wollen, daß du hier ausharrst. Was kannst du tun? Dich als tapfer erweisen und jeden wissen lassen, daß du an die Unschuld deines Mannes glaubst? Meine Liebe, man wird dir nur weh tun, und am Ende macht es keinen Unterschied. Überlaß die Sache der Polizei.«

Charlotte spürte, wie ihr die Tränen über die Wangen liefen. Sie putzte sich die Nase und trank einen Schluck Tee, ehe sie antwortete. Sie konnte ihrer Mutter kaum sagen, daß Emily genausowenig auf dem Land war wie Thomas.

»Die Polizei kümmert sich nicht um den Fall«, sagte sie bitter. »Thomas hat etwas entdeckt, das niemand wissen will. Ich möchte mich nicht zu Emily flüchten. Natürlich habe ich ihr geschrieben. Aber ich bin eine recht gute Detektivin. Ich werde herausfinden, wer Robert York getötet hat — es ist dieselbe Person, die auch die Frau in Rot ermordete.«

»Meine Liebe, du kannst nicht wissen, was wirklich passiert ist — oder warum Thomas mit dieser Person in Seven Dials war.« Carolines Gesicht wirkte sehr blaß. »Wir wissen gar nicht so viel über unsere Ehemänner, wie wir manchmal glauben.«

Wegen ihrer eigenen Qual war Charlotte mit Absicht grausam. »Du meinst, weil du über Papa nicht Bescheid wußtest?«

Caroline war tief getroffen, und Charlotte bereute ihre Worte, doch es war zu spät.

»Aber er hat dieses Mädchen nicht umgebracht, oder?« Caroline seufzte. »Du solltest den Fall der Polizei überlassen und hoffen, daß sie dir nur das mitteilt, was du erfahren mußt.«

»Wenn du keinen besseren Vorschlag hast, sollten wir nicht weiter diskutieren.« Charlotte erhob sich. »Ich packe ein paar Sachen für die Kinder zusammen, dann kannst du Jemima und Daniel gleich mitnehmen. Ich danke dir dafür — ich weiß das zu schätzen.« Sie wartete nicht auf eine Antwort ihrer Mutter, sondern verließ gleich die Küche.

Nachdem Caroline mit den Kindern an der Hand gegangen war, schämte sich Charlotte. Sie war ungerecht gewesen. Und sie hatte ihre Mutter mit Absicht verletzt. Später einmal wollte sie sich deshalb entschuldigen, aber nicht jetzt, in dieser furchtbaren Situation.

Jack kam am nächsten Tag kurz vor drei Uhr. Der Himmel war bewölkt, und das Licht begann schon zu schwinden. Gracie ließ Jack ein, und er begab sich sofort in die Küche.

»Ich habe Emily gesehen«, berichtete er gleich. »Ich erzählte dem Butler eine wundervolle Lüge über ihre kranke Schwester und daß ich es von Lady Ashworth wüßte, für die Emily-Amelia einmal gearbeitet hätte. Sie schluckten alles.«

Er schwang seine Rockschöße elegant zur Seite und setzte sich auf die Tischkante. Dann sah er Charlotte ernst an. »Emily will auf alle Fälle dort bleiben. Ich bete zu Gott, daß ihr nichts passiert. Ich habe mir das Gehirn zermartert, wie ich sie beschützen könnte, aber es ist mir nichts eingefallen. Am Samstag bekommt sie einen halben Tag frei. Sie will Sie um zwei Uhr nachmittags im Hyde Park treffen — auf der ersten Bank, wenn man von Hanover Close herkommt, bei jedem Wetter. Was kann ich bis dahin tun?«

»Ich weiß es nicht«, erwiderte Charlotte. »Doch mir ist klar, daß die Antwort auf alle Fragen in Hanover Close liegt. Ich muß unbedingt Veronica York wiedersehen. Bringen Sie mich dorthin?«

»Natürlich. Und ich werde Sie auch zum Gefängnis Coldbath Fields begleiten. Sie sollten nicht allein so eine Stätte besuchen.«

»Danke.« Mehr konnte sie nicht sagen.

Diesmal durfte sie das Zuchthaus betreten, ein großes kaltes Gebäude, dessen dicke Mauern wirkten, als seien sie zu Stein gewordenes Elend. In den inneren Korridoren roch es feucht und sauer. Überall hing der Geruch von menschlichem Schweiß und abgestandener Luft.

Der Wärter blickte Charlotte nicht an und führte sie in einen kleinen Raum mit einem zerkratzten Holztisch und zwei einfachen Stühlen. Dieses Vorrecht wurde nur gewährt, weil Pitt rein formal noch ein unschuldiger Mann war.

Es kostete Charlotte alle Kraft, die sie besaß, um nicht zu weinen, als sie Thomas sah. Seine Kleidung war schmutzig, das saubere Hemd, das sie ihm gebracht hatte, zerrissen, und sein Gesicht wies blaue Flecken auf. Sie wagte sich nicht vorzustellen, welche verborgenen Mißhandlungsspuren sein Körper tragen mochte. Weder Wärter noch Gefangene hegten Sympathie für einen mörderischen Polizisten. Der Wärter befahl Charlotte und Pitt, sich an die gegenüberliegenden Seiten des Tisches zu setzen, während er aufrecht wie eine Schildwache in einer Ecke stand und die beiden beobachtete.

Einige Sekunden lang saß Charlotte schweigend da. Es wäre lächerlich gewesen, Thomas zu fragen, wie es ihm ging. Er wußte, daß sie mit ihm litt und nichts tun konnte, seine Lage zu verbessern.

Schließlich wurde die Anspannung zu stark, und Charlotte sprach, um den Bann zu brechen.

»Mama hat die Kinder mitgenommen, das ist leichter für sie und für mich. Gracie benimmt sich fabelhaft. Ich habe Emily einen Brief geschickt. Jack Radley hat ihn ihr gebracht. Ich bat sie zu bleiben, wo sie ist — sag nichts dagegen! Es ist der einzige Weg, etwas zu erfahren.«

»Charlotte, ihr müßt vorsichtig sein.« Er beugte sich vor, doch sofort kam der Wärter näher. »Du mußt dafür sorgen, daß Emily dort weggeht. Es ist zu gefährlich!« Seine Stimme klang beschwörend. »Jemand hat schon dreimal getötet, um ein schlimmes Geheimnis zu wahren. Du darfst Hanover Close nicht mehr aufsuchen. Versprich mir das! Laß Ballarat die Angelegenheit regeln. Ich weiß nicht, wer jetzt mit dem Fall betraut ist, aber derjenige wird herkommen, und ich werde ihm alles sagen, was ich in Erfahrung gebracht habe. Die Ermordung der Frau in Rot beweist, daß wir dem Täter dicht auf den Fersen sind. Versprich mir, Charlotte, daß du nichts unternimmst.«

Sie zögerte nur einen Augenblick. Sie würde ihn auf jede mögliche Art und mit allen ihr zur Verfügung stehenden Mitteln verteidigen — ohne Wenn und Aber, so, wie sie ihre Kinder weggerissen hätte, wären sie auf die Straße vor ein scheuendes Pferd gelaufen. Es war ein instinktiver Drang wie das Ringen nach Luft, wenn einem das Wasser über dem Kopf zusammenschlägt.

»Ja, Thomas, ich verspreche es«, log sie, ohne mit der Wimper zu zucken. »Emily und ich bleiben für eine Weile zusammen. Mach dir um keinen von uns Sorgen, uns geht es gut. Mr. Ballarat wird sowieso nicht mehr lange brauchen, bis er die

Wahrheit entdeckt. Er muß ganz genau wissen, daß du die Frau nicht getötet haben kannst.«

Die Angst wich aus Thomas' Zügen, und er versuchte zu lächeln. »In Ordnung. Wenigstens weiß ich, daß du zurechtkommst. Ich danke dir für dein Versprechen.«

Charlotte hatte keine Zeit für Schuldgefühle; der Henker wartete. Sie lächelte ebenfalls. »Alles wird gut werden. Mach dir keine Sorgen.«

10

Emily sah zu, wie die Asche von Charlottes Brief zerfiel, und ein Gefühl der Erstarrung, des Unglaubens, ergriff von ihr Besitz. Es war unmöglich! Thomas wegen Mordes festgenommen und im Gefängnis — so etwas Absurdes! Jeden Augenblick mußte sich die Wirklichkeit wieder einstellen. Emily blickte auf die glühende Fläche der Kohlen, die das Papier verschluckt hatte. Nur noch winzige schwarze Teilchen zitterten im Luftzug und verschwanden. Eine Tür öffnete sich hinter Emily, und der Butler kam herein.

»Geht es Ihnen gut, Amelia?« fragte er sanft. In seiner Stimme schwang Betroffenheit mit, sogar etwas, das an Zärtlichkeit erinnerte. Lieber Gott! Das konnte Emily jetzt nicht brauchen!

»Ja, danke, Mr. Redditch«, antwortete sie ernst. »Meine Schwester ist krank.«

»Ja, das sagte Mr. Radley. Es war sehr nett von ihm zu kommen. Offenbar hat Lady Ashworth eine hohe Meinung von Ihnen. Was fehlt denn Ihrer Schwester?«

An diese Frage hatte Emily nicht gedacht. »Ich weiß es nicht«, sagte sie hilflos. »Die Ärzte wissen es auch nicht, und das ist so beunruhigend. Ich danke Ihnen, daß ich am Samstag nachmittag weggehen darf. Das ist sehr großzügig von Ihnen.«

»Durchaus nicht, mein liebes Mädchen, Edith kann für Sie einspringen, wie Sie es oft für sie getan haben. Gehen Sie nun in die Küche, trinken Sie eine Tasse Tee und erholen Sie sich.« Er berührte sacht ihren Arm.

»Danke, Mr. Redditch — Sir.«

Er trat zögernd zurück. »Wenn ich etwas für Sie tun kann, haben Sie den Mut, mich zu fragen«, fügte er hinzu.

Sie wollte sich gern bedanken, ihm zulächeln und in die Augen sehen, ihn wissen lassen, daß seine Freundlichkeit nicht unbemerkt blieb, doch sie wagte es nicht. Es würde am Ende doch nur zu größerem Schaden führen.

»Ja, Sir«, sagte sie und blickte auf ihre Schürze. Dann lief sie schnell an ihm vorbei.

Sie saß in der Küche und hielt die große Teetasse in der Hand, während ihre Gedanken sich jagten. Am liebsten wäre sie zu Charlotte geeilt, um sie vor den gehässigen Leuten und den Zweifeln zu schützen und ihr an den langen Abenden Gesellschaft zu leisten sowie ihre Ängste zu zerstreuen.

Doch Charlotte hatte recht, der Schmerz war nebensächlich und mußte allein bezwungen werden, weil die Zeit für Tröstungen fehlte. Die beiden Schwestern konnten sich nicht im Kummer des Heute aneinander klammern — auf Kosten der Tragödie, die das Morgen für immer verdunkeln würde. Die Antwort lag in der Wahrheit, und die war nur hier in Hanover Close zu finden. Als

Amelia war Emily die einzige, die eine Chance hatte, ihr auf die Spur zu kommen.

Emily konnte nicht weiter ruhig zusehen, wie die Dinge sich gemächlich entwickelten. Offenbar hatte alles mit der Frau in Rot zu tun und mit den Ereignissen vor drei Jahren in diesem Haus. Vielleicht war es etwas zwischen ihr und Robert York gewesen, vielleicht hatte es auch eine dritte Person gegeben. Aber Emily glaubte, daß Loretta oder Veronica die Wahrheit kannten oder zumindest vermuteten, und sie, Emily, war entschlossen, der entsprechenden Person diese Wahrheit abzuringen.

Was ließ Menschen zusammenbrechen? Schock, Panik, übergroßes Vertrauen? Der Druck erhöhte sich allmählich, bis er unerträglich wurde — das war es! Die Zeit reichte nicht aus, als daß man auf Fehler hätte warten können. Drei Jahre hatten nichts bewirkt, und Loretta war gewiß nicht der Typ, der sich Sorglosigkeit gestattete; ihre Wachsamkeit war undurchdringlich. Man brauchte nur in ihr Schlafzimmer zu schauen — mit den aufgeräumten Schubladen, der peinlichen Ordnung, den Kleidern mit den jeweils passenden Stiefeln und Handschuhen — dann wußte man Bescheid. Ihre Unterwäsche war extrem kostspielig, doch alles übereinstimmend, es gab kein ausgefallenes oder impulsiv gekauftes Stück. Ihre Abendkleider waren individuell und äußerst feminin, aber ohne modische Experimente und vor allem ohne jeden Irrtum in der Wahl. Emily hatte in ihrem eigenen

Kleiderschrank Versuchsexemplare, mit denen sie die Eleganz einer anderen Person vergeblich hatte nachahmen wollen, oder auch Roben in Farbschattierungen, die ihr gar nicht zu Gesicht standen. Hier gab es im ganzen Haus nichts, das nicht Lorettas Geschmack entsprach, weder in ihren persönlichen Dingen noch bei der allgemeinen Möblierung. Loretta machte keine Fehler.

Veronica war anders, eine Generation jünger und von Natur aus viel schöner. Sie besaß mehr Ausstrahlung, mehr Mut. Manchmal kaufte sie Dinge ganz spontan, und sie waren wunderbar, wie das schwarze Kleid mit dem jettbestickten Oberteil — attraktiver als alles, was Loretta je tragen konnte —, aber das Grauseidene war eine Katastrophe. Manchmal fühlte sich Veronica unsicher, voller Selbstzweifel, und das machte sie unbesonnen. Sie gab sich zuviel Mühe. Emily war am Anfang oft verblüfft gewesen, wenn Veronica ihre Entscheidung, was sie anziehen und wie sie sich frisieren sollte, plötzlich verworfen hatte. Ja, Veronica mochte unter Druck zusammenbrechen, wenn er gewaltig genug war.

Es war eine grausame Überlegung, und noch eine Stunde zuvor hätte Emily ihr nicht nachgegeben, aber da wußte sie auch noch nicht, daß Thomas das Todesurteil drohte. Sie bedauerte ihr Vorhaben, aber ein anderes fiel ihr nicht ein.

Sie trank ihren Tee aus, dankte der Köchin mit einem demütigen Lächeln und ging nach oben, um mit der Ausführung ihres Planes zu beginnen.

Als erstes suchte sie ein Paar von Veronicas Stiefeln hervor, das eine Besohlung nötig hatte und ihr so einen Grund verschaffte, das Haus zu verlassen. Ein Spaziergang in frischer Luft würde eine Art Freiheit bedeuten, und Emily sehnte sich danach, allein zu sein und keine Mauern um sich zu haben. Früher hatte sie nie darüber nachgedacht, wie wenig freie Zeit ein Mädchen für sich hatte; und selbst bei schlechtem Wetter wie diesem vermißte sie die Gelegenheit, sich unter freiem Himmel zu bewegen und mehr von ihm zu sehen als ein kleines Stück, eingefaßt in einen Fensterrahmen. Sie fand es immer schwerer erträglich, stets verfügbar zu sein und ihre einsamen wie auch geselligen Stunden zugeteilt zu bekommen, obwohl sie manchmal ein gewisses Vergnügen bei den gemeinsamen Abenden mit ihrem bescheidenen Humor und den einfachen Späßen empfand.

Heute stellte ihr niemand Fragen, als sie das Haus mit den Stiefeln unter dem Arm verließ.

Um fünf Uhr war Emily wieder da und verteilte sauberes Leinen in Veronicas Zimmer, als Veronica hereinkam. »Das mit Ihrer Schwester tut mir so leid, Amelia«, sagte sie sofort. »Ich lasse Sie gern am Samstag nachmittag weggehen, damit Sie sie besuchen können. Sollte sie sich schlechter fühlen, sagen Sie es mir bitte.«

»Ja, Madam«, erwiderte Emily ernst. »Ich danke Ihnen sehr. Ich hoffe, daß sie sich bald erholt — und es gibt Leute mit schlimmeren Problemen. Gerade habe ich Ihre schwarzen Stiefel zum Schuster gebracht und dort gehört, daß der Polizist, der wegen des Silbers hier war, des Mordes an einer Frau in einem kirschroten Kleid verdächtigt wird . . .«

Sie hielt inne und bemerkte, wie Veronicas Gesicht alle Farbe verlor. Genau das hatte sie erhofft, und obwohl sie zu Mitleid fähig war, fuhr sie unbeirrt fort.

»Das muß derselbe Mann sein, der Sie so aufgeregt hat, Madam! Kein Wunder! Ich denke, daß wir froh sein müssen, daß er bei Ihnen die Selbstkontrolle nicht verloren hat, sonst wäre es Ihnen vielleicht wie der armen Frau ergangen. Aber Sie würden natürlich nie solch eine unkleidsame Farbe tragen. Der Beschreibung nach war das Gewand scheußlich.«

»Hören Sie auf!« Veronicas Stimme hob sich zu einem Schrei. »Hören Sie auf! Was für eine Rolle spielt die Farbe ihres Kleides? Sie sprechen über ein menschliches Wesen, das ermordet wurde, ein Leben, einfach ausgelöscht . . .«

Emily schlug die Hände vors Gesicht. »Oh, Madam! Oh, es tut mir schrecklich leid! Ich habe Mr. York ganz vergessen! Es tut mir so leid — bitte verzeihen Sie mir. Ich werde alles tun . . .« Sie schwieg, als könne sie nicht weiterreden, und blickte zwischen den gespreizten Fingern hindurch Veronica an. Rührte die erschreckende Blässe der jungen Frau von der Erinnerung an den Tod ihres Mannes her, oder bedeutete sie Schuld? Jedenfalls drückten die bleichen Züge Panik aus.

Hatte Veronica die Frau in Rot gekannt, und wußte sie jetzt, wer sie getötet hatte?

Ein paar Sekunden lang sahen die beiden Frauen einander an; Veronica in schockiertem Schweigen, Emily in gespielter tiefer Zerknirschung. Schließlich war es Veronica, die sprach. Sie setzte sich auf die Bettkante, und Emily begann ihr die Stiefel auszuziehen.

»Ich wußte nichts von der Sache. Ich lese keine Zeitungen, und Schwiegerpapa erwähnte kein Wort. Wurde diese ... diese Frau von den Leuten beschrieben?«

»O ja, Madam.« Emily erinnerte sich genau daran, was über das Aussehen der Roten gesagt worden war. »Sie war groß, ziemlich dünn, vor allem für ein Freudenmädchen, aber sie hatte ein sehr schönes Gesicht.«

Sie blickte von den Stiefeln auf und sah Veronicas entsetzte Augen.

»Und natürlich trug sie diese grelle kirschrote Farbe«, fügte Emily hinzu.

Veronica stieß einen Laut aus, als wolle sie weinen, aber die Anspannung erstickte jeden weiteren Ton.

»Sie sehen furchtbar erschrocken aus, Madam«, sagte Emily unbarmherzig. »Die Leute sagen, daß sie eine Straßendirne war, dann hat sie vielleicht einen besseren Tod gehabt als durch eine Krankheit.«

»Amelia, das klingt ja, als ob ...«

»O nein, Madam«, widersprach Emily. »Niemand verdient es, so zu sterben. Ich meine nur, daß ihr Leben sowieso ziemlich erbärmlich war. Ich kenne Mädchen, die ihre Stelle verloren und kein Zeugnis bekommen haben und auf die Straße gehen mußten. Sie sterben meistens jung, weil sie zwanzig Stunden am Tag arbeiten oder die Pocken bekommen, oder weil jemand sie tötet.« Emily beobachtete Veronicas Gesicht, das tiefe Qual verriet. Sie bohrte weiter. »Dieser Polizist behauptete, er hätte sie wegen eines Verbrechens befragen wollen, mit dem er sich befaßt. Vielleicht wußte sie, wer hier eingebrochen ist und den armen Mr. York umgebracht hat.«

»Nein.« Das war nur ein Flüstern, kaum mehr als ein gehauchter Atemzug.

Emily wartete.

»Nein.« Veronica schien ihre Kraft zu sammeln. »Ein Polizist muß an mehreren Fällen gleichzeitig arbeiten. Was — um Himmels willen — sollte so eine Frau von einem Haus wie diesem hier wissen?«

»Vielleicht kannte sie den Dieb, Madam. Vielleicht war er ihr Liebhaber.«

Aus irgendeinem unerfindlichen Grund lächelte Veronica. Es war ein geisterhaftes Lächeln mit dem Schatten eines bitteren Humors in den Augen. »Vielleicht«, sagte sie leise.

Emily spürte, daß die Momente der Schwäche vorüber waren. Sie würde Veronica jetzt nichts mehr entlocken können. Sie stellte die Stiefel zur Seite und erhob sich.

»Möchten Sie vor dem Essen ein Bad nehmen, Madam, oder wollen Sie lieber ruhen und eine Tasse Kräutertee trinken?«

»Ich will kein Bad.« Veronica stand auf und ging zum Fenster. »Machen Sie mir einen Kräutertee und bringen Sie mir zwei Scheiben Brot mit Butter.«

Emily vermutete, daß das Brot ein Vorwand war, um sie loszuwerden, doch sie hatte keine andere Wahl, als zu gehorchen.

Schnell rannte sie die Treppen hinunter, was ihr einen Tadel von seiten der Haushälterin einbrachte. In der Küche bat sie die Köchin aus Höflichkeit um Erlaubnis, den Teekessel auf den Herd setzen zu dürfen. Sie schnitt das Brot so eilig, daß das erste Stück zerbrach.

»He«, sagte Mary hilfreich. »Sie haben heute Hände wie ein Matrose. Lassen Sie es mich machen.« Und sie schnitt zwei hauchdünne Scheiben ab, die sie zuvor — noch am Laib — mit Butter bestrich: ein Trick, den Emily nicht gelernt hatte.

»Danke, Gott segne Sie«, sagte Emily voll echter Dankbarkeit und trat vom einen Fuß auf den anderen, bis das Wasser kochte.

»Schon recht«, meinte Mary zufrieden. »Eile mit Weile.«

Emily schenkte ihr ein Lächeln, nahm das Tablett auf und ging so rasch nach oben, wie es ihre langen Röcke erlaubten. Vor der Schlafzimmertür blieb sie stehen; sie hörte das Murmeln von Stimmen, konnte aber kein Wort unterscheiden, obwohl sie die Wange an das Holz legte. Wenn sie nun eintrat, würde das Gespräch verstummen, das sie unbedingt belauschen wollte.

Der Ankleideraum!

Emily stellte das Tablett auf den Boden und drehte ganz leise den Türknopf zum Ankleideraum, dann hob sie das Tablett hoch und stellte es innen auf die Wäschetruhe. Danach schloß sie lautlos die Tür.

Die Tür zum Schlafzimmer hatte sie selbst aus Gewohnheit zugemacht. Sie beugte sich zum Schlüsselloch hinunter und blickte hindurch, konnte aber nur einen schmalen Streifen blauen Stoffs über der Stuhllehne erkennen. Es war das Kleid, das sie für den Abend herausgelegt hatte. Aber die Stimmen klangen nun deutlicher — Emily war klar, daß sie sich hinknien und das Ohr ans Schlüsselloch pressen mußte. Sie nahm eine Nadel aus ihrem Haar und legte sie vor sich auf den Boden, damit sie eine Ausrede hatte, wenn sie erwischt wurde. Dann begann sie zu lauschen.

»Aber wer war es?« Veronicas Stimme klang verzweifelt.

Lorettas Antwort fiel beruhigend sanft aus. »Meine Liebe, ich habe keine Ahnung; jedenfalls hat es nichts mit uns zu tun. Wie könnte es auch?«

»Aber das Kleid!« rief Veronica. »Diese Farbe!« Die Worte schienen ihr körperlichen Schmerz zu bereiten. »Das Kleid war kirschrot.«

»Nimm dich zusammen! Du führst dich wie eine Närrin auf!«

Ein kurzes Schweigen entstand, und Emily überlegte, ob Loretta ihre Schwiegertochter geohrfeigt hatte, wie man es bei hysterischen Anfällen machte, doch es war kein Schlag und auch kein Stöhnen zu hören.

Veronica schluchzte. »Wer war sie?«

»Eine Hure«, erwiderte Loretta mit eiskalter Verachtung. »Gott weiß, warum dieser idiotische Polizist ihr den Hals umgedreht hat.«

Veronicas Frage war so leise, daß Emily sie kaum verstehen konnte.

»Hat er es getan, Schwiegermutter? War er es wirklich?«

Emily spürte den Krampf in ihren Knien und die verspannten Muskeln ihrer Schultern nicht. Sie dachte auch nicht daran, daß der Tee auf der Wäschetruhe kalt wurde. Es war kein Laut von nebenan zu vernehmen, nicht einmal ein Rascheln von Seide.

»Nun, das denke ich doch«, erwiderte Loretta nach Sekunden, die wie eine Ewigkeit erschienen. »Es gibt wohl keine andere einleuchtende Erklärung.«

»Aber warum?«

»Meine Liebe, woher soll ich das wissen? Vielleicht war er so versessen auf eine Information, daß er sie aus ihr herauspressen wollte und dabei die Beherrschung verlor. Uns geht das wohl kaum etwas an.«

»Aber die Frau ist tot.« Veronicas Schmerz war unüberhörbar.

Loretta wurde langsam ärgerlich. »Was kümmert uns das? Was bedeutet eine Straßendirne mehr oder weniger? Sie trug ein rotes Kleid — da wird sie wohl nicht die einzige gewesen sein.« Ihr Ton klang jetzt drängend und fast gereizt. »Reiß dich zusammen, Veronica. Du hast viel zu gewinnen und alles zu verlieren — alles! Vergiß das nicht! Robert ist tot. Laß die Vergangenheit im Grab ruhen, wo sie hingehört, und bau dir eine anständige Zukunft mit Julian Danver auf. Ich habe alles getan, um dir zu helfen, das weiß Gott, aber wenn du dich bei jeder Tragödie, die irgendwo passiert, Hirngespinsten und weinerlicher Gefühlsduselei hingibst, kann nicht einmal ich dir weiter den Rücken stärken. Verstehst du mich?«

Wieder entstand ein Schweigen. Emily lauschte so angestrengt, daß sie ihr eigenes Herz schlagen hörte.

»Verstehst du mich?« wiederholte Loretta leise und bösartig, ohne Geduld oder Mitleid. Es klang wie eine Drohung.

Loretta hatte Veronica lange getröstet und unterstützt, und ihre Kraft sowie ihre Geduld schienen sich zu verflüchtigen. Auch sie hatte einen Verlust erlitten; Veronica stand im Begriff, einen neuen Ehemann zu gewinnen, doch Loretta konnte keinen neuen Sohn finden. Es war kein Wunder, daß sie von Veronica erwartete, sich endlich weniger gehenzulassen.

»Ja.« Veronicas Stimme klang ein wenig trotzig. »Ja, ich verstehe.« Dann begann sie zu weinen.

»Gut.« Loretta war zufrieden. Taft raschelte — offenbar lehnte sie sich zurück.

In diesem Moment klopfte es an der Tür. Emily schoß hoch, trat auf ihre Röcke und fiel hin. Ihr Haar löste sich. Entsetzt rappelte sie sich auf und packte das Tablett, da merkte sie, daß es an der Schlafzimmertür, nicht bei ihr, geklopft hatte.

Die Erleichterung war überwältigend, so, daß Emily die Knie zitterten. Sie hatte Zeit, ihr Haar aufzustecken, hinaus auf den Korridor zu gehen und nun ihrerseits an der Schlafzimmertür zu klopfen.

Als sie eintrat, saß Veronica mit erschöpftem Gesichtsausdruck auf dem breiten Bett. Loretta wirkte völlig ruhig. Piers York stand da und sah leicht erstaunt aus.

Emily bemerkte zum erstenmal eine Spur von Trauer und Enttäuschung in seinen gütigen Zügen. Als er sprach, verschwand jedoch dieser Eindruck.

»Was haben Sie da?« Er betrachtete Emily neugierig. »Tee und Butterbrot? Stellen Sie es auf den Frisiertisch.«

»Ja, Sir.« Emily schob die silberplattierten Bürsten und den Handspiegel zur Seite. Sie schenkte den Tee nicht ein; wenn die Herrschaften ihn eine Weile stehen ließen, dachten sie vielleicht, sie seien selbst an seiner Abkühlung schuld.

»Amelia!« sagte Loretta scharf.

»Ja, Madam?« Emily versuchte, lammfromm zu schauen, da fiel eine ihrer Haarnadeln mit einem klingenden Ton auf die Frisierkommode, und eine Locke kringelte sich über Emilys Wange.

»Um Himmels willen, Mädchen!« Lorettas Zorn explodierte. »Sie sehen aus wie eine ... eine billige Nutte.«

Emily schoß das Blut in die Wangen, doch sie konnte die Unverschämtheit nicht mit gleicher Münze zurückzahlen, sonst verlor sie ihre Stelle, von der Thomas' Leben vielleicht abhing. Sie senkte den Blick, damit Loretta den Haß darin nicht sehen sollte, und flüsterte: »Verzeihung, Madam.«

»Wenn ich Ihnen Ihr Zeugnis schreibe, werde ich davon nichts erwähnen, obwohl Ihr Benehmen nicht immer nach meinem Geschmack war. Aber daß Sie dieses scheußliche Verbrechen in Seven Dials Miß Veronica gegenüber erwähnt haben, ist unverzeihlich. Wir dulden hier kein Personal, das über solche Dinge Bescheid weiß, geschweige denn darüber redet. Bei Ihren nächsten Neuigkeiten machen Sie mir die Mädchen hysterisch und bringen den ganzen Haushalt zum Stillstand. Es tut mir leid, daß Sie sich als untauglich erwiesen haben, aber zweifellos werden Sie einen anderen Arbeitsplatz finden. Sie können bis Ende der Woche hierbleiben, bis wir einen Ersatz für Sie gefunden haben. Gehen Sie jetzt, und lassen Sie das Tablett da.«

Veronica sprang auf. »Sie ist meine Zofe«, stellte sie laut fest und sah Loretta an. »Und ich bin absolut zufrieden mit ihr — ich habe sie sogar gern. Ich werde sie behalten, für immer, wenn ich will! Sie hörte von dem Mord, als sie eine Besorgung für mich machte; sie erzählte es mir, weil sie wußte, daß ich mich aufgeregt hatte, als der Polizist hier erschien. Nun wird er nicht wiederkommen, und darüber bin ich entzückt.«

Piers schüttelte den Kopf. »Es ist ein Jammer«, meinte er bedauernd. »Ich kann mir nicht vorstellen, was diesen Mr. Pitt so weit getrieben hat. Mir machte er einen so guten Eindruck. Vermutlich muß es eine Erklärung für diese Angelegenheit geben.«

»Unsinn«, sagte Loretta sofort. »Wirklich, Piers, manchmal wundere ich mich, wieso du so viel Erfolg hast. Dein Urteil über Menschen ist . . . kindisch.«

Emily spürte, daß Loretta zu weit gegangen war, doch sie selbst schien das nicht zu erkennen.

Piers betrachtete seine Frau kühl. »Ich denke, du wolltest ›nachsichtig‹ statt kindisch sagen.«

»Betrachtest du auch dieses Mädchen ›nachsichtig‹, das hier hereinkommt, als sei es gerade aus dem Bett gekrochen?« fragte Loretta mit eisiger Ablehnung.

Piers wandte sich Emily zu und musterte sie eingehend. In seinen Augen schimmerte ein Funken Humor.

»Haben Sie mit einem der Diener gerauft, Amelia?«

Sie erwiderte seinen Blick ruhig und ohne zu blinzeln.

»Nein, Sir, das habe ich nicht — nicht jetzt und zu keiner Zeit.«

»Danke«, sagte er feierlich. »Die Sache ist erledigt. Ich denke, es ist Zeit, daß wir uns zum Abendessen umziehen.« Er steckte die Hände in die Taschen und ging lässig zur Tür.

»Ich behalte meine Zofe«, wiederholte Veronica mit Nachdruck und sah Loretta an. »Wenn sie geht, dann nur auf meinen Wunsch hin, nicht auf deinen.«

»Trink deinen Tee«, entgegnete Loretta mit ausdrucksloser Miene, doch Emily spürte genau, daß ihr Nachgeben nur vorübergehend war.

Loretta verließ das Zimmer und schloß die Tür mit einem festen Klicken. Veronica ignorierte den Tee und aß eine Scheibe Brot.

»Ich habe es mir anders überlegt«, sagte sie und schaute in den Spiegel. »Ich werde mein grünes Kleid anziehen.«

Die folgenden Tage waren anstrengend. Emily bemühte sich sehr, eine perfekte Zofe zu sein, so daß nicht einmal Edith etwas an ihr auszusetzen hatte. Sie bügelte manche Teile drei- bis viermal, bis ihr Rücken und die Arme schmerzten, doch sie kapitulierte nicht vor dem kleinsten Fältchen.

Es bestand immerhin die Möglichkeit, daß Veronica in ihrem Entschluß wankend wurde und sich dem Willen ihrer Schwiegermutter beugte. Dann würde Emily doch noch das Haus verlassen müssen. Sie enthielt sich aller kessen Bemerkungen, zwang sich zu demütigem Verhalten und trug den Kopf weniger hoch als gewöhnlich.

Auf der anderen Seite legte sie sich ins Zeug, um Mrs. Melrose, der Köchin, zu schmeicheln, die eine hervorragende Verbündete abgab, zumal auch sie Mrs. Crawford nicht mochte. Emily ging nach dem Grundsatz vor: »Der Feind meines Feindes ist mein Freund.« Sie kam auch sehr gut mit dem Butler zurecht. Normalerweise hätte sie ihre eigene Taktik verwerflich gefunden, doch sie mußte in diesem Haus überleben, wenn sie Charlotte und Thomas helfen wollte, und die Zeit reichte nicht für edle moralische Erwägungen.

Die Aushilfskraft und das Spülmädchen hatten die niedrigsten Positionen im Haushalt inne, doch besonders die Aushilfe war ein aufmerksames Kind und nicht unintelligent. Emily brachte es durch ein wenig Freundlichkeit fertig, viele Informationen aus ihr herauszuholen. Natürlich wußte sie nichts über Robert York und kaum etwas über die Familie, aber sie beurteilte die Dienerschaft mit wachem Verstand.

Am Samstag nachmittag traf sich Emily mit Charlotte im Park. Es regnete leicht und war bitter kalt. Die beiden Schwestern rückten auf der Bank zusammen und stellten die Krägen ihrer Mäntel hoch.

Das Gespräch drehte sich um die Erkenntnis, daß der Mörder in Hanover Close zu finden war und daß Loretta oder Veronica seine Identität kannten oder zumindest wußten, warum das Verbrechen begangen worden war. Doch wie man das Schweigen der beiden brechen sollte, war ein Rätsel.

Charlotte hatte Angst um Emily, aber die lähmende Verzweiflung über Thomas' Situation hielt sie davon ab, ihrer Schwester vorzuschlagen, das York-Haus zu verlassen. Es hätte auch keinen Unterschied gemacht. Emily hatte nicht die Absicht, den Kampf aufzugeben und sich zurückzuziehen, während man Thomas verurteilte und dem Henker auslieferte.

Natürlich hatte Emily auch Angst. Nachdem sie Charlotte zum Abschied umarmt hatte, drängte sie die Tränen zurück und lief durch die nassen Straßen, vorbei an Kutschen und schmiedeeisernen Toren, bis sie das Haus in Hanover Close erreicht hatte. Sie zitterte vor Kälte und ging gleich in die Küche. Dort aß sie ein einsames Mahl und suchte danach ihr Zimmer auf. Selbst im Bett zitterte sie noch und lag lange wach, wobei sie überlegte, wie sie nur die Person fassen könnte, die schon dreimal gemordet und ihre Verbrechen so gut getarnt hatte, daß nun Thomas der einzige Verdächtige war.

Sie erwachte in der Dunkelheit. Ein Schrei blieb ihr im Hals stecken, und ihr Körper war starr vor Entsetzen, da sie einen Schritt draußen auf dem einsamen Korridor gehört hatte. Lautlos glitt sie aus dem Bett; die Kälte fuhr wie ein Windstoß durch ihr dünnes Nachthemd. Im trüben Licht des knapp verhüllten Fensters packte sie den einzigen Holzstuhl, den sie im Zimmer hatte, und stemmte ihn unter den Türgriff. Wieder im Bett, zog sie die Knie bis ans Kinn und versuchte, warm genug zu werden, um noch einmal einschlafen zu können. Doch sie wurde von bedrohlichen Träumen geplagt und wachte mehrmals auf, in dem Gefühl, wieder Schritte vernommen zu haben. Hatte jemand versucht, den Türknopf zu drehen? Der Wind rüttelte an einem Fensterflügel, und Emily wartete angstvoll, bis sie den Laut wieder hörte und wußte, woher er kam.

Mit dem Tageslicht kehrte der Mut zurück, doch Emily war noch nervös, und es kostete sie alle Anstrengung, ihre stumpfsinnigen Pflichten erledigen zu können.

Überall sah sie Schatten. Bis zum Abend war sie so erschöpft, daß sie hätte weinen mögen. Sie fühlte sich gefangen in dem Haus, von einer Aufgabe zur anderen getrieben, ohne die Chance, einmal allein zu sein, und doch mit der Last der Einsamkeit im Herzen. Und ständig war die Zeit der Feind.

In gewisser Weise war es für Emily ein Segen, mit Arbeit eingedeckt zu sein, so daß ständiges Grübeln unmöglich war.

Charlotte konnte nur vermuten, was mit Emily geschehen würde, nachdem sie sich im Regen am Parktor getrennt hatten. Es war sinnlos, darüber nachzudenken. Sie, Charlotte, hatte keinen Einfluß darauf. Und sie mußte Thomas weiterhin anlügen, sonst hätte er gemerkt, daß Ballarat und sein ganzer Polizeiapparat keinen Finger für ihn rührten. Die Unehrlichkeit ihrem Mann gegenüber gehörte zu den schlimmsten Heimsuchungen, die Charlotte je erlebt hatte. An den Luxus, alles Wissen miteinander zu teilen, war Charlotte so gewöhnt, daß sie seinen Wert vergessen hatte. Nun wäre die Wahrheit reiner Egoismus gewesen.

Charlotte wurden aber auch kleine Freuden zuteil, mit denen sie nicht gerechnet hatte. Ein seltsamer schmaler Mann mit der Mütze eines Straßenhändlers brachte ihr eine Tasche voller Heringe und wollte keine Bezahlung annehmen. Er eilte durch den Regen davon, als sei es ihm unangenehm, Dankesworte zu hören. Eines Morgens fand sie ein Bündel Reisig vor ihrer Tür, zwei Tage später noch ein weiteres. Sie wußte nicht, wer ihr das Holz überlassen hatte. Der Gemüsehändler benahm sich rüde, geradezu unverschämt, aber der Kohlenhändler lieferte ihr weiter Brennmaterial, und sie fand, daß die Säcke ein wenig voller waren als früher.

Caroline besuchte ihre Tochter nicht wieder, aber sie schrieb jeden Tag, daß es den Kindern gutging, und sie bot jede Art von Hilfe an.

Der Brief, der Charlotte am meisten rührte, kam von Großtante Vespasia, die an Bronchitis litt und das Bett hüten mußte. Sie zweifelte nicht an Thomas' Unschuld und versprach, ihren Anwalt einzuschalten, falls es tatsächlich zu einer in ihren Augen lächerlichen Anklage kommen sollte. Sie schickte auch zehn Guineen mit und merkte an, Charlotte solle nicht so dumm sein und sich beleidigt fühlen — man könne nicht mit leerem Magen kämpfen, und offenbar stünde ein Kampf an.

Die Schrift war zittrig, und Charlotte stellte mit Schrecken fest, daß die Zerbrechlichkeit des Alters nicht vor Tante Vespasia haltmachte. Sie stand in der Küche und hielt das blaue Büttenpapier in der Hand. Alle guten und sicheren Dinge in ihrem Leben begannen schnell zu schwinden; ein Eishauch berührte sie, den kein Feuer abhalten konnte.

Sie besuchte Thomas wieder und stand im Regen mit anderen stillen traurigen Frauen, deren Väter, Ehemänner oder Söhne in dem Zuchthaus verkamen. Einige waren gewalttätig, einige habgierig, brutal von Natur aus oder durch die Umstände, viele nur unfähig, mit dem Leben in den überfüllten Straßen fertig zu werden, wo nur die Stärksten sich behaupten konnten.

Charlotte hatte Zeit für Mitleid, Zeit, um über diese anderen Frauen nachzudenken; es war leichter, sich mit dem Schmerz fremder Menschen zu beschäftigen, als den eigenen zu bezwingen. So konnte sie Thomas mit mehr Mut entgegentreten, lügen und lächeln.

Sie blickte in sein Gesicht, sah den Schmutz und die blauen Flecken, die Ringe um seine Augen, den Schock, den sein gezwungenes Lächeln nicht verbergen konnte.

Er kannte sie so gut, und nie zuvor war es ihr gelungen, ihn zu täuschen. Nun sah sie ihn offen an und log so mühelos, als sei er ein Kind, das mit Geschichten geschützt und getröstet werden mußte, während sie die Wahrheit für sich behielt.

»Ja, uns geht es gut, obwohl wir dich natürlich sehr vermissen. Wir haben von allem genug, so daß ich Mama oder Emily noch nicht um Hilfe bitten mußte. Nein, ich war nicht noch einmal bei den Yorks. Ich überlasse die Angelegenheit Ballarat, wie du es gewünscht hast. Wenn er dir bisher niemand hergeschickt hat, dann muß er es wohl für überflüssig halten.«

Sie redete ziemlich überstürzt und ließ ihm keine Zeit, sie zu unterbrechen oder Fragen zu stellen, die sie nicht beantworten konnte.

»Emily ist daheim. Sie kann dich nicht besuchen, weil man sie hier nicht hereinläßt. Sie ist nicht nahe genug verwandt. Ja, Jack Radley ist sehr hilfsbereit . . .«

Emily befand sich im Wäscheraum und verrichtete die Arbeit, die sie am meisten haßte: Sie bügelte die gestärkten Rüschen von einem halben Dutzend Baumwollschürzen. Edith hatte es wieder einmal geschafft, ihren eigenen Anteil an Bügelwäsche der ungeliebten Rivalin aufzuhalsen. Nun blickte Emily erstaunt auf, als Mary hereinschlüpfte und den Finger auf die Lippen legte.

»Was ist?« flüsterte Emily.

»Ein Mann«, erwiderte Mary hastig und leise. »Sie haben einen Verehrer.«

»Das stimmt nicht«, sagte Emily entschieden.

Diese Art von Problemen konnte sie wahrhaftig nicht brauchen. Sie hatte auch kein männliches Wesen in irgendeiner Form ermutigt.

»Doch«, widersprach Mary. »Er sieht schmuddelig aus, als sei er durch einen Kamin gekrochen. Aber er spricht sehr schön, und wenn er gewaschen wäre, könnte er einem schon gefallen.«

»Also, ich kenne ihn wirklich nicht«, erklärte Emily gereizt. »Sagen Sie ihm, er soll gehen.«

»Wollen Sie ihn nicht wenigstens anschauen?«

»Nein. Möchten Sie, daß ich kein Zeugnis bekomme?«

»Er ist so hartnäckig.«

»Man wird mich hier hinauswerfen«, meinte Emily wütend.

»Aber er sagt, er kennt Sie!« Mary gab so schnell nicht auf. »Er heißt Jack Soundso . . .«

Emily erstarrte. »Was?«

»Er heißt Jack«, wiederholte Mary.

Emily stellte das Bügeleisen hin. »Ich komme. Wo ist er? Hat sonst jemand ihn gesehen?«

»Sie haben Ihre Meinung aber sehr rasch geändert«, stellte Mary zutiefst befriedigt fest. »Beeilen Sie sich. Er ist an der Tür zur Spülküche. Los, machen Sie schnell!«

Emily rannte hinaus, und Mary folgte ihr, um aufzupassen, daß die Köchin nicht erschien.

Emily konnte kaum glauben, was sie sah. Der Mann, der auf den rückwärtigen Stufen neben den Kohlenkästen und Mülltonnen im Regen stand, trug einen dunklen, zerlumpten Mantel, der ihm über die Knie reichte. Sein Gesicht war fast ganz verborgen unter einem breitrandigen Hut und einer rußigen Haarlocke, die ihm in die Stirn fiel. Seine Haut erschien schmutzig, als sei er tatsächlich durch einen Kamin gestiegen.

»Jack?« sagte Emily ungläubig.

Er grinste und zeigte erstaunlich weiße Zähne in seinem schwarzen Gesicht. Sie war so froh, ihn zu sehen, daß sie am liebsten gelacht hätte, aber sie wußte, daß ihr Lachen sich gleich in Tränen verwandeln würde.

»Geht es dir gut?« fragte er. »Du siehst fürchterlich aus.«

»Ja, es geht mir gut«, erwiderte sie mit gepreßter Stimme. »Nachts stelle ich einen Stuhl unter den Türknopf. Ich muß dringend mit dir reden. Was macht Charlotte?«

»Es ist sehr schlimm für sie, und wir kommen nicht weiter.«

In der Spülküche erklang ein Ruf, und Emily wußte, daß jemand da war, der sie verraten würde — entweder die Köchin oder Nora.

»Geh!« sagte sie schnell. »Ich komme ungefähr in einer halben Stunde zum Schuster; warte hinter der Ecke auf mich, bitte!«

Er nickte, und als Noras neugieriges Gesicht in der Tür erschien, war er schon verschwunden.

»Was machen Sie hier draußen?« fragte Nora scharf. »Ich dachte, ich hätte Sie mit jemand sprechen gehört.«

»Nun, Sie sehen ja, welche Streiche Ihnen Ihr

»Denken« spielt«, antwortete Emily frech. Gleich darauf bereute sie es; es war unklug, sich Nora zur Feindin zu machen. Doch jetzt war es zu spät für einen Rückzieher. »Übrigens — was suchen Sie denn hier draußen?«

»Hm . . .« Nora war offensichtlich gekommen, um Emily zu erwischen, und nun war sie verlegen. Sie hob das Kinn ein wenig. »Ich dachte, jemand würde Sie belästigen, und wollte Ihnen helfen.«

»Wie reizend«, meinte Emily spöttisch. »Wie Sie sehen, ist niemand da. Ich wollte nur nach dem Wetter schauen.«

»Genügt Ihnen da nicht ein Fenster?«

»Eigentlich nicht. Ich war im Wäscheraum.« Sie blickte in Noras schöne herausfordernde Augen.

Nora zuckte die hübschen Schultern. »Dann gehen Sie an Ihre Arbeit und vertrödeln Sie nicht den halben Nachmittag mit Ihrer Wetterkunde.«

Emily kehrte wieder in den Wäscheraum zurück und bügelte die letzte Schürze, faltete sie und stellte das Eisen weg. Anschließend nahm sie Hut und Mantel, sagte Mary Bescheid, wohin sie ging, und eilte hinaus auf die Straße, Hanover Close entlang und Richtung Hauptverkehrsader. Auf Schritt und Tritt erwartete sie, Jack zu treffen oder ihn hinter sich zu hören.

Nachdem sie die erste Ecke umrundet hatte, stieß sie fast mit ihm zusammen. Er sah immer noch so verwegen aus und berührte sie nicht, sondern marschierte respektvoll neben ihr her, als seien sie beide das, was sie darstellten: eine Zofe bei einer Besorgung und ein Schornsteinfeger, der gerade eine Arbeitspause einlegte.

Sie erzählte ihm von dem seltsamen Gespräch zwischen Veronica und Loretta, das sie belauscht hatte, und er sprach über Charlotte und ihre verzweifelte Lage.

Bald hatte Emily Veronicas Stiefel abgeholt und befand sich mit Jack auf dem Rückweg zum York-Haus. Es regnete stärker, ihre Füße und Röcke waren naß, und der Ruß begann in schwarzen Rinnsalen über Jacks Gesicht zu laufen.

»Du siehst zum Fürchten aus«, sagte sie mit einem etwas angestrengten Lächeln. Sie ging immer langsamer, denn es fiel ihr schwer, die kurze Befreiung von Pflichten und Angst sowie Jacks angenehme Gesellschaft wieder aufzugeben. »Deine eigene Mutter würde dich nicht erkennen«, fügte sie hinzu.

Er fing an zu lachen, zuerst ganz leise, dann herzhafter, als er ihren einfachen schlammbraunen Mantel, den hausbackenen Hut und die durchnäßten Stiefel betrachtete.

Auch sie kicherte, und sie standen tropfend im Regen und lachten beide plötzlich Tränen. Er streckte die Hände aus und nahm ihre zärtlich in seine.

Einen Moment lang dachte sie, er wolle sie fragen, ob sie seine Frau werden würde, doch er schluckte die Worte hinunter, die ihm auf der Zunge lagen. Sie besaß all das Geld der Ashworths, die Häuser, den vornehmen Stand; er besaß nichts. Nur Liebe anzubieten war nicht genug.

»Jack«, sagte sie, ohne sich zu besinnen. »Jack, würdest du in Betracht ziehen, mich zu heiraten?«

Der Regen wusch den Ruß aus seinem Gesicht.

»Ja, Emily, ich würde dich gern heiraten, sehr gern sogar.«

»Dann darfst du mich küssen«, flüsterte sie mit einem scheuen Lächeln.

Langsam, vorsichtig und sehr sanft tat er es, und obwohl Jack schmutzig und unterkühlt im Regen stand, war es ein himmlisch süßer Kuß.

11

Das Leben im Gefängnis war jenseits aller Vorstellungen, die Thomas Pitt je entwickelt hatte.

Zuerst hatte der Schock der Festnahme, die gewaltsame Beförderung von einer Seite des Gesetzes auf die andere, seine Gefühle betäubt und ihm nur mehr höchst oberflächliche Reaktionen gestattet. Selbst als er aus der Zelle des Untersuchungsgefängnisses in das große Zuchthaus von Coldbath Fields gebracht worden war, hatte ihn das nicht im Innersten berührt. Er sah die dicken Mauern und hörte das Zufallen der Tür; der seltsam säuerliche Geruch überwältigte ihn, doch seine Emotionen blieben unangetastet.

Als er am nächsten Morgen steif vor Kälte aufwachte, kam die Erinnerung zurück, und das Geschehene erschien ihm grotesk. Jeden Augenblick würde jemand kommen, sich hundertmal entschuldigen, und man würde ihm ein köstliches Frühstück mit viel heißem Tee servieren.

Doch als jemand kam, war es nur der Gefängniswärter mit einem Blechgeschirr voller Haferschleim, der Pitt befahl aufzustehen und sich für den Tag fertig zu machen. Thomas Pitt protestierte, ohne nachzudenken, da wurde ihm beschieden zu gehorchen, andernfalls drohe ihm eine Sonderstrafe.

Die anderen Gefangenen betrachteten ihn mit Neugier und Haß. Er war der Feind. Hätte es nicht die Polizei gegeben, wäre keiner der Männer hier dieser verlängerten Qual unterworfen gewesen, eingepfercht in die engen luftlosen Zellen der Tretmühle, wo sie endlos auf Leisten traten, die unter ihnen nachgaben, während die Delinquenten sich abmühten, mit dem sich langsam drehenden Rad Schritt zu halten. Fünfzehn Minuten in so einem hühnerkorbartigen Pferch mit der stickigen Luft, die die Lungen verstopfte, waren das höchste, was ein Mann ertragen konnte, dann mußte er herausgeholt werden, ehe er zusammenbrach.

Wenn einer nicht eifrig genug dieser Folter frönte, gab es noch eine Menge anderer Strafen. Bei offenem Aufstand konnte ein Gefangener geprügelt oder ausgepeitscht werden, bei geringeren Verstößen wie Frechheit oder Gehorsamsverweigerung drohte ihm der Drill mit den Kanonenkugeln. Am dritten Tag wurde Thomas Pitt selbst dazu verurteilt — wegen seiner Widerworte, seiner Faulheit und der Anzettelung eines Krawalls.

Die Männer mußten sich draußen in dem kalten Übungshof in einem Viereck aufstellen. Jeder stand zweieinhalb Meter von seinem Nachbarn entfernt und hatte eine zehn Kilogramm schwere Kanonenkugel vor seinen Füßen liegen. Auf Kommando mußte er die Kugel hochheben und auf den Platz seines Nachbarn legen, dann zu seinem eigenen Platz zurückkehren, wo er die Kugel seines anderen Nachbarn vorfand. Dieses sinnlose

Herumreichen der Kanonenkugeln konnte fünfundsiebzig Minuten dauern, bis es in den Schultern stach, die Muskeln schmerzhaft überdehnt und die Rücken so strapaziert waren, daß die Männer sich nicht mehr gerade aufrichten konnten.

Pitts Verstoß rührte von einem dummen Streit her, den ein anderer Gefangener begonnen hatte, der sich vor seinen Kumpanen brüsten wollte. Hätte Pitt seiner Umgebung mehr Aufmerksamkeit geschenkt, wären ihm das reizbare Temperament und die unsteten Augen des Mannes aufgefallen, der in die Runde blickte und Bewunderung einheimste, jene besondere Mischung aus Furcht und Respekt, die die Schwachen den Brutalen zollen.

Doch Pitts Gedanken weilten bei dem toten Körper der Frau in Rot und ihrem Gesicht, das er nur kurz gesehen hatte. War sie wirklich einmal so schön gewesen, daß sie reiche Männer betören konnte? Er war so versunken in diese Frage, daß er dem gewalttätigen Häftling ein paar unbedachte Worte zuwarf, die gleich zu einem Angriff und einer idiotischen Rauferei führten, in die sich mehrere Typen einmischten. Die Folge war der Drill mit den Kanonenkugeln, aus dem Pitt schweißgebadet und so zerrissen hervorging, daß er sich vier Tage lang nicht einmal im Schlaf ohne Schmerzen umdrehen konnte.

Die Tage vergingen, und Pitt gewöhnte sich an die Routine, an das miserable Essen und daran, immer zu frieren, wenn die Arbeit ihn nicht schwitzen ließ. Er haßte es, ständig schmutzig zu sein, er haßte den Mangel an privater Sphäre, vor allem bei den lebenswichtigen Verrichtungen. Nie in seinem ganzen Dasein war er so einsam gewesen, obwohl er keine Sekunde allein war. Er sehnte sich nach ein wenig Abgeschlossenheit, nach der Chance, sich zu entspannen und nachzudenken, ohne von grausamen lauernden Augen beobachtet und verfolgt zu werden.

Die erste Begegnung mit Charlotte war von allen Erfahrungen die schlimmste: seine Frau zu sehen, sie nicht berühren zu dürfen und jedes Wort vor den Ohren eines primitiven Wärters äußern zu müssen! Was konnte er ihr sagen? Seine einzige Schuld war seine Einfalt, seine Kurzsichtigkeit. Er wußte immer noch nicht, wer Robert York getötet hatte. Seine Schuld bestand im Mißerfolg. Er war auch Charlotte und den Kindern gegenüber ein Versager. Was würde mit ihnen geschehen? Was geschah jetzt mit ihnen? Charlotte mußte all die Schande und Angst ertragen, für die Frau eines Mörders gehalten zu werden. Und bald würde die Armut ihr zusetzen, wenn ihre Familie ihr nicht half. Doch das Elend und die Demütigung einer lebenslangen Abhängigkeit waren kaum eine Lösung.

Wie konnte er ihr unter solchen Umständen auch nur sagen, daß er sie liebte — wenn ein geringschätziger Wächter zuhörte?

Sie war blaß gewesen. Sie hatte sich sehr bemüht, doch der Schrecken war nicht aus ihren Gesichtszügen gewichen. Er konnte sich gar nicht mehr erinnern, was sie gesprochen hatten — es war eine inhaltlose Unterredung gewesen. Nur das Schweigen zwischen den Worten hatte Gewicht gehabt — und die Zärtlichkeit in Charlottes Augen.

Beim zweitenmal war es besser gewesen. Wenigstens schien Charlotte sich die Realitäten im Gefängnis nicht zu vergegenwärtigen, und sie glaubte an Ballarats Bemühungen, Thomas freizubekommen — ein Glaube, den er nicht teilen konnte. Ballarat hatte ihn nie besucht und auch keinen Stellvertreter geschickt, abgesehen von einem Polizisten, der nur bedeutungslose und oft wiederholte Fragen gestellt hatte.

Die Tage verschwammen zu einer langen düsteren Prozession. Es war nie hell in diesem Zuchthaus. Selbst im Übungshof verlor sich das schwache Wintertageslicht zwischen den steilen hohen Mauern. Gebeugt über die Kanonenkugeln oder zusammengepfercht mit anderen, sauer riechenden Häftlingen spürte Thomas Pitt, wie die Dunkelheit, einem Schimmelpilz ähnlich, in seine Seele kroch.

Nachts, wenn er in der Kälte lag, grübelte er über jede Möglichkeit seines Falles nach. Er konnte mit niemand darüber reden, aber die Häscher vermochten nicht, ihn vom Denken abzuhalten.

Seit Dulcies Tod, den Pitt zweifelsfrei für Mord hielt, hatte sich der Kreis der Verdächtigen soweit verengt, daß nur mehr eine Person im York-Haus oder einer der Besucher übrigblieb, die an jenem Abend dagewesen waren.

Doch nun war auch die Kirschrote umgebracht worden, in dem Moment, als Pitt sie gefunden hatte. Wer war sie gewesen?

Pitt lag wach und hörte die inzwischen vertrauten Geräusche unruhiger Bewegungen. Husten, Schnarchen und Fluchen, und, weiter entfernt, das verzweifelte Weinen eines Mannes.

Pitt grübelte noch an der Grenze zum Schlaf, sein Gehirn jagte Schatten nach. Die Frau in Rot wäre die Lösung aller Rätsel gewesen ...

Am Morgen kehrte die graue Unmittelbarkeit des Tages zurück und erfüllte Pitts Sinne. Vor einigen Wirklichkeiten konnte er die Augen verschließen, sogar gewisse Geräusche verdrängen, der Kälte gegenüber unempfindlich werden, doch es gelang ihm nie, den abstoßend säuerlichen Geruch zu vergessen. Dieser Geruch kroch mit jedem Atemzug in die Lungen, blieb im Hals hängen und ließ den Magen revoltieren.

Der Gefängnisalltag unterdrückte Pitts Gedanken.

Mit der Dunkelheit stellte sich die Illusion des Alleinseins wieder ein, und Pitt begann von neuem, sich mit den ungelösten Fragen zu beschäftigen. Er drehte und wendete sie, und keine Antwort befriedigte ihn. Am wahrscheinlichsten erschien, daß Robert York jemand überrascht hatte und wegen dieser Entdeckung getötet wurde, ebenso wie Dulcie und die Frau in Rot. Doch um welche Entdeckung konnte es sich handeln?

Der Polizist kam wieder, diesmal mit noch ernsterer Miene, und er erwähnte Ballarat überhaupt nicht.

»Es war also diese Dulcie, die Ihnen als erste von der Frau in Rot erzählte, Mr. Pitt?« Er blickte in sein Notizbuch und sah dann wieder auf. »Wie fanden Sie die Frau in Seven Dials?«

»Durch mühevolle Kleinarbeit«, erwiderte Pitt matt. »Ich fragte eine Menge Leute — Straßenhändler, Blumenmädchen, Sandwichverkäufer, Türsteher, Prostituierte.«

Der Polizist schüttelte langsam den Kopf. »Das muß viel Zeit gekostet haben. Gab es keine bessere Art, etwas zu erfahren?«

»Nein. Niemand wollte sich äußern, abgesehen von Miß Adeline Danver. Und sie sah die Frau nur einen Moment am Treppenabsatz im Gaslicht.«

»Das ist Julian Danvers Tante?«

»Ja. Aber Miß Danver wußte natürlich nicht, wo die Frau zu finden war.«

Der Polizist furchte die Stirn. »Ich könnte mit ihr darüber reden.«

»Wenn Sie das tun, seien Sie um Gottes willen vorsichtig. Die letzte Person, die mit der Polizei über die Kirschrote sprach, hatte einen tödlichen ›Unfall‹.«

Der Polizist schwieg einen Augenblick. »Was glauben Sie, wer diese Frau war, die Sie die Kirschrote nennen?«

»Ich weiß es nicht. Sie war schön. Jeder, der sie sah, erklärte, sie habe Stil, Geist und Witz in sich vereint.«

»Verzeihen Sie, Mr. Pitt, aber ich fand, daß sie eher wie ein Dienstmädchen aussah, das als Straßendirne gelandet war.«

»Sie war eine Kurtisane.« Thomas Pitt blickte in das ernste, verwirrte Gesicht des Beamten. »Eine anspruchsvolle Prostituierte für die besseren Kreise, eine, die sich die Freier aussuchte — solche, die einen sehr hohen Preis bezahlen konnten.«

Der Polizist zuckte die Schultern. »Wenn Sie das meinen, Mr. Pitt. Aber ich sage Ihnen: Sie hat Böden geschrubbt. Ihre Hände und Knie verrieten es. Ich habe zu viele Frauen mit solchen Schwielen gesehen, um das nicht zu wissen.«

Pitt starrte ihn an. »Das kann nicht stimmen!«

»Doch, Mr. Pitt. Ich habe sie genau betrachtet. Das gehört zu meinen Aufgaben. Wir kennen auch ihren Namen noch nicht . . .«

Ein bohrender und schrecklicher neuer Gedanke schoß Pitt durch den Kopf: War das vielleicht nicht die echte Kirschrote gewesen, die er gefunden hatte, sondern ein hilfloses Opfer, das ihn in die Irre führen sollte? Vielleicht war die ganze Angelegenheit inszeniert worden, um ihn genau dorthin zu bringen, wo er jetzt war — wehrlos und lebendig begraben. Jemand hatte ihn beobachtet, nach Seven Dials gelockt und im richtigen Moment gemordet, um ihn auszuschalten, während die Frau in Rot noch lebte! Wußte Ballarat das? Schützte er sie absichtlich, indem er sich von dem Fall abwandte und vorgab, Pitt für schuldig zu halten?

Wie weit ging dann diese Korruption, dieser Verrat?

Nein, er konnte nicht glauben, daß Ballarat dazu fähig war. Der Polizeichef war zu selbstgefällig, zu arm an Fantasie. Er besaß nicht den Mut, mit einem so hohen Einsatz zu spielen. Er war unsensibel, ein moralischer Feigling, ein sozialer Aufsteiger, aber englisch bis in die Knochen. Auf seine eigene starrköpfige Art wäre er lieber gestorben, als einen Verrat zu begehen. Nein, Ballarat wurde benutzt.

Aber von wem?

»Geht es Ihnen gut, Mr. Pitt?« fragte der Polizist besorgt. »Sie sehen so verstört aus.«

»Sind Sie sich wegen der Schwielen sicher?« meinte Pitt langsam und versuchte, seiner Verzweiflung Herr zu werden. »Wie war ihr Gesicht? War es schön? Könnten Sie sich wenigstens vorstellen, daß sie Anmut und eine Art von Lieblichkeit besaß?«

Der Polizist schüttelte langsam den Kopf. »Das ist schwer zu sagen, Mr. Pitt.«

»Der Knochenbau!«

Pitt beugte sich ungeduldig vor. »Ich weiß von den Schwellungen und der Verfärbung. Aber an ihren Knochenbau kann ich mich nicht erinnern.« Er sah den Beamten beschwörend an.

»Wegen der Schwielen bin ich mir ziemlich sicher«, meinte der Mann nachdenklich. »Und sonst war sie mehr oder weniger gewöhnlich, zwar nicht übel, aber auch nichts Besonderes. Warum, Mr. Pitt? Was denken Sie?«

»Daß es nicht die Kirschrote war, sondern irgendeine arme Kreatur, die in ihre Kleider gesteckt und ermordet wurde, um mich in die Falle zu locken. Die Kirschrote lebt noch.«

»Du meine Güte!« Der Polizist atmete hörbar aus. Nur ein Hauch von Zweifel ließ sich in seinen Zügen erkennen. »Was soll ich jetzt tun, Mr. Pitt?«

»Ich weiß es nicht, Gott helfe uns. Im Moment habe ich keine Idee.«

12

Charlottes Gedanken drehten sich um dasselbe Thema wie die von Thomas Pitt, nur wußte sie natürlich nicht so viel wie er. Sie stellte sich vor, daß jede beliebige Person die Dirne in Seven Dials umgebracht haben konnte, aber für den Mord an Dulcie kam nur ein Mitglied der Familie in Hanover Close in Frage. Charlotte hatte sie alle kennengelernt und höflich mit ihnen geplaudert, während eines von ihnen den Justizmord an Thomas vorbereitete. Sie stand plötzlich von ihrem Platz neben dem Küchenherd auf. Es war nun dunkel. Gracie lag schon lange im Bett. Heute nacht konnte Charlotte nichts mehr tun, sie hatte sich das Gehirn zermartert und war zu dem Schluß gekommen, daß sie durch Nachdenken keine Lösung des Problems herbeiführen konnte.

Sie durfte Thomas in den nächsten vier Tagen nicht besuchen, und es war sinnlos, Ballarat um Hilfe zu bitten. Doch sie konnte sich an den Polizisten wenden, der nun den Fall bearbeitete, der die Leiche der Frau in Rot gesehen und mit dem Bordellbesitzer geredet hatte. Und sie mußte sich wieder in Hanover Close umsehen, denn dort war die Antwort zu finden — wenn Charlotte nur den Anfang des Fadens entdecken könnte, mit dem das Auftrennen des Intrigengewebes beginnen würde.

Obwohl sie erschöpft war vor Angst, schlief sie schlecht und erwachte lange vor der Morgendämmerung. Um sieben Uhr war sie in der Küche, räumte selbst den Ofen aus und zündete ein neues Feuer an. Als Gracie eine Viertelstunde später herunterkam, fand sie die Arbeit getan und den Wasserkessel kochend vor. Sie öffnete den Mund, um zu protestieren, doch als sie Charlottes blasses Gesicht sah, schwieg sie.

Am späten Vormittag ging Charlotte rasch im eisigen Sonnenlicht unter den kahlen Bäumen am Green Park vorbei, um den Wachtmeister Maybery zu suchen. Der diensthabende Polizist in der Bow Street hatte ihr gesagt, daß Maybery den Fall der ermordeten Prostituierten in Seven Dials übernommen hatte. Diese Information war ihm nicht leicht über die Lippen gekommen, aber noch unangenehmer wäre ihm die Aussicht gewesen, sich in der Dienststelle mit einer hysterischen Frau abgeben zu müssen. Er haßte Szenen, und Charlottes gerötete Wangen und leuchtende Augen verhießen in dieser Hinsicht nichts Gutes.

Charlotte sah den blau gekleideten Wachtmeister mit dem großen Hut und Cape, als er von der Half Moon Street in den Piccadilly einbog. Sie rannte über die Straße, ohne auf den Verkehr zu achten.

»Wachtmeister!«

Er blieb stehen. »Ja, Madam? Was kann ich für Sie tun?«

»Sind Sie Wachtmeister Maybery?«

Er blickte sie verblüfft an. »Ja, Madam.«

»Ich bin Mrs. Pitt, Mrs. Thomas Pitt.«

»Oh.« Widerstreitende Gefühle drückten sich in seinen Zügen aus: Verlegenheit, der Mitleid folgte, dann begann er eifrig zu reden. »Ich war gestern bei Mr. Pitt, Madam. Den Umständen entsprechend, sieht er nicht allzu schlecht aus.«

Charlottes Mut kehrte zurück. Es war immerhin möglich, daß der Mann an Thomas' Unschuld glaubte.

»Wachtmeister, Sie untersuchen den Tod der Dirne in Seven Dials. Was wissen Sie über sie? Wie war ihr Name? Wo war sie, ehe sie in dieses Bordell kam?«

Er schüttelte langsam den Kopf. »Wir wissen gar nichts über sie, Madam. Sie kam erst drei Tage vor ihrem Tod in dieses Haus und nannte sich Mary Smith. Niemand hatte je von ihr gehört. Sie sagte nichts, und keiner fragte sie, wie das in diesem Gewerbe so üblich ist. Noch eines, Madam — Ihr Mann meinte, sie könnte die Frau in Rot nicht gewesen sein, denn meine Beschreibung der Toten entsprach überhaupt nicht dem Bild, das Mr. Pitt von ihr übermittelt bekam. Sie war eine ganz gewöhnliche Prostituierte mit Schwielen an den Händen und Knien vom Putzen.«

Charlotte stand reglos da. Der Fahrtwind einer vorbeibrausenden Kutsche fuhr unter die Krempe ihres Hutes. Dann war diese Dirne gar nicht die Kirschrote! Eine andere war ermordet worden, um Thomas von der richtigen Spur abzulenken! Vielleicht war es nur ein Zufall gewesen, daß Thomas sie gerade in diesem Moment gefunden hatte und als Täter verhaftet worden war — oder gehörte auch das zu einem Plan? Diese Frau mußte noch wichtiger sein, als sie alle geglaubt hatten.

Dann kam Charlotte eine aufregende Idee. Sie war erschreckend, vielleicht verrückt, gewiß gefährlich — aber es schien keine andere Möglichkeit mehr zu geben.

»Ich danke Ihnen, Wachtmeister Maybery«, sagte Charlotte laut. »Ich danke Ihnen sehr! Bitte grüßen Sie Thomas, wenn Ihnen das gestattet ist. Und bitte erwähnen Sie unser Gespräch nicht. Es würde ihn nur bekümmern.«

»In Ordnung, Madam, wenn Sie es wünschen.«

»Es ist mir wichtig — bitte!« Sie drehte sich um und eilte zur nächsten Haltestelle. Die neue Idee wirbelte ihr im Kopf herum. Es mußte etwas Besseres, weniger Irrsinniges, dafür Intelligenteres geben — aber was? Die Zeit zu warten war vorbei. Niemand konnte ein Druckmittel hervorzaubern, das ein Geständnis bewirken würde. Die einzige Möglichkeit war, jemand so furchtbar zu erschrecken, daß er all seine Vorsicht vergaß — und Charlotte fiel nichts anderes ein als die wilde Idee, die in ihrem Gehirn Gestalt annahm.

Charlotte ging nicht nach Hause, sondern zu Jack Radleys Wohnung in St. James. Sie war noch nie dort gewesen, kannte aber die Adresse von ihren Schreiben an ihn. Normalerweise war er selten daheim, denn er zog es vor, in einem der vornehmen Stadthäuser als Gast zu weilen. Das war angenehmer und seinen mageren Finanzen bekömmlicher. Doch er hatte versprochen, während der gegenwärtigen Krise verfügbar zu sein, und Charlotte zögerte nicht, sich an ihn zu wenden.

Das Gebäude war nicht übel, jedenfalls keine Adresse, die zu erwähnen man sich schämen mußte. Charlotte fragte den Pförtner in der Halle, und er erklärte ihr höflich — mit nur einem ganz leichten Stirnrunzeln —, daß Mr. Radleys Räume im dritten Stock lägen, links die Treppe hinauf.

Ihre Füße waren müde, als sie oben ankam, und es gab keine schöne Aussicht als Lohn für die Mühe, denn Jacks Wohnung befand sich auf der rückwärtigen Seite. Charlotte klopfte scharf an die Tür. Wenn Jack nicht da war, würde sie ein paar Zeilen hinterlassen müssen.

Doch er war da.

»Charlotte!« Jack sah erschrocken aus, doch er fing sich gleich wieder und bat sie herein. »Ist etwas passiert?«

Sie sah sich nicht um. Noch vor wenigen Wochen hätte die Neugier sie geplagt — das Heim eines Menschen sagt viel über ihn aus —, aber jetzt hatte sie weder Zeit noch Interesse, Informationen zu sammeln. Die Zweifel an Jack hatten sich verflüchtigt, ohne daß es Charlotte bewußt geworden wäre. Sie bemerkte nur, daß die Zimmer klein, aber elegant möbliert waren.

»Nun?« fragte er.

»Ich habe mit dem Polizisten geredet, der den

Tod der Kirschroten untersucht, und erfahren, daß es sich gar nicht um die Frau handelt, hinter der wir her sind.« Sie erklärte kurz, was sie wußte, und fuhr dann fort. »Jack, das bedeutet, daß die Frau in Rot noch lebt. Und ich habe eine Idee. Ich weiß, es ist außergewöhnlich, sogar idiotisch, was ich vorhabe, aber möglicherweise beschert es uns den dringend benötigten Erfolg. Ich brauche Ihre Hilfe. Wir müssen wieder die Yorks besuchen, und die Danvers müssen auch da sein — ganz bald. Die Zeit wird schrecklich knapp.«

Jacks Gesicht war sehr ernst. Es war noch kein Verhandlungsdatum festgelegt, aber der Tag würde nicht mehr lange auf sich warten lassen. »Was sonst noch?« fragte Jack.

»Ich muß es mindestens zwei Tage vorher wissen, damit ich meine Vorbereitungen treffen kann.«

»Welche Vorbereitungen?«

Sie zögerte und war sich nicht sicher, ob sie ihren Plan verraten sollte. Jack würde ihn wahrscheinlich mißbilligen.

»Seien Sie nicht dumm«, meinte er tadelnd. »Wie kann ich Ihnen helfen, wenn ich nicht weiß, was Sie vorhaben? Sie sind nicht die einzige Person mit Verstand und auch nicht die einzige, die sich Sorgen macht.«

Einen Moment lang fühlte sich Charlotte, als habe sie eine Ohrfeige erhalten. Sie wollte schon erzürnt reagieren, als ihr die Wahrheit seiner Worte klarwurde. Tatsächlich schmerzte die Zurechtweisung gar nicht. Charlotte fühlte sich sogar zum erstenmal seit Thomas' Festnahme weniger einsam.

»Die Danvers kommen regelmäßig zum Abendessen — und nächstesmal werde ich mich als die Kirschrote verkleiden und mit jedem der in Frage kommenden Männer eine Verabredung treffen«, sagte sie offen. »Nur Piers York, die Danvers und Felix Asherson waren in der Nacht da, als Dulcie getötet wurde. Ich werde mit den Danvers anfangen, weil Tante Adeline die Kirschrote in ihrem Haus sah.«

Jack war sprachlos. Er zögerte lange und bemühte sich selbst um eine bessere Idee. Als ihm nichts einfiel, stimmte er zweifelnd zu. »Sie sehen ihr nicht sehr ähnlich — das heißt, den Beschreibungen von ihr«, meinte er schließlich.

»Ich werde mich im Treibhaus mit ihnen treffen. Es gibt eines im York-Haus, das weiß ich von Emily, und es ist dort nicht sehr hell. Es genügt schon, wenn ich den jeweiligen Mann so lange zu täuschen vermag, daß er irgendeine Reaktion zeigt.« Jetzt, da sie ihn beschrieb, klang der Plan verzweifelt und nach einer sehr geringen Chance, so daß Charlotte spürte, wie sich ihre ohnehin fadendünne Hoffnung verflüchtigte. »Selbst wenn er mich erkennt, muß er sich irgendwie äußern.«

Jack merkte, wie verloren sich Charlotte vorkam, und legte sanft die Hand auf ihren Arm. »Es könnte gefährlich sein.«

»Ich weiß«, sagte sie, und eine Woge der Erregung packte sie. »Aber Sie sind da — und Emily.

Ich brauche auch Emilys Hilfe. Ich habe mir alles bereits ausgedacht: Ich werde das Kleid und die Perücke in einer Tasche mitnehmen und sie Emily vorher übergeben. Dann, nach dem Essen, werde ich Übelkeit vortäuschen und mich entschuldigen. Emily wird sich um mich ›kümmern‹, also kann ich in ihr Zimmer schlüpfen und mich umziehen. Inzwischen wird Emily aufpassen und mir sagen, wann ich ins Treibhaus gehen kann, um mein Rendezvous einzuhalten.«

»Sie überlassen eine Menge dem Zufall«, meinte er besorgt.

»Fällt Ihnen etwas Besseres ein?«

Er zögerte einen Augenblick. »Nein«, gab er dann zu. »Ich werde alles tun, um die anderen im Wohnzimmer festzunageln — mit fesselnden Gesprächen.« Er lächelte freudlos. »Um Himmels willen, versprechen Sie mir, bei der geringsten Gefahr zu schreien. Das meine ich ernst, Charlotte.«

»Ich verspreche es.« Sie kicherte ein wenig ungezügelt. »Obwohl das ungeheuer schwer zu erklären wäre, nicht wahr? Was, in aller Welt, sollte ich sagen, warum ich mich verkleidet und laut schreiend im Treibhaus aufhalte, während ich eigentlich oben mit einem Schwächeanfall auf dem Sofa liegen müßte?«

»Ich würde behaupten, Sie hätten Ihren Verstand verloren«, erwiderte er mit einem schiefen Grinsen. »Aber besser das, als tot zu sein — wer immer es ist: Er hat schon dreimal gemordet.«

Ihr Lachen verebbte plötzlich und blieb ihr im Hals stecken. Bittere Tränen stiegen in ihre Augen.

»Mit Thomas werden es vier Morde sein«, sagte sie.

Sie traf die Verabredungen schriftlich, benützte möglichst wenige Worte und ließ sie unsigniert. Sie hatte keine Ahnung, wie die Handschrift der Kirschroten aussah oder wie die Frau hieß. Sie verwendete teures Briefpapier, schrieb nur Zeit und Ort auf, und anstatt die Benachrichtigungen in einem Couvert zu versiegeln, schnürte sie sie mit einem leuchtend roten Band zusammen. Es war das Beste, was sie tun konnte.

Emily hatte ihrem Bankier geschrieben und für Geld gesorgt, so daß Charlotte das auffallende Gewand und die Perücke kaufen konnte; Jack hatte die Utensilien nach Hanover Close gebracht, diesmal als Kohlenmann verkleidet und mit Kokssäcken beladen, die er in die Küche schleppte. Wie er es im einzelnen anstellte, erfuhr Charlotte nie; sie war mit ihren eigenen Vorbereitungen zu beschäftigt, um zu fragen.

An jenem Abend zog sie ein sehr einfaches rauchgraues Kleid von Emily an, das Emilys Mädchen geschickt erweitert hatte. Es stand Charlotte mit ihrem dunkleren Teint und dem mahagonifarbenen Haar bei weitem nicht so gut wie ihrer Schwester mit ihrer apfelblütenhellen Blondheit, doch es besaß den einen Vorteil, der Charlotte jetzt wichtig war: man konnte leicht hinein- und herausschlüpfen. Sie frisierte sich mit geringem Aufwand, so daß ihr Haar schnell und ohne das Entfernen vieler Nadeln unter eine Perücke gesteckt werden konnte. Das Ergebnis ließ sie nicht besonders attraktiv aussehen, aber das war nicht zu ändern. Jack war so taktvoll, sich einer Bemerkung zu enthalten, obwohl sein Gesicht leichtes Staunen ausdrückte, das jedoch gleich einem Lächeln und Augenzwinkern wich.

Sie kamen ein paar Minuten zu spät in Hanover Close an, was der Höflichkeit entsprach, und Bedienstete halfen ihnen von der Kutsche herunter auf die eisige Straße. Charlotte nahm Jacks Arm, während sie die Stufen hinaufschritt und in die erleuchtete Halle trat. Als die Tür hinter den beiden geschlossen wurde, empfand Charlotte einen Moment der Panik. Sie zwang sich, an Thomas zu denken, und sagte ein bißchen zu überschwenglich: »Guten Abend, Mrs. York, wie nett von Ihnen, uns einzuladen.«

»Guten Abend, Miß Barnaby«, erwiderte Loretta weit weniger begeistert. »Ich hoffe, es geht Ihnen gut. Ist Ihnen unser Stadtwinter nicht unangenehm?«

Gerade zur rechten Zeit erinnerte sich Charlotte, daß sie sich nach dem Essen schlecht fühlen mußte. Sie wählte Ihre Worte sorgfältig. »Ich finde ihn . . . anders als gewohnt. Hier macht es keinen Spaß, auf der Straße spazierenzugehen. Der Schnee wird auch so schnell schmutzig.«

Lorettas Augenbrauen hoben sich in leichtem

Staunen. »Tatsächlich? Spazierengehen habe ich nie in Betracht gezogen.«

»Es ist sehr gut für die Gesundheit.« Charlotte brachte es fertig, einen freundlichen Ton anzuschlagen, ohne direkt zu lächeln.

Im Wohnzimmer stand Veronica neben dem Kamin. Sie trug ein äußerst elegantes Kleid in Schwarz und Weiß und sah viel beherrschter aus als das letztemal. Sie begrüßte Charlotte mit offenbar echter Freude, vor allem, als sie deren bescheidenes graues Gewand sah.

Der übliche Austausch von Höflichkeitsfloskeln folgte, und Charlotte stellte erleichtert fest, daß alle, die der Plan umfaßte, zugegen waren. Harriet wirkte blaß; Tante Adelines braunes Kleid betonte die lebhaften Augen seiner Trägerin; Loretta in lachsfarbener Seide mit perlenbesticktem Oberteil sah individuell und unglaublich feminin aus. Doch weit wichtiger waren die Männer: Julian Danver, der freimütig lächelte; Garrard Danver, elegant, witzig und undurchsichtiger als sein Sohn — nach Charlottes Ansicht auch origineller als er. Piers York war ebenfalls anwesend und begrüßte sie mit der Lauterkeit, die ein Ergebnis langer Übung und feiner Erziehung war. Gutes Benehmen war für ihn so selbstverständlich wie frühes Aufstehen oder das Leeressen seines Tellers. Das alles hatte er in der Kindheit gelernt und sich unausrottbar zu eigen gemacht.

Mit Jacks Hilfe widmete Charlotte ihre Gedanken dem alltäglichen Geplauder, das der Mahlzeit voranging. Das Essen verlief ganz normal; die Gesprächsthemen wechselten von einem unwichtigen Gegenstand zum anderen. Es war eine unausgeglichene Tischrunde mit vier unverheirateten Damen und nur drei unverheirateten Herren, von denen Garrard Danver kein romantisches Interesse an seiner Tochter oder Schwester haben konnte — und vermutlich auch nicht an Veronica, die bald seine Schwiegertochter werden sollte. Nachdem er fünfundzwanzig Jahre älter als Charlotte war, würde kaum jemand sie gedanklich mit ihm in Verbindung bringen, auch nicht, falls er noch einmal heiraten wollte. Und Jack wurde natürlich für ihren Vetter ersten Grades und deshalb als unpassend angesehen.

Dennoch war Loretta eine perfekte Gastgeberin. Heute abend schien sie all ihren beträchtlichen Charme und ihre Gelassenheit aufzubieten, um die Runde zu beherrschen und gleichzeitig dafür zu sorgen, daß jeder einzelne sich blendend fühlte. Wenn sie sich ein wenig mehr anstrengte als sonst oder wenn ihre Finger den Stiel des Weinglases besonders fest umschlossen, kam das vielleicht daher, daß ihre Schwiegertochter ihr Anlaß zu gewissen Bedenken gab. Loretta befürchtete möglicherweise einen Ausbruch von Veronicas Hysterie oder Eigenwilligkeit, die hinter ihrem zerbrechlichen Äußeren lauerten und sich erst kürzlich in der vermeintlichen Intimität ihres Schlafzimmers gezeigt hatten.

Da es nur eine kleine Gesellschaft und etwas

später als sonst nach dem Essen war, schlug Jack ziemlich kühn vor, man möge zusammenbleiben und sich gemeinsam in das Wohnzimmer begeben. Er blickte nicht zu Charlotte hinüber; er spielte seine Rolle ausgezeichnet.

Es wurde Zeit für Charlotte, ihren Teil zu übernehmen.

Jeder erhob sich, der Tisch war mit schmutzigem Geschirr und zerknüllten Servietten bedeckt. Das Gas in den Kronleuchtern zischte sanft, die Blumen darunter wirkten wachsweiß und künstlich; sie mußten aus dem Treibhaus stammen.

Nun, da es soweit war, kam sich Charlotte lächerlich vor. Es hätte einen besseren Weg geben müssen. Es würde niemals klappen — die Beteiligten würden sie durchschauen, und Jack bliebe nichts anderes übrig, als sie für verrückt zu erklären. Die Pflege der alten Tante hatte ihr den Verstand geraubt!

»Miß Barnaby, fühlen Sie sich gut?« Das war Julian Danvers Stimme, die wie durch einen Nebel zu ihr drang.

»Oh . . . wie bitte?« stammelte sie.

»Elizabeth, sind Sie krank?« Veronica kam mit besorgtem Gesicht auf sie zu.

Charlotte hätte am liebsten gelacht — sie hatte unbewußt die gewünschte Wirkung erzielt. Automatisch antwortete sie:

»Ich fühle mich ein bißchen schwach. Wenn ich für eine halbe Stunde nach oben gehen dürfte, werde ich mich bestimmt erholen. Ich brauche nur eine kurze Ruhepause. Es ist wirklich nichts Schlimmes.«

»Sind Sie sicher? Soll ich mit Ihnen kommen?« fragte Veronica.

»Nein, bitte . . . ich würde mich schrecklich schuldig fühlen, wenn ich Sie von Ihren Gästen wegholen würde. Vielleicht könnte Ihre Zofe . . .?« Wirkte sie zu unnatürlich? Alle starrten sie an — war das ganze Theater vielleicht völlig offensichtlich? Benahm sich irgendein Mensch wirklich so wie sie?

»Selbstverständlich«, erwiderte Veronica, und Charlotte fiel vor Erleichterung ein Stein vom Herzen.

»Ich werde Amelia rufen«, fügte Veronica hinzu und ging zur Glocke.

Fünf Minuten später war Charlotte oben in Emilys kleinem kalten Dachzimmer. Sie sah ihre Schwester an, schnitt eine Grimasse und zog das graue Kleid aus. Emily reichte ihr das leuchtend kirschrote Gewand.

»O Gott!« Charlotte schloß die Augen.

»Los«, drängte Emily. »Schlüpf hinein! Du hast dich zu der Aktion entschlossen, jetzt zögere nicht!«

Charlotte gehorchte. »Die Kirschrote muß eine bemerkenswerte Person sein, daß ihr so etwas steht. Mach die Knöpfe zu — schnell! Mir bleiben nur zehn Minuten, um in das Treibhaus zu gelangen. Wo ist die Perücke?«

Emily stülpte ihr die schwarze Perücke über. Es

dauerte eine Weile, bis sie saß und Charlotte das mitgebrachte Rouge auf ihren Wangen verteilt hatte. Emily trat zurück und betrachtete ihre Schwester kritisch.

»Das ist gar nicht so übel«, stellte sie erstaunt fest. »Tatsächlich siehst du auf eine etwas unfeine Art toll aus.«

»Danke«, sagte Charlotte spöttisch, aber ihre Hände zitterten, und ihre Stimme klang leicht unsicher.

Emily musterte sie schweigend — sie fragte nicht, ob Charlotte ihr Vorhaben weiter ausführen wolle.

»Gut«, meinte Charlotte nun ein wenig mutiger. »Schau nach, ob die Luft rein ist. Ich möchte nicht dem Stubenmädchen auf der Treppe begegnen.«

Emily öffnete die Tür, schlich hinaus und kam wieder zurück. »Komm schnell! Du kannst hier heruntergehen, und wenn jemand auftaucht, verstecken wir uns in Veronicas Zimmer.«

Sie huschten über den Korridor, stiegen die Stufen hinab — da blieb Emily plötzlich stehen und hob warnend die Hand. Charlotte erstarrte.

»Amelia?« Das war eine männliche Stimme. »Amelia? Ich dachte, Sie kümmern sich um Miß Barnaby.«

Emily ging weiter nach unten. »Ja, das tue ich. Ich hole ihr gerade einen Kräutertee.«

»Haben Sie keinen da?«

»Keine Pfefferminze. Würden Sie mir welche bringen? Ich bleibe hier, falls Miß Barnaby mich ruft. Ich glaube, es geht ihr gar nicht gut. Bitte, Albert.«

Charlotte, die oberhalb von ihr auf den Stufen stand, konnte sich Emilys sanften Gesichtsausdruck lebhaft vorstellen. Es wunderte sie überhaupt nicht, daß Albert ohne Murren gehorchte. Gleich darauf flüsterte Emily drängend, sie möge sich beeilen.

Charlotte rannte so schnell hinunter, daß sie beinahe gestürzt wäre. Sie durchquerte die Halle und lief durch die Tür des Treibhauses in das willkommene Dämmerlicht der sparsamen gelben Nachtlampen. Ihr Herz klopfte wie ein Vorschlaghammer, ihr ganzer Körper zitterte, und es gelang ihr kaum, ihre Lungen mit ausreichend Luft zu füllen.

Sie stand unter der dekorativen Palme am hinteren Ende des Weges, so daß sie die Tür zur Halle sehen konnte. Wenn jemand kam, würde sie vortreten, so daß das Licht hauptsächlich ihre Schultern und das brennende Rot ihres Rockes erfassen würde und ihr Gesicht im Schatten des überhängenden Farnkrautes bliebe.

Aber würde jemand kommen? Vielleicht meldete sich die Kirschrote nie schriftlich an — oder ihr Schreibstil war so völlig anders als der von Charlotte, daß die Empfänger sofort Bescheid wüßten. Sie hatte Julian Danver zuerst bestellt. Er mußte jeden Moment auftauchen — er verspätete sich sogar. Wie lange war sie schon da?

Irgendwo im Haus konnte sie Schritte hören —

wahrscheinlich die von Albert. In Charlottes engerer Umgebung war ein ständiges Tropfen zu vernehmen. Der Geruch der Pflanzen war überwältigend.

Charlotte versuchte sich von der gegenwärtigen Situation abzulenken, doch es gelang ihr nicht. Jeder Gedanke endete im Chaos, und die Anspannung wurde immer unerträglicher. Charlottes Hände waren feucht. Würde sie die halbe Nacht hier unter der Palme stehen?

Ein Flüstern erschreckte sie bis ins Mark.

Der Mann stand mit aufgerissenen Augen im Türrahmen. Das gelbe Licht ließ seine Wangen unnatürlich hohl erscheinen und betonte die Linie seiner Nase.

Charlotte trat einen Schritt vor, gerade so weit, daß ihre Silhouette sich klar gegen das Grün abzeichnete und sich das Licht über das flammende Kleid ergoß.

Er war überrascht, als er die Farbe, die nackten Schultern, den schlanken Hals und die schwarze Perücke sah. Eine Sekunde lang gaben seine Züge den Schmerz, den er empfand, unverhüllt preis. Es war zu spät, sich zu verstellen — Garrard Danver hatte die Frau in Rot geliebt. Der Sturm der Leidenschaft hatte Spuren in seinem Gesicht hinterlassen. Unbewußt näherte sich Garrard Charlotte.

Sie wußte nicht, wie sie sich verhalten sollte — auf Komplizenschaft oder Betörung war sie gefaßt gewesen, doch nicht auf solchen Schmerz.

Unwillkürlich wich sie zurück, und das Licht fiel auf ihren Busen.

Garrard blieb stehen. Seine Augen lagen in dunklen Höhlen, er wirkte wie eine Karikatur, häßlich und schön; selbst in seiner Verzweiflung bewahrte er sich Selbsterkenntnis, einen Hauch von Ironie.

Dann begriff sie: Natürlich, jeder hatte berichtet, die Kirschrote sei dünn, fast flachbrüstig, und Charlotte besaß einen üppigen Busen. Selbst in einem engen Mieder konnte sie das nicht verbergen.

»Wer sind Sie?« fragte er ruhig.

»Für wen haben Sie mich zuerst gehalten?« Diese Frage hatte sie sich längst überlegt.

Sein Lächeln wirkte geisterhaft. »Ich hatte keine Ahnung. Ich wußte sofort, daß Sie nicht die Person sind, die Sie spielen.«

»Warum sind Sie dann gekommen?«

»Um zu sehen, was Sie von mir wollen, selbstverständlich! Wenn Sie eine Erpressung vorhaben, sind Sie eine Närrin. Sie riskieren Ihr Leben für ein paar Pfund.«

»Ich will kein Geld«, erklärte sie scharf. »Ich will ...« Sie hielt inne. Er stand nun dicht vor ihr, so dicht, daß sie seine Wange mit der Hand hätte berühren können. Doch sie nützte immer noch den tiefen Schatten, so daß Garrard sie nicht erkannte. Da erschien noch eine Person im Türrahmen, starr vor Entsetzen und wilder Eifersucht, als sie die Gestalten vor der Palme und das leuchtend rote Kleid erblickte.

Loretta York. Garrard drehte sich halb um und sah sie. Seine Züge drückten keine Verlegenheit oder Scham aus, was Charlotte erwartet hatte, sondern Furcht, und, noch schlimmer, Abwehr.

Wasser tropfte von den Blättern und landete mit einem schwachen Laut auf den geöffneten Lilien. Alle drei Menschen standen bewegungslos.

Schließlich schauderte Loretta, wandte sich um und ging hinaus.

Garrard sah Charlotte an — oder eher das, was das düstere Licht von ihr freigab. Er räusperte sich, und seine Stimme klang heiser.

»Was wollen Sie von mir?«

»Nichts. Gehen Sie. Gehen Sie zur Party zurück!« zischte sie.

Er zögerte und wußte nicht, ob er ihr glauben sollte.

Sie trat zurück und stieß beinahe gegen den Stamm der Palme.

»Gehen Sie zur Party zurück!« wiederholte sie beschwörend. »Gehen Sie!«

Seine Erleichterung siegte über restliche Zweifel — er hatte nur den einen Wunsch: zu fliehen. Einen Augenblick später stand Charlotte allein im Treibhaus. Sie schlich zur Tür und blickte hinaus. Kein Mensch war zu sehen, auch nicht Emily. Sollte sie nach oben laufen oder warten, bis Emily ihr ein Zeichen gab? Vielleicht war diese Leere das Signal? Wenn Albert zurückkam, war es zu spät.

Charlotte stand am Fuß der Treppe, ohne eine Entscheidung getroffen zu haben. Es war zu riskant, umzukehren. Sie raffte den Rock und rannte nach oben, so schnell sie konnte. Dabei flehte sie zum Himmel, daß ihr niemand begegnen möge.

Atemlos und mit wild klopfendem Herzen kam sie im obersten Stockwerk an. Der enge Flur lag verlassen da, an jeder Seite gab es nur Türen. Welche war die von Emily? Himmel — sie hatte es völlig vergessen! Panik breitete sich in ihr aus. Wenn jemand kam, mußte sie in das nächste Zimmer stürzen und konnte nur hoffen, daß es leer war!

Nun hörte sie Schritte auf der Treppe! Sie sprang in den Raum, den sie zuerst erreichte, und hatte gerade die Tür geschlossen, als die Schritte auf dem Treppenabsatz erklangen. Wenn die Person hier hereinkam, konnte Charlotte gar nichts tun. Verzweifelt sah sie sich nach einem Schlaginstrument um. Sie durfte nicht zulassen, daß man sie wie eine gemeine Diebin nach unten zerrte!

»Charlotte! Charlotte, wo bist du?«

Vor Erleichterung wurde ihr fast schlecht. Sie spürte, wie Hitze- und Kältewellen über ihren Körper jagten. Mit zitternden Händen öffnete sie die Tür.

»Ich bin hier!«

Zehn Minuten später saß sie wieder im Wohnzimmer. Ihr Haar war ein wenig zerzaust, aber dafür gab es die Erklärung, daß sie sich hingelegt hatte. Sie beteuerte, sich wieder ganz wohl zu fühlen, und blieb ziemlich still, um das erstaunliche Glück, das sie bisher gehabt hatte, nicht zu gefährden. Ihre Hände zitterten noch leicht, und ihre

Gedanken beschäftigten sich mit anderen Dingen als mit dümmlicher Konversation.

Die Gesellschaft löste sich bald auf, als sei das vereinbart worden. Um ein Viertel vor elf Uhr saß Charlotte neben Jack in der Kutsche und erzählte ihm, was sie mit Garrard und Loretta im Treibhaus erlebt hatte.

Dann sagte sie ihm, was sie als nächstes plante.

Ballarat begrüßte sie widerstrebend.

»Meine liebe Mrs. Pitt, glauben Sie mir, es tut mir wirklich leid, daß Sie soviel Kummer haben. Aber ich kann absolut nichts für Sie tun.« Er stand wieder vor dem Feuer und wippte auf den Fußsohlen. »Ich wünschte, Sie würden sich nicht so abquälen. Warum bleiben Sie nicht in Ihrem Elternhaus, bis ...« Er hielt inne, weil er merkte, daß er sich in eine Sackgasse hineinmanövriert hatte.

»Bis sie meinen Mann hängen«, beendete sie den Satz für ihn.

Er fühlte sich äußerst ungemütlich. »Meine liebe Dame, das ist ganz ...«

Sie starrte ihn an, und er besaß soviel Anstand zu erröten. Doch sie war nicht gekommen, um ihn zu bekämpfen; und ihren Gefühlen freien Lauf zu lassen, war zügellos und dumm.

Sie entschuldigte sich mühsam und schluckte ihren Haß hinunter, weil Ballarats Angst soviel größer war als seine Loyalität. »Es tut mir leid. Ich bin hier, weil ich etwas entdeckt habe, was ich Ihnen unbedingt sofort sagen muß.« Sie ignorierte seinen leidenden Gesichtsausdruck und fuhr fort. »Die Dirne, die in Seven Dials ermordet wurde, war nicht die Frau in Rot, die Dulcie und Miß Adeline Danver nachts sahen. Die Frau lebt noch, und sie ist die Zeugin, die Thomas suchte.«

Ein Hauch von Mitleid huschte über seine Züge und verschwand wieder. »Zeugin wofür, Mrs. Pitt?« fragte er und bemühte sich um Geduld. »Selbst wenn wir diese mysteriöse Frau finden könnten — falls sie existiert —, würde das Pitt nicht helfen. Im Vordergrund steht immer noch, daß er die Person in Seven Dials tötete, wer immer sie war.« Das klang vernünftig und nach selbstgerechter Überzeugung.

»Jemand verpaßte der Prostituierten ein rotes Kleid und tötete sie, um die wahre Frau in Rot zu schützen und gleichzeitig Thomas loszuwerden. Erkennen Sie das nicht?« fragte sie mit beißendem Hohn. »Oder nehmen Sie an, Thomas habe auch das Mädchen Dulcie aus dem Fenster gestoßen und Robert York umgebracht — weiß Gott, warum.«

Ballarat hob kraftlos die Hände, als wolle er Charlotte tätscheln, doch dann sah er die heftige Gemütserregung in ihren Augen und hielt sich zurück. »Meine liebe Mrs. Pitt, Sie sind erschöpft. In Ihrer Lage ist das ganz verständlich, und glauben Sie mir, daß ich tiefes Mitgefühl habe.« Er atmete hörbar ein und richtete sich auf. Die Vernunft mußte an erster Stelle stehen. »Robert York wurde von einem Einbrecher getötet, und das Mädchen fiel zufällig aus dem Fenster.« Er nickte. »Unglücklicherweise passiert so etwas manchmal, hat aber mit Verbrechen nichts zu tun. Und übrigens, meine Liebe, ist Miß Adeline Danver ziemlich alt und gewiß nicht die zuverlässigste Zeugin.«

Zuerst sah Charlotte ihn ungläubig an, dann kam ihr die verzweiflungsvolle Einsicht. Entweder hatte der Mann Angst vor all den Unannehmlichkeiten, dem Ärger und der Schande, falls im Außenministerium ein Verrat passiert war — oder er steckte selbst in der Sache. Sie betrachtete seine aufgeblasenen Wangen, seine intensive Gesichtsfarbe, die lidlosen braunen Augen, die so rund wie Knöpfe waren. Sie hielt es nicht für möglich, daß dieser Mensch soviel schauspielerisches Talent besaß, den überlisteten Beamten zu mimen. Eine flüchtige Sekunde lang tat er ihr fast leid, dann dachte sie an Thomas' Blutergüsse und die Furcht in seinen Augen.

»Sie werden sich sehr dumm vorkommen, wenn das alles vorbei ist«, sagte sie eisig. »Ich dachte, Sie würden Ihr Land zu sehr lieben, um Hochverrat zu dulden, nur, weil dessen Aufdeckung peinlich wäre und gewisse Leute in Verlegenheit brächte, deren Gunst Sie behalten wollen.«

Ballarats Gesicht lief puterrot an, und er trat einen Schritt vor. »Sie beleidigen mich, Madam«, rief er wütend.

»Das freut mich!« Sie musterte ihn mit glühender Verachtung. »Ich hatte befürchtet, nur einfach die Wahrheit zu sagen. Wenn Sie mir das Gegenteil beweisen, wird niemand glücklicher sein als ich. In der Zwischenzeit glaube ich, was ich sehe. Guten Tag, Mr. Ballarat.«

Sie ging hinaus, ohne zurückzublicken, und ließ die Tür hinter sich weit offen.

Charlotte wußte, was sie zu tun hatte. Ballarat hatte ihr keine Wahl gelassen. Hätte er versprochen nachzuforschen, wäre sie in diesem Punkt zufrieden gewesen, doch nun konnte sie an nichts anderes mehr denken. Sie entwickelte eine Rücksichtslosigkeit, die sie sich selbst nicht zugetraut hätte. Beinahe schockiert stellte sie fest, wie skrupellos sie sein konnte, wenn es um die Menschen ging, die sie mehr liebte als sich selbst und deren Schmerz sie schwerer ertragen konnte als den eigenen. Ihre Reaktion war instinktmäßig und hatte mit ihrem Verstand nichts zu tun.

Charlotte hatte den Ausdruck von Lorettas Gesicht im Türrahmen des Gewächshauses sofort zu deuten gewußt. Loretta liebte Garrard Danver — schrankenlos und besessen, was nicht schwer zu begreifen war. Er besaß eine ungewöhnliche Anmut und Ausstrahlung. Für die meisten Frauen hätte er eine Herausforderung bedeutet; etwas Undefinierbares ging von ihm aus, die Ahnung einer großen Leidenschaft unter der etwas spröden Schale und dem zurückhaltenden Humor — als müsse man nur das Geheimnis entdecken, um zu der rätselvollen Seele dieses Mannes vorzudringen. Für die reizvolle Loretta, die sich mit dem charmanten, aber beherrschten Piers langweilte, mußte die Andeutung einer ungebändigten Wildheit geradezu unwiderstehlich sein.

Und offenbar hatte Garrard nur die Frau in Rot geliebt. All dieser Hunger und die Gefühlswallungen, die Loretta gern erweckt hätte, lagen in seinen Gesichtszügen, als Charlottes Erscheinung in dem Dämmerlicht und dem flammenden Kleid eine quälende Erinnerung in ihm wachgerufen hatte.

Charlotte mußte die Leute alle zusammenbringen und so lange Druck ausüben, bis einer zusammenbrach. Garrard war das schwächste Glied in der Kette. Er hatte Angst — auch das war Charlotte klargeworden —, und Lorettas Begierde stieß ihn ab.

Garrard war derjenige, den Charlotte mit ihrer ganzen Kraft unter Druck setzen mußte.

Doch sie hatte keine Möglichkeit, die Yorks zu zwingen, die Danvers und Ashersons und sie, Charlotte, einzuladen; schon gar nicht in den wenigen Tagen, ehe Thomas vor Gericht kam. Ein Treffen in Emilys Haus wäre unerklärlich gewesen, und Jack besaß nicht die Räumlichkeiten, obwohl Emily das Ereignis bestimmt gern finanziert hätte. Nein, die Antwort lag bei Großtante Vespasia, die gewiß mit Vergnügen helfen würde.

Charlotte stieg aus dem öffentlichen Pferdeomnibus und nahm sich leichtsinnigerweise eine Kutsche zu Tante Vespasias Haus. Sie war schon oft dort gewesen, und das Dienstmädchen zeigte keine Überraschung.

Vespasia empfing ihren Gast im Boudoir, das luftig hell und geräumig, dabei sparsam in Creme, Gold und Tiefgrün möbliert war. Eine große Farnkrautpflanze in einem Topf stand vor der einen Wand. Eine üppig aufgeschichtete Feuerstelle sorgte für Wärme.

Vespasia sah zerbrechlicher aus als früher, doch sie besaß immer noch den feinen Knochenbau der betörenden Schönheit, die sie vor vierzig oder auch dreißig Jahren gewesen war. Ihr Adlerprofil, die Augen mit den schweren Lidern unter gewölbten Brauen und das gelockte Haar, das wie altes Silber schimmerte, ließen noch einen Hauch der einstigen Reize ahnen. Sie trug ein lavendelfarbenes Kleid mit einem Brüsseler Spitzenkragen.

»Wie geht es dir?« fragte Charlotte gleich, und diese Frage entsprang nicht nur der Höflichkeit oder dem Wunsch nach Hilfe. Es gab niemand außerhalb und nur wenige innerhalb ihrer Familie, die sie so liebte wie Tante Vespasia.

Die alte Dame lächelte. »Ganz gut erholt — und wahrscheinlich viel besser als dir, mein Kind. Du siehst blaß und müde aus. Setz dich und erzähl mir, wie du vorankommst. Wie kann ich dir helfen?« Sie schaute an Charlotte vorbei zu dem Mädchen hin, das im Türrahmen stand. »Tee, bitte, Jennet, und Gurkenbrötchen, dann Kuchen — etwas mit Schlagsahne und geeistem Zucker, bitte.

»Ja, gnädige Frau.« Jennet verschwand und schloß leise die Tür.

»Also?« fragte Vespasia.

Als Charlotte ging, war ihr Plan bis ins kleinste Detail ausgearbeitet. Sie fühlte sich viel besser nach dem Essen und erkannte, daß sie zu Hause zuviel gehungert hatte — vor Kummer war ihr nicht nach Nahrung zumute gewesen. Tante Vespasias Entschlußfreudigkeit dämpfte einen großen Teil der Verzweiflung, die sich in ihrem Inneren breitgemacht hatte. Die alte Dame hatte Charlotte sehr sanft ermutigt, die Selbstbeherrschung aufzugeben, die sie so viele Tage in Erstarrung und ohne Tränen hatte verharren lassen. Charlotte weinte heftig und rückhaltlos. Ihre Ängste auszusprechen, anstatt sie wie schwarze Teufel in ihrem Herzen zu verschließen, hatte ihnen einen Teil ihres Horrors genommen, und sie erschienen nun nicht mehr unüberwindbar.

Als Tante Vespasia zwei Tage später einen handgeschriebenen Brief schickte, in dem stand, daß die Einladungen zu einem Abendessen angenommen worden waren, wurde es Zeit, Jack auf das letzte und beste Spiel vorzubereiten. Emily wußte ebenfalls Bescheid — durch eine seltsam verschlüsselte Botschaft, die Gracie überbracht hatte.

Jack war sehr nervös, als er Charlotte an dem bewußten Abend um Viertel vor sieben Uhr abholte. Sie hätte ihm diese Nervosität gar nicht zugetraut, doch nach kurzer Überlegung erkannte sie, daß sie ihn falsch eingeschätzt hatte. Daß er von Anfang an alles ihm Mögliche getan, Pitts Unschuld oder Emilys haarsträubenden Entschluß nie angezweifelt hatte, bedeutete nicht, daß er unter der lässigen Oberfläche keine Emotionen besaß. Schließlich war er in einer Gesellschaft aufgewachsen, die gute Manieren über alles stellte. Offen dargebotene Gefühle wirkten nur störend. Sie konnten dem Seelenfrieden im Wege sein und das Vergnügen verderben, und das war unverzeihlich. Wenn Jack irgendwelche Werte besaß, mußte er natürlich nervös sein. Vermutlich spürte er dasselbe Flattern im Magen wie sie, hatte denselben rasenden Puls und die feuchten Hände, die kein Taschentuch trocknen konnte.

Unterwegs sprachen die beiden nicht. Sie hatten alles gut durchdacht und waren nicht in Stimmung, über Nebensächlichkeiten zu plaudern. Es war bitter kalt, eine strenge Winternacht. Das Eis knackte auf dem Pflaster und in den gefrorenen Rinnsteinen. Der scharfe Wind, der vom Meer her wehte, hatte den Nebel vertrieben, und sogar über der Stadt verhüllte der Rauch die Sterne nicht, die so tief hingen, als sei ein tausendflammiger Lüster am Himmel explodiert.

Vespasia hatte das Kleid ausgesucht, das Charlotte an diesem Abend tragen sollte, und es auch trotz aller Proteste bezahlt. Es bestand aus elfenbeinfarbener Seide, die hie und da mit Goldpunkten dekoriert war, und einem perlenbestickten Oberteil. Es war die zauberhafteste Robe, die Charlotte je besessen hatte — tief ausgeschnitten und mit einem schönen Gesäßpolster. Selbst Jack, der mit den großen Schönheiten des Jahrhunderts diniert hatte, war überrascht und beeindruckt.

Die beiden wurden in Vespasias Wohnzimmer geführt, wo die alte Dame in einem hochlehnigen Stuhl neben dem Feuer thronte, als sei sie eine Königin beim Hofhalten. Sie trug ein metallgraues Kleid mit einem Halsschmuck aus Diamanten und Perlen. Ihr Haar über den gewölbten Brauen erinnerte an eine Silberkrone.

Jack verneigte sich, und Charlotte machte, ohne zu überlegen, einen Hofknicks.

Tante Vespasia lächelte mit Verschwörerblick. Die Situation war verzweifelt, und dennoch zog auch ein Stück Erheiterung mit in die Schlacht.

»England erwartet, daß jeder Mann seine Pflicht tut«, flüsterte Tante Vespasia. »Ich glaube, unsere Gäste sind im Anmarsch.«

Zuerst erschienen Felix und Sonia Asherson. Man sah ihnen die Verwunderung darüber an, eingeladen worden zu sein. Die sonst unerträgliche Selbstgefälligkeit Sonias verwandelte sich hier in einen Ausdruck der Höflichkeit, der sich über ihre regelmäßigen Züge breitete.

Felix gab sich interessiert. Wenn er wollte, konnte er außerordentlich liebenswürdig sein. Es gelang ihm, ohne Worte zu schmeicheln, und sein spärliches Lächeln war umwerfend.

Tante Vespasia war beinahe achtzig. Als Kind hatte sie die Feiern nach dem Sieg von Waterloo erlebt. Sie erinnerte sich an die »Hundert Tage« und an Napoleons Niederlage. Sie hatte mit dem Herzog von Wellington getanzt, als er Premierminister gewesen war. Sie hatte die Helden, die Opfer und die Narren der Krim gekannt, die Erbauer des Empire, die Staatsmänner, Scharlatane, Künstler und Geistreichen des größten Jahrhunderts in Englands Geschichte. Es machte ihr Spaß, mit Felix Asherson zu spielen, und das Lächeln auf ihren Lippen blieb absolut unergründlich.

Zehn Minuten später wurden die Danvers hereingebeten. Julian erschien völlig gelöst. Er spürte keinen Drang anzugeben oder sich in das Gespräch zu mischen. Charlotte fand, daß Veronica sich glücklich preisen konnte.

Garrard dagegen redete hektisch, sein Gesicht wirkte angespannt, seine Hände bewegten sich nervös. Charlotte witterte instinktiv die Beute; sie haßte sich deshalb, doch das änderte nichts an ihren Absichten. Entweder Garrard Danver oder Thomas — sie hatte keine Wahl.

Auch Harriet Danver fühlte sich nicht wohl in ihrer Haut. Sie sah zerbrechlicher aus als sonst. Das konnte allerdings an der graublauen Farbe ihres Kleides liegen, die die Schatten auf ihrer Haut verstärkte und ihre Augen noch größer erscheinen ließ. Entweder war sie sehr verliebt und konnte den Schmerz kaum ertragen, oder sie fühlte sich aus anderen Gründen bedrückt.

Tante Adeline trug ein Gewand in Topas und Gold, das ihr sehr gut stand. Ihre Wangen waren leicht gerötet — ihnen fehlte die übliche Fahlheit. Es dauerte einige Minuten, bis Charlotte merkte, daß Adeline sich äußerst geschmeichelt fühlte, in Tante Vespasias Heim eingeladen zu sein, und das

Ereignis erregte sie aufs angenehmste. Charlotte spürte einen scharfen Stich der Gewissensnot — sie hätte gern auf ihre Pläne verzichtet, wenn es möglich gewesen wäre.

Zuletzt kamen die Yorks; Veronica ätherisch und großartig in Schwarz und Silber, mit hoch erhobenem Kopf und zart geröteten Wangen. Ihr Fuß stockte beinahe an der Tür, als sie Charlotte dicht neben Julian Danver entdeckte. Seine Bewunderung für sie war höchst offensichtlich, und für einen Augenblick war es ebenfalls offensichtlich, daß Veronica nie zuvor erkannt hatte, was für eine potentielle Rivalin Charlotte sein könnte. Die kleine Miß Barnaby vom Land war eine beachtliche Schönheit, wenn sie sich anstrengte! Veronicas Begrüßung ließ einige Wärmegrade vermissen, als sich die beiden Frauen in der Mitte des Raumes trafen.

Ausnahmsweise sah auch Loretta weniger selbstbewußt aus; ihr Auftreten war nur ein Schatten ihrer früheren Sicherheit. Wie immer gab es an ihrer Erscheinung nichts auszusetzen; der goldene Pfirsichton ihres Kleides wirkte ungemein feminin, doch die schwebende Leichtigkeit ihrer Ausstrahlung war verflogen. Die Wunde, die Loretta im Treibhaus preisgegeben hatte, war noch offen. Loretta blickte Garrard Danver nicht an. Piers York war ernst, als ahne er eine Tragödie. Sein Gesicht erhellte sich, als er Vespasia sah, und Charlotte stellte erstaunt fest, daß die beiden sich seit Jahren kannten.

Die üblichen Begrüßungsfloskeln und kleinen Höflichkeiten waren ausgetauscht, doch die unterschwelligen Strömungen waren bereits spürbar.

Eine halbe Stunde lang wurde das Wetter, das Theater, über Modeerscheinungen und Politik geredet. Alle Anwesenden außer Garrard und Loretta schienen sich wohl zu fühlen. Falls Piers irgendwelche Vorbehalte hatte, war er zu routiniert, um sie zu zeigen.

Charlottes Aufmerksamkeit war geteilt; sie mußte mit der Ausführung ihres Planes bis zum Essen warten. Wenn sie zu früh begann, würde sie die Anspannung zerstreuen, die sie aufbauen wollte. Alle mußten sich gegenübersitzen, ohne Möglichkeit zur Flucht.

Die Minuten dehnten sich, das geistlose Gespräch tröpfelte dahin, während Charlotte die Gesichter beobachtete. Felix genoß die Augenblicke, sogar mit Harriet, die allmählich ihre Blässe verlor und sich an der Konversation beteiligte. Sonia und Loretta erzählten sich Klatschgeschichten. Veronica flirtete mit Julian, schaute ihm in die Augen und ignorierte Charlotte. Vespasia lächelte und sprach abwechselnd mit jedem, wobei sie kleine, sehr persönlich gefärbte Kommentare abgab. Ab und zu traf sich ihr Blick mit dem von Charlotte, und sie nickte kaum merklich.

Schließlich wurde zum Essen gebeten, und die Anwesenden gingen paarweise in das Speisezimmer. Dann nahmen sie die Plätze ein, die Vespasia in weiser Voraussicht für sie bestimmt hatte: Harriet neben Felix Asherson und gegenüber von Jack, so daß dieser ihre Gesichter beobachten konnte; Julian neben Charlotte, und, höchst wichtig, Loretta und Garrard nebeneinander unter dem Kronleuchter, damit keine Regung in ihren Zügen der gegenüber plazierten Charlotte entgehen konnte.

Die Suppe wurde serviert, und das Gespräch erlahmte. Als nächstes gab es Fisch, scharf gebratenen Breitling, und als Zwischengericht Klöße aus Kaninchenfleisch. Als dann der Lammbraten aufgetischt wurde, betrachtete Tante Vespasia Julian Danver mit einem liebenswürdigen Lächeln. »Ich hörte, daß Sie ein aufsteigender Stern im Außenministerium sind, Mr. Danver«, sagte sie. »Eine höchst verantwortungsvolle Position, die auch Gefahren in sich birgt.«

Er sah erstaunt drein. »Gefahren, Lady Cumming-Gould? Ich versichere Ihnen, daß ich selten die äußerst bequemen und ganz besonders sicheren Räume des Außenministeriums verlasse.« Er lächelte Veronica kurz zu, dann sah er wieder zu Vespasia hin. »Und selbst wenn man mich in eine ausländische Botschaft schicken würde, bestünde ich darauf, in Europa zu bleiben.«

»Tatsächlich?« Die silbernen Augenbrauen hoben sich. »Die Angelegenheiten welcher Länder sind Ihr Spezialgebiet?«

»Die von Deutschland und seinen Interessen in Afrika.«

»In Afrika?« fragte sie. »Ich glaube, der Kaiser schmiedet imperialistische Pläne, die unvermeidlich mit unseren in Konflikt geraten werden. Da müssen Sie wohl recht heikle Verhandlungen führen.«

Er lächelte immer noch. Das übrige Gespräch war verstummt, und die Gesichter wandten sich ihm zu.

»Natürlich«, erwiderte er.

Vespasias Mundwinkel verzogen sich ganz leicht. »Fürchten Sie nie Verrat oder irgendeinen winzigen ehrenhaften Fehler, der Ihrem Gegner Vorteile bringen könnte — dem Gegner Ihres Landes?«

Ein Schatten huschte über sein Gesicht, der aber gleich wieder verschwand. »Natürlich muß man vorsichtig sein, aber wir sprechen niemals außerhalb des Ministeriums über Staatsangelegenheiten.«

Charlotte mischte sich ein. »Und natürlich wissen Sie genau, wem Sie trauen können.« Das war eher eine Feststellung als eine Frage. »Ich denke, daß Verrat ganz klein beginnt. Zuerst wird eine winzige vertrauliche Mitteilung preisgegeben, vielleicht von jemand, der liebt.« Sie sah Harriet, dann Felix an. »Persönliche Bindungen können die Moral so sehr in Verwirrung bringen!«

Sie dachte daran, wie es ihr selbst erging, dachte an Freundschaft und die ungeschriebenen Gesetze der Gastlichkeit — und daran, wie die Liebe sie alle überrollte. Sie wollte sich selbst nicht reinwaschen oder innerlich behaupten, Liebe entschuldige alles, sondern einfach einem elementaren

Drang nachgeben — wie ein Tier seine Jungen beschützt.

Auf Felix' blassen Wangen erschienen rote Flecken. Sonia hatte aufgehört zu essen und hielt die Gabel so fest in der Hand, daß die Fingerknöchel weiß hervortraten. Vielleicht war sie gar nicht so gleichgültig, wie sie erschien.

»Ich glaube, Sie ... sehen das in allzu romantischem Licht, Miß Barnaby«, sagte Felix unbeholfen.

Charlotte schaute ihn unschuldig an. »Glauben Sie nicht, daß die Kraft der Liebe das Urteilsvermögen trüben kann, Mr. Asherson, wenn auch nur für einen Moment?«

»Ich ...« Er war gefangen und lächelte, um seine Verlegenheit zu überspielen. »Sie drängen mich, ungalant zu sein, Miß Barnaby! Soll ich sagen, daß ich keine Frau kenne, so charmant sie auch sein mag, die mir Fragen stellen würde, welche ich nicht beantworten darf?«

Eine Sekunde lang gab sich Charlotte geschlagen. Doch wenn ihr Vorhaben nicht so schwierig gewesen wäre, hätte sie es längst direkt in Angriff genommen.

»Sie kennen die geheimnisvolle Frau in Rot nicht?« Die Worte waren ihr herausgerutscht, ehe sie überlegen konnte. Sie sah, wie sich Jacks Augen weiteten und Tante Vespasia ihre Gabel mit einem leisen Klick auf den Teller fallen ließ. Veronica hielt den Atem an und starrte in Charlottes Gesicht, als habe diese eine Maske abgenommen, unter der eine Schlange verborgen war. Garrards Züge entbehrten jeder Farbe, seine Haut schimmerte gelbgrau.

Es war Loretta, die das Schweigen brach. Ihre Stimme schnarrte in der Stille. »Wirklich, Miß Barnaby, Sie haben einen Hang zum Melodramatischen, den man zumindest als unglücklich bezeichnen kann. Ich denke, Sie wären gut beraten, wenn Sie Ihren Lesestoff überprüfen würden!« Nur ein Hauch von Unsicherheit lag in ihren Worten, kaum ein Zittern. Natürlich wußte sie nicht, daß Charlotte ihr Gesicht im Treibhaus gesehen hatte. »Sie sollten keine Schundliteratur lesen«, fügte sie hinzu. »Das verdirbt den Geschmack.«

»Ich meine, sie hat die Zeitung gelesen«, sagte Jack hastig.

»Bestimmt nicht.« Charlotte log mit einer Spur von Ironie. »Ich hörte es von einem herumziehenden Marktschreier! Es war unvermeidlich. Er brüllte es laut durch die Straßen. Anscheinend hat diese betörend schöne Frau einige arme Diplomaten dazu verführt, Geheimnisse auszuplaudern, und sie dann verraten. Sie war eine Spionin.«

»Blödsinn«, sagte Felix. Er blickte Charlotte an, nicht Harriet oder ihren Vater. Garrards Gesicht war so geisterbleich, als litte er körperliche Qualen. »Blödsinn«, wiederholte Felix. »Meine liebe Miß Barnaby, diese herumstreifenden Geschichtenerzähler leben davon, die Massen zu unterhalten. Die Hälfte ihrer Storys ist erfunden.«

Einen Augenblick lang ließ die Spannung nach.

Charlotte spürte, wie sich die Erregung legte. Das durfte nicht sein: Der Mörder saß hier an diesem eleganten Eßtisch mit dem Tafelsilber, dem Kristall und den weißen Blumen.

»Aber etwas Wahres muß daran sein«, erklärte sie. »Menschen verlieben sich leidenschaftlich — so bedingungslos, daß sie alles vergessen und verraten.« Sie sah sich in der Runde um, als wolle sie jeden als Zeugen anrufen. Veronica war wie betäubt, ihre dunklen Augen wirkten riesengroß, als sei sie von einem inneren Horror erfüllt — oder war es Angst? War sie doch die Frau in Rot, und hatte Garrard deshalb gewußt, daß Charlotte nur eine Rolle spielte? Er hatte Veronica gerade noch im Wohnzimmer gesehen und gesagt, er sei nur gekommen, weil er eine Erpressung fürchtete. Doch wenn das stimmte — warum heiratete er Veronica nicht selbst? Oder war sie seiner müde geworden und hatte seinen Sohn gewählt? Vielleicht war Julian ihre Schwäche, und sie hatte sich in ihn verliebt. Oder bedeutete Julian nur den Aufstieg in eine machtvollere Position? Er hatte größere Zukunftschancen als sein Vater und könnte sogar Kabinettsmitglied werden.

Wußte oder vermutete Loretta das? Ihr Gesicht war aschfahl, doch sie starrte Garrard an, nicht Veronica. Piers zeigte sich verwirrt; er kannte die Bedeutung des Gesagten nicht, doch er spürte, daß Angst und heftige Gefühlsregungen in der Luft lagen. Er sah aus wie ein Soldat, der bereit ist, sich dem feindlichen Feuer zu stellen.

Harriet konnte nicht verbergen, daß sie sich unglücklich fühlte, und Sonias Blässe verriet eine Niederlage.

Tante Adeline ergriff das Wort. »Miß Barnaby«, sagte sie ruhig, »ich bin sicher, daß so etwas von Zeit zu Zeit passiert. Wenn wir in irgendeiner Hinsicht zu großen Gefühlen fähig sind, kann das immer zu einer Tragödie führen. Aber dient es einem guten Zweck, wenn wir darin herumwühlen? Haben wir ein Recht, die Kümmernisse anderer Menschen zu kennen?«

Charlotte spürte, wie ihr das Blut heiß in die Wangen stieg. Sie mochte Adeline und bezweifelte, daß ihre ungeheure Heuchelei und Täuschung je Vergebung finden würde.

»Nicht bei einer Tragödie«, stimmte sie ein wenig unsicher zu. »Und nicht, wenn kein anderer Mensch betroffen ist. Aber Verrat geht uns alle an. Es handelt sich um unser Vaterland, unser Volk, das verraten wird.«

Harriet hob die Hände vor ihr totenbleiches Gesicht.

»Es gab keinen Verrat«, brüllte Felix. »Guter Gott, jeder kann sich unvernünftigerweise verlieben!«

Harriet atmete so scharf und gequält ein, daß es alle hörten.

Felix drehte sich um. »Harriet — ich schwöre es, daß ich nie irgend etwas verraten habe!«

Garrard sah aus, als habe man ihn geschlagen. Veronica starrte mit offenem Mund auf Felix, ihre Augen wirkten wie Höhlen in ihrem Kopf.

»Felix, du ... und die Frau in Rot?« Loretta begann zu lachen. Es klang erst wie ein Gurgeln in ihrem Hals, dann hob es sich und geriet außer Kontrolle bis zum Rande der Hysterie. »Du ... und die Rote! Hörst du das, Garrard? Hörst du es?«

Garrard sprang auf und goß sich Wein und Wasser über den Anzug.

»Nein«, rief er verzweifelt. »Es ist nicht wahr! Um Gottes willen, hör auf. Hör auf!«

Felix sah ihn entsetzt an. »Es tut mir leid«, flüsterte er. Sein Blick suchte Harriet. »Es tut mir leid, Harriet. Gott weiß, daß ich alles versucht habe.«

»Was?« fragte Julian. »Worüber — zum Teufel — redet ihr alle? Felix! Hattest du eine Liebesaffäre mit dieser Frau in Rot?«

Felix versuchte zu lachen, doch der Laut erstarb. »Nein, nein — natürlich nicht!« In seiner Stimme lag soviel bitterer Humor, daß er wohl die Wahrheit sagte. »Nein. Ich wollte Garrard schützen — wegen Harriet. Ist das nicht offensichtlich? Sonia — verzeih mir.«

Niemand fragte, was es zu verzeihen gab. Die Antwort konnte man von Harriets und seinem Gesicht ablesen. Diese häusliche Tragödie war so augenfällig — kein Geheimnis deckte sie mehr zu.

»Vater?« Julian wandte sich an Garrard. Eine Erkenntnis dämmerte ihm, und Schmerz zeichnete sich in seinen Zügen ab. »Wenn du eine Liebesaffäre mit dieser Frau hattest, was macht das schon aus — falls du sie nicht getötet hast?«

»Nein!« Der Schrei entrang sich Garrards Lippen, als sei er ein verwundetes Tier. »Nein, ich liebte ...« seine Stimme brach, »... die Frau in Rot.« Er blickte Loretta mit einem Haß an, der der Tünche von Ironie, Überdruß und Desillusion beraubt war. »Gott ... möge ... dich ... verdammen!« Die Worte klangen erstickt. Garrards Gesicht war tränenlos; er konnte nicht mehr weinen, doch sein Schmerz vibrierte in den Strahlen der schimmernden Kronleuchter.

Ein dumpfes Schweigen entstand. Sekundenlang konnte niemand die Situation begreifen. Schließlich ging Julian zum Angriff über. »Du hast das Ministerium verraten«, sagte er langsam. »Du hast der Frau in Rot von der englisch-deutschen Aufteilung in Afrika erzählt. Das wollte Felix geheimhalten — um Harriets willen!«

Garrard setzte sich mit steifem Rücken hin. »Nein.« Seine Stimme hatte das Feuer des Hasses verloren, der Mann wirkte wie ausgebrannt. »Felix wußte nicht, daß ich die Papiere genommen hatte, nur, daß ich die Frau in Rot liebte. Doch die Geheimnisse hatten nichts mit der Roten zu tun.« Er blickte wieder zu Loretta hin, und alle Leidenschaft seiner Haßgefühle kehrte zurück. »Für sie habe ich die Papiere genommen!« schrie er mit bebender Stimme. »Sie erpreßte mich, es zu tun!«

»Das ist lächerlich«, erklärte Piers ruhig. »Mach doch nicht alles schlimmer als nötig! Was, in Teufels Namen, sollte Loretta mit den Geheimnissen anfangen? Und übrigens, soweit ich weiß, laufen die Verhandlungen gut, oder?«

»Ja.« Julian furchte die Stirn. »Das tun sie. Niemand hat diese erbärmliche Information benutzt.«

»Also ist alles in Ordnung.« Piers lehnte sich zurück. Seine Augen verrieten Traurigkeit. Vielleicht hatten sich seine Illusionen über Loretta schon vor langer Zeit verflüchtigt. »Deine Beschuldigung entbehrt jeder Logik.«

Charlotte erinnerte sich an Lorettas Gesicht im Treibhaus und wußte, daß in dieser Frau die Stürme der Leidenschaft und Zurückweisung verzehrend tobten, sie und diese tragische gewalttätige Geschichte vollständig beherrschten. »Nein, das stimmt nicht«, widersprach sie laut. »Die Information wurde nicht für Verhandlungszwecke gebraucht . . .«

»Ha!« rief Julian spöttisch.

Charlotte schnitt ihm das Wort ab. »Es ging um etwas viel Tiefgreifenderes. Wenn man einen Erpresser einmal bezahlt hat, muß man immer weiter zahlen, man gibt sich in seine Hände. Und das war es, was sie wollte: Macht. Sie wollte Macht ausüben, Macht besitzen, um Menschen nach Belieben zu zerstören. Das war es doch, Mrs. York? Er liebte die Frau in Rot und nicht Sie. Er liebte und begehrte Sie nicht! Sie stießen ihn ab, und das konnten Sie ihm nicht verzeihen.« Ihr Blick traf sich mit dem Lorettas, und sie sah, daß sie einen elementaren Schmerz, einen so abgrundtiefen Haß ausgelöst hatte, daß Loretta sie ermordet hätte, wenn es möglich gewesen wäre.

»Dachten Sie, diese erbärmliche Dirne in Seven

Dials sei die Frau in Rot?« fuhr Charlotte gnadenlos fort. »Haben Sie sie deshalb umgebracht? Sie haben Ihre Kraft verschwendet. Die Person war nicht die Frau in Rot, sondern eine arme Kreatur, die auf die schiefe Bahn gekommen war.«

»Du hast sie getötet!« rief Garrard anklagend. »Du hast ihr aufgrund einer Verwechslung den Hals umgedreht!«

»Sei still!« Loretta saß in der Falle, und sie wußte es. Ihre Seele war vor der ganzen Tafelrunde entkleidet worden. Die Zurückweisung durch den geliebten Mann hatte jeder gesehen und gefühlt. Und Garrard war für immer verloren; sogar die Macht, ihn zu verletzen, bestand nicht mehr. Loretta hatte keinen Grund mehr zu kämpfen.

Garrard war all die Jahre von ihr bedroht worden; er hatte die Begegnungen mit ihr gefürchtet und immer in der Angst gelebt, Loretta würde seine Schwäche verraten, seinen Ruf ruinieren und ihn um seine Position, seine Karriere, bringen. Nun war diese Karriere sowieso zerstört, und er rächte sich.

»Du hast sie ermordet«, wiederholte er ruhig. »Du zogst ihr das auffällige Kleid an, damit man diesen unglücklichen Polizisten verdächtigen konnte! Wie hast du die Frau gefunden? Wer war sie? Irgendein Dienstmädchen, das du entlassen hattest und dessen Aufenthaltsort dir noch bekannt war?«

Loretta sah ihn wie betäubt an. Er hatte ins Schwarze getroffen – ihr Gesicht verriet es zu deutlich, als daß sie hätte leugnen können.

»Und Dulcie?« fuhr er fort. »Du hast sie aus dem Fenster gestoßen. Warum? Was wußte oder sah sie?«

»Weißt du das nicht?« Sie begann hysterisch zu lachen. »Meine Güte, Garrard — weißt du das wirklich nicht?« Tränen liefen ihr übers Gesicht, und ihre Stimme wurde immer schriller.

Jack erhob sich und trat auf sie zu. »Asherson!« sagte er scharf.

Wie benebelt stand Felix auf und kam ihm zu Hilfe. Die beiden Männer nahmen Loretta zwischen sich und trugen sie aus dem Zimmer.

Auch Vespasia erhob sich steif und mit blassem Gesicht. »Ich werde die Polizei anrufen — Inspektor Ballarat ist zuständig, soviel ich weiß. Außerdem werde ich den Innenminister informieren.« Sie musterte die Anwesenden. »Ich entschuldige mich für dieses . . . dieses mißglückte Dinner, aber Sie müssen verstehen, Thomas Pitt ist einer meiner Freunde. Ich kann nicht ruhig hier sitzen und zusehen, wie er für einen Mord gehenkt wird, den er nicht begangen hat. Bitte entschuldigen Sie mich jetzt.«

Mit hoch erhobenem Kopf schritt sie hinaus, um all ihren Einfluß geltend zu machen, damit Thomas noch in der gleichen Nacht freikommen sollte.

In dem Schweigen, das hinter ihr entstand, rührte sich keiner.

Doch der Fall war nicht ganz gelöst. Es gab noch die Frau in Rot. Und wer hatte Robert York ermordet — und warum? War das auch Loretta gewesen? Charlotte glaubte das nicht.

Mit zitternden Knien stand sie auf. »Meine Damen, ich denke, wir sollten uns zurückziehen. Ich kann mir nicht vorstellen, daß jemand noch etwas essen möchte — ich jedenfalls nicht.«

Gehorsam schoben sie ihre Stühle zurück und marschierten durch das Wohnzimmer. Adeline und Harriet drängten sich dicht zusammen, als könne körperliche Nähe ihnen Kraft verleihen. Sonia Asherson trug mit zusammengepreßten Lippen ihren Schmerz allein.

Zuletzt folgte Charlotte Veronica auf dem Fuß. In der Halle zog sie die junge Mrs. York durch die Tür zur Bibliothek. Veronica sah sich erschrocken um, als kämen ihr die Bücherborde bedrohlich vor.

Charlotte lehnte sich gegen die Tür und versperrte den Weg.

»Da gibt es noch die Frau in Rot«, sagte sie ruhig. »Die Frau, die Garrard geliebt hat. Das sind Sie, nicht wahr?«

»Ich?« Veronicas Augen weiteten sich. »Ich! O Gott! Wie sehr Sie sich irren! Aber warum ... warum interessiert Sie das? Warum haben Sie das alles getan? Wer sind Sie?«

»Charlotte Pitt.«

»Charlotte ... Pitt? Das heißt, daß ... daß dieser Polizist ...«

»Er ist mein Mann. Ich werde nicht zulassen, daß er wegen Mordes verurteilt wird.«

»Das wird er nicht«, sagte Veronica rauh. »Loretta hat es getan. Wir alle haben ihr Geständnis gehört. Sie brauchen sich nicht zu sorgen.«

»Es ist noch nicht zu Ende.« Charlotte drehte den Schlüssel im Schloß. »Ich wiederhole: Da gibt es noch die echte Frau in Rot und die Frage, wer Ihren Mann umgebracht hat. Ich glaube nicht, daß das Loretta war. Ich glaube, daß Sie es waren, und Loretta wußte es. Sie nahm Sie aus irgendeinem Grund in Schutz, obwohl Sie ihren Sohn getötet hatten.«

»Wie … ich …« Veronica schüttelte langsam und ungläubig den Kopf.

»Es hat keinen Sinn, wenn Sie jetzt leugnen.« Charlotte konnte momentan kein Mitleid aufbringen. Dies war die Frau in Rot; vielleicht war sie keine Spionin, aber eine rücksichtslose und leidenschaftliche Person und eine Mörderin. »Wollten Sie Julian heiraten? Hatten Sie Robert satt und brachten ihn um, damit der Weg zu Julian frei war?«

»Nein!« Veronica war so bleich, daß Charlotte schon fürchtete, sie würde in Ohnmacht fallen. Und doch war das die Frau in Rot, die Verführerin mit dem Spürsinn, dem spektakulären Auftreten, dem Mut.

»Es tut mir leid, aber ich kann Ihnen nicht glauben.«

»Ich bin nicht die Frau in Rot!« Veronica bedeckte ihr Gesicht mit den Händen, wandte sich ab und sank auf das Sofa. »O Gott! Ich denke, daß ich Ihnen die Wahrheit sagen muß. Es ist ganz anders, als Sie vermuten!«

Charlotte nahm auf einer Stuhlkante Platz und wartete.

»Ich liebte Robert — Sie werden mir nie glauben, wie sehr ich ihn liebte! Als wir heirateten, dachte ich, ich hätte alles auf der Welt, was sich eine Frau nur wünschen konnte. Er war . . . er war so hübsch, so charmant und feinfühlig. Er schien mich zu verstehen. Er war mir ein Gefährte, wie ich es noch bei keinem Mann erlebt hatte. Ich . . . ich liebte ihn so sehr!« Sie schloß die Augen, doch die Tränen sickerten unter ihren Lidern durch und liefen ihr über die Wangen.

Entgegen ihren Vorsätzen empfand Charlotte tiefes Mitleid. Sie wußte, was es bedeutete, so stark zu lieben, daß die ganze Welt von dieser Liebe erfüllt war. Auch sie hatte Einsamkeit gekannt.

»Fahren Sie fort«, sagte sie sanft. »Was ist mit der Frau in Rot?«

Veronicas Körper zitterte, ihre Stimme klang heiser. »Robert wurde . . . kühl mir gegenüber. Ich . . .« Sie schluckte und flüsterte plötzlich. »Er hatte kein Interesse mehr daran, mit mir zu schlafen. Zuerst dachte ich, es läge an mir, ich würde ihm nicht gefallen. Ich tat, was ich konnte, doch nichts . . .« Sie hielt inne, um sich zu sammeln, dann sprach sie weiter. »Damals begann ich zu denken, daß es vielleicht eine andere gäbe.« Sie schwieg, denn sie wurde vom Schmerz der Erinnerung übermannt.

Charlotte wartete. Am liebsten hätte sie die Arme um Veronica gelegt und dieses Häufchen

Elend getröstet, doch sie wußte, daß es klüger war, sich jetzt zurückzuhalten.

Schließlich gewann Veronica wieder ihre Fassung. »Ich dachte, Robert hätte eine Geliebte. Ich fand ein Taschentuch in der Bibliothek, ein leuchtend kirschrotes. Es gehörte nicht mir und auch nicht Loretta. Eine Woche später fand ich ein Band, dann eine Seidenrose — alle in dieser furchtbaren Farbe. Robert war viel von zu Hause weg; ich dachte, das hätte mit seiner Karriere zu tun. Das konnte ich akzeptieren, wie wir Frauen es alle akzeptieren müssen.«

»Sie haben die Geliebte entdeckt?« fragte Charlotte ruhig.

Veronica atmete tief ein und mit einem zitternden Seufzer wieder aus. »Ja, ich . . . ich sah sie, ganz kurz, hier in meinem eigenen Heim . . . nur ihren Rücken, als sie durch die Haustür ging. Sie war so . . . so anmutig! Ich sah sie ein zweites Mal in einem Theater, in dem ich eigentlich nicht hätte sein sollen — in der Ferne, vom Balkon aus. Als ich hinkam, war sie verschwunden.« Veronica schwieg erneut.

Charlotte glaubte die Geschichte gegen ihren Willen. Veronicas Schmerz war zu echt, um nur gespielt zu sein. Man spürte deutlich, wie weh ihr die Erinnerung tat.

»Weiter«, drängte Charlotte leise. »Fanden Sie die Frau?«

»Ich fand einen ihrer Strümpfe.« Veronicas Stimme klang dumpf vor Qual. »In Roberts Schlafzimmer. Es war so ... Ich weinte die ganze Nacht. Ich dachte, ich würde mich nie in meinem Leben elender fühlen.« Sie stieß einen kleinen erstickten Laut aus, der halb aus Lachen und halb aus Weinen bestand. »Das dachte ich damals! Bis zu der Nacht, als ich wußte, daß die Rote im Haus war. Etwas weckte mich. Es war nach Mitternacht, und ich hörte Schritte. Ich stand auf und sah, wie sie aus Roberts Schlafzimmer kam und die Treppe hinunterging. Ich folgte ihr. Sie muß mich gehört haben und schlüpfte in die Bibliothek. Ich ...« Ihre Stimme erstarb, von Tränen erstickt.

Gleich darauf fuhr sie fort. »Ich ging auch hinein und sah sie im Dämmerlicht, das sie nur schwach beleuchtete. Sie war schön und so ... so elegant. Ich klagte sie an, ein Verhältnis mit Robert zu haben, da fing sie an zu lachen. Sie stand da in der Bibliothek und lachte mich aus! Ich war so wütend, daß ich das Bronzepferd vom Pult nahm und es nach ihr warf. Es traf sie an der Seite des Kopfes, und sie fiel hin. Einen Moment lang stand ich still, dann ging ich zu ihr hinüber, aber sie rührte sich nicht. Ich wartete einen weiteren Augenblick, fühlte ihren Puls und lauschte, ob sie atmete — nichts! Sie war tot. Nun schaute ich sie genauer an.« Veronicas Gesicht war aschgrau. Charlotte hatte noch nie jemand erlebt, der erschöpfter aussah als sie. Die Stimme der jungen Mrs. York war so leise, daß man sie kaum hören konnte.

»Ich berührte ihr Haar ... und hatte es in der Hand! Es war eine Perücke. Erst in diesem Augenblick erkannte ich, wen ich vor mir hatte. Es war Robert selbst ... als Frau verkleidet! Robert war die Frau in Rot!« Sie schloß die Augen und bedeckte sie mit den Fingern. »Nun wußte ich auch, weshalb Loretta Garrard erpreßte — er liebte Robert und wußte die ganze Zeit, was für ein Doppelleben er führte. Und deshalb schützte mich Loretta. Sie haßte mich dafür, aber sie konnte nicht ertragen, daß die ganze Welt vom Transvestitendasein ihres geliebten Sohnes erfuhr.

Nachdem ich festgestellt hatte, daß er tot war, ging ich nach oben. Ich war zu schockiert, um weinen zu können — das kam erst später. Ich ging zu Loretta und erzählte ihr, was geschehen war, und wir begaben uns gemeinsam in die Bibliothek. Ich dachte nicht daran zu lügen. Wir standen da und starrten auf Robert, der in diesem schrecklichen Kleid auf dem Boden lag, die Perücke neben ihm. Er hatte Rouge auf den Wangen und das Gesicht gepudert. Er war bildschön, und das erschien mir in dieser Situation als besonders unanständig.« Nun wurde sie vom Weinen übermannt, und diesmal kniete Charlotte, ohne zu überlegen, neben ihr nieder und legte die Arme um die schmalen zuckenden Schultern.

»Dann haben Sie und Loretta ihm sein eigenes Nachthemd angezogen, das rote Kleid und die Perücke verbrannt und das Fenster in der Bibliothek eingeschlagen«, schloß sie, denn so mußte es gewesen sein. »Wo sind die Gegenstände, die angeblich gestohlen wurden?«

Veronica schluchzte so heftig, daß sie nicht antworten konnte. Drei Jahre Angst und Kummer hatten sich plötzlich gelöst, und die junge Frau mußte sich endlich ausweinen, bis keine Kraft und kein Gefühl mehr übrigblieben.

Charlotte hielt sie geduldig im Arm. Es spielte keine Rolle, wo die verschwundenen Gegenstände hingekommen waren. Vermutlich hatte Loretta sie auf dem Speicher versteckt.

Inzwischen mußte die Polizei wohl eingetroffen sein, und Vespasias Haus erlebte ungeahnte private Tragödien. Der arme Piers — wie sehr er auch seine Illusion nach der ersten Blütezeit seiner Ehe verloren haben mochte: keine Einsamkeit des Herzens konnte ihn auf dieses Unglück vorbereitet haben. Felix würde an der frisch aufgerissenen Wunde seiner Liebe zu Harriet leiden. Diese Liebe war absolut aussichtslos; eine Scheidung hätte alle Beteiligten ruiniert und niemand Glück gebracht. Sonia war nun gezwungen, die Tatsachen zu sehen und zu begreifen — und damit fertig zu werden, daß alle Bescheid wußten. Sie konnte ihren Kummer nicht länger hinter vorgetäuschter Blindheit verbergen — oder vielleicht hatte sie wirklich nichts gemerkt. Tante Adeline würde sich um alle grämen.

Julian Danver war im Moment wohl zu sehr mit der Verzweiflung seiner eigenen Familie beschäftigt, als daß er Charlotte und Veronica gestört hätte. Sicher überließ er »Miß Barnaby« gern die Aufgabe, seine Verlobte zu trösten. Er konnte ja nicht ahnen, daß es mehr war als der Schock über Lorettas Tat, was Veronica durchlitt.

Die Minuten verstrichen langsam in dem stillen Raum. Charlotte wußte nicht, wieviel Zeit vergangen war, bis Veronica sich schließlich völlig erschöpft aufrichtete. Ihr Gesicht war nur mehr ein Zerrbild seiner vorherigen Schönheit. Charlotte hatte nur ein hauchzartes Taschentuch anzubieten.

»Wahrscheinlich werden sie mich hängen«, sagte Veronica ruhig. Ihre Stimme hatte wieder Festigkeit gewonnen. »Ich hoffe, daß es schnell geht.«

Zu ihrer Überraschung widersprach Charlotte sofort. »Ich sehe keinen Grund, warum man Sie verurteilen sollte. Keiner muß etwas von Ihrer Tat wissen! Sie wollten ja nicht töten. Es war ein unglücklicher Zufall, daß das Wurfgeschoß ihn an der Schläfe traf.«

Veronica sah sie eine Sekunde lang sprachlos an. »Werden Sie es der Polizei nicht erzählen?« fragte sie dann leise.

»Nein, nein, ich finde nicht, daß das nötig ist. Ich habe mich immer für eine sehr zivilisierte Person gehalten, doch seit Thomas in Lebensgefahr ist, merke ich, welche brutalen Kräfte in mir stecken und daß ich bereit bin, sie rücksichtslos einzusetzen, um meine Familie zu schützen. Ich weiß nicht, ob es recht ist, aber ich kann Ihre Handlungsweise gut verstehen.«

»Was ist mit Julian? Wird er ... wird er mich nicht sowieso hassen, weil er mich für die Frau in Rot hält und denkt, ich hätte Garrard ...«

»Dann sagen Sie ihm die Wahrheit!«

Veronica blickte zu Boden. Sie war zu ausgebrannt, um noch zu weinen. »Er wird mich in jedem Fall verlassen. Ich habe Robert getötet und drei Jahre gelogen, um das zu verschleiern. Ich wußte nichts von Loretta und Garrard, ich meine, daß sie ihn begehrte — aber Julian wird mir das alles nicht glauben.«

Charlotte nahm ihre Hände. »Wenn er Sie verläßt, dann liebt er Sie nicht so, wie Sie geliebt werden möchten, und Sie müssen lernen, ohne ihn zu leben. Daß Sie Robert verloren haben, war nicht Ihre Schuld. Ihre Liebe hatte keinen Makel; keine Frau hätte diesen Mann halten können. Aber Julian ist anders. Wenn er Sie wirklich liebt, wird er Sie auch weiter lieben, wenn er Bescheid weiß. Glauben Sie mir, wir alle haben etwas, das man uns vergeben muß. Liebe, die Perfektion verlangt — keine Vergangenheit mit Fehlern, Schmerz, einem Lernprozeß —, ist nur Gier. Niemand reift heran ohne Taten, deren er sich schämen muß; wenn wir das akzeptieren, lieben wir nicht nur die Stärken, sondern auch die Schwächen des Partners, und eine echte Bindung wächst zwischen uns. Erzählen Sie Julian, was geschehen ist. Wenn er es wert ist, wird er Ihre Vergangenheit annehmen — vielleicht nicht gleich, aber ein bißchen später.«

Zum erstenmal hob Veronica das Kinn. Ihre Augen weiteten sich, und Ruhe kehrte in ihr Herz ein. Die Stürme in ihrem Inneren und die Angst legten sich. »Ich werde es tun«, sagte sie sehr leise. »Ich werde ihm alles erzählen.«

Es klopfte an der Tür — sanft und höflich.

Charlotte erhob sich und drehte den Schlüssel im Schloß.

»Herein«, sagte sie.

Die Tür öffnete sich weit, und Tante Vespasia erschien mit einem winzigen Lächeln auf den Lippen. Sie trat zur Seite. Hinter ihr stand Emily, noch im Dienstbotengewand, aber ohne Schürze. Jack hatte die Arme um sie gelegt. Neben den beiden tauchte Thomas Pitt auf. Sein Gesicht war schmutzig, die Wangen hohl und voller blauer Flecken, und um die Augen lagen tiefe Schatten. Doch seine Züge wurden von einem glücklichen Lächeln überstrahlt, das ihm wahre Schönheit verlieh.